A Vidente

A Vidente

HANNAH HOWELL

Tradução
Silvia Rezende

lua de papel

Título original: *If he's wicked*

Diretor editorial: Pascoal Soto
Editor: Pedro Almeida
Editora assistente: Marília Chaves
Revisão: Beatriz F. Moreira
Diagramação: S4 Editorial
Capa: Osmane Garcia Filho
Tradução: Silvia Rezende/Abaeterno

DADOS INTERNACIONAIS DE CATALOGAÇÃO NA PUBLICAÇÃO (CIP-BRASIL)
Ficha catalográfica elaborada por Oficina Miríade, RJ, Brasil.

H859 Howell, Hannah, 1950-
A vidente / Hannah Howell ; tradução: Sílvia Rezende. – São Paulo : Lua de Papel, 2011.
000 p.: il.

Tradução de: *If he's wicked*
ISBN 978-85-63066-39-8

1. Ficção norte-americana. 2. Histórias de amor. 3. Literatura norte-americana I. Título.

10-0061 CDD 813

2011
TEXTO EDITORES LTDA.
[Uma editora do grupo Leya]
Av. Angélica, 2163 – Conj. 175/178
01227-200 – Santa Cecília – São Paulo – SP
www.leya.com

Prólogo

Inglaterra, outono de 1785

– Maldição, Tom, a mulher está morrendo!

Tom baixou os olhos para a mulher pálida que repousava imóvel sobre a pequena cama.

– Ela ainda está respirando.

– Mal e mal.

– Está apenas exausta do trabalho de parto, Jake. – Tom apanhou a criança envolta em faixas que jazia sobre o braço largado da mulher. – Pobre pequeno. Pelo jeito foi estrangulado pelo próprio cordão umbilical. Bem, vamos logo, Jake, troque os bebês.

– Odeio isso, Tom. – Jake depositou gentilmente o recém-nascido, que dormia tranquilamente em seus braços, ao lado da mulher. – Isto não está certo. Isto não está certo. A pobre mulher não tem forças para cuidar da criança. Ele vai acabar morrendo junto dela. Talvez pudéssemos...

– Pare agora mesmo, Jake Potter – Tom irrompeu. – Você está se esquecendo do que aconteceu com o velho Melvin quando ele tentou dizer não para aquela megera? Você quer que os seus ossos se misturem aos dele naquele fosso? É claro que isto não é certo, mas não temos opção. Nenhuma opção. É melhor deixar o pequenino morrer do que levar uma bronca daquela mulher. Senão, certamente seremos assassinados pela própria mãe dele.

– O lorde cuidaria bem do garoto.

– O lorde não enxerga a verdadeira face daquela mulher, você sabe disso. Agora, vamos cair fora daqui. A megera quer esse bebê que já está morto nos braços dela antes que o lorde retorne, o que deve acontecer em breve, pois ele já deve ter recebido, há algumas horas, a notícia de que a sua esposa deu à luz. O tolo que fez isso irá se arrepender amargamente, disso tenho certeza – Tom murmurou e balançou a cabeça.

Jake começou seguir Tom para fora do simples casebre quando, de repente, hesitou.

– Já estarei com você num piscar de olhos, Tom. Só vou...

– Só vai o quê? *Precisamos* partir agora mesmo!

– Só quero garantir que eles estão quentes e confortáveis, dar a eles uma chance de lutar, ou não vou conseguir descansar em paz.

– Corra, então, ou logo nós dois iremos descansar ao lado do velho Melvin.

Depois de acender a lareira e cobrir a mulher e a criança com outro cobertor, Jake olhou ao redor para se certificar de que Tom não estava vendo. Apanhou então um maço de papéis de dentro do seu velho casaco e rapidamente colocou-os embaixo das cobertas. Quando olhou para a mulher novamente, ele levou um susto. Ela estava observando-o.

– O seu bebê terá um local decente para o descanso eterno – sussurrou. – Odeio ter de fazer isto, certamente odeio, mas tenho esposa e cinco filhos. Sim, e, no fim das contas, sou um covarde. Aquela mulher perversa não hesitaria em me matar caso eu tentasse estragar os seus planos. Se conseguir, esconda bem os documentos. Se o lorde sobreviver às armadilhas da esposa, ele estará esperando pelo filho e, então, os documentos servirão como provas de que este menino é seu filho. É o máximo que eu e alguns poucos ousamos fazer, sinto não poder ajudar mais. Rezarei por você, moça. Por você e pelo garoto. Sim, e rezarei por mim também, pois tenho certeza de que hoje condenei a minha alma. – Em seguida, deixou o casebre correndo.

Depois de esperar alguns minutos para ter certeza de que os homens já haviam partido, Chloe Wherlocke saiu do vão ao lado da lareira, onde se escondera quando os homens arrombaram a porta, e se ajoelhou ao lado da cama da sua irmã, Laurel. Ela fitou a criança que a irmã segurava. O menino estava vivo. Tocando na bochecha quente e macia do bebê, ela olhou para a irmã enquanto a tristeza formava um nó na sua garganta. Laurel estava morrendo. Ambas sabiam disso. Mesmo assim a irmã sorriu.

– Tudo aconteceu exatamente como você previu, Chloe – Laurel disse num sussurro fraco, que não vinha da necessidade de guardar segredo. – *A vida surgindo em meio à morte* foi o que você disse.

Chloe assentiu, nem um pouco feliz por suas previsões terem se mostrado corretas.

– Sinto muito pela sua criança.

– Não sinta. Logo nos encontraremos.

– Oh, Laurel – Chloe iniciou com a voz embargada pelas lágrimas.

– Não chore por mim. Estou pronta. Na verdade, anseio por me juntar ao meu amor e ao nosso filho. Minha alma está em prantos por eles. – Laurel ergueu uma mão pálida e trêmula e limpou as lágrimas da face de Chloe. – É por isso que ainda vago sobre esta terra, por isso não morri logo depois que o meu querido Henry se foi. Esta criança precisava que estivéssemos aqui, precisava do corpo do meu filho para estar aqui. Eu me recuperei daquela febre mortal porque o destino o solicitou de mim. Meu pequeno Charles Henry terá um enterro distinto. Talvez até receba uma bênção.

– Ele não deveria ser colocado no túmulo errado.

– Isso pouco importa, Chloe. Ele já está junto do pai, esperando por mim. Agora, lembre-se, você precisa fazer com que pareça que esta criança morreu. Não se esqueça de escrever nossos dois nomes na cruz. Embrulhe cuidadosamente os ossos que recolhemos. Ah, não fique tão aflita, irmã. Em vez de ser jogada em uma pilha de ossos como fazem com tantas outras nos cemitérios de Londres, aquela pobre criança também terá um local decente para descansar em paz. Aqui no interior não somos tão insensíveis com os nossos mortos, não precisamos revolver nossos túmulos para dar lugar a outros. Foi um belo presente que demos àquele bebê, há tanto tempo morto sem identificação .

– Eu sei. Mas apesar de todo o cuidado que tomamos, continuo rezando para que não estejamos erradas.

– Eu sempre soube que estávamos certas, que era o destino e que não poderíamos mudá-lo por nada. Sentirei a sua falta, mas, de verdade, não sofra por mim. Eu estarei feliz.

– Como uma mãe pôde ser capaz de fazer isso com o próprio filho? – Chloe tocou delicadamente nos cabelos fartos do bebê.

– Ela não pode dar um herdeiro saudável ao lorde, pode? Isso arruinaria todos os seus planos.

Quando Laurel não respondeu nada ao longo de alguns minutos, Chloe murmurou:

– Agora descanse. Não precisa dizer nada.

– Preciso e muito – sussurrou Laurel. – Meu tempo está se esgotando. Assim que eu partir, cuide do enterro, e logo em seguida vá procurar o nosso primo Leopold. Ele estará esperando, pronto para iniciar a parte dele neste jogo. Ele a ajudará a cuidar da criança e do pai dela, e lhe dirá quando será o momento certo para agir contra aquela mulher malvada e o seu amante. – Laurel virou o rosto e beijou a cabeça do bebê. – Esta criança precisa de você. Ele e seu pobre pai, cego de amor. Nós duas sabemos que este menino, um dia, irá realizar grandes feitos. Sinto-me em paz em saber que os meus sofrimentos não são completamente em vão, que algo de bom resultará de toda a tristeza.

Chloe beijou o rosto gélido da irmã. Chorou ao sentir que a última centelha de vida estava se esvaindo do corpo frágil de Laurel. Deixando de lado a dor que pesava como uma pedra sobre o seu coração, ela preparou Laurel para o sepultamento. O sol mal tinha se erguido para um novo dia quando ela já estava ao lado do túmulo da irmã, a pequena égua robusta carregada com seus poucos pertences, e o bebê confortavelmente preso junto ao seu peito por um cobertor, em uma espécie de tipoia. Uma árvore contorcida pela ação do vento era tudo que marcava o ponto exato do túmulo de Laurel, nos pântanos desolados. Chloe duvidou que a cruz de madeira que ela tinha feito duraria por muito tempo, e as pedras que tinha empilhado sobre o túmulo para deter animais carniceiros logo acabariam se misturando às que salpicavam o terreno pantanoso.

– Eu *voltarei*, Laurel – Chloe jurou. – *Cuidarei* para que você e o pequeno Charles Henry tenham um sepultamento digno. E também para que esta pobre criancinha que está em seus braços tenha um lugar digno ao seu lado. Ela merece tal honra. – Chloe fez uma prece em silêncio pela irmã e em seguida virou as costas, fixando a mente na longa jornada que tinha adiante.

Iniciada a viagem, poucas horas depois, Chloe teve de fazer uma pausa para atender às necessidades do bebê, ela fitou a estrada sulcada que se estendia além dos imensos pilares de pedra que demarcavam o caminho para Colinsmoor, o lar da criança em seus braços. Ficou tentada a ir até lá para tentar descobrir exatamente o que estava acontecendo. Corriam rumores na vila. No entanto, Chloe sabia que seria tolice, e assim permaneceu onde estava, protegida pelas sombras do bosque, no lado oposto da estrada que a levaria para Londres e para o seu primo Leopold.

Pronta para retomar a viagem, ela ouviu o som de um cavalo se aproximando em alta velocidade. Dali de onde estava, observou quando um homem saiu da estrada que vinha de Londres e entrou na que conduzia a Colinsmoor e continuou sua corrida apressada. "Que homem elegante", ela refletiu. Alto e esbelto, vestido de preto da cabeça aos pés e montado sobre um imenso cavalo preto – era um tipo majestoso. A única cor que se destacava era a dos seus longos cabelos castanho-dourados. Sua trança tinha se desfeito durante a cavalgada desenfreada. O rosto fino e aristocrático estava pálido e a fisionomia, carregada com vincos profundos de preocupação. Ele era o retrato perfeito do marido apaixonado correndo para se juntar à esposa e ao filho bem-vindo. Chloe pensou na dor que em breve o acometeria ao acreditar que o seu filho estava morto e na dor que estava por vir quando descobrisse a horrenda verdade sobre a mulher que amava. Ela se perguntou até onde tudo isso poderia mudar o homem.

Seus olhos baixaram para a criança em seus braços.

– Aquele era o seu pai, rapazinho. Ele parece ser um homem bom. Seu patrimônio se estende até a estrada. Logo você poderá clamar por ambos. Eu juro.

Com uma última olhada na direção de Colinsmoor, Chloe montou no cavalo e pegou a estrada para Londres. Ela lutou contra o estranho desejo de seguir aquele homem e poupá-lo da dor que o esperava. Contudo, ela sabia que seria uma bobagem. O destino determinava que o homem fosse de encontro a sua provação. Até que o lorde enxergasse a verdade, até que enxergasse a verdadeira faceta da sua esposa, Chloe sabia que a sua obrigação, sua *única* obrigação, era manter a criança viva.

Duas semanas depois ela bateu à porta da elegante casa do seu primo Leopold, em Londres, e não se surpreendeu quando ele mesmo abriu a porta. Ele olhou para o bebê em seus braços.

– Seja bem-vindo, Anthony – ele disse.

– É um belo nome – Chloe murmurou.

– É um dos nomes que ele tem. A notícia sobre a morte foi publicada nos jornais.

Chloe suspirou e entrou na casa.

– É assim que tudo começa.

– Sim, minha criança. É assim que tudo começa.

Capítulo 1

Londres – três anos depois

Lutando para se manter em pé, Julian Anthony Charles Kenwood, o nono Conde de Colinsmoor, saiu do bordel para a noite fria e úmida de Londres. No entanto, relembrar-se de quem ele era não ajudou muito a recuperar o equilíbrio. A sua importância social não endireitou as costas, estabilizou as pernas ou limpou o espesso nevoeiro que tomava conta da sua mente, causado pelo excesso de bebida. Ele rezou para que conseguisse chegar até a carruagem, que estava estacionada a uma distância discreta. Embora fosse fato que estava demasiado bêbado para se divertir com uma das moças da Sra. Button, ele tinha imaginado que conseguiria, pelo menos, caminhar para sua carruagem. Mas já não tinha tanta certeza disso.

Pisando cuidadosamente, um passo de cada vez, ele caminhou na direção da carruagem. Um barulho à direita atraiu a sua atenção, mas, ao se virar para espiar nas sombras, ele sentiu uma dor aguda na lateral do corpo. Às cegas, saiu de lado, satisfeito ao ouvir um grito de dor e uma blasfêmia. Julian labutava para conseguir sacar a pistola do bolso, quando notou uma sombra imensa avultando na sua direção. Viu então o brilho de uma lâmina se aproximando do seu peito e se esquivou para a esquerda. Soltou um grito quando a faca fez um corte profundo no seu ombro direito. Uma pilha de barris podres cheirando a peixe impediu, de uma maneira um tanto dolorosa, que ele caísse para trás.

Justamente quando pensou que seja lá quem estivesse tentando matá-lo de fato poderia obter sucesso, outra sombra surgiu. Era bem menor e pulou da densa escuridão para aterrissar justamente sobre as costas do seu agressor. Julian sentia-se cada vez mais fraco. Finalmente, sacou a pistola do bolso, mas acabou percebendo que não estava conseguindo enxergar com clareza suficiente para atirar contra o homem que o apunhalara. Para completar, a pistola parecia muito pesada para ele segurar. Se era alguém em seu socorro, temeu que tivesse chegado tarde demais.

Chloe segurou firme enquanto o homem que tinha esfaqueado o conde fazia o que podia para tirá-la de cima das costas. Ela desferia socos contra a cabeça do sujeito – ignorando as inúteis tentativas que ele fazia para segurá-la – enquanto ela esperava pela ajuda de Todd e Wynn. No momento em que eles chegaram, ela largou das costas do homem e deixou que os homens grandalhões de Leo assumissem a briga. Cada vez que ouvia o som dos punhos acertando a carne, seu rosto delicado se contorcia. Quando ouviu algo que soou muito mais dolorido do que os seus socos acertando uma cabeça muito dura, ela correu para o lado do conde.

Ele não se parecia muito com o elegante cavaleiro que ela tinha visto vez ou outra ao longo dos últimos três anos. Não apenas porque as suas roupas elegantes estavam um desastre, mas também porque fedia a bebida barata, mulheres da vida, peixe e sangue. Chloe apanhou a pistola da mão hesitante, colocou-a ao lado, e então, com tiras arrancadas do saiote, ela enfaixou os ferimentos do conde do melhor jeito que pôde. Rezou para que conseguisse estancar o sangramento até que pudesse levá-lo para a casa de Leo e cuidar adequadamente dos ferimentos.

– Preciso dele vivo – Julian disse, sua voz fraca e rouca de dor. – Preciso fazer perguntas.

Olhando para trás, Chloe viu o homem largado no chão, Todd e Wynn pareciam satisfeitos, esfregando os punhos cerrados.

– Vocês o mataram?

– Não, moça, só o colocamos para dormir profundamente – respondeu Wynn.

– Ótimo. O lorde quer fazer algumas perguntas.

– Muito bem. Vamos amarrá-lo, então, e levá-lo conosco.

– Minha carruagem... – Julian começou a falar.

– Já se foi, milorde – atalhou Chloe. – O seu cocheiro está vivo e seguro.

– Wynn vai carregar o outro homem – explicou Todd ao se aproximar de Chloe. – Eu carrego o lorde.

Julian tentou protestar enquanto era erguido do chão e carregado, como uma criança, pelo homem imenso, mas ninguém lhe deu ouvidos. Ele olhava para a pequena figura que os conduzia para fora do beco quando, de repente, percebeu que um dos seus salvadores era uma mulher. "Isto só pode ser uma ilusão causada pelo excesso de bebida", ele pensou.

Quando foi colocado sobre o confortável assento da carruagem, viu o seu cocheiro sentado à frente. A cabeça de Danny estava ensanguentada, mas seu peito subia e descia: uma prova concreta de que ainda estava vivo. A mulher entrou na carruagem e se ajoelhou no chão entre os dois assentos, pousando uma mão sobre ele e a outra sobre Danny para mantê-los firmes quando a carruagem começou se mover.

– Quem é você? – ele perguntou, lutando para se manter consciente e ao mesmo tempo se perguntando por que se importava.

– Guarde as suas perguntas, por enquanto, milorde – ela respondeu. – É melhor que elas esperem até que possamos costurar o seu ferimento e que um pouco de toda aquela bebida que o senhor ingeriu nesta noite tenha saído da sua cabeça e da sua barriga.

A sua salvadora obviamente tinha pouco respeito pela sua posição social, Julian pensou quando finalmente se entregou à escuridão que tentava arrastá-lo.

Chloe se sentou na cadeira ao lado da cama e tomou um gole de café enquanto estudava o Conde de Colinsmoor. Ele estava cheirando melhor agora, mas suas feições elegantes mostravam traços da vida desregrada que levou no último ano. Ela tinha ficado desapontada e até mesmo um pouco desgostosa quando ficou sabendo que ele estava se afundando na bebida e se envolvendo com prostitutas, mas Leopold dissera que os homens tendem a fazer tais coisas quando sofrem uma grande traição de uma mulher. Chloe supôs que se o seu coração tivesse sido dilacerado de modo tão brutal, talvez também pudesse ter feito alguma tolice. Mas se portar como um animal no cio e beber até cair pareceu excessivo.

Mesmo assim, ela questionou se talvez o conde não tivesse perdido o juízo. Ele quase morrera em outras três ocasiões, e, mesmo assim, continuou fazendo coisas que o deixavam numa posição vulnerável. Será que ele pensou que era simplesmente um homem muito azarado? Esperava que ele soubesse que estava marcado para morrer e que ao menos tivesse alguma ideia de quem tentava matá-lo e por quê. Chloe não ansiava por fazer com que o homem atendesse aos seus alertas, mas Leopold sentiu que eles não poderiam mais continuar simplesmente vigiando-o. Estava na hora de agir.

Pelo bem do pequeno Anthony ela aceitou. O garoto via Chloe e Leo como a sua família. Quanto mais tempo essa situação perdurasse, mas difícil seria juntá-lo ao seu verdadeiro pai. Seu coração iria se partir quando a reunião acontecesse, mas ela estava determinada a cuidar para que Anthony não sofresse. Além disso, o garoto precisava do pai vivo para ajudá-lo a clamar pela sua herança e garantir seus direitos. Entre os gastos crescentes do conde e a ganância da sua mãe, não iria restar muito para Anthony herdar, a menos que o jogo acabasse logo. Era inaceitável para ela: Anthony era um inocente em toda essa história, não merecia sofrer pelas tolices dos pais.

Chloe sorriu para o seu primo Leopold quando ele adentrou a passos lentos no quarto. Leopold não costumava se mover rapidamente, parecia que todos os seus movimentos eram sempre lentos. Esse estilo combinava com seu corpo alto e esguio. Os que não o conheciam bem o consideravam um sujeito amável, porém um inútil, que vivia da riqueza dos seus antepassados. No entanto, às vezes, as aparências enganam. Leopold tinha sido incansável na sua luta pela vigilância dos Kenwood. Juntou uma grande quantidade de informações, conseguiu reunir um imenso grupo de associados que se dedicavam a manter o conde vivo e a buscar provas de quem estava tentando matá-lo. Ele próprio tinha salvado a vida do homem em três ocasiões. A Inglaterra também se beneficiava dos múltiplos talentos de Leopold, pois ele era um dos seus agentes mais dedicados e bem-sucedidos. Às vezes Chloe se perguntava se havia algo sobre os inimigos do conde que fizesse Leopold pensar que eles pudessem representar uma ameaça para a Inglaterra também. Contudo, ela nunca ousou perguntar. Leopold guardava com afinco os segredos do país.

– Ele vai sobreviver – Leopold disse depois de examinar cuidadosamente os ferimentos do Lorde Kenwood.

– Mais uma vez. O homem tem mais vidas do que um gato – Chloe falou de modo arrastado.

– Seus inimigos são persistentes. – Leopold sentou-se aos pés da cama, com as costas recostadas contra a madeira ricamente entalhada.

– E muito espertos, também. Sem nossa ajuda, eles já teriam vencido o jogo há muito tempo, mesmo depois do lorde ter descoberto a terrível verdade sobre sua esposa.

– Ah, mas ele não descobriu *toda* a verdade.

– Acho que ele desconfia da maior parte. Ele já tinha fortes suspeitas de que aquele bebê morto não era seu. E também de que a sua esposa nunca lhe foi fiel e que nunca se importou muito com ele.

– Como você sabe de tudo isso?

– O melhor amigo dele se tornou meu amigo. Não se preocupe, querida. Eu realmente gosto do sujeito. Nós nos encontramos na primeira vez em que salvei a vida desse pobre beberrão. Pensei que ele pudesse ser útil, mas logo percebi que se tratava de um homem que eu poderia chamar de amigo. E ainda mais importante... que ele era alguém em quem podia confiar.

Chloe assentiu e colocou ao lado a xícara vazia.

– Quanto este tal amigo sabe?

– Quase tudo. Adivinhou sozinho a maior parte. Uma vez que eu já estava inclinado a não mentir para o homem, deixei *subentendido* que tinha começado a cuidar do caso logo depois do segundo atentado contra a vida do conde. Ele me contou que foi exatamente depois da segunda tentativa de assassinato que Lorde Kenwood começou a acreditar que a esposa o queria morto, que ela havia deixado de se contentar em apenas traí-lo com outro.

– Quem é este amigo?

– É o ilustre Sir Edgar Dramfield.

– Oh, eu o conheço. Nós nos encontramos uma vez na casa de Lady Millicent. Ele é muito gentil com Lady Millicent, muito mais do que a própria filha dela.

– Ele *é* um bom homem e se preocupa muito com o amigo. Foi por isso que enviei uma carta para ele nesta manhã, informando sobre os ferimentos do Lorde Kenwood e pedindo a ele para guardar segredo. Segredo absoluto. Ele deve chegar em breve.

– Tem certeza de que fez bem? Lorde Kenwood pode não querer que outros escutem o que temos para lhe contar.

Leopold suspirou.

– Foi uma decisão difícil. Mas o conde não nos conhece, não é mesmo? Por outro lado, ele conhece Edgar há anos, confia nele e se abriu com o homem em várias ocasiões.

– Desconfio que tenha sido depois de entornar vários copos.

– É exatamente nesses momentos que um homem se abre – Leopold falou de modo pachorrento e sorriu ao ver Chloe revirando os olhos. – Achei que o conde pudesse precisar de um amigo, Chloe, e Edgar é o único amigo próximo que ele tem. As verdades que vamos revelar ao lorde são duras e ele precisa acreditar em nós.

– Você disse que ele já suspeitava – Chloe iniciou.

– Suspeitas não possuem o mesmo peso, nem exercem o mesmo estrago no coração de alguém. Preencheremos uma série de vazios onde pairavam apenas suspeitas e ainda vamos lhe dar provas. Ainda há mais um fato frio e duro que teremos de apresentar a ele, um que poderia fazer muitos homens cairem de joelhos. Certamente me afetaria muito mais profundamente do que eu posso imaginar. Podemos precisar da ajuda de Edgar para impedir que esse tolo não saia de arma em punho, convencê-lo a permitir que continuemos o jogo.

– Que jogo?

Chloe e Leopold olharam surpresos para Lorde Kenwood. Não tinha ocorrido nenhum alerta de que ele estava prestes a acordar, nenhum movimento, nem mesmo um leve ruído. Quando ele tentou se sentar, arfou de dor e ficou muito pálido. Rapidamente, Chloe ajeitou um travesseiro em suas costas, enquanto Leopold o amparava para que ele pudesse beber um pouco de cidra com ervas para evitar infecções e fortificar o sangue.

– Conheço você – Julian disse depois de respirar fundo algumas vezes, bem devagar, numa tentativa de se esquivar da dor. – Você é Sir Leopold Wherlocke de Starkley. – Ele olhou para Chloe. – Mas não a conheço.

– Chloe Wherlocke. Sou prima de Leo – Chloe apresentou-se.

Definitivamente havia algumas semelhanças entre os dois, Julian concluiu. Chloe também era esbelta, apesar de ser bem mais baixa do que o primo. Julian duvidou que Chloe tivesse mais do que um metro e meio. Ela tinha os cabelos da mesma cor dos do primo, um tom de castanho tão escuro que era quase preto, mas os seus pareciam ser muito lisos enquanto os de Leopold não passavam de cachos e ondas indomáveis. Com seus imensos olhos azuis, Chloe era mais engraçadinha do que bela. Julian quase pulou de susto quando, de repente, se lembrou de onde tinha ouvido aquela voz suave antes.

– Você estava lá – ele disse. – Quando eu fui atacado.

– Sim, eu estava. – Chloe decidiu que seria melhor não contar para o homem como ela soubera que ele precisava de sua ajuda. Era comum as pessoas terem dificuldades para entender, ou tolerar, as suas premonições. – Eu e os homens de Leo, Todd e Wynn.

Com a mão esquerda Julian tocou nas ataduras ao redor da sua cintura e do ombro.

– Qual a gravidade?

– O senhor vai sobreviver. Os ferimentos foram profundos o suficiente para necessitarem de pontos, mas não são mortais. A área foi bem limpa, o sangramento estancou rapidamente, e o senhor continua sem sinal de febre ou infecção. Além disso, o senhor dormiu tranquilamente por quase dois dias inteiros. O que é bom.

Ele assentiu abatido.

– Eu deveria ir para casa. Meu criado pode cuidar de mim e livrá-los do fardo.

– Isso não seria sensato – aconselhou Leopold. – É a quarta vez que alguém tenta assassiná-lo, milorde. Desta vez, aqueles que o querem morto quase conseguiram. Na verdade, chegaram muito perto. Acho que o senhor deveria considerar a possibilidade de deixar que eles fiquem pensando que conseguiram. Os rumores sobre o seu triste destino já começaram a se espalhar pelas rodas sociais.

Antes que Julian pudesse perguntar como Sir Leopold sabia que este tinha sido o quarto atentado, ele foi surpreendido com a chegada de Edgar Dramfield. Ele observou seu velho amigo cumprimentar Lorde Leopold de um modo acalorado e se perguntou quando os dois homens tinham se tornado tão íntimos. Mas Julian ficou ainda mais surpreso quando Edgar cumprimentou a Srta. Wherlocke como se também a conhecesse há um bom tempo. Finalmente Edgar se aproximou da cama para estudá-lo.

– Ou aqueles que estão tentando matá-lo são completamente incapazes ou você é um homem muito sortudo, Julian – disse Edgar.

– Acho que as duas coisas – respondeu Julian. – Você veio para me levar para casa? – Então, percebeu que Edgar olhou para Leopold antes de responder e este acenava negativamente com a cabeça.

– Não – respondeu Edgar.

– O que está acontecendo aqui?

Edgar se sentou na cadeira que Leopold tinha colocado ao lado da cama.

– Decidimos que já está na hora desse jogo mortal terminar, Julian. Você foi atacado quatro vezes. Quatro vezes alguém tentou matá-lo. A sua sorte não pode durar por muito mais. Você realmente quer continuar dando chance para eles conseguirem? Para eles vencerem?

Julian fechou os olhos e sussurrou uma blasfêmia. Estava dolorido, mas se perguntava o que havia naquela bebida que tinham lhe dado, pois a sua dor definitivamente estava bem mais amena do que quando acordara. Mesmo assim, ele não tinha vontade de discutir aquele assunto. Por outro lado, Edgar tinha razão. Até então ele tivera sorte, mas desta vez, não fosse pelos Wherlocke, estaria morto num beco úmido do lado de fora de um bordel. Mas o que os Wherlocke tinham a ver com os seus problemas, ele não sabia. Seu olhar se voltou para Edgar novamente.

– Não, eu não quero que eles vençam, seja lá quem sejam – ele respondeu.

– Acho que você sabe exatamente quem está por trás disso tudo, Julian – Edgar disse calmamente, com um olhar gentil.

Sem vontade de dizer o nome, Julian voltou suas atenções para os Wherlocke e franziu a testa.

– O que exatamente vocês têm a ver com isso tudo?

Chloe sentiu uma pontada de simpatia pelo homem. Ela sabia que a dor que pairava naqueles olhos cor de jade não era apenas por causa dos ferimentos. Mesmo que ele tivesse perdido todo o seu amor pela esposa, a traição ainda parecia feri-lo profundamente e ela estava prestes a adicionar mais dor. Quando seu primo retomou o lugar aos pés da cama, ela cruzou as mãos sobre o colo e tentou pensar no que ia dizer e qual seria a melhor maneira de o fazer.

– Creio que podemos deixar para mais tarde as explicações de como acabamos nos envolvendo nisso – Leopold respondeu.

– Assim será melhor – Chloe concordou e em seguida lançou um leve sorriso para Julian. – Estamos envolvidos com os seus problemas há algum tempo, milorde.

Edgar assentiu.

– Leopold foi quem o levou para minha casa da última vez que você foi atacado.

– Mas não ficou até que eu pudesse lhe oferecer a minha gratidão pelo socorro prestado? – Julian indagou.

– Não – Leopold respondeu. – O senhor não tinha se ferido tanto quanto desta vez e achei que ainda tínhamos tempo.

– Tempo para quê?

– Para conseguir as provas que o senhor vai precisar para pôr um fim a este jogo mortal. – Leopold soltou uma leve imprecação. – Está na hora de sermos francos, milorde. O senhor sabe quem está tentando matá-lo. Edgar sabe. Nós sabemos. Posso entender a sua relutância em reconhecer a verdade cruel em voz alta.

– Você pode?

– Oh, sim, certamente. Nossa família sabe muito bem o que é uma traição.

– Certo – Julian disse entre dentes cerrados. – A minha esposa deseja a minha morte.

– A sua esposa e o amante dela.

– Qual deles? – A amargura que escapou pela sua voz foi tão acentuada que Julian quase estremeceu, embaraçado pela demonstração de emoção.

– O único que possivelmente poderia lucrar com a sua morte seria o seu tio, Arthur Kenwood.

Chloe entrelaçou os dedos com força e resistiu ao desejo de tocar em Lorde Julian, de tentar aplacar a ira e a dor que ele sentia. Ela ficou aliviada quando Wynn chegou com chá e comida, incluindo um saudável prato de caldo de carne para o lorde. Era melhor que a dura verdade tivesse um tempo para assentar antes que eles continuassem. Ela começou a alimentar Lorde Julian com o caldo e sentiu um alívio ímpar ao ver o modo como ele sorriu, quase desanimado, para a porção ralinha, uma reação normal à maioria dos pacientes. Edgar e Leopold se moveram para a mesa colocada próxima à lareira para tomar chá, comer um pouco e conversar baixinho, enquanto ela cuidava de Lorde Julian.

– Sobre o que eles estão falando? – Julian perguntou entre uma colherada e outra do inesperadamente saboroso caldo.

– Suponho que seja sobre o senhor – Chloe respondeu. – Devem estar fazendo planos para mantê-lo vivo e derrubar os seus inimigos.

– O interesse de Edgar posso entender, mas ainda me pergunto o que você e o seu primo têm a ver com isso.

– Que tipo de pessoas seríamos se, ao sabermos que alguém corre perigo, virássemos as costas simplesmente por se tratar de um desconhecido?

– Seriam pessoas normais.

– Ah, mas poucas pessoas consideram os Wherlocke normais. – Depois de lhe dar a última colherada de caldo, Chloe colocou o prato de lado e retomou o seu assento ao lado da cama. – Talvez simplesmente sintamos um dever não permitir que as pessoas se livrem da pequena nobreza de acordo com o humor delas. Ainda bem, pois imagine o caos que seria.

– Basta com o seu atrevimento – disse Leopold enquanto ele e Edgar se juntavam aos dois. – Podemos dar continuidade aos nossos planos, milorde? – ele perguntou para Lorde Julian enquanto mais uma vez se sentava aos pés da cama. – A menos, é claro, que o senhor aprecie um "pegue-me se for capaz", lento e suicida.

– E você *me* acusa de atrevimento – Chloe murmurou, mas todos a ignoraram.

– Claro que não! Eu não gosto deste jogo – Lorde Julian crispou, e então suspirou. – Mas eu gostaria de poder ignorar a dura verdade que está diante da minha cara. É ruim o bastante saber que a sua esposa o traiu não uma, mas repetidas vezes. Imaginar que o próprio tio não apenas o traiu, mas que ele e a dita esposa desejam a sua morte é ainda pior. No entanto, não sou um completo idiota. Vocês estão certos. Desta vez, eles quase conseguiram. Só não sei ao certo o que pode ser feito quanto a isso. O homem apanhado disse algo de útil?

– Temo que não – Leopold respondeu. – Ele disse que o homem que o contratou estava bem escondido sob um casaco enorme, chapéu e um lenço de pescoço. A única certeza que ele tem é de que o homem era um nobre. Roupas finas, palavreado elegante, cheirando a limpo. Todas as pistas de sempre. Ele também disse que recebeu uma coroa para seguir o senhor até que uma oportunidade de matá-lo surgisse e então que deveria agarrar a oportunidade.

– Uma coroa? Só isso? – Julian se sentiu insultado com o valor. – A vida de um conde deveria valer mais do que isso.

– Para aquele homem uma coroa era uma pequena fortuna. Também prometeram-lhe pagar mais se ele conseguisse provar que você estava morto. E, não, não há nenhuma possibilidade de conseguir apanhar alguém em flagrante. Havia um plano para a entrega do restante do pagamento. Um modo que permite que o seu inimigo não seja descoberto. Além do mais, será preciso apresentar uma prova de que você está morto e isso não temos como forjar. Estou assumindo que você goste bastante da sua mão direita.

– Pode ter certeza disso. – Julian franziu a testa ao olhar para a sua mão direita, mais exatamente para a cicatriz disforme que se espalhava sobre o dorso. – Foi quase que por um milagre que não a perdi na ocasião que ganhei esta cicatriz. Foi em um duelo – completou, ao notar a curiosidade que os Wherlocke não conseguiram esconder. – A primeira e última vez que lutei em nome da honra da minha esposa.

Julian estava começando a se sentir muito cansado e sabia que não era apenas devido aos ferimentos. Era seu próprio turbilhão emocional que estava roubando suas forças. Sentia um peso no espírito e no coração. Não fora apenas seu orgulho que tinha sido estraçalhado pela traição da esposa, mas a sua confiança em si mesmo e no seu poder de julgamento. No entanto, ele já tinha se deixado arrastar na autopiedade por tempo suficiente. Por mais doloroso que fosse encarar a verdade, não havia como continuar ignorando-a... não se ele quisesse continuar vivo. Afundar na bebida e com prostitutas para alguns pode ter soado como uma forma lenta de suicídio, mas essa nunca tinha sido a sua intenção. Ele certamente se sentira arrasado, mas não o bastante para encarar o frio esquecimento do túmulo.

– Edgar e eu achamos que você deveria se fingir de morto por enquanto – disse Leopold. – Exceto por nós, o único que sabe que você está vivo é o homem que o atacou. Mas logo ele estará muito distante para contar a verdade para qualquer um.

– Quanto aos seus criados...

– Eles guardarão segredo. – Leopold soltou um leve sorriso para a fisionomia desconfiada de Julian. –Você terá de aceitar a minha palavra, milorde. Nossa família e nossos primos, os Vaughn, têm criados cuja lealdade e silêncio são absolutos.

– Algo pelo qual muitos seriam capazes de pagar uma fortuna. Então, eu permaneço morto. E continuo escondido aqui?

–Você confia no silêncio dos seus criados?

– Não em todos. – Julian suspirou. – Ainda não entendo como você acabou se envolvendo nesta confusão.

– Estamos envolvidos desde o início, milorde – disse Chloe. – Desde a noite em que a sua esposa deu à luz...

– Ao filho de outro – ele esbravejou. – Aquela criança *não* era minha.

– Eu sei, milorde. Aquele menino era o filho da minha irmã.

Julian ficou sem palavras. Enquanto lentamente retomava a consciência o suficiente para começar algumas perguntas, sentiu que antes precisava fazer algo muito urgente. Tentou nem pensar na necessidade, mas relutantemente acabou aceitando que seu corpo não estava disposto a esperar até que ele tivesse as respostas que precisava.

– Maldição – ele murmurou. – Precisamos falar sobre isso, mas neste instante – hesitou, e em seguida disse: – Preciso de um pouco de privacidade.

– Sim, eu compreendo. – Chloe se levantou, logo percebendo o motivo da pressa, e saiu caminhando rumo à porta. – Eu darei as respostas para as suas perguntas quando voltar.

– Como ela pode saber quais são as minhas perguntas? – ele perguntou para Leopold assim que Chloe saiu e Edgar rapidamente se moveu para ajudá-lo com as suas necessidades íntimas.

– Oh, ela pode adivinhar facilmente – respondeu Leopold.

Julian lutou contra o sentimento de humilhação enquanto os dois homens o ajudavam, lavando-o e trocando seu traje de dormir por outro limpo. Ele odiava se sentir tão fraco e indefeso, mas foi obrigado a aceitar que naquele momento aquela era a sua situação e ele precisava de toda a ajuda que pudesse conseguir. Quando finalmente abriu os olhos outra vez, percebeu que os dois o fitavam com um sorriso preocupado. Então ele se lembrou do que Chloe tinha dito e franziu a testa. Julian preferiu pensar que tinha entendido errado.

– Ela disse mesmo que aquela criança era da irmã dela? – indagou. – Que eu enterrei o filho da irmã dela na cripta da minha família?

Leopold suspirou e assentiu.

– Era o filho da irmã dela, Laurel. Laurel se casou com um homem pobre que morreu durante uma pescaria. Ela sabia que não iria conseguir sobreviver ao parto e que estava muito enfraquecida por causa de uma febre recorrente da tristeza. Dois homens apareceram, enquanto Laurel jazia à beira da morte ao lado do filho que tinha nascido morto, e levaram a criança.

– Mas por quê? Beatrice estava fingindo a gravidez? *Tudo* não passou de uma mentira?

– Nem tudo – respondeu Chloe ao entrar no quarto e se aproximar da cama, trazendo escondido atrás da saia o pequeno Anthony. – A sua esposa de fato estava grávida. Ela e Laurel deram à luz ao mesmo tempo, algo que a sua esposa sabia, pois tinha a parteira em suas mãos. Para dizer a verdade, creio que a parteira tenha planejado tudo para que as duas mulheres dessem à luz ao mesmo tempo.

– Isso não faz sentido – Julian murmurou. – Se Beatrice estava grávida, o que aconteceu com a criança? Onde ela foi enterrada?

– A criança não foi enterrada, milorde, apesar de Laurel e eu termos feito de tudo para que sua esposa acreditasse que o filho dela se encontra no túmulo ao lado de Laurel. Uma troca foi feita. O filho vivo de Lady Beatrice foi trocado pelo filho morto da minha irmã.

– Mas por quê? Com que propósito?

– Por quê? Porque a última coisa que a sua esposa e o seu tio queriam era que o senhor tivesse um herdeiro.

– Mas se a criança nem era minha. Aquela mulher nunca foi fiel.

Chloe o encarou por um momento e, então, sorriu.

– Então parece que o senhor tirou a sorte grande, milorde. Pois o filho *é* seu.

– Você viu a criança? Sabe o que aconteceu com o bebê?

– O bebê foi bem cuidado. – Chloe puxou Anthony detrás do seu corpo. – Esta criança é a cara do pai. Milorde, conheça Anthony Peter Chadwick Kenwood, o seu filho e herdeiro.

Julian olhou no fundo daqueles olhos verdejantes como os seus. Fartos cachos dourados cobriam a cabeça do garoto. Cachos que lembraram Julian dos seus próprios cabelos nos tempos da infância. Julian olhou para os três adultos que o observavam atentamente e então contemplou novamente aqueles olhos que marcavam a criança como sendo sua. Quando abriu a boca para falar, ele sentiu que mergulhava na escuridão.

Capítulo 2

– O QUE ACONTECEU?

Chloe virou-se assim que ouviu ao longe as primeiras palavras, caminhou de volta e parou ao lado da cama.

– O senhor desmaiou, milorde – ela respondeu.

Levou um segundo para Julian se lembrar de onde estava e quem era aquela mulher.

– Eu nunca desmaio.

– Há sempre uma primeira vez para tudo. O senhor permaneceu inconsciente por três horas.

– Onde está Edgar? E Sir Leopold?

Ela notou que ele não perguntou pelo pequeno Anthony.

– Eles estão na sala brincando com o seu filho.

Lorde Julian ficou tão pálido que Chloe se aproximou um pouco mais. Surpreendeu-se quando ele segurou sua mão com força e olhou desvairado ao redor do quarto. Quando finalmente seu olhar pousou sobre ela outra vez, foi com um tremendo esforço que Chloe conseguiu manter a fisionomia suave e não demonstrar a preocupação que sentia. Por um momento, ele não era o conde, nem mesmo aquele beberrão devasso do último ano. Ele era simplesmente um homem tentando desesperadamente enfrentar a dor de uma enorme traição. Com muita cautela, ela segurou de volta a mão dele.

– Conte-me exatamente como você acabou ficando com o meu filho. – Julian pediu, achando estranho que o fato de estar segurando a pequena mão da senhorita pudesse lhe trazer algum conforto, mas relutante em abrir mão do consolo.

– Se o senhor tiver paciência, vou contar a partir do começo de tudo – Chloe disse. – Quando o marido da minha irmã morreu, ela adoeceu de tristeza. A gravidez já estava adiantada e isso também ajudou a minar as suas forças. Nós duas sabíamos que ela poderia morrer ao dar à luz e logo começamos a duvidar de que a criança também sobrevivesse. Nós sabíamos que a sua esposa também estava esperando um filho e logo soubemos sobre os planos dela.

– Como?

– Deixe-me explicar isso mais tarde, por favor. Assim, cientes do que estava por vir, arrumamos o corpo de um bebê. É costume em Londres limpar os túmulos antigos para abrir espaço para os que acabaram de morrer. Durante uma das vezes em que Laurel se sentiu um pouco mais forte, fomos até Londres e conseguimos a criança de que precisávamos. Em seguida, retornamos para a nossa cabana, que fica nas áreas pantanosas que se estendem entre Colinsmoor e a propriedade do Barão de Darkvale. E então esperamos. Minha irmã foi enfraquecendo cada vez mais e o parto foi muito difícil, a hemorragia... – Chloe respirou fundo para espantar a tristeza. – Dois homens chegaram e por isso me escondi. Eles pegaram o pobre Charles Henry, que tinha morrido no parto, e colocaram Anthony nos braços da minha irmã. Mas um dos homens, Jake Potter, não teve coragem de ir embora. Ele voltou para tentar oferecer algum conforto e calor à minha irmã e ao bebê, até acendeu a lareira. Depois disso ele enfiou alguns papéis embaixo das cobertas, dizendo para a minha irmã que ele e alguns outros tinham reunido o máximo de provas que puderam para que assim, se o garoto sobrevivesse, pudesse provar a sua origem.

– Mas ele não fez mais nada? Simplesmente abandonou a sua irmã e a criança sozinhos e sem esperança?

– Ele estava com medo. Todos tinham medo em Colinsmoor. As pessoas que desobedeciam não sobreviviam. O parceiro de Jake o lembrou da triste verdade. Disse algo sobre um homem chamado Melvin e um fosso. Assim que Jake se foi, corri para perto da minha irmã. Não demorou muito e ela morreu, mas foi em paz. Eu a enterrei junto daquela pobre criança, perto da cabana. Então peguei Anthony e vim para Londres para me juntar a Leopold, que já estava esperando por mim. Durante os três últimos anos esperamos para lhe contar a verdade sobre a sua esposa.

– Eu soube de quase tudo, há um ano.

– Sim, mas o senhor não aceitou muito bem, não é mesmo? O modo como tem se comportado fez Leopold sentir que o senhor não estava realmente preparado para ouvir *toda* a verdade. Não podemos esperar por mais tempo. Por pouco o senhor não foi assassinado, e, até agora, Anthony pensa que Leopold e eu somos a sua família. E, para ser franca, a herança dele precisa de proteção.

Julian soltou a mão de Chloe e cobriu os olhos, sussurrando todas as blasfêmias que conhecia. Para tentar superar a vontade de chorar como uma criança de coração partido, buscou pela ira e pela determinação. Os crimes contra ele eram muito bárbaros para serem compreendidos, especialmente por terem sido cometidos pela sua esposa e pelo seu tio. Mesmo assim, ele acreditou, e a tristeza, a dor, que tanto lutou para controlar, formaram um nó no seu peito. Para piorar a situação, esta moça de olhos vibrantes e inocentes sabia de tudo, sabia até mesmo sobre as profundezas por onde ele havia andado ao longo do último ano.

Quando estava começando a recuperar o controle das suas emoções, ele se deu conta de algo mais. A pequena e delicada mulher e sua irmã moribunda tinham planejado, de uma maneira muito inteligente, um modo de salvar o *seu* filho. Ela tinha vindo para Londres e cuidado do seu filho por três anos enquanto esperava que ele pudesse assumir as suas responsabilidades. Sua dívida para com esta mulher e Sir Leopold era incalculável e iria crescer ainda mais enquanto eles os ajudassem a derrotar os seus inimigos. Essa situação o humilhou e ele ficou desconfortável. Quando removeu as mãos dos olhos, ele olhou para as roupas de cama enquanto tentava dominar mais um sentimento.

– Ainda não entendo como você soube tudo que deveria fazer – ele finalmente disse.

– Bem, desconfio que o senhor já deve ter ouvido alguns rumores sobre os Wherlocke e os nossos primos, os Vaughn – ela começou.

– Bobagens sobre espíritos e dons. Até mesmo magia e feitiçaria. Sempre correram tais rumores sobre a sua família. As pessoas não deveriam dar atenção aos boatos.

– Não? Nem mesmo quando estes mesmos rumores têm sido sussurrados ao longo do tempo, passando de geração em geração? É verdade que não se deve acreditar em tudo que dizem, mas, no fundo, sempre há uma verdade. No nosso caso, tais *rumores* fizeram com que esposas abandonassem seus maridos e os maridos deixassem as nossas mulheres. Muitos abandonaram os filhos também. Repetidas vezes. No passado, tais *rumores* levaram os Vaughn e os Wherlocke para a fogueira ou para a forca ou para serem caçados como bestas selvagens.

Julian franziu a testa.

– Você está afirmando que é uma bruxa?

– Não, milorde – ela respondeu enquanto ajeitava os travesseiros dele e o ajudava a se sentar mais confortavelmente. – Houve alguns de nós que praticaram o que muitos chamam de *magia negra*, mas, não, nós não somos bruxos maléficos ou feiticeiros ou adoradores de Satã. – Ela ergueu uma taça de cidra enriquecida com ervas curativas. – Beba.

Depois de cheirar a bebida que ela segurava sob o seu nariz, Julian perguntou:

– O que tem aí?

– Algumas ervas para abrandar a sua dor e fortificar o seu sangue, dar forças e acelerar o processo de cicatrização. Não tem nenhum olho de salamandra, nem mesmo uma pitadinha de magia.

Ignorando o comentário, ele bebeu com a ajuda de Chloe.

– Por que você me lembrou do que dizem sobre a sua família? – Julian perguntou enquanto ela colocava a taça sobre o criado-mudo.

– Por causa do modo como Laurel e eu, e até mesmo Leo, sabíamos o que ia acontecer e o que era preciso ser feito. Tive um sonho, uma visão se preferir. – Ela ergueu uma mão quando ele começou a falar. – Por gentileza, primeiro ouça o que vou lhe contar. – Depois que ele cerrou os lábios e assentiu, ela continuou – Laurel se casou com um homem abaixo da sua posição social – do ponto de vista da minha mãe e da sociedade. Um homem bom, mas muito simples. Minha mãe a expulsou de casa. Laurel e eu mantivemos contato por meio de cartas que eu enviava às escondidas para ela por intermédio de uma tia. Foi assim que fiquei sabendo quando Laurel suspeitou que estava esperando um filho. Logo depois de receber a notícia, tive um sonho. No sonho vi o pobre Henry, o marido dela, sendo tragado pelo mar. Vi Laurel deitada em uma cama, suas formas arredondadas pela gravidez, mas a pouca vida que havia ali estava se esvaindo rapidamente.

Chloe se sentou na cadeira ao lado da cama e cruzou os braços com força antes de continuar:

– Espreitando do lado de fora da casa onde a minha irmã jazia moribunda havia uma bela mulher, que também estava grávida. Ela usava uma túnica branca estampada com corações sangrando e caveiras. Logo o sonho se tornou sombrio e assustador. A mulher também se tornou assustadora, mas mesmo assim ainda continuou bela. Ela arrancou a criança morta de dentro do ventre da minha irmã e em seguida voou na direção de um castelo encoberto por uma névoa. Outros vultos surgiram, flutuando, enquanto o brilho da vida que ainda restava dentro de Laurel ia enfraquecendo mais e mais. Vi Henry chorando e procurando pela esposa e pelo filho. Então, de repente, a vida ressurgiu novamente e foi depositada nos braços de Laurel.

– E você viu algum sentido nisso? – Julian perguntou quando Chloe ficou em silêncio por um momento, intrigado apesar de suas dúvidas.

– Um pouco. Eu soube que precisava me encontrar com Laurel. Minha mãe disse que, se eu partisse, não poderia retornar. – Ela encolheu os ombros. – Não preciso voltar. Quando encontrei Laurel, ela tinha acabado de receber a notícia sobre a morte de Henry. Tive de ajudá-la a enterrar o marido e então cuidei dela. Ela se recuperou um pouco, o suficiente para me dar falsas esperanças. Acabei descobrindo também quem era a bela mulher do meu sonho e tentei conseguir o máximo de informações sobre ela. Laurel fez o mesmo. Logo o sonho ficou claro e começamos a tramar nossos próprios planos, para impedir os planos da mulher. Tudo se deu exatamente como o meu sonho predisse – ela suspirou. – Anthony era a vida trazida para o nevoeiro de morte e tristeza.

Apesar de ainda estar incerto se acreditava ou não em toda aquela história sobre visão, ele perguntou:

– Como você descobriu o plano tão rápido?

Chloe soltou um leve sorriso.

– Eu não passava da irmã de uma pobre viúva. As pessoas me contavam coisas ou faziam comentários perto de mim que nunca teriam coragem de sussurrar a menos de um quilômetro do senhor. Acho que, talvez, a minha intuição feminina me levou a desconfiar daquela bela mulher. Mas isto não vem ao caso. Quando tive o sonho, achei que era porque eu precisava salvar Laurel. Porém, não demorou muito tempo para eu ver que tinha sido jogada naquela tragédia para salvar Anthony.

Chloe observou Julian tentando absorver a história que ela tinha acabado de lhe contar. Sua fisionomia mostrava sinais de que ele tinha acreditado, mas havia algo de relutância também. Chloe o compreendia. Eram poucas as pessoas que acreditavam em tais dons. Ela ficou satisfeita por não ter visto medo em sua expressão. Com as dúvidas ela sabia lidar, mas, por uma razão que fugia à sua compreensão, sabia que ficaria magoada se tivesse visto o medo.

– É difícil aceitar que um sonho salvou o meu... – Julian hesitou – filho.

– Ele *é* o seu filho, milorde. Tenho os documentos que provam, se o senhor desejar ver.

– Mais tarde. – Ele suspirou. – Ele tem os meus olhos – sussurrou e então franziu a testa. – Por que você não me procurou logo após o acontecido?

– Duvidei que o senhor fosse acreditar em mim. Assim como Leo. Ela era a sua esposa, o amor da sua vida. Nós não passávamos de estranhos para o senhor. Se contássemos antes do momento certo, poderia custar a vida de Anthony. Não ousamos correr o risco. Tivemos de esperar até que sentíssemos que o senhor tinha enxergado a verdade sobre a sua esposa ou, pelo menos, que soubesse o suficiente para dar atenção ao que tínhamos para contar.

Julian acenou com a cabeça relutantemente, aceitando o fato desagradável de que, na época, ele estava tão encantado com Beatrice que provavelmente teria preferido acreditar nela.

– Eu sabia que o filho que ela me mostrou não era meu. No meu coração, eu soube, mas inventei uma mentira para mim mesmo até a dúvida passar. A criança não tinha a marca de nascença dos Kenwood.

– Sim, a marquinha cor de morango na nádega direita.

– Exatamente. A marca não estava lá, mas eu me convenci de que isso não significava nada. Disse para mim mesmo que ela ia acabar aparecendo com o tempo, se a criança tivesse sobrevivido. O menino tem a marca, não tem?

– Ele tem. – Lorde Julian fechou os olhos e Chloe sabia que ele tinha sido tomado pela emoção novamente. – Anthony é um garoto muito bonito – ela continuou. – Leo vive cortando os cabelos do menino às escondidas. Mas eles crescem em belos cachos fartos novamente. Perfeitos para se colocar um ou dois laços. Laços verdes, é claro, para combinar com os belos olhos. – Ela estalou a língua e balançou a cabeça. – Leo até mandou que o seu criado pessoal providenciasse roupas masculinas para Anthony, apesar de a criança ficar adorável com os camisolões infantis.[1] Leo diz que, se deixasse por minha conta, logo todos iriam passar a chamar o menino de Antonia. O que é uma bobagem, é claro. A verdade é que a maioria das mulheres seria capaz de tudo para ter cachos como os de Anthony. Não vejo nenhum problema em exibi-los só um pouquinho.

Chloe continuou tagarelando sobre as rendas finas que enfeitavam os camisolões da criança, uns que Leo se recusava terminantemente a permitir que ela colocasse no menino. Enquanto falava, ela observava Lorde Julian o tempo todo. Não demorou muito e logo a bela boca dele perdeu o leve tremor e se firmou em uma linha cerrada. Quando ela começou a reclamar que Leo não a deixava usar sabonete com perfume de rosas para lavar a criança, nem mesmo as suas roupinhas, o homem já estava sorrindo.

– Basta – Julian rompeu. – O seu plano funcionou. Já não estou me sentindo mais como uma mocinha sentimental. Por Deus, espero que tudo que tenha dito não passe de tolice.

– Algumas coisas – ela disse e sorriu. – Ele realmente tem cachos lindos.

Julian resmungou e então olhou para a porta.

1 Na Europa do século XVIII, era comum meninos e meninas pequenas usarem camisolões que se pareciam com vestidos. (N. da T.)

– Acho que eu gostaria de vê-lo novamente agora que já me recompus.

– Não está com medo de desmaiar outra vez?

– Não desmaiei. Simplesmente sucumbi, por um momento, à fraqueza causada pelos meus ferimentos.

– Claro. Mas acho que Leo trará Anthony dentro de um ou dois minutos. Ele trouxe o menino de volta de hora em hora desde que o senhor, bem, sucumbiu. A pobre criança pensou que o senhor tivesse morrido. Leo deixou que ele visse que o senhor estava respirando para acalmá-lo. Além disso, Leo também espera encontrá-lo desperto pelo bem de Anthony e para que o senhor possa dar início aos planos futuros. O relógio acabou de completar mais uma hora. – Ela escutou por um momento. – Na verdade, acho que estou ouvindo o som de passinhos subindo a escada. De Anthony, é claro. Leo tem pés bem maiores.

– Você é uma mulher muito estranha – Julian falou de modo arrastado, sentindo uma inexplicável vontade de sorrir.

– Eu sei. É um dom.

Antes que ele tivesse tempo de dar uma resposta para a tolice, a porta se abriu e Leo entrou acompanhado de Anthony, seguido por Edgar, que parecia indeciso. Julian encarou a criança, que se aproximou correndo da lateral da cama. Ele olhou no fundo daqueles olhinhos que tinham o mesmo tom dos seus e soube, sem sombra de dúvida, que o menino era seu filho. Uma rápida passada de olhos na estrutura do menino, nos cabelos, e até mesmo nas mãos, com dedos longos, lembraram a Julian seu próprio retrato de quando tinha a mesma idade.

A dimensão da traição que sofrera ainda doía de uma maneira quase esmagadora. Beatrice tinha lhe negado o direito de conhecer o próprio filho e ainda tinha planejado a morte do garoto. Por motivos óbvios, ela não ousou matar o próprio filho, mas deixar um recém-nascido nos braços de uma mulher à beira da morte, sem saber que Chloe estava por perto, também foi uma forma de assassinato. Saber que o seu tio tinha tomado parte do crime foi ainda mais duro de suportar. O modo como a criança de olhos vibrantes olhou para ele, do mesmo jeito que teria olhado para um estranho, também doía.

– O senhor meiôiouu? – perguntou Anthony.

– Sim. – Julian limpou a garganta seca devido à força da emoção. – Eu estou melhor, ou quase.

– Ótimo. Leo e Cohee disseram que o senhor ia meioiá. Leo disse que o senhor é o meu pai.

– Sim, eu sou.

– Agora o senhor vai morar aqui?

– Por um tempo. – Ele contraiu as sobrancelhas quando a criança começou a mostrar certa agitação.

– Eu fico aqui. Eu moro aqui. Leo e Cohee são a minha famíla.

– Sei disso. E eles sempre serão, pois são os seus padrinhos. – Julian nem viu os olhares surpresos dos Wherlocke.

– Por que o senhor foi embora?

Julian levou um momento para entender a pergunta, para perceber que tinham contado alguma história que justificasse a ausência de pais para a criança.

– Acho que andei um pouco perdido.

Anthony assentiu.

– E Cohee encontrou você.

– Sim, ela me encontrou. E agora está cuidando de mim para que eu melhore logo.

– Ela não conseguiu encontrar a mamãe. Cohee disse que a mamãe foi levada pelo Monstro do Quinto dos Infernos.

Julian ouviu a risada abafada de Edgar e viu Leo olhando sério para Chloe. Em seguida, olhou de canto de olhos e percebeu que ela fazia ares de inocente. "O Monstro do Quinto dos Infernos...", ele refletiu. Pelo jeito Chloe Wherlocke não era do tipo que costumava esconder o que pensava.

– Fiquei triste pela mamãe – Anthony comentou –, mas tenho a Cohee e isso me deixa feliz.

– Tenho certeza disso. – Julian percebeu que o laço que unia seu filho e Chloe ainda iria acabar lhe causando alguns problemas. – Ela cuidou muito bem de você.

Anthony assentiu.

– Ela me beija até quando sou malcriado. Mas eu sou um bom menino. Tenho cabelo bonito.

Chloe ignorou o modo como os três homens franziram os semblantes em sua direção e sorriu para Anthony.

– Seus cabelos são mesmo muito bonitos.

– Acho que o tempo da sua visita acabou, rapazinho – Leo disse. – O seu pai precisa descansar.

– Eu levo o menino para a pajem – Edgar se ofereceu.

– Primeiro quero dar um beijo no papai – Anthony falou.

– Tenha cuidado. – Rapidamente Leo impediu que a criança pulasse na cama, erguendo-o para que ele pudesse dar um beijo no rosto de Julian. – Muito bem.

No momento que Leopold colocou Anthony no chão, o menino contornou a cama correndo para subir no colo de Chloe, dar-lhe um beijo na bochecha e entrelaçar os bracinhos ao redor do pescoço dela. Julian percebeu que o garoto olhava para ele com um olhar astuto, quase adulto, e muito desafiador. Anthony podia até não chamar Chloe de mãe, mas o laço que os unia estava lá e muito bem atado.

– Padrinhos? – os dois Wherlocke questionaram juntos, assim que a porta se fechou atrás de Anthony e Edgar.

– Por que não? Ao longo dos últimos três anos foi exatamente este o papel que os dois desempenharam – Julian respondeu. – Isso pode ser oficializado. – Ele franziu a testa ao olhar para Chloe. – É claro que toda a tolice de cabelos bonitos precisa terminar.

Chloe revirou os olhos.

– Ele é apenas um garotinho. Tem tempo para transformá-lo em um homem másculo. – Ela desviou o olhar para a direção da lareira e resmungou: – Um homem másculo com cabelos bonitos.

– Ela pratica para ser irritante? – Julian perguntou para Leopold.

– Não – respondeu Leopold. – Acho que faz parte da natureza dela.

Chloe lançou um olhar entediado para os dois e, em seguida, perguntou:

– Vamos ou não dar início aos nossos planos?

– Bem, o plano principal já foi colocado em ação – disse Leopold. – O lorde permanece escondido, confirmando os boatos sobre a sua morte. Ele precisa sarar e recuperar as forças.

– Só tem um problema: e o cocheiro dele?

– Não sei se você se recorda, mas ele estava inconsciente e muito distante para conseguir ver o agressor. Nós encontramos a carruagem e a levamos, com o cocheiro dentro, para a mata. Meus homens ficaram observando à distância até que ele fosse encontrado. Deixamos marcas de sangue por toda a carruagem para dar a impressão de que o assassinato tinha ocorrido dentro dela.

– Será que Beatrice e Arthur morderam a isca? – Julian perguntou, apesar de já saber a resposta.

– Creio que sim, direitinho – respondeu Leopold. – A encenação da morte foi completa. Agora você precisa repousar para se curar e ficar mais forte.

– Não estou em condições de fazer muito mais do que isso, no momento, estou?

– Não fale assim. Você foi atacado e esfaqueado duas vezes, há apenas três dias. Sua capacidade de raciocínio continua intacta, milorde. Dentro de mais um ou dois dias de descanso, vou colocar a sua mente para analisar todas as informações que reuni.

– Informações, mas não provas?

– As provas foram mais difíceis de conseguir. Não pude me aproximar o bastante ou fazer uma busca pelas suas propriedades. – Leo se sentou aos pés da cama assim que Edgar retornou. – Dos seus servos só ouvi uma ou duas histórias. O que pude perceber é que não é a lealdade que os impede de dizer algo sobre Lady Beatrice e Sir Arthur. É o medo.

– Eu não ofereci nenhum tipo de esperança de libertá-los desse medo, ofereci? Primeiro porque estava tão embriagado e enfeitiçado. Depois, porque fui apanhado pela minha própria tristeza. – Julian se sentiu profundamente decepcionado com ele mesmo. – Melvin trabalhava nos estábulos em Colinsmoor – adicionou baixinho. – Disseram para mim que ele tinha pedido demissão, que tinha ido para as colônias em busca da fortuna.

– Creio que as colônias passaram a se chamar América, agora – Leopold mencionou e soltou um leve sorriso antes de ficar sério novamente. – Melvin, sem dúvida, está morto. Provavelmente deve ter descoberto algo e eles sabiam que ele poderia tentar alertá-lo. Infelizmente, não conseguimos encontrar o fosso que Chloe ouviu falar a respeito ou qualquer um que pudesse nos dizer algo. Ninguém fala nada abertamente sobre Melvin.

– A parteira também desapareceu logo depois das trocas dos bebês – Chloe mencionou.

– Algum outro membro da minha família está correndo risco? – perguntou Julian.

– A sua mãe e as suas irmãs estão em segurança – Leopold respondeu. – Elas não representam uma ameaça para o que a sua esposa e o seu tio querem. Seu irmão mais novo, Nigel, está sob proteção. O que não é muito difícil, uma vez que ele está com o nosso exército no Canadá. Enviei uma carta para um parente que mora lá assim que isso começou. Seu irmão está sob proteção o tempo todo. No entanto, fiquei sabendo que ele está cansado da vida militar e do clima estrangeiro e está considerando a possibilidade de pedir baixa e voltar para casa. Algo que estou certo de que ele fará assim que ficar sabendo sobre a sua morte. Este é mais um motivo para não esperarmos mais e começamos agir o quanto antes.

– Você parece seguro de que o seu parente é capaz de proteger Nigel, mas, ao mesmo tempo, se meu tio acredita que estou morto...

– Não se preocupe. Meu parente ainda pode protegê-lo e ainda o fará mesmo que o seu irmão peça baixa e resolva voltar para casa. Quando ele estiver aqui, nós podemos ficar de olho nele se meu primo resolver retornar para o Canadá. Meu primo, um Vaughn, tem um talento nato para sentir quem representa uma ameaça. – Leopold encolheu os ombros quando Julian lançou um olhar descrente. – É a mais pura verdade. Confie em mim. Até mesmo alguém que estiver com a simples intenção de pregar uma peça no seu irmão terá dificuldades de se aproximar.

Julian não discutiu, mas não estava totalmente seguro sobre o plano. Logo ele ficou muito exausto para participar da conversa, mesmo que ela dissesse respeito à sua vida. Em seguida os Wherlocke se retiraram, mas Edgar permaneceu mais um pouco ao lado da cama. Julian deu um sorriso cansado para o velho amigo.

– Você *pode* confiar neles – Edgar afirmou.

– Seria uma grosseria de minha parte se não o fizesse – Julian disse. – Não apenas porque devo a eles a vida do meu filho, assim como a minha, mas eles cuidaram da minha família enquanto eu bebia e saía com prostitutas.

Edgar deu um tapinha no ombro ferido do amigo.

– Não se culpe. As traições que você sofreu podem levar um homem à loucura.

– A minha autopiedade fez de mim um idiota inútil. Tudo que aconteceu foi terrível, mas estou farto disso. Como Leopold disse, está na hora de acabar com este jogo.

– Sim, pelo bem daquela criança, ao menos. Um rapazinho brilhante. – Edgar esfregou a mão sobre o queixo levemente proeminente. – Anthony pode chamar a Srta. Wherlocke de Cohee em vez de mãe, mas tenho certeza de que será muito difícil separar os dois.

– Eu sei. – Julian mal disfarçou um bocejo. – Assim como será difícil explicar como de repente eu tenho um herdeiro.

– Não depois que derrotarmos nossos inimigos e a verdade vier à tona. E virá, você sabe. Pelo bem do garoto, tem de vir.

– É verdade. O escândalo vai magoar profundamente minha mãe e minhas irmãs. Neste momento, elas devem estar tristes por mim, pois acreditam que estou morto.

Melhor isso do que você, Nigel e a criança morrerem de verdade. Descanse. Você vai precisar de todas as suas forças para a luta que virá. Em breve, Leopold e eu lhe daremos os nomes de todos os envolvidos e contaremos tudo que descobrimos sobre Beatrice e o seu tio.

– Deus me ajude, como pude ser tão idiota, tão cego?

– O poder de sedução de Beatrice é do tipo capaz de enfeitiçar um homem, cegálo para todo o mau que ela carrega no coração. Até mesmo eu me deixei levar... E não,

não creio que seu tio esteja tão cego. Na verdade, acredito que ele e Beatrice são almas gêmeas. – Edgar piscou, seus olhos azuis brilharam risonhos quando ele se levantou e seguiu rumo à porta. – Em breve, eles receberão tudo que merecem, serão engolidos pelo Monstro do Quinto dos Infernos.

Julian se surpreendeu ao perceber que estava sorrindo enquanto cuidadosamente se acomodava em uma posição mais confortável. Percebeu que não tinha mentido quando disse ao filho que estivera perdido. Em vários sentidos, era a mais pura verdade. A mágoa, o orgulho ferido e o sentimento de humilhação o tinham levado para a mais pura escuridão, mas agora ele estava livre disso tudo. Carregava cicatrizes e feridas que temia nunca fossem fechar, mas, agora, estava pronto para encarar os seus problemas. Tinha um filho para proteger, uma criança para criar, e isso lhe deu um novo propósito, algo que tinha perdido há muito tempo. Enquanto o sono o envolvia, ele ficou se perguntando por que a imagem de uma certa mulher ousada e com olhos azuis profundos vagava pelos seus pensamentos.

Capítulo 3

– Malditos – Julian murmurou enquanto deixava cair sobre o colo o último dos documentos que Leopold tinha lhe dado. Depois afundou sobre a pilha de travesseiros. Depois de uma boa noite de sono ele imaginara que estivesse forte o suficiente para encarar um pouco mais da dura verdade, mas, agora, já não tinha mais tanta certeza disso. –Você acha que tudo foi planejado desde o princípio? E que desde o começo eu não representei nada além de um peão?

– Isso é possível – respondeu Leo enquanto se ajeitava na cadeira que tinha colocado ao lado da cama de Julian. – Peço desculpas pela pergunta pessoal, mas a sua esposa era virgem?

– Acho que não. – Julian sentiu o rosto corando levemente. – Eu não era muito experiente quando nos casamos e nunca tinha me deitado com uma virgem. Nunca o teria feito mesmo que tivesse tido a oportunidade. Não vejo glória alguma em desonrar uma jovem inocente e ingênua. Quanto à Beatrice, depois de tudo que descobri a seu respeito acredito que ela fingiu toda a sua inocência. Uma mulher, que conheci em um bordel, me contou como ela conseguiu ganhar uma pequena fortuna fingindo ser uma virgem até passar da idade para continuar com a farsa. A história de como ela encenou repetidas vezes a mesma mentira me lembrou muito a noite de núpcias com Beatrice. Fiquei tentado a perguntar à mulher se ela nunca tinha ensinado seus truques para uma lady, para a minha esposa mais especificamente, mas não pude. Foi duro, mas eu realmente não queria ouvir a resposta – ele adicionou baixinho.

– É claro que você não queria. Totalmente compreensível.

– Totalmente covarde seria mais exato.

– Talvez, mas a maioria dos homens seria covarde. A traição já tinha o levado a rastejar pelos bordéis. Você não precisava ouvir a confirmação de mais uma. No seu lugar, eu também não ia querer ouvir. No entanto, isso só me leva a pensar que as minhas suspeitas estão corretas, de que o seu tio escolheu Beatrice porque queria uma aliada muito próxima a você. E quem melhor do que uma amante ou uma esposa?

– Quem melhor? Os documentos mostram também que eles tentaram me colocar na prisão por dívidas.

– O que responde à minha pergunta com clareza, concorda? – Leo disse ao se levantar para esticar as pernas antes de sair caminhando pelo quarto.

– Creio que sim.

– Pelo que vi e descobri durante a investigação, a maioria das suas terras e investimentos permanece intacta e bem cuidada. Pelo visto a dupla percebeu que isso seria o mínimo a fazer para continuar com os bolsos cheios. Já outras terras que você possui não estão indo tão bem assim. – Leo encolheu os ombros. – Eles não estão interessados nelas e por isso estão apenas sugando até a última gota, sem investir absolutamente nada. Uma vez que os rumores sobre a sua morte estão se espalhando rapidamente, já correm boatos de que algumas propriedades que não são atreladas ao título de nobreza logo estarão à venda no mercado.

Leo esperou pacientemente enquanto Julian declamava uma lista de blasfêmias, para só depois dizer:

– Não há provas de que você está morto, Julian, portanto, será muito difícil para eles se desfazerem das suas propriedades.

– E Nigel é meu herdeiro, não o meu tio. Eu também mudei meu testamento, deixando para a minha esposa uma pequena anuidade. Cheguei a pensar em não deixar nada para ela, mas imaginei que poderia levar a muitas perguntas, cujas respostas seriam embaraçosas para a minha família.

– Antes da mudança do testamento, suponho que ela tivesse direito a uma bela retirada, caso ficasse viúva.

– Ela tinha e isso incluía algumas propriedades, mas que não poderiam ser vendidas sem a aprovação do meu herdeiro.

– Que está no Canadá. Portanto, se o seu tio pudesse provar que você lhe deu o direito de agir em seu nome ou fez dele o executor do seu testamento...

– Nunca fiz tal coisa, nunca dei a ele nenhum direito ou poder. É claro que isso não significa que ele não poderia forjar algum documento que lhe desse tais direitos. – Julian sorriu. – O que seria uma pequena falsificação para um homem como ele?

– É verdade. Assim como também poderia contestar a mudança no seu testamento, afirmando que foi feita no calor da emoção... ou qualquer outra desculpa que ele pudesse inventar. Portanto, precisamos descobrir um modo de colocar obstáculos no caminho dele.

– Tais como? – Julian estava começando a achar que Leopold Wherlocke tinha uma mente muito ardilosa.

– Tais como as dívidas acumuladas ao longo do ano em que você estava, digamos, fora de si.

– Você quer dizer que enquanto eu agia como um beberrão devasso – Julian soltou, com uma ponta de vergonha e embaraço pelo seu comportamento no último ano. – Infelizmente, creio que eu não esteja devendo tanto assim, com certeza não uma quantia cujo valor equivalha a qualquer uma das minhas propriedades.

Leo sentou-se aos pés da cama e recostou-se contra a coluna de madeira maciça.

– De fato você não acumulou tantas dívidas assim, mas isso não significa que não possamos produzir algumas. Você acha que seu tio e sua esposa sabem de cada detalhe do que você fez ao longo do último ano?

Julian pensou sobre a possibilidade durante alguns minutos e, então, balançou a cabeça.

– Não creio. Obviamente eles ficaram de olho no que eu estava fazendo e aonde fui, ou contrataram alguém para fazê-lo. Assim teriam tempo de planejar suas tentativas de me matar. Lembro-me de várias ocasiões em que eles poderiam ter tido sucesso, mas nada aconteceu. De fato, joguei e perdi algumas vezes, mas não foram grandes quantias.

– Então creio que pode ser uma boa ideia forjarmos algumas dívidas consideráveis, algumas que poderiam ser produzidas com rapidez, caso a venda de determinadas propriedades se mostre iminente. Pense em quais propriedades você realmente não gostaria de perder e escreva uma nota promissória em meu nome ou no de Edgar ou em nome de nós dois.

– Você tem uma mente assustadoramente ardilosa – Julian disse, sem conseguir conter por mais tempo o comentário.

– Obrigado.

– Vou pensar bem sobre quais propriedades eu realmente não gostaria de perder e então cuidarei para que você e Edgar tenham os documentos para impedir qualquer tentativa de venda por um longo período.

– Vamos rezar para que não precisemos de muito tempo para limpar toda a sujeira. E quanto ao testamento?

– Como eu disse, fiz um novo testamento quando descobri que Beatrice tinha me traído, mas não tenho certeza se ele ainda existe. Em torno de seis meses atrás, em um dos meus dias sóbrios, encontrei-me com meu advogado e fiquei com a nítida sensação de que ele tinha se corrompido. Acabei dizendo para mim mesmo que a traição de Beatrice só estava me tornando uma pessoa desconfiada.

Leo assentiu.

– É bem possível, mas creio que no caso você estava certo. Existe alguma cópia do testamento?

– Tem uma na casa de Kenwood, mas se o meu advogado estiver envolvido nisso, o testamento pode não valer muito. Nele deixo a maioria das minhas propriedades que não estão ligadas ao título para Edgar, minhas irmãs e minha mãe. – Julian sorriu. – Mesmo que a cópia seja encontrada, Arthur poderia tentar fazer como você disse; me declarar incapaz na época em que o testamento foi redigido.

– Mesmo assim o testamento poderia servir para conter quaisquer vendas ou roubos grotescos. Poderia atar as mãos deles com todos os tipos de complicações legais. Na verdade, poderia atar as mãos deles como nunca.

– Claro. Já ouvi vários homens se lamentando sobre tais embaraços legais. Mesmo assim, ainda imagino que meu tio deve ter sido esperto o bastante para prever tudo isso. E Beatrice não pode estar imaginando que será a condessa do meu tio agora que estou morto. Nigel é meu herdeiro, e, de qualquer maneira, Arthur e Beatrice não podem se casar. Mesmo que o meu tio já não fosse casado, nosso parentesco é muito próximo para que ele possa se casar com a minha viúva, não é?

Leo encolheu os ombros.

– E se ele provar que o seu casamento não é válido? A maioria das mulheres iria morrer de vergonha do escândalo que tal declaração causaria, mas acho que não a sua esposa.

– Infelizmente, é verdade. Tampouco ela ou meu tio iriam se importar que tal coisa pudesse marcar meu filho como um bastardo.

– Se lembrarmos que eles desejaram a morte da criança, creio que não. E não se esqueça de que eles pensam que o garoto está morto há muito tempo.

Julian ficou tenso.

– Se Arthur planeja se casar com Beatrice, então a minha tia Mildret pode estar correndo perigo.

– É bem possível – Leo concordou –, mas não precisamos nos preocupar com isso. Tenho alguém de olho nela e nas suas priminhas.

Fitando Leo, com uma dúvida crescente, Julian perguntou:

– Alguém parecido com o seu parente que está de olho no meu irmão, no Canadá?

– Quase, mas muito melhor e mais adequado à situação. Trata-se de uma mulher de meia-idade que atualmente trabalha como dama de companhia de sua tia e como professora das crianças.

– E qual é o tipo de proteção que uma mulher de meia-idade pode oferecer?

– Ela e seus dois filhos grandalhões que estão sempre por perto. – Leo sorriu. – A sua tia precisou de novos criados, entendeu?

– E todos eles possuem... dons?

Leo soltou um leve sorriso.

– Sei que você tem dificuldade em acreditar nisso, mas, sim, todos possuem dons que tornarão quase impossível que o seu tio consiga ferir a sua tia.

– Não era a minha intenção insultá-lo ao duvidar de sua palavra – Julian disse e então sorriu, ciente de que as suas dúvidas de fato representavam um insulto, pois a dúvida implicava que Leo era um mentiroso.

– Dúvidas não me afetam. Se eu não tivesse crescido com tais dons, se eles não tivessem infectado toda a minha família como se fosse alguma peste estranha, não tenho certeza se acreditaria tão facilmente em tais coisas.

– Você também tem visões?

– Não como Chloe. Nem sei ao certo se você chamaria o meu dom de *visão*. – Leo encolheu os ombros novamente. – Eu simplesmente, e sempre do nada, *sei* de coisas. Triste dizer, mas costumo prever coisas sombrias, perigosas. Mas sou bom mesmo em saber quando alguém está mentindo; por meio de palavras, atos, ou fisionomia.

– Que maravilha, isso deve ajudar. – A tristeza repentina que perpassou a fisionomia de Leo atiçou a curiosidade de Julian.

– Sim, ajuda, mas ao mesmo tempo é uma maldição. Todos nós mentimos, não é mesmo? Acabei aceitando isso; posso até entender que às vezes é necessário. Devido ao tipo de trabalho que presto para o nosso governo, para o rei e o país, acabei me tornando um perito na arte de mentir. Mas já como a criança estranha, doente e franzina que fui...

–Você nunca me pareceu estranho.

Leo agradeceu o elogio com um menear de cabeça, e continuou:

– Fui sim, não apenas porque fui muito doente, todos sabemos que nem sempre carregamos para a vida adulta os males da infância. Além da doença, tive uma mãe que encarava tais *dons* com certo alarme; digamos que foi uma infância difícil. Por outro lado, posso saber quando a beleza de uma mulher é de fato verdadeira, mais artificial – Leo falou de modo sarcástico e sorriu.

– É um dom que muitos homens gostariam de ter. – Julian suspirou, pensando em toda a dor que tais dons poderiam ter lhe poupado.

– A menos, é claro, que a mulher que esteja lhe dizendo que você é um ótimo amante esteja mentindo entre seus belos dentes.

– Deus me livre. Isso... Não, esqueça o que eu ia perguntar.

– Esquecerei. De volta ao assunto principal. Acredito que não precisamos nos preocupar com sua tia e suas primas. Se o seu tio planeja se livrar da esposa depois que conseguir se tornar conde, então ela estará em segurança enquanto Nigel estiver vivo. O título e as propriedades não iriam para os filhos das suas irmãs?

Julian meneou a cabeça lentamente.

– Não, somente descendentes homens têm direito ao título. Uma vez que o meu pai já morreu, se Nigel e eu morrermos sem deixar herdeiro significará que não restará nenhum herdeiro na linha de sucessão do meu pai. Desse modo o título passa para o meu tio e a sua linhagem. Além do meu tio, só existem alguns primos muito distantes. Arthur é o primeiro Kenwood que consta nos registros escritos que não tem um filho varão, somente filhas.

– O que significa que o homem iria querer arrumar uma nova esposa.

– Só se ele se importar em passar a herança para um filho. Os documentos indicam que ele só está interessado nos lucros das propriedades e nos direitos de posse. – Julian esfregou a mão na nuca. – Pelo que está escrito aqui, depois que Nigel e eu tivermos morrido, Arthur tentará com ainda mais vigor arrancar cada centavo que puder das propriedades. O que significa que não restará muito para quem quer que venha depois dele.

– E é por isso que agora estamos fazendo planos para tentar detê-lo.

– Isso podemos fazer, e acho que até já sei como. O que não vai ser muito fácil é conseguirmos provar que Beatrice tentou matar a mim e ao meu filho. Você tem poucas provas aqui e nada vai funcionar contra a capacidade do meu tio de usar as palavras e enganar, nem contra as conexões que ele fez ao longo dos anos. Não estou me referindo a amigos, mas a aliados, e alguns não muito queridos.

– Ah, chantagem. – Leo assentiu. – Eu soube que ele é muito hábil em descobrir e manejar aqueles segredos que as pessoas preferiam que ficassem bem enterrados. Consegui tirar algumas vítimas das mãos dele, mas o tipo de ameaça que ele mantém contra alguns homens e mulheres não é muito fácil de ser desfeita ou encoberta.

Julian encarou Leo surpreso.

– Como você sabe que ele possui segredos que pode usar?

– Eu trabalho para o Ministério dos Negócios Interiores, lembra-se? – Leopold sorriu. – Os homens para quem eu trabalho são muito bons em descobrir segredos e não gostam que ninguém assuma o controle das pessoas que usam. A maioria das informações que consegui sobre seu tio foi por intermédio deles. Nem todos os ganhos dele são provenientes dos seus bolsos. Desconfiamos que ele tenha vendido informações para os americanos e que agora esteja oferecendo seus serviços aos franceses.

Por um momento Julian sentiu uma tremenda vontade de sucumbir novamente, mas conseguiu espantar a terrível sensação causada pelo choque ao ficar sabendo que um traidor tinha manchado o sangue dos Kenwood. A sua linha sucessória estava salpicada de embusteiros, sedutores, piratas e um bando de outros que não eram motivo de orgulho, mas nunca um traidor. Os Kenwood sempre foram leais à Inglaterra. Podiam até ter lutado por lados opostos em guerras pelo direito de governar a Inglaterra, podiam ter trapaceado, roubado e criticado, mas nenhum nunca tinha traído a própria pátria em favor de um inimigo. Desde os primórdios da linhagem Kenwood sempre houve uma barreira intransponível de lealdade para com o país. Julian nem queria pensar que o seu tio tinha cruzado essa barreira, quebrado-a, e trazido tanta desonra para o nome da família.

–Você tem certeza? – ele perguntou a Leo.

–Tão certo quanto podemos estar sem as provas concretas que poderiam levar um homem para a forca – respondeu Leo. – O Ministério dos Negócios Interiores sente que, se pudéssemos enforcá-lo por outros crimes, tais como por ter matado você...

– Mas, no fim do jogo, se vencermos, eu não estarei morto.

– Não, mas outros estão. Os vários atentados contra a sua vida já servem como motivo suficiente para levar um homem à forca ou ser exilado. No entanto, os homens para quem eu trabalho preferem um final mais definitivo para a história.

– Assim como eu. Se Arthur ainda estiver vivo no final de tudo, sempre terei a sensação de que estou com uma faca apontada para as minhas costas.

– Eu também.

–Você acha que o meu tio contribuiu muito para a perda das colônias?

– Não. Nós nunca teríamos vencido aquela guerra. Muitos de nós sabiam disso desde os primeiros indícios. Tudo trabalhou contra: desde a complicada logística de enviar suplementos para nossos homens, ou mesmo levar o nosso exército para lá, a vastidão do território, a tenacidade do povo... Alguns preferem culpar os franceses pela nossa derrota, mas a ajuda que eles deram aos rebeldes não foi o bastante para dar-lhes o crédito da vitória. Pessoalmente, acredito que essa noção rebaixa todos os colonos que lutaram e morreram pelo que acreditavam. Repito, nós teríamos perdido a batalha de qualquer maneira. Desde o começo achei que aquilo foi um erro.

– Na verdade, eu também. Mas isso não atenua a vergonha de saber que o meu tio foi um traidor.

– Não imaginei que pudesse. Só queria colocar a minha posição. – Leo compartilhou um breve sorriso com Julian, mas rapidamente retomou a seriedade. – A traição do seu tio contra a Inglaterra não precisa ser de conhecimentos de todos.

– Isto me consola. Quantos sabem que Arthur pode ser um traidor?

– Bem poucos, e todos são de extrema confiança. Se o problema for resolvido de outro modo, eles podem destruir todas as provas sobre as atividades de traição do seu tio. Eles não querem manchar o bom nome Kenwood. Seu pai foi um homem querido e muito respeitado, assim como seu avô.

Julian assentiu e se largou sobre os travesseiros. Estava exausto e sabia que muito era devido ao choque que tinha sofrido com a notícia de que o tio era um traidor. Leopold podia até ter dito que não havia provas suficientes para que Arthur fosse enforcado pelo crime, mas os homens do Ministério dos Negócios Interiores não teriam sugerido se não tivessem certeza. Eles estavam apenas esperando para encontrar o bastante para convencer os tribunais, uma vez que sabiam que iam precisar de muitas provas para condenar um Kenwood por traição.

– Se Arthur for apontado como traidor, isto irá destruir a minha tia. Não apenas porque ela descende de uma longa linhagem de militares honrados, mas porque ela irá perder tudo. A mácula disso irá pesar sobre suas filhas muito mais do que a qualquer outro membro da família.

– É exatamente por isso que o Ministério dos Negócios Interiores espera que o crime do seu tio contra o país nunca venha à tona. A sua tia é muito querida e os serviços que a família dela prestou para o país são altamente respeitados. Na verdade, ela é amiga das esposas de vários superiores meus. – Leolpold soltou um sorrisinho. – Um ou dois dos meus superiores contaram às esposas sobre a descoberta, respeitando a inteligência e a integridade delas, e ficou muito claro que sua tia e as filhas não merecem sofrer pelos crimes que Arthur cometeu. Confie em mim, apesar dos esforços que têm sido feitos para descobrir toda a verdade sobre as atividades dele como traidor, a maior parte tem se concentrado na missão de cortar os contatos que ele tem e assim incapacitá-lo de continuar traindo o país. Temos esperanças de descobrir outro modo de nos livrarmos do homem, e logo.

– Seus superiores sabem que estou vivo?

– Meu supervisor direto e os superiores dele são os únicos que sabem. Triste dizer, mas acreditamos que o seu tio tenha alguns de nossos homens em suas mãos. Estamos trabalhando duro para descobrir quem são. Afinal, mesmo que a única coisa que estejam fazendo seja esconder a verdade sobre Arthur, eles são um elo fraco e o Ministério dos Negócios Interiores não pode se dar ao luxo de possuir elos fracos. Correm boatos sombrios pela França. Quem sabe aonde eles podem nos levar?

– É uma pena que meu tio não tenha usado seu talento nato para descobrir segredos pelo bem da Inglaterra.

– Creio que trabalhar para o rei e para o país não costuma tornar um homem rico.

– E a riqueza é a deusa do meu tio. – Julian suspirou. – Temo ser forçado a derramar o sangue do meu próprio tio antes que o julgamento termine.

– Vamos esperar que outro tome conta disso. Será uma solução bem melhor do que as mortes sua, de Nigel e Anthony. E, talvez, da sua tia. É melhor ter suas mãos sujas de sangue por um motivo justo do que ver o nome dos Kenwood manchado.

– É verdade. Vou me agarrar a essa verdade com afinco, pois ela não me deixará hesitar se eu tiver de encarar a escolha.

Uma forte batida à porta pôs um fim à conversa, para alívio de Julian. A conversa em si e a novidade de que Arthur era um traidor tinha minado as suas forças. Ele sabia que era covardia, mas queria que a conversa terminasse antes que tivesse de ouvir mais notícias ruins.

O relógio sobre a porta disse a ele quem estava chegando. Estava na hora de receber outra visita do seu filho. Julian ficou um pouco perturbado ao descobrir que também ansiava por outra visita de Chloe. Esse interesse precisava ser enterrado profundamente. Ele podia até ter cortado todos os laços com sua esposa, mas, de acordo com a lei, ainda era um homem casado. Seu instinto dizia que Chloe não era uma mulher qualquer, disposta a ter uma aventura passageira. Ela era do tipo que acabaria se envolvendo emocionalmente, e ele estava cansado de romance.

Leopold abriu a porta e Julian sentiu o coração abatido acelerar quando Chloe surgiu. Ela estava de mãos dadas com Anthony e o conduziu até a cama. A visão do seu filho e Chloe juntos pareceu perfeita. Muito perfeita. Enquanto os dois estavam parados ao lado da cama sorrindo para ele as palavras *minha* e *família* martelaram na sua cabeça. Ele as silenciou com firmeza. Família implicava casamento e, depois que conseguisse se livrar de Beatrice, ele não tinha a menor intenção de se casar novamente. Já tinha seu herdeiro. Não precisava de uma esposa. Uma parte dele zombou daquilo e a outra se inquietou. Estava mais do que claro que ia ter de trabalhar duro para fortalecer suas convicções.

– O senhor está sentindo dor? – perguntou Chloe, tentando adivinhar a causa da fisionomia séria que de repente obscureceu o semblante de Julian. – Posso providenciar um chá para aliviar a sua dor.

Julian forçou um sorriso.

– Não. Estou muito bem. Só fui apanhado de surpresa pelas más notícias que acabei de receber.

– Ah. – Ela olhou para Leo. – Você deveria ir contando tudo aos poucos, meu primo, pelo menos por enquanto.

– Não – Julian disse antes que Leo pudesse responder. – De acordo com o que todos você me disseram, não temos tempo a perder. E, quanto ao chá de ervas, eu aceitaria um pouco após o jantar. Ele tem me ajudado a dormir sem ser perturbado por dores e angústias e o sono é o melhor remédio, não é mesmo? – Ele sorriu para Anthony. – Como você está?

Anthony subiu na cama, sentou ao lado do pai e começou a contar a Julian sobre cada feito que tinha realizado desde que abrira os olhos naquela manhã. Chloe adicionou algumas palavras aqui e ali para ajudar a esclarecer. Julian sentiu que a dor pela traição do tio desapareceu sob o bálsamo que era a conversa alegre do filho. Lutou para ignorar aquela parte que também encontrou paz e contentamento na presença de Chloe. Pois, além de todos os outros motivos que já tinha, ele não queria demonstrar nenhum tipo de interesse por Chloe na presença do primo, muito astuto e observador.

– Você teve um dia muito agitado – ele disse para Anthony, tentando inutilmente domar com os dedos os cachos rebeldes da criança.

– Sim, eu tive. – Anthony agitou a cabeça com vigor. Seus cachos balançaram. – Eu tinha muitas coisas para fazer ainda.

– Eu *tenho* – Chloe corrigiu –, e você pode fazer tudo depois da soneca.

Uma expressão de teimosia se instalou no rostinho angelical da criança.

– Não estou cansado.

Apesar de estar se divertindo muito com o sotaque interiorano do filho, Julian ocultou sua alegria e empurrou levemente o filho na direção de Chloe.

– Então descanse um pouco apenas e aproveite para pensar.

Anthony soltou um longo suspiro e desceu da cama.

– Se eu preciso...

Foi difícil conter o riso diante do tom de martírio da criança. O modo severo como Chloe revirou os olhos também testaram o controle de Julian. Assim que eles se foram, no entanto, ele se largou de volta sobre os travesseiros. Uma raiva renovada pelo modo como Beatrice e Arthur tinham tentando matar seu filho transbordou. Ele fechou os olhos e praguejou. Ia levar muito tempo para se esquecer de que ele poderia nunca ter conhecido o filho. Tudo por causa da ganância do tio. Quando finalmente abriu os olhos outra vez, foi para encontrar Leo espalhado sobre a cadeira ao lado da cama, estudando-o.

– Sim, é difícil pensar que o garoto chegou tão perto de morrer antes mesmo de começar a viver – disse Leo.

– Muito difícil. – Julian alcançou a caneca de cidra que estava sobre o criado-mudo e tomou um grande gole numa tentativa de desfazer um nó que de repente tinha se formado na sua garganta. – A verdade é que a cada vez que me lembro disso, acho que eu seria capaz de matar minha esposa com as próprias mãos se ela estivesse ao meu alcance. Meu tio também. A fúria que o pensamento move dentro de mim é ardente, quase me deixa cego.

– Então apague esse fogo. O que precisa ser feito agora deve ser realizado de um modo lógico, meticuloso e com frieza.

Julian assentiu lentamente.

– Concordo. – Ele podia ver o sorriso de Anthony na sua mente tão claro como se o garoto ainda estivesse sentado ao seu lado. – Há muitas coisas em jogo para corrermos o risco de fracassarmos.

Capítulo 4

– O que o senhor pensa que está fazendo?

Julian se apoiou na cadeira mais próxima e olhou para Chloe. Os olhos dela emanavam preocupação, a fisionomia estava zangada, e os lábios fartos e macios voltados para baixo e levemente tensos. Ele teve a sabedoria de não dizer o quanto ela ficava bela quando estava brava, e que o rubor de irritação em suas faces delicadas era encantador. Chloe provavelmente o acertaria na cabeça com a bandeja pela ousadia de ter proferido tamanha bobagem.

Um pouco perturbado pelo modo como já conhecia tão bem essa mulher, ele respondeu, na esperança de que a conversa pudesse silenciar seus pensamentos desobedientes.

– Pensei em jantar à mesa, nesta noite, em vez de comer na cama.

Ele fingiu não ver o modo como ela revirou os olhos enquanto colocava a bandeja sobre a mesa. Em vez disso, ele tratou de se concentrar no difícil ato de se sentar sem mostrar o quão inseguro e fraco estava. Depois de uma semana acamado, seus ferimentos estavam cicatrizando bem e ele decidiu que já estava na hora de recuperar as forças perdidas. Contudo, uma vez fora da cama não foi preciso dar mais do que alguns poucos passos trôpegos para que se desse conta de que ainda teria muito trabalho pela frente antes de poder se considerar forte o bastante para enfrentar a situação. Sua esperança era de que, quando estivesse totalmente curado, pudesse fazer mais do que continuar escondido em casa, apenas ouvindo os relatos sobre o que seus inimigos estavam fazendo.

Quando Chloe ocupou a cadeira a sua frente e se serviu de uma caneca de cidra, ele franziu a testa.

– Você vai jantar comigo? – A ideia lhe pareceu muito mais atraente do que o imaginado. – Mas não vejo outro prato para você.

– Já jantei – ela respondeu. – Só pensei que seria prudente me sentar aqui para que eu possa ajudá-lo a voltar para a cama. – Após um breve sorriso, ela tomou um gole da cidra quando ele resmungou. – Mais uma semana e o senhor estará novinho em folha.

Julian, que saboreava um magnífico pedaço de carne, fez uma pausa e fitou-a com atenção.

– Você tem certeza disso, não tem?

– O senhor quer dizer se eu *vi*?

Ele suspirou.

– Sim. E então? Você viu?

– Vagamente. Não tenho sonhado. Nem dormindo, nem acordada. Eu simplesmente sei. Tem época em que eu apenas sinto, com uma absoluta convicção. E eu *sei* que, dentro de uma semana, o senhor já estará curado. Embora eu não sugira que o senhor saia correndo para matar seus inimigos.

– Essa não é a melhor maneira para lidar com eles, é?

– Creio que não. Se eles não fossem quem são, se não fossem tão bem-nascidos, o senhor provavelmente poderia fazer o que bem quisesse. A sua palavra sobre os crimes contra sua pessoa já seria o suficiente para justificar a punição. Não que seja justo, mas... – Ela encolheu os ombros.

Julian teve de fazer um esforço tremendo para desviar os olhos do modo como aquele movimento fez com que os seios remexessem sedutores sob o corpete do vestido azul-escuro.

– É verdade. Em vez de acabar com eles de imediato, o melhor que tenho a fazer é me tornar um espião, um coletor de informações, um enganador.

– Melhor entrar no jogo por um breve período do que passar uma eternidade em um túmulo. Ele sorriu para ela.

– Muito bem dito.

Julian fixou a atenção na refeição, mas foi difícil fingir que ignorava a presença de Chloe. Nem mesmo o delicioso aroma da comida era capaz de obscurecer o perfume suave e sedutor da mulher. A atração que ele sentia por ela não se deixava abafar, ser posta de lado, ou ignorada. Pelo contrário, crescia cada vez mais. Cada vez que ouvia a voz rouca e suave, ou a risada, ou olhava no fundo daqueles olhos azuis intensos, ele sentia que a atração parecia ainda mais forte do que antes.

Listar todos os motivos para que não pensasse em Chloe Wherlocke como se fosse algo além de uma amiga não o ajudou a aplacar a atração. Cada vez que se lembrava de que era um homem casado, uma voz sussurrava ao fundo que logo ele já não seria mais. Julian sabia que devia a sua vida e a de seu filho a ela e a Leo. Chloe era uma mulher inocente, disso ele tinha plena certeza, apesar do modo como ela ignorava as regras do decoro todas as vezes que entrava em seu quarto desacompanhada. Ela imaginava que podia ver o futuro e que toda a sua família possuía o mesmo dom. Chloe Wherlocke era do tipo de mulher para casar, e ele não tinha a menor intenção de se casar novamente. Todos os seus motivos pareciam razoáveis, ele concluiu ao terminar a ladainha silenciosa, mas uma parte sua continuou lutando para ignorar tal lógica, e esta parte estava vencendo.

Depois de empurrar para o lado o prato agora vazio, ele colocou à sua frente a tigelinha com compota de maçã. Chloe passou o potinho com creme e ele o esvaziou sobre a maçã. Ao perceber que sorria, ele ergueu uma sobrancelha de modo indagador enquanto mergulhava a colher na rica sobremesa.

– Anthony também adora compota de maçã com creme – ela murmurou e riu quando ele contraiu apenas os olhos, mas continuou comendo.

Julian adorou a informação sobre o seu filho. Levou um minuto para terminar o doce e limpar a boca antes de falar. Não foram apenas as boas maneiras que o fizeram hesitar. A simples ideia de a criança, cujo direito de conhecer lhe tinha sido roubado por três anos, ter ao menos uma coisa em comum com ele causou um desconfortável nó na garganta. Por isso, precisou de um minuto para recuperar a calma.

– O menino tem bom gosto – ele se gabou e tomou um gole do vinho num vão esforço de esfriar o sangue quando Chloe riu mais uma vez. A risada tinha um modo de refletir diretamente nas partes mais baixas do seu corpo. – Ele parece ser um garoto inteligente.

– Oh, ele é mesmo.

A fisionomia de Chloe Wherlocke disse a Julian o quanto ela amava o seu filho.

– Você cuidou bem do meu filho – ele disse baixinho, sua voz carregada de uma estranha combinação de gratidão e um senso de posse que ele não conseguiu conter por inteiro.

Chloe sorriu, ocultando a dor que sentiu ao perceber que logo iria perder Anthony.

– Sim, cuidei, milorde, mas foi com todo o prazer. – Ela se levantou e começou a colocar os pratos vazios sobre a bandeja. – Adoro aquela criança, eu o amei desde a primeira vez que o peguei em meus braços. Mas nunca me esqueci de que ele não é meu, que não é nem mesmo filho da minha irmã, apesar de ter sido o que dissemos para todos. Nem por um único momento. Ele é *seu* filho, o futuro conde de Colinsmoor. O senhor não precisa se preocupar porque não vou tentar mantê-lo preso à barra da minha saia. Tente não cair de cara no chão quando voltar para a cama – ela adicionou antes de sair do quarto.

A pancada forte da porta se fechando atrás de Chloe indicou a Julian que ela tinha percebido o tom de posse na sua voz e provavelmente nenhuma gratidão. Ele soltou uma blasfêmia enquanto cuidadosamente tentava voltar para a cama, recusando-se a reconhecer que uma ajuda não teria sido nada mal. Depois de tudo que Chloe tinha feito, era rude de sua parte sentir ciúme todas as vezes que a via perto do pequeno Anthony. Assim como também era uma bobagem. Anthony conhecia os Wherlocke desde que nascera, mas só tinha conhecido o pai há apenas alguns dias, e isto não era culpa de Chloe. Ele precisava controlar o ciúme irracional.

Enquanto ele tentava se ajeitar na cama houve uma batida à porta. Vencido pelo cansaço, ele se largou sobre a pilha de travesseiros antes de mandar a pessoa entrar. Julian sabia que seu sorriso de boas-vindas não foi dos melhores ao receber Edgar. Seu corpo doía e parecia que ele tinha escalado uma montanha em vez de simplesmente caminhar pelo quarto. O efeito da refeição revigorante mostrou ser muito curto.

– Acho que é melhor eu voltar amanhã – Edgar disse, contraindo as sobrancelhas. – Você está pálido e cansado.

– Não, aproxime-se. Sente-se. Só me esforcei um pouco mais durante a minha primeira caminhada sem ajuda. Vai passar.

Edgar assentiu e puxou a cadeira para perto da cama.

– Está ficando impaciente? – perguntou ao se sentar.

– Muito. Estou fazendo de tudo para recuperar as forças e fazer algo mais em minha defesa além de falar.

– Compreensível. Mesmo assim eu o aconselho a não fazer muito esforço ou só irá estender ainda mais a sua recuperação.

– Eu sei. – De repente, Julian percebeu que Edgar estava muito bem-vestido. – Está indo para algum lugar?

– Os Paxton estão oferecendo uma festa. Estamos indo para ver se o seu tio e a sua esposa aparecem. Eles foram vistos na casa dos Gremonst na noite de ontem.

– É claro que a minha esposa não pretende guardar luto pela minha morte por muito tempo.

– Parece que ela tem dito a quem quiser ouvir que para ela você morreu desde o dia em que saiu de casa para beber e se envolver com prostituição. Apesar de não usar exatamente a palavra *prostituição*. Ela usa outro termo mais afetado que não consigo me lembrar agora.

– Muito inteligente. Isto a coloca na posição de vítima. Está funcionando?

– Com alguns, mas não muitos. – Edgar limpou a garganta e ajeitou as abotoaduras antes de resmungar – Muita gente sabe que ela não era nenhuma santa antes de você deixá-la. Especialmente, muitas esposas furiosas.

– É bem possível. Quem mais vai à casa dos Paxton com você?

– Leo e Chloe. Cheguei mais cedo para que pudesse conversar com você enquanto Chloe termina de se arrumar.

De repente, Julian se lembrou de que os cabelos de Chloe estavam presos ao alto, com fartos cachos pendendo sobre os ombros delicados, e que tinha lhe passado pela cabeça que ele preferia os cabelos delas em um estilo mais selvagem. O fato de uma mulher ter se sentado à sua frente enquanto ele jantava e ele não ter dito a ela uma vez sequer que o novo penteado tinha lhe caído bem o apanhou de surpresa. Tinha sido bem treinado para fazer elogios corteses. Isto serviu para lhe mostrar o quanto tinha se deixado afundar na própria amargura. E ao deixar que ela percebesse o ciúme que ele sentia da ligação que Anthony tinha com ela provavelmente só servira para adicionar ainda mais lenha na fogueira iniciada com a sua falta de atenção. Ele evidentemente tinha afogado todo o seu charme e cortesia na imensa quantidade de bebida ingerida ao longo do último ano. Era de admirar que ela não tivesse batido com a bandeja contra a sua cabeça antes de bater a porta.

– E vocês vão à festa só para recolher informações sobre o meu tio e Beatrice? – Julian se pegou indagando se Edgar estava interessado em Chloe e ficou surpreso ao se dar conta do quanto odiou a possibilidade.

Edgar assentiu.

– Na noite passada, minha avó ouviu Arthur e Beatrice conversando sobre a sua morte.

– Em público?

– Estou certo de que eles imaginaram que ninguém estivesse ouvindo, mas para mim isto cheira a erro. Descuido.

– Muita falta de cuidado. Considerando que meu tio lida com segredos, seria de se imaginar que ele soubesse muito bem o risco de alguém ouvir algo que você deseja guardar segredo. Exatamente o que ela ouviu?

– Que o seu tio não tem certeza se eles devem acreditar nas notícias sobre a sua morte. E ele lembrou Beatrice de que ele ainda não tinha sido oficialmente notificado.

– Muito bem pensado, maldito seja.

– Ele é um velhaco muito inteligente, não resta dúvida. Já Beatrice não é tão inteligente assim. É esperta, manipuladora e imoral, mas não inteligente. Ela disse que você está morto mesmo sem terem visto a sua mão. Sugeriu que você e o contratado dela tenham matado um ao outro. Afinal, se você ainda estivesse vivo, eles já estariam sabendo. Minha avó disse que Arthur cuspiu algumas palavras que ela jamais poderia repetir e ainda disse para Beatrice não dizer mais nada. Não se trata de algo que pudesse mandar o seu tio para a prisão, mas pelo menos serviu para confirmar as nossas suspeitas de que ele é culpado.

Julian assentiu lentamente.

– Mostra também quem é o elo fraco.

–Você ficou surpreso?

– Não. Além do mais, Beatrice é extremamente arrogante. Pior, é impulsiva, capaz de agir e falar sem pensar. Meu tio planeja cada movimento e palavra. Beatrice apenas descarrega. Assim como também acredita que a sua beleza irá salvá-la de quaisquer consequências não importa o quão vil tenha sido o crime. – Admito que ainda estou chocado com o que ela tentou fazer contra o nosso filho. – Ele ergueu a mão para silenciar o que Edgar ia dizer. – Não que ela não fosse capaz de me negar um herdeiro. Até mesmo quando estava cego para tudo, percebi que ela não ficou feliz quando descobriu que estava grávida, mas pensei que tivesse sido por medo. Muitas mulheres morrem ao dar à luz. Assim como eu sempre soube que ela era fútil e que sem dúvida temia que a gravidez pudesse estragar a sua beleza. Mas o que ainda não consigo entender é como uma mulher seria capaz de colocar o seu filho para morrer. Foi isso que ela fez quando colocou Anthony nos braços de uma mulher quase morrendo em uma cabana isolada, nos pântanos.

– Eu não estava tão cego quanto você, mas também não consigo entender. Crianças são abandonadas, mas normalmente devido à pobreza, e muitas vezes porque a mãe simplesmente não pode alimentar mais uma boca. Mas esta certamente não era a preocupação de Beatrice. Mesmo que ela não quisesse ter um filho porque não gostava de crianças, isto ainda não é motivo para fazer o que fez. Ela poderia ter entregado o garoto aos cuidados de uma ama e nunca mais olhar para trás. Para mim, isto é mais uma prova de que ela e Arthur planejaram a sua morte desde o começo. Por conseguinte, você não poderia ter herdeiros. – Edgar franziu a testa. –Você tem certeza de que não houve outros atentados contra a sua vida antes dos que ocorreram no último ano?

Julian se lembrou do breve período em que estivera casado e sorriu.

– Uma vez pensei se as várias tentativas de Beatrice de me colocar nos campos de duelos não teriam sido realmente uma tentativa de me matar. Ela tinha um talento nato para escolher homens que eram infalíveis nos duelos e, sempre, muito loucos para duelar. Depois do primeiro duelo, deixei claro que eu não iria lutar mais pela honra que ela há muito tinha perdido, e isso pode ter arruinado o seu plano de me matar de um modo que não levantaria questionamentos.

– Um bom plano. Podia ter funcionado.

Uma leve batida à porta pôs fim à conversa. Julian ficou atordoado quando Chloe entrou no quarto. Durante a última semana ele tinha se encantado com ela, considerado-a desde adorável a bela. Usando um elegante vestido de seda azul-marinho, com os cabelos presos, ela estava linda. Quando conseguiu sair do estado de estupor, ele ficou satisfeito ao perceber que o delicado lenço de musselina que descia sobre o decote dava o recato necessário ao traje. Não que tivesse motivo para se importar, mas ele se importava. Assim como não gostou da ideia de que ela ia sair por uma noite sem ele. Ficou evidente que todas as suas tentativas de oprimir a atração que estava sentindo por ela estavam falhando.

Para sua surpresa, ele se sentiu um pouco consternado diante desta Chloe mais elegante e na moda. Preferia a outra que usava vestidos de musselina e algodão confortáveis e discretos, com os cabelos parcialmente presos. Então ele percebeu que ela estava fazendo uma careta e levando as mãos aos cabelos.

– Oh, não, você não vai coçar e estragar todo o belo trabalho de Maude – disse Edgar ao se levantar da cadeira e correr ao lado dela. – Tente não desarrumar o penteado pelo menos até chegarmos lá.

O suspiro que Chloe soltou foi de martírio e Julian sorriu. Esta era a Chloe que ele conhecia.

– Está com problema para mantê-los domados?

– Desafio os dois a tentarem sorrir depois da tortura de terem seus cabelos trançados e presos em um amontoado que desafia as leis da natureza – ela disse e então olhou para Edgar. – Leo e eu estamos prontos para sair, mas podemos esperar se o senhor precisar de mais tempo para falar com Julian.

– Não. Eu já disse tudo que precisava – respondeu Edgar.

Julian desejou a ambos uma boa noite e então soltou um longo suspiro assim que eles saíram. Ele odiou ficar preso a uma cama enquanto outros saíam para caçar seus inimigos. E pensar que logo Chloe estaria sorrindo e dançando com homens ávidos para saborear seus encantos só serviu para piorar ainda mais seu humor. Ele não tinha o direito de sentir o que estava sentindo uma vez que ainda era um homem casado, mas a triste lembrança não sufocou seu sentimento.

– Só mais uma semana – disse para si mesmo. – Só mais uma semana e poderei entrar no jogo. – *E talvez até mesmo roubar uma dança com Chloe,* ele pensou com um breve sorriso enquanto fechava os olhos.

Chloe recostou-se contra um par de cortinas pesadas dentro de uma pequena biblioteca. Os Paxton obviamente não eram muito aficionados por livros, ela refletiu enquanto tentava em vão coçar um ponto exato, na altura da cintura. Infelizmente, a combinação do tecido pesado do vestido com o espartilho estava tornando a missão impossível. Ela realmente odiava reuniões sociais, concluiu. Se tivesse de ouvir mais um homem contando sobre a sua última grande caçada, ou mais uma mulher difamando outra com palavras doces, ela iria gritar. A única coisa que a impediu de fazer isto foi a noção de que acabaria magoando Leo em vários aspectos. Assim como iria manchar a sua imagem de boa anfitriã nos jantares e reuniões que Leo costumava oferecer, e de que ela adorava participar. Os amigos do primo nunca a trataram como se ela fosse uma boneca sem inteligência cujo único propósito nesta vida era sorrir e parecer bela. Infelizmente, nenhuma destas pessoas ali presentes tinha participado de uma das festas oferecidas por Leo, assim como nenhum de seus parentes além do primo.

Depois de se acomodar confortavelmente sobre o banquinho estreito sob a janela, Chloe saboreou o ar fresco que as cortinas pesadas impediam de entrar na sala. No mesmo instante, seus pensamentos se voltaram para Julian e um sorriso curvou seus lábios quando se lembrou do modo como ele tinha olhado para ela. Aquele olhar quente emanado dos belos olhos verdes que ele lançara tinha lhe dado a confiança que faltava para enfrentar esta noite que parecia não ter fim.

Julian era muito atraente para a paz de espírito de qualquer mulher, ela concluiu. E ainda foi obrigada a admitir que não era apenas a bela aparência que despertava algo muito forte e quente dentro dela. Ela tinha a leve impressão de que estava começando a gostar do homem, e isso seria desastroso. Ele era um homem casado, e o fato de a esposa que estava tentando matá-lo o ter traído inúmeras vezes, e que o casamento não significava mais nada além de assinaturas em um pedaço de papel, não mudava nada. Julian estava muito acima do que podia almejar uma moça sem dinheiro e expulsa de casa. Além de desconfiar que o homem fazia um mau juízo da classe feminina. O que era injusto, mas compreensível. Chloe suspeitava de que se um homem tivesse feito com ela o mesmo que Beatrice tinha feito com ele, ela também iria encontrar dificuldades para voltar a acreditar nos homens. Triste dizer, que a plena noção dos fatos e todo o bom-senso que podia reunir não conseguiram deter a paixão que aparentemente crescia desenfreada.

O barulho de uma porta se abrindo e fechando arrancou Chloe de seus pensamentos. Seu momento de solidão tinha terminado. Quando estava começando a se levantar, dois homens começaram a conversar e ela permaneceu imóvel. Mas o nome mencionado por um deles foi o bastante para fazê-la se sentar novamente e rezar para que ninguém notasse a sua presença.

– Você pede muito, Arthur – disse um homem com um tom de voz baixo e trêmulo.

– Bobagem. Só lhe pedi para fazer um favorzinho para um amigo, Conrad.

– Você não é meu amigo.

– Não? Guardar o segredo de um homem não é uma grande prova de amizade? E eu estou guardando os seus segredos, Conrad. Ou você não se importa mais que a sua doce noivinha descubra sobre o seu amante? Por falar nisso, como tem passado o Georginho?

– Miserável.

– Calma. Xingamentos não combinam com a sua posição social.

– O que você está me pedindo pode me levar para a forca.

– Assim como o que você tem feito com o Georginho.

Um longo silêncio se seguiu, quebrado somente pela respiração ofegante de um dos homens. Chloe assumiu que fosse de Conrad. A voz de Arthur permaneceu fria do começo ao fim da conversa. Ela desejou que eles dissessem exatamente o que ia ser feito.

– Esta é a última coisa que vou fazer para você, Arthur. A última.

Um momento depois, a porta bateu. Chloe se levantou, pensando em sair do seu esconderijo, quando percebeu que só tinha ouvido um par de passos. Um calafrio perpassou seu corpo ao se dar conta de que estava sozinha com Arthur Kenwood, um homem que não queria outra coisa senão matar o próprio sobrinho, até mesmo o próprio sobrinho-neto. Chloe tinha certeza de que estaria em sério perigo se ele descobrisse que ela tinha ouvido a conversa. Ela estava olhando para a janela para ver se encontrava um modo de abri-la sem fazer barulho, quando esta se abriu num rompante com a entrada de mais uma pessoa na sala.

– Acabei de cruzar com aquele tonto do Conrad. Ele concordou em nos ajudar?

Só podia ser Beatrice, Chloe pensou. Ela lutou contra a tentação de afastar uma beirada da cortina para dar uma olhadinha na mulher. Só tinha visto a esposa de Julian algumas poucas vezes, ou à distância ou misturada em meio a uma aglomeração de pessoas, e não tinha certeza de como ela era exatamente. Sua curiosidade estava quase chegando ao ponto de correr o risco de ser descoberta só para que pudesse ver que tipo de mulher era capaz de fazer tudo que Beatrice tinha feito, mas ela a venceu em silêncio. Poderia esperar para dar uma olhada na mulher quando estivesse em uma ocasião mais segura. Chloe admitiu com relutância que grande parte da sua curiosidade provinha de uma necessidade aguda de ver que tipo de mulher fizera Julian Kenwood mergulhar por um ano na devassidão.

– Com muita má vontade – respondeu Arthur. – Depois disso, creio que pode começar a causar mais problemas do que vale. Ele pareceu mais bravo do que amedrontado.

– Ah. Isso é perigoso. Que assim seja. Ninguém vai sentir falta do idiota.

– Exceto, talvez, o Georginho.

O casal deixou a sala rindo. Chloe continuou imóvel por mais alguns minutos, com medo que um ou outro pudesse retornar. Até que finalmente abriu uma pontinha da cortina para dar uma olhada. Ao ver que não havia ninguém, ela saiu de trás da cortina e andou pela sala.

A primeira coisa que precisava fazer era encontrar Leo. Ele saberia quem era esse tal de Conrad ou, pelo menos, saberia como descobrir. Depois que soubessem quem era o homem, eles poderiam ter alguma ideia do tipo de favor que ele estava sendo forçado a prestar para Arthur. Apesar do medo, Chloe sentiu um certo prazer por, desta vez, ter sido aquela que tinha descoberto uma informação muito útil.

Ela tocou na maçaneta só para ver se a movia. Em seguida ergueu a mão e tentou pensar desesperadamente em uma boa desculpa por ter ficado tanto tempo na biblioteca. A revelação do seu verdadeiro paradeiro poderia significar que duas pessoas muito perigosas poderiam descobrir que ela tinha estado na mesma sala, e muito possivelmente ao mesmo tempo em que eles estiveram. Ela estava lutando contra uma onda de pânico crescente quando a porta se abriu e Leo a encarou surpreso. O alívio veio tão rápido que deixou Chloe atordoada, mas Leo a amparou na altura da cintura e a ajudou a se sentar.

–Você não está passando bem? – ele perguntou, tocando na testa da prima e nas faces em busca de algum sinal de febre.

– Não. Eu estava com tanto medo de ser apanhada aqui à espreita que o alívio que senti quando o vi me deixou atordoada.

– Quem você temia que a encontrasse aqui?

– Arthur e Beatrice. Eles estiveram aqui há poucos minutos. Tão pouco tempo que eu não iria me surpreender se você me dissesse que encontrou os dois quando estava vindo para cá.

– Eu não os vi. Onde exatamente você estava? – Ele deu uma olhada na direção da imensa escrivaninha próxima a parede mais distante.

– Não embaixo da escrivaninha. Eu estava atrás das cortinas.

Leo passou uma mão sobre seus cabelos presos em um laço apertado e a encarou de tal maneira que a fez ficar ainda mais pálida.

– Por Deus, Chloe. Eles poderiam ter descoberto você facilmente.

Ela assentiu e cruzou os braços apertados quando um calafrio percorreu seu corpo.

– Eu sei. Quando notei que alguém tinha entrado na sala comecei a pensar em um modo de sair de trás das cortinas sem causar constrangimentos. Mas então os dois homens começaram a conversar e percebi que um deles era Arthur Kenwood. Fiquei parada como uma estátua e mal ousei respirar.

– Quem era o outro homem?

– Conrad. Este foi o único nome mencionado. – Em seguida ela contou tudo o mais que tinha escutado. –Você faz alguma ideia de quem é este tal de Conrad?

–Tenho uma vaga ideia, mas vou precisar verificar com atenção.

Ela suspirou, desapontada porque não haveria uma rápida solução.

– Eu estava esperando que você soubesse quem é o sujeito, pois tenho certeza de que isto poderia nos dar uma pista do que vai fazer para Arthur. O homem também está em perigo, e não apenas por causa das consequências do favor que ele vai prestar a Arthur.

Leo assentiu, se levantou, e ajudou Chloe a fazer o mesmo.

– Sim, Arthur deve ter percebido que ele está perdendo seu poder de persuasão sobre o homem, algo que não pode permitir que aconteça.

– Leo? Você não acha que toda aquela conversa sobre o *Georginho* significa que Conrad abusa de garotos, acha?

– Espero que não. Pois neste caso eu iria me arrepender amargamente de ter salvado a vida do homem. Mesmo assim precisamos tentar frustrar o máximo que pudermos os planos de Arthur.

– Conrad também poderia ser uma valiosa testemunha.

– Não se ele abusar de garotos. Ainda que o amante seja um jovem adulto e apenas um pouco mais novo do que Conrad.

– Que injusto.

– É verdade, mas creio que ainda vai demorar muito para que isso mude. E isto não é algo que eu deveria estar discutindo com uma jovem solteira. Agora, uma vez que você estava espreitando atrás das cortinas, só posso concluir que a senhorita já estava cansada desta festa.

– Mais do que cansada.

– Então vamos encontrar Edgar e partir. Duvido que eu tenha muito tempo para encontrar Conrad e gostaria de começar a procurar logo.

– Será que devemos falar sobre isso com Julian? – ela perguntou enquanto eles deixavam a sala.

– Acho que não vale a pena perturbar o sono dele só por isso. Vamos deixar para amanhã, e, se eu tiver sorte, já terei descoberto quem é esse tal de Conrad e o que Arthur quer.

Capítulo 5

Julian estava voltando para a cama quando alguém bateu à porta. Assumindo que fosse Todd ou Wynn trazendo o seu café da manhã, deu permissão para que entrassem enquanto se acomodava. Surpreendeu-se ao ver Chloe entrar, especialmente quando notou os dois pratos na bandeja que ela carregava.

– Resolveu me fazer companhia no café da manhã? – perguntou.

– Bem, o senhor precisa comer e eu também – ela respondeu. – Leo saiu, Anthony está passeando no parque com Dilys, e eu preciso conversar com o senhor sobre algo que descobri, ontem, na casa dos Paxton. O senhor prefere comer na cama?

– Prefiro comer à mesa – respondeu, descendo da cama.

Chloe ficou observando enquanto Julian andava até a mesa. Seus passos ainda estavam um pouco lentos, mas firmes, mostrando um grande progresso desde o dia anterior. Um sinal de que estava melhorando rapidamente. Ela se deu conta então de que estava olhando fixamente para os pés finos, longos e descalços, com surpreendentes dedos compridos. A visão a fez pensar no fato de que, embaixo do pesado robe de lã que ele vestia, provavelmente estava nu. Na melhor das hipóteses usava não mais que um camisolão de linho fino. Só de imaginar quanto mais poderia ver daquele corpo caso removesse aquele robe fez com que Chloe sentisse uma súbita onda de calor. Uma vez que nunca tivera curiosidade de saber como era um homem sem roupas, a reação lhe causou espanto. Forçou os pensamentos no simples ato de se sentar à mesa para que assim ele também se sentasse e começassem a comer.

– Então, o que descobriu na casa dos Paxton? – Julian perguntou, momentos depois de eles começarem a comer aquela deliciosa comida, que era mais saborosa enquanto ainda estava quente.

– Tirando a conversa ruim e a comida ainda pior? – ela murmurou, enquanto espalhava uma densa camada de mel sobre uma fatia de pão.

– Esta não foi uma grande descoberta. Os Paxton são famosos pelas duas coisas.

– E mesmo assim eles continuam oferecendo festas e as pessoas continuam comparecendo.

– Todos querem ver e ser vistos.

– É claro. Bem, muitos foram vistos na casa dos Paxton na noite passada. Tanto que senti vontade de fugir de todos. Quando uma sala está lotada de pessoas, o calor se torna insuportável e logo é possível saber quão poucas são as pessoas que tomam banho regularmente.

Julian riu e assentiu com um aceno de cabeça.

– Muitas pessoas ainda acham que tomar banho todos os dias não faz bem à saúde. Agora, conte-me por que está hesitante em me dizer o que descobriu. Foi por isso que resolveu tomar café da manhã comigo, não foi? Para me contar o que descobriu? Ou, por acaso, mudou de ideia?

Chloe achou um pouco perturbadora a facilidade com que ele adivinhou a sua hesitação. Ela realmente estava com receio de revelar mais fatos que confirmavam a traição e a infidelidade de Beatrice e Arthur. Julian tinha aceitado a verdade sobre ambos, mas isso não significava que estivesse pronto para ouvir ainda mais sujeiras. Ela desejou ter deixado a conversa para Leo, mas ele estava ocupado tentando frustrar o mais novo plano de Arthur e assim ela acabara concordando em contar as novidades para Julian. Estava na hora de deixar de ser tão covarde e dizer logo de uma vez.

Ela espalmou as mãos sobre o colo e recitou cada palavra que tinha escutado e como tinha ido parar onde estava quando ouviu toda a conversa. Na verdade, relatou todos os eventos da noite, desde o momento em que tinha fugido de Lorde Tennant e da sua história sobre quantos pássaros tinha abatido no céu da Escócia até o momento em que Leo a encontrou na biblioteca dos Paxton. Foi um alívio Julian ter continuado comendo enquanto ela falava. Chloe esperava que o silêncio significasse que ele estava aceitando bem as últimas notícias.

– Leo descobriu quem é o tal de Conrad? – perguntou Julian depois que ela terminou. – Tenho alguns palpites, mas estou curioso para saber quem Leo imagina que seja.

– Leo não me disse de quem ele desconfia. Meu primo sempre reluta em dar voz às suas suspeitas. Ele me deixou aqui na noite passada e logo em seguida desapareceu com Edgar. Eu o vi de passagem há umas duas horas. Ele disse que falaria com o senhor mais tarde. E que esperava que o mais tarde fosse à hora do almoço. Quem o senhor acha que é, afinal?

– Sir Conrad Bartleby. – Julian tomou um gole do intenso café servido pelos Wherlocke e percebeu que estava começando a apreciar a bebida em demasia. – No entanto, a conversa sobre um amante chamado George não me parece compatível.

– Georginho – ela murmurou, ainda incomodada com o apelido tantas vezes repetido.

– As implicações disso não combinam com o homem que estou imaginando. Trata-se de um médico muito respeitado. – Julian suspirou. – Infelizmente, Conrad tem várias atitudes que poderiam fazer com que uma porção de pessoas acreditasse na calúnia de Arthur. Mas se Conrad não tem nada a esconder, por que iria fazer o que Arthur lhe pediu?

– Porque até agora Conrad não pôde pensar em nada pior do que a verdade vir à tona.

O som da voz de Leo assustou Chloe, pois ela não percebera que ele tinha entrado no quarto. Mas acabou se dando por satisfeita ao perceber que Julian pareceu tão surpreso quanto ela.

– O que poderia ser pior do que ser acusado de abusador de menores? – ela perguntou enquanto Leo roubava a sua xícara vazia e se servia de café.

– Na verdade, nada. Conrad ainda estava tentando pensar em um modo de escapar da corda que Arthur tinha colocado ao redor do seu pescoço quando Arthur a puxou ainda mais. Quando deixei a casa de Conrad hoje pela manhã, ele já tinha decidido que não poderia esconder mais o segredo, não se isto significasse trair todas as suas crenças e ficar marcado como um amante de jovens rapazes.

– E que segredo é, Leo? – Chloe interpelou um pouco impaciente.

– Isto não pode sair daqui – Leo disse e Chloe e Julian assentiram juntos. – Georginho é na verdade o filho bastardo da irmã de Conrad. A moça tinha apenas treze anos quando foi violentada pelo próprio tio. Felizmente, o homem não era parente consanguíneo, era um tio por casamento. A irmã de Conrad foi mandada para a Irlanda para ficar com uma tia enquanto estava esperando o bebê que resultou do abuso. Depois disso ela se casou e começou uma família lá. E nunca mais quis ver o filho, George.

– Que triste para o garoto – sussurrou Chloe. – Mesmo assim ainda não consigo entender por que Conrad insiste em guardar o segredo sobre uma criança bastarda, colocando em risco a própria vida e a honra. E como você conseguiu descobrir isso tão rápido?

– Como eu disse, Conrad já tinha decidido que ia fazer algo. Ao mesmo tempo em que eu estava saindo para ir vê-lo, ele estava vindo me ver. Encontramo-nos aqui perto e voltei para tomar o meu café. Juntos inventamos uma explicação plausível para a existência de George, uma que não irá causar desmaios e falatórios. Na verdade, Conrad já tinha pensado na maior parte da história que será contada.

– O que irá enfurecer Arthur – disse Julian. – Ele não gosta de perder.

– É por isso que, neste exato momento, Conrad está se preparando para passar uma longa temporada com George na minha propriedade em Yorkshire – explicou Leo.

– Mas o que exatamente Arthur queria que ele fizesse?

– Conrad trabalha para o Ministério dos Negócios Interiores. Um dos motivos que o levaram a me procurar para contar sobre seus problemas. Ele só costuma prestar alguns serviços vez ou outra, mas é tido como alguém de confiança. Arthur queria que ele conseguisse algumas informações. Pelo jeito, seu tio pode estar envolvido com traição outra vez.

Julian soltou um xingamento. Depois murmurou distraído um pedido de desculpas para Chloe.

– Considerando os ventos ruins que sopram pela França no momento, tenho certeza de que logo haverá muitas oportunidades para o homem.

– As oportunidades sempre existiram, meu bom homem. Cada governo busca conseguir o máximo de informações sobre os outros países.

– Com tal pensamento animador, deixarei os dois cavalheiros para martelarem sobre a última encrenca – disse Chloe enquanto se levantava, colocava todos os pratos sobre a bandeja, para depois perguntar: – Aceitam mais café? Posso mandar fazer mais.

– Não, obrigado – Leo respondeu depois de trocar um olhar com Julian. No momento que Chloe se retirou, Leo ocupou a cadeira vaga. – Como eu disse, Conrad é muito respeitado no Ministério dos Negócios Interiores. Seu talento como médico lhe deu acesso a algumas informações secretas sobre certas pessoas muito importantes.

– E o meu tio quer alguma dessas informações para que possa colocar suas garras sobre mais um pobre ingênuo. – Julian soltou um xingamento mais expressivo, agora que Chloe não estava no quarto. – Arthur já sujou o bom nome de Conrad?

– Não, e agora ele não poderá mais fazer isso. A história de que Conrad levou George, o seu filho bastardo, para o interior, já deve estar se espalhando na forma de uma deliciosa fofoca.

– Isto não irá causar algum problema com a noiva de Conrad?

– Conrad já falou com a moça e, acredite se quiser, foi ela mesma quem sugeriu que ele dissesse que o filho era dele. Ela garantiu-lhe que os comentários sobre um deslize cometido anos atrás não iria incomodar ou envergonhá-la e que a tragédia que tinha acometido a irmã dele deveria continuar em segredo. Afirmou ainda que um eventual pequeno embaraço que sofra não se compararia ao que a futura cunhada já tinha sofrido e que viria a sofrer novamente, caso a verdade viesse à tona. Uma boa mulher.

– É o que parece.

Julian mal conseguiu esconder as dúvidas de que tal criatura pudesse de fato existir, mas ao mesmo tempo não via nenhuma vantagem para a mulher em tal solução. Então ele pensou em Chloe, em tudo que ela tinha feito por ele e pelo seu filho sem pedir nada em troca, e sentiu que talvez todas as amargas desconfianças que tinha a respeito das mulheres não tivessem tanto fundamento. Sabia que era injusto achar que todas as mulheres fossem iguais a Beatrice, que se escondia atrás da doçura e da beleza. No entanto, isto não ajudou a desfazer por completo toda a desconfiança que tinha se instalado nas profundezas do seu coração. Era mais fácil pensar em Chloe como uma miraculosa exceção à regra.

– Conrad disse o que mais ele tinha sido forçado a fazer por Arthur? Pelo que Chloe escutou, havia um forte indício de que ele já tinha prestado outros favores.

– Ele foi forçado a fazer algumas coisas, mas encontrou um modo de dar um jeito nisso. O homem estava realmente atordoado com as ameaças e os pedidos de Arthur. Conrad fez de tudo para fazer as coisas de acordo com o que lhe foi requisitado, mas ao mesmo tempo não o fez. Um dos pedidos era dopar sua tia para que seu tio pudesse começar a espalhar rumores de que ela estava perdendo o juízo. – Leo sorriu. – Conrad e meus parentes fizeram o possível para que Arthur acreditasse que seu plano contra a esposa está correndo de acordo com o planejado. Como ele me disse, no momento em que reconheceu quem eram os criados de sua tia, soube que eu estava de olhos atentos. Este foi outro motivo para ele ter vindo falar comigo nesta manhã. Conrad não é do tipo de homem que sabe mentir bem ou tem a mente ardilosa, por isso levou algum tempo para que pudesse pensar em um plano para escapar das garras de Arthur, um que ferisse o menor número de pessoas.

– Ele estará seguro na sua propriedade?

– Muito. Assim como também será uma ótima testemunha para a hora, se essa chegar, em que precisarmos de uma. O melhor de tudo é que ele sabe permanecer calado.

– Graças a Deus. Pelo menos já demos um passo adiante. – De repente Julian percebeu o quanto tais palavras poderiam ter soado como críticas a um homem que tinha passado os últimos três anos tentando apanhar Arthur Kenwood na sua teia de mentiras. – Peço perdão. Você trabalhou duro por mim, para um homem que nem conhecia, e eu...

– Você não disse nada além da verdade. Finalmente conseguimos uma testemunha, uma que irá falar e na qual todos irão acreditar. – Leo encolheu os ombros. – O tipo de trabalho que faço costuma ser lento e às vezes muito demorado.

– Mas esse tipo de trabalho ajuda o nosso país. E foi esse tipo de trabalho que nos trouxe até aqui.

– É verdade, mas agora reze para que o trabalho, e toda a luta para chegarmos aonde chegamos, consiga pôr um fim às traições do seu tio assim como aos planos dele contra você.

Chloe sorriu para o jovem que jogou a bola para Anthony. Seu primo, Modred, não costumava deixar o seu ducado com muita frequência. Tinha sido tanto um prazer quanto uma surpresa vê-lo em Londres. Uma vez que ela raramente conseguia viajar para visitar a família que residia em Elderwood, foram raras as vezes em que se viram. Depois que Dilys levou Anthony para o seu descanso vespertino, Chloe deu um tapinha no assento vago no banco onde estava sentada. Modred não hesitou em aceitar o convite silencioso.

– É tão bom vê-lo – ela disse. – Pretende ficar em Londres por muito tempo?

– Não. Você sabe que não consigo suportar esta cidade por muito tempo. Este é o meu último dia aqui e então voltarei para o aconchego e a paz de Elderwood.

– Mas desta vez foi melhor. Não foi?

– Você quer saber se não acabei encolhido em um canto choramingando? Não. – Ele soltou uma risadinha quando Chloe desferiu um leve soco em seu braço. – Devagar, bem devagar, está melhorando. As lições de Dob estão me ajudando. É preciso ter muita força para conseguir manter meus muros erguidos e fortes, mas estou adquirindo o alento necessário. No entanto, não acredito que um dia eu venha a gostar deste lugar, mesmo que aprenda a me fechar completamente para o mundo.

– Eu também não gosto muito daqui. – Chloe sorriu. – O barulho e o odor podem pesar no espírito de uma pessoa. – Estudou Modred por um momento, pensando mais uma vez no quão belo ele era e no quanto o seu dom o transformara em uma pessoa extremamente solitária. – Duvido que eu volte para cá depois que esta confusão com os Kenwood tenha sido resolvida.

– Porque, depois que for resolvida, você vai perder aquele garotinho.

A dura verdade doeu como uma punhalada no coração. Seus olhos arderam com lágrimas que ela se recusou a abrigar.

– Ele nunca foi meu, Modred.

Modred pousou o braço ao redor dela e Chloe aconchegou-se. Tentou encontrar conforto na solidariedade silenciosa, mas havia pouco alívio ali. Cada passo mais próximo de fazer Arthur e Beatrice pagarem pelos seus muitos crimes era um passo mais próximo de perder Anthony. Esse reconhecimento causou uma dor da qual ela duvidava que pudesse se livrar.

– Lorde Kenwood convidou Leo e eu para sermos padrinhos de Anthony – ela disse. – Ainda poderei ver o garoto de vez em quando, continuar fazendo parte de sua vida.

– Assim como também poderá ver Lorde Kenwood. Não acha que isso será difícil para você?

Chloe se afastou um pouquinho e franziu a testa, fitando o primo.

– Pensei que tivesse dito que não conseguia ouvir meus pensamentos ou sentir o que eu sinto. Você disse que eu tinha um muro muito forte, impossível de transpor.

– Às vezes até mesmo os muros mais intransponíveis acabam mostrando algumas rachaduras. Uma fenda nas defesas. Você ainda possui muro forte, mas sinto que não será apenas de Anthony que sentirá falta.

– Lorde Kenwood está muito acima de mim, primo. Sou uma garota sem dinheiro, que foi expulsa de casa pela própria família.

– Não por toda a família. Apenas pela sua tola mãe. Este era um dos assuntos que eu gostaria de conversar com você. Sua mãe acabou perdendo seus dois irmãos por causa daquela atitude fria e sem coração. Eles ficaram tristes pelo modo como ela tratou a irmã, mas Alana tinha quebrado todas as regras da sociedade e ficaram divididos. Mas eles não ficaram divididos com o que tinha sido feito com você e exigiram que a mãe voltasse atrás. Quando ela disse que não voltaria, eles partiram. Triste dizer, mas não tenho certeza de que ela tenha se arrependido, especialmente porque eles a deixaram naquela bela casa e ainda a sustentam. Acho que já passou da hora de nossa família parar de abrigar e sustentar aqueles que nos abandonaram.

Chloe tomou a mão do primo, ciente de que ele estava se referindo a sua própria mãe, que o abandonara no mesmo dia em que ele lhe contara o que ela estava pensando, ou o mais próximo disso, o que não fez muita diferença. Os Vaughn e os Wherlocke eram amaldiçoados para o amor, ela refletiu. Eram poucas as pessoas que aceitavam seus dons, e menos ainda as que conseguiam aceitar o modo como tais dons passavam de geração para geração.

– Não acho que Julian tenha medo do que eu e Leo possamos fazer, assim como também não tem certeza se acredita nisso. Mas não importa, pois ele me vê apenas como a mulher que salvou a vida do seu filho, que talvez tenha salvado a dele, e que o está ajudando a lutar contra seus inimigos.

– Mas então por que ele está em pé junto à janela do seu quarto, olhando para nós... – não olhe! –, e parece estar com raiva e ciúme?

Foi difícil conter a vontade de olhar para ver se também conseguiria enxergar o que Modred sentiu.

– Tem certeza?

– Toda. Ele não está gostando de me ver aqui sentado com você, tocando em você. – Modred contraiu o cenho. – Ele não gosta de sentir ciúme, e é por isso que está destilando toda aquela raiva.

– Porque estou abaixo dele.

– Tola. Desconfio que seja porque ele tenha sido cruelmente traído pela esposa, uma mulher pela qual ele acreditava estar apaixonado. Isso pode deixar um homem muito cauteloso e desconfiado.

– O que não é muito encorajador.Você está sentindo tudo isso? Ele é tão aberto assim para você?

– Não, mas, assim como acontece com você, fortes emoções podem abrir fendas em um muro. – Modred soltou um leve sorriso. – Acho que Leo deve ter contado a ele quem eu sou, pois a fenda acabou de se fechar. O que você planeja fazer a respeito deste sinal? Por menor que tenha sido...

– Não faço a menor ideia, mas você será um dos primeiros a saber, quando eu tiver planejado algo.

– Ah, é? E quem será o primeiro?

– Eu mesma.

Ela riu com ele e então recomendou que entrasse para beber e comer algo antes de partir. Chloe afastou o forte impulso de subir para ver Julian. Haveria tempo para isso mais tarde, e ela precisava pensar antes de vê-lo novamente. O que Modred lhe contara tinha acendido uma chama de esperança. Agora ela precisava de tempo para decidir se deveria alimentar a chama ou extingui-la de uma vez por todas.

Julian se aproximou da janela enquanto Leo explicava mais detalhadamente quais eram os planos de Arthur com Beatrice e como eles poderiam continuar impedindo que se concretizassem. Os dois tinham dado uma folga nas tramas e nos planos logo depois que Chloe os deixara a sós, na parte da manhã, mas após o almoço uma nova rodada tinha sido iniciada. Ele estava começando a sentir uma pena crescente da tia quando avistou Chloe sentada em um banco do jardim, ao lado de um jovem belo e elegantemente vestido. Sentiu a vil ferroada de ciúme perfurando seu peito quando o jovem abraçou Chloe e ela não fez nada para afastá-lo. Então havia uma chance de ela não ser tão diferente assim de Beatrice, ele pensou cheio de raiva. O desapontamento que sentiu o enfureceu ainda mais. Ele jamais iria permitir que as suas emoções o prendessem a uma mulher outra vez. Infelizmente, suas emoções não pareciam estar dando muita atenção ao que ele queria.

– Acho que você precisa arrumar uma dama de companhia para a sua prima. – Julian deixou escapar uma blasfêmia quando Leo olhou-o surpreso, deixando claro que ele tinha deixado escapar na voz toda a raiva que estava sentindo.

Leo se aproximou para olhar através da janela, observou Chloe e o rapaz por um momento, e sorriu. Julian cruzou os braços sobre o peito para conter a vontade de forçar algum juízo na cabeça do amigo. Leo não parecia ver nada de errado no fato de Chloe estar sozinha no jardim e nos braços de um homem.

– Aquele é apenas o nosso primo, Modred – disse Leo.

O nome despertou Julian da sua ira quando as palavras "nosso primo" estavam começando a acalmá-lo. Ignorou a voz lá no fundo que dizia que primos também podem se apaixonar uns pelos outros. Seus instintos disseram que tais coisas provavelmente não costumavam acontecer entre o clã dos Wherlocke. Além do mais, ele duvidava que eles quisessem muitos casamentos entre pais que tinham dons.

– Alguém resolveu amaldiçoar o filho e colocou o nome nele de Modred?

Leo riu e assentiu.

– A mãe dele era uma mulher muito criativa. – Rapidamente ficou sério enquanto continuava olhando para Chloe e o jovem.

– Espero que ele a tenha feito pagar pela extravagância depois de adulto.

– Ah, não teve a menor chance de fazer tal coisa. Ela o abandonou com o pai, logo depois que ele completou dois anos de idade. Isso aconteceu quando o querido filhinho olhou no fundo dos olhos dela e disse o que ela estava pensando, quase palavra por palavra.

– Você quer que eu acredite que ele seja capaz de ler o que está dentro da mente de uma pessoa?

Leo encolheu os ombros.

– Não de todas, e nem sempre é muito claro, mas é o suficiente para que lugares como Londres se tornem pura tortura para ele. Modred raramente sai de casa, costuma manter-se recluso em Elderwood. Na maioria das vezes é capaz de sentir o que as pessoas estão sentindo, e nós dois sabemos o quão horríveis algumas pessoas podem ser.

Julian passou a mão entre os cabelos e olhou espantado para Leo. Ele confiava no homem, devia mais a ele do que poderia retribuir um dia, mas estava começando a pensar que o amigo era para lá de excêntrico. Seria mesmo possível que um homem tão inteligente quanto Leopold realmente acreditasse em tais coisas?

– Não estou dizendo que você seja mentiroso, mas... – Julian gaguejou quando Leo ergueu a mão, com receio de ter realmente ofendido o homem.

– Por muito tempo, eu também não conseguia acreditar, mas temo que seja verdade. O dom de Modred é o mais temido entre todos os Wherlocke e os Vaughn. Não tenho uma explicação para isso, nem consigo entender muito bem; eu simplesmente sei o que é. O dom já foi provado para mim tantas vezes que não pude continuar duvidando. E foi esta maldição que transformou o nosso Modred em um recluso, um homem que raramente sai de Elderwood.

– Elderwood? Ele mora em um ducado?

– Ele é duque desde os nove anos de idade. Eu apreciaria se você não comentasse com ninguém sobre o dom dele. Se alguém acreditar e se a história se espalhar, isso pode colocá-lo em grande perigo.

– Não creio que ninguém acreditaria em mim.

– Provavelmente não, mas Modred já conquistou a fama de recluso. Ele não precisa ser tachado também como algum tipo de maluco, visto como uma ameaça que precisa ser erradicada. – Leo suspirou. – Ou, ainda mais assustador, ser levado por algum dos nossos inimigos para ser usado contra o país ou a família, para algum propósito criminoso.

– Se ele possui tal dom, fico surpreso que ainda não tenha enlouquecido. E só digo *se* porque não ainda não vi nenhuma prova. É muito mais fácil aceitar seu dom e o de Chloe do que acreditar que um homem seja capaz de ver dentro da mente e do coração de uma pessoa. – Julian contraiu a testa. – E se ele pode fazer isso, estou surpreso que você permita que ele se aproxime. Você guarda muitos segredos do país.

Leo balançou a cabeça e se afastou para servir um pouco de vinho para ambos.

– Nós não permitimos ou proibimos. Nosso primo nos visita nas raras ocasiões em que deixa Elderwood, pois ele não pode ver dentro de nossas mentes e corações. Ele diz que nós possuímos muros espessos. Muitos membros da família possuem. Mas tenho certeza de que você pode imaginar o estrago que poderia acontecer se escapasse uma palavra do que ele pode fazer.

Julian sorriu enquanto aceitou a taça que Leo lhe estendia e então se sentou sobre a cama.

– Como você disse, as consequências seriam desastrosas. Se ele realmente possui tal dom, só posso sentir pena. Alguns sentimentos podem ser muito horríveis. Assim como alguns pensamentos.

– E essa piedade poderia magoá-lo profundamente. Mas basta de Modred. Ele está voltando para Elderwood agora, e nós temos de derrotar nossos inimigos.

Julian estava mais do que disposto a encerrar a conversa sobre o duque, pois a última coisa que desejava era insultar Leopold com as suas desconfianças. Foi uma surpresa para ele ter sido realmente sincero quando falou sobre aceitar os dons que Leo e Chloe afirmavam possuir. A dúvida ainda fervilhava em seu coração, mas já não era tão intensa quanto no começo. Lado a lado à crescente crença nas habilidades dos primos caminhava a diminuição das suas inquietações no que dizia respeito aos tais dons. No entanto, ele tinha certeza de que não conseguiria se sentir tão receptivo ou confortável ao redor do jovem duque.

Quando Leo lhe entregou alguns papéis, Julian tentou se concentrar na leitura, mas seus pensamentos insistiam em se desviar. Na sua mente ele só via Chloe nos braços de um homem, mas não era o duque que a abraçava. Era ele. Aquilo o assustou, mas não conseguia espantar ou ignorar a imagem. No fundo queria desesperadamente que aquilo fosse verdade. E isso, pensou enquanto se esforçava para se concentrar no trabalho à mão, era perigoso. Era como se estivesse trilhando um caminho que poderia levá-lo diretamente para tudo o que tinha jurado evitar, e mesmo assim ele não conseguia se livrar.

Capítulo 6

Chloe sorriu consigo mesma ao entrar em casa. Ela e Maude tinham feito ótimas compras. Melhor ainda, o dia tinha sido tão proveitoso que ela duvidava que tivessem de sair às compras tão cedo. A ideia a deixou tão feliz que ela quase subiu a escadaria pulando dois degraus de cada vez.

Depois que ela e Maude guardaram todos os tecidos e outros itens que tinham comprado, Chloe expulsou a criada do quarto. Rapidamente trocou o vestido por outro mais confortável e soltou os cabelos. Em seguida deixou o quarto, decidindo se buscava refúgio na biblioteca para cuidar das finanças da casa.

Uma conhecida risadinha infantil atraiu sua atenção quando ela passou pela porta do quarto de Julian. Já havia se passado dois dias desde a última vez em que tinha estado não mais que alguns minutos na companhia dele. Ela precisara de um tempo para refletir sobre as implicações do que Modred tinha lhe dito e se havia algo que pudesse ou devesse fazer a respeito. O fato de não ter tido nenhuma visão sobre o que deveria fazer com relação a Julian e aos sentimentos cada vez mais intensos que nutria por ele era provavelmente um bom sinal. Não queria ser guiada por nada além do seu bom-senso e suas emoções. Estava na hora de testar a sua decisão de se manter firme e ver se sentia algum sinal de atração da parte de Julian. Verificar o que Anthony estava fazendo no quarto do pai era uma desculpa muito boa para passar um tempinho na presença de Julian.

Ela bateu à porta e hesitou por um momento quando a voz forte de Julian reverberou, dizendo que ela podia entrar. A visão que teve foi de roubar o fôlego, apesar de ter feito o possível para esconder a reação. Julian estava esparramado na cama com Anthony aninhado ao seu lado. Parecia que ambos tinham se atracado em uma luta de brincadeira, pois seus cabelos estavam bagunçados e o rubor do riso ainda marcava as bochechas dos dois.

O que mais a espantou foi como Julian estava vestido. De um modo quase escandalosamente casual, ele estava simplesmente maravilhoso na camisa branca solta, parcialmente fechada, e com calças pretas justas. Seus cabelos castanhos com reflexos dourados desciam alguns centímetros sobre os ombros largos e ela sentiu os dedos formigando de vontade de tocar naquelas ondas abundantes. Chloe pôde ver ainda um pouco do peito musculoso e liso sob o colarinho aberto da camisa e ansiou por tocar naquela pele, para ver se era tão quente e sedutora quanto parecia. Era óbvio que o tempo que tinha passado distante do homem não tinha conseguido diminuir nem um pouco da sua atração por ele. O fato de ele estar sem sapatos ou botas fez com que o momento parecesse estranhamente íntimo.

Forçando a sua atenção em Anthony, ela sorriu para o menininho, tentando não sentir inveja do modo como ele parecia confortável nos braços fortes do pai. Aquele era o lugar de direito de Anthony, ela teria de aprender a aceitar. Chloe sabia que Anthony sempre iria gostar dela e que ela nunca iria perdê-lo por completo. Ela precisava encontrar conforto nisso, mas estava muito difícil.

–Você estava fazendo companhia para seu pai? – ela perguntou enquanto se aproximava da cama.

– Sim – respondeu o garotinho já descendo da cama e correndo para abraçá-la. – Eu estava contando histórias para ele.

– Espero que tenha contado suas melhores histórias.

– Só contei as muuuito boas.

– Bem, odeio ser a portadora de más notícias, mas creio que está na hora de o senhor ir se banhar para o chá e a soneca.

Chloe mordeu a bochecha para conter o riso quando Anthony saiu se arrastando do quarto como se estivesse indo para a forca. Quando olhou para Julian enquanto fechava a porta atrás do menino, perdeu o controle no momento em que viu o sorriso no rosto dele. Os dois começaram a rir juntos, embora ela notasse que Julian franzia a testa, mostrando que os ferimentos ainda estavam um pouco sensíveis.

– O garoto tem talento para o teatro – Julian disse enquanto se sentava e se movia para a beirada da cama, ficando mais próximo de Chloe.

Julian tinha sentido falta das visitas de Chloe apesar de saber que não deveria. Sabia que deveria ter usado o tempo para tirá-la da sua mente, mas, em vez disso, acabou passando muito tempo pensando nela e se perguntando por que ela não o visitava mais com a mesma frequência. Só de ouvir sua risada foi o bastante para reavivar todo o desejo que imaginava estar curado. Ele se levantou e avançou um passo, atraído pelo modo como uma mecha dos cabelos dela pendia solta, livre do laço que prendia o restante para trás. Ao mesmo tempo em que uma voz no fundo da sua mente dizia para ele se afastar e não tocá-la, Julian avançou e gentilmente ajeitou a mecha de cabelo atrás da orelha. "E que bela orelha", pensou.

Num esforço tremendo para desviar os olhos daquela boca sedutora, seus olhos se encontraram. Ele se perdeu nas profundezas daquele azul intenso. Julian começou a aproximar a sua boca da dela, ignorando os ruidosos alarmes que apitavam dentro de sua mente. Há tempos estava curioso para descobrir como seria o sabor daqueles lábios e já não conseguia mais resistir à tentação. Seus olhos arregalados diziam que ela sabia o que ele estava prestes a fazer, mas mesmo assim não fez nada para tentar impedi-lo. Aquilo o deixou alegre e ao mesmo tempo desapontado.

Chloe sabia que Julian estava prestes a beijá-la. Sabia também que deveria afastá-lo, para lembrá-lo severamente de que ele era um homem casado e então sair correndo o mais rápido que conseguisse. Mas, em vez de correr, ela se inclinou na direção dele, ansiosa por tocar naquela boca. Nunca tinha sido beijada e sabia que queria que ele fosse o primeiro, mesmo que, depois do beijo, a realidade da situação fizesse ambos se afastarem.

No momento que seus lábios se encontraram, Chloe soube que estava em apuros. Enquanto Julian roçava a boca sobre a dela, seus dedos deslizaram entre seus cabelos e ela estremeceu com a força que o desejo rugiu dentro de seu corpo. Não era decente beijar um homem casado. Cautelosamente, com medo de que o menor movimento seu pudesse fazer com que ele recobrasse o bom-senso, ela pousou as mãos sobre o peito dele. Julian reagiu com um gemido suave e aumentou a pressão dos lábios. Subitamente, o beijo não era mais um simples e breve ato de satisfazer uma curiosidade travessa.

Seus sentidos balançaram quando ele mordiscou de leve seu lábio inferior. Quando ela ofegou por causa do calor que se ergueu, ele enfiou a língua dentro de sua boca. A invasão a surpreendeu por uma fração de segundo apenas, antes que as carícias sedutoras da língua roubassem seus últimos resquícios de resistência para que ela então entrelaçasse os braços ao redor do pescoço de Julian e se entregasse à delícia inebriante do beijo. Neste momento, ela teve a certeza de que nunca tinha provado nada tão bom, com um sabor tão doce.

Quando Julian se afastou abruptamente, Chloe deixou escapar um protesto baixinho, quase mudo. Ela abriu os olhos e percebeu que ele a encarava horrorizado. Uma pontada de dor quase lhe roubou o ar, mas então notou que ele estava um pouco ruborizado e tão ofegante quanto ela. Não foi aversão que o fizera parar, mas o bom-senso. Chloe soltou um longo suspiro, lamentando por ele ter encontrado a razão, que ela tinha deixado de lado sem dificuldade.

– É de ferver o sangue, mas você é tão abominavelmente inocente – ele murmurou enquanto a puxava pela mão e a arrastava para fora do quarto.

De repente, Chloe se viu no corredor com a porta do quarto de Julian fechada atrás de si. Ela balançou a cabeça, numa tentativa de recuperar o raciocínio. Quando passou a língua sobre os lábios, percebeu que o gosto dele ainda estava lá e sentiu um aperto no fundo do estômago. Ele tinha razão em ter posto um fim naquilo, mas ela desejou que ele não tivesse recuperado os sentidos tão rapidamente.

Ajeitando os cabelos distraidamente, ela começou a descer a escadaria. Aquele beijo tinha conseguido muito mais do que disparar seu coração e fazer com que o juízo escapasse pelas orelhas. Ele tinha feito com que ela tomasse uma decisão. Depois de vinte e dois anos sem nunca ter se interessado por um homem, agora ela estava disposta a ver até onde este interesse poderia levá-la. Não importavam as consequências.

Estava tão perdida em seus pensamentos sobre como poderia fazer com que Julian deixasse de lado os escrúpulos que quase trombou com Wynn, que estava parado aos pés da escada.

– Você estava à minha procura? – perguntou para ele.

– Uma visita a aguarda.

O homem falou em um tom tão funesto que Chloe sentiu um arrepio de alarme. Tudo em Wynn indicava que algum inimigo tinha rompido os muros do lar de Leo. O estranho era que os únicos inimigos que passavam pela sua cabeça eram Arthur Kenwood e Lady Beatrice. Por outro lado, não havia nenhum motivo para eles virem até a casa de Leo. Ela tinha certeza de que Leo a teria alertado se tivesse tido até mesmo uma leve suspeita de que a dupla de assassinos tinha descoberto a interferência nos planos deles.

– Quem é? – ela perguntou, satisfeita por não ter soado tão apreensiva quanto se sentia.

– Lady Evelyn Kenwood, a condessa viúva de Colinsmoor.

– Meu Deus! – ela exclamou. – Lorde Kenwood já sabe? – Antes mesmo de fazer a pergunta ela já sabia a resposta. Julian não estaria brincando com Anthony e depois a beijando se soubesse que sua mãe estava em casa.

– Não. A condessa acabou de chegar. Eu a coloquei na Sala Azul.

– Onde está Lorde Wherlocke?

– Ele saiu, senhorita. Não sei que horas irá voltar.

Chloe olhou na direção da saleta onde o desastre rondava na forma da mãe de Julian. Apesar de não achar que a mulher suspeitasse que Julian ainda estivesse vivo e se escondendo no andar de cima, Chloe não conseguia pensar em nenhum outro motivo para a mulher estar esperando na Sala Azul de Leo. Mesmo que a mulher não soubesse da verdade, Chloe duvidava que ela estivesse aguardando calmamente na sala.

– Acho melhor eu ir ver o que ela deseja. Você ofereceu algo para beber? Ou comer?

Wynn assentiu.

– Gertie já serviu chá com bolo. Eu estava indo chamar o lorde quando encontrei a senhorita. – Ele encolheu os ombros largos. – Sei que o homem está se escondendo para que todos pensem que ele está morto, mas imaginei que ele pudesse ter alguma ideia do que eu deveria fazer.

– Não diga nada a ele. Acho que Leo quer que o artifício perdure um pouco mais. Talvez ela esteja em busca de algum tipo de ajuda ou qualquer coisa assim. Espere aqui e vou ver se consigo descobrir algo.

Chloe se aproximou da porta da sala onde a condessa esperava, tentando desfazer o nó no fundo do estômago. Uma vez que não fazia a menor ideia do motivo de a mulher estar ali, não tinha nem como planejar o que ia dizer a ela. Chloe fechou os olhos e tentou ver o que estava prestes a encarar, qual seria o desfecho do confronto, mas não havia nada. Ficou claro que seu dom ia deixá-la se debater sozinha. Isso vinha acontecendo com uma frequência espantosa desde que Julian tinha sido trazido para a casa.

Ela entrou na sala e tentou retribuir o sorriso que a mulher elegante sobre o canapé lhe deu. Tudo que pôde ver por um momento foi que agora ela sabia de onde Julian tinha herdado aqueles lindos olhos verdes. Isso e o fato de que há pouco ela estava beijando o filho da pobre mulher, que o imaginava morto. Espantando os pensamentos desvairados, Chloe fez uma cortesia para a senhora.

– Milady – disse. – Meu nome é Chloe Wherlocke, sou a prima de Lorde Wherlocke. Sinto informar que ele saiu e que não sei quando voltará. Quem sabe eu possa ajudá-la?

– Talvez possa – Lady Evelyn respondeu. – Por favor, sente-se. Tenho algumas perguntas para lhe fazer sobre o meu filho Nigel.

– Creio que nunca o conheci, milady – Chloe disse enquanto se sentava, empurrando para o lado o medo de que algo pudesse ter acontecido com o irmão de Julian.

– Eu já imaginava, mas as minhas perguntas são sobre o ajudante de campo do meu filho. A senhorita conhece o sr. Bened Vaughn?

– Ah, sim. Ele é nosso primo. No entanto, não faço ideia do que a senhora gostaria que eu lhe contasse sobre ele. Sei que ele é um bom soldado.

– Foi o que Nigel me contou nas poucas cartas que recebi dele. Nigel também deixou subentendido que pretende trazê-lo para Londres depois que pedir baixa. Agora que Nigel se tornou conde – a voz de Lady Evelyn falhou por um momento e a tristeza contorceu seu semblante –, ele voltará para Londres em breve e trará o homem com ele.

Chloe cruzou as mãos apertadas. Queria desesperadamente poder confortar a mulher, queria poder atenuar a dor profunda que tinha visto no semblante de Lady Evelyn. Pior, queria poder contar toda a verdade. Enquanto planejaram tudo, eles nunca levaram em consideração o quanto a mãe de Julian poderia sofrer. Não havia nada de errado em centrar todos os seus esforços para manter Julian e Anthony vivos, mas isso não atenuou a súbita culpa que acometeu Chloe pela dor que aquele plano tinha causado àquela mulher.

– Bened é um homem bom, milady – ela disse calmamente. – Eu o conheço, apesar de confessar que não muito bem, pois eu não passava de uma criança quando ele entrou para o exército. No entanto, de tudo que posso pensar a respeito do homem, o que pode ser considerado um defeito é ser muito melancólico.

Lady Evelyn sorriu.

– Isto pode ser uma coisa boa, pois Nigel às vezes é muito animado, e temo que demasiado despreocupado.

– Bem, ninguém jamais poderia acusar Bened de despreocupado.

Antes que Chloe pudesse dizer algo mais, Wynn espiou dentro da sala e fez sinal, indicando que precisava falar com ela. Depois de assegurar a Lady Evelyn que estaria de volta dentro de alguns minutos, Chloe deixou a sala apressada. A fisionomia preocupada no rosto largo de Wynn fez com que o estômago de Chloe fosse parar nos seus pés. Ela já devia ter imaginado que uma manhã divertida de compras teria o seu preço. O problema era que o valor estava se mostrando muito alto.

– O que aconteceu de errado? – perguntou ao homem.

– Não estamos encontrando o garoto.

– E Dilys onde está?

– Ela pensou que o menino estivesse dormindo, mas ele escapuliu, e ela já procurou por toda parte.

Chloe conteve um palavrão.

– Ele só pode estar em algum canto da casa. Estava no quarto do pai, há alguns minutos.

– O garoto é rápido.

Podia ser muito mais tempo do que ela imaginou, pois não havia como negar que o beijo de Julian tinha acabado com a sua capacidade de raciocinar claramente.

– Mesmo assim, quão longe ele pode ter ido? Vou procurar no andar de cima enquanto vocês procuram aqui embaixo e no jardim.

Ciente de que não poderia deixar Lady Evelyn sozinha por muito tempo, Chloe subiu os degraus correndo. A cada quarto que entrava, amaldiçoava o dia em que fora inventar de brincar de esconde-esconde com o menino. Ela sabia que era exatamente isso que Anthony estava fazendo agora, e havia muitos modos para uma criança passar de um cômodo para outro pelas passagens secretas da casa de Leo. Quando o encontrasse, ia tentar fazer o possível para que ele entendesse que primeiro era preciso avisar aos outros quando o jogo começava.

Não demorou muito para Chloe ficar preocupada. Não que estivesse sentindo que Anthony estava correndo perigo, mas por outro lado seu dom vinha falhando ultimamente. Anthony também não tinha voltado para o quarto do pai. Enquanto procurava por ele no quarto de Julian, ela fez o possível para não demonstrar a sua preocupação, mas pôde notar pela expressão do rosto dele que não tinha acreditado nas suas desculpas. Foi ainda mais difícil convencê-lo a ficar quieto no quarto e não se juntar à busca. Isto ela não poderia permitir de maneira nenhuma, uma vez que a visitante que a aguardava, no andar de baixo, seria capaz de reconhecê-lo só de ouvir a sua voz, apesar de ela não poder contar isso para ele.

Uma breve reunião com seus companheiros de busca revelou que só faltava procurar em um cômodo da casa: a sala onde se encontrava a condessa de Colinsmoor. Apesar de ter dito para si mesma que não havia motivos para se preocupar, Chloe sentia um aperto no coração. Havia vários caminhos que o menino podia ter usado para passar despercebido por todos e entrar na Sala Azul. Ela disparou rumo à sala, o tempo todo rezando para que tudo que ia ter de fazer dentro de alguns segundos fosse alegar um pequeno problema doméstico e assim despachar Lady Evelyn.

Julian olhou desconfiado para a porta que se fechou atrás de Chloe. Quando a viu entrando no quarto, imaginou que ela quisesse conversar sobre o beijo, e esta era a última coisa que ele queria. Ainda estava atordoado pelo modo como o beijo quase o nocauteara. Para uma mulher que claramente tinha pouca ou nenhuma experiência na arte de beijar, Chloe Wherlocke era mais forte do que o mais puro conhaque. E era muito mais saborosa também.

Tinha sido a maior tolice beijá-la. Julian passou uma descompostura em si mesmo por ter sido tão fraco e se deixado ceder à tentação. Por força das circunstâncias provocadas pelos seus inimigos, ele e Chloe se viram forçados por mais de uma vez a ficarem sozinhos, sem a presença de uma dama de companhia. Era errado se aproveitar disso, errado em tantos sentidos que ele nem se deu o trabalho de enumerar. Ele precisava encontrar um meio de resistir ao poder de sedução daquela mulher. Lembrar-se o tempo todo de que era um homem casado não estava funcionando e ele desconfiava que, talvez, fosse porque, no seu coração, há muito seu casamento já tinha acabado. Mas a lei e a sociedade pensavam o contrário. Tinha de existir um modo de matar a atração, mas estava difícil conseguir pensar em um com o gosto dela ainda em seus lábios – o sabor doce, para lá de tentador.

Ele começou a andar de um lado para o outro enquanto tentou pensar por que ela estaria procurando por Anthony, espantando todas as lembranças de Chloe e do beijo. O garoto obviamente estava desaparecido, e isso o preocupou. Por outro lado não fazia muito tempo que Anthony tinha estado no seu quarto, portanto ele não podia pensar que o garoto tivesse ido muito longe. Sob circunstâncias normais, ele teria deixado de lado e preferido pensar que se tratava apenas de uma travessura de criança, mas ele e o filho tinham inimigos mortais. A sua oferta para ajudar a procurar tinha sido rejeitada, pois havia uma visita no andar de baixo que poderia reconhecê-lo.

Aborrecido por não poder descer e ajudar na busca, Julian se serviu de uma taça de vinho, que tomou de um só gole. Estava disposto a esperar mais uma hora até que Anthony fosse encontrado. Passada esta hora, se ninguém tivesse encontrado a criança, então o jogo de esconde-esconde ia acabar. Ele não ia continuar escondido naquele quarto em nome da sua própria segurança enquanto o filho estava em perigo. Com os olhos fixos no relógio sobre a cornija da lareira, ele continuou andando de um lado para o outro e rezou para que a próxima notícia que ouviria dentro em pouco fosse que o travesso Anthony estava sendo devidamente punido por ter assustado a todos.

Evelyn esfregou os olhos lacrimejantes com um lencinho bordado. A simples menção do nome de seu filho falecido quase fora o suficiente para acabar com o seu controle e fazê-la cair de joelhos. Ela desconfiava que ainda ia demorar muito tempo até que a dor pela perda de Julian se aproximasse do suportável, mesmo que seu corpo fosse encontrado e ela pudesse lhe dar um enterro digno.

– A senhoia está chorando? Quer um doce? Faz a gente se sentir melhor.

Arrancada de seus pensamentos sombrios por aquela voz suave de criança, Evelyn olhou para o garotinho parado à sua frente. Ele estendia uma das fatias de bolo para ela, com um olhar preocupado no seu rostinho de anjinho sujo de bolo. Ela começou a sorrir e então olhou no fundo daqueles olhos grandes. No fundo daqueles olhos esverdeados, muito parecidos com os seus, iguais aos de Julian. Até mesmo o formato e os cílios longos eram os mesmos. Evelyn teve de respirar fundo várias vezes para não perder os sentidos.

"É impossível", disse para si mesma enquanto se esforçava para acalmar os batimentos cardíacos. Infelizmente, quanto mais olhava para o garoto, mais certeza tinha de que estava olhando para o filho de Julian. O menino era idêntico a Julian quando tinha a mesma idade.

Ela removeu a luva da mão direita e levou a mão à testa para verificar a temperatura, receando, de repente, ter sido acometida por uma febre. Pois isso só podia ser um delírio resultante de uma febre intensa. Talvez a tristeza a levara a imaginar que podia ver o filho, vê-lo quando ele ainda era uma criança meiga e inocente, sem saber de toda a dor e o mau que existiam no mundo.

– Quer que eu vá chamar a Cohee?

Sem saber ao certo quem era a tal Cohee, Evelyn negou com um aceno de cabeça e não resistiu à tentação de tocar nos cachos dourados. Até mesmo os cabelos do garoto lembravam os de Julian.

– Quantos anos você tem, criança?

– Três. Já sou um homem – ele disse, estufando o peito. – Tenho cabelos bonitos.

– Tem mesmo – ela disse e sorriu, mas só conseguia pensar que os cabelos dele eram iguais aos de Julian quando criança. – Seus cabelos costumam crescer em cachos fartos e grandes?

– Sim. Mas Leo sempre corta para que eu fique parecendo com um homem. Não uma menina.

– Muito sábio. Você é filho do Lorde Wherlocke?

O menininho chacoalhou a cabeça.

– Não. Ele só cuida de mim, assim como a Cohee. – Ele se inclinou para a frente um pouco mais. – Estou me escondendo.

– Mas eles sabem que você está se escondendo?

– Não. Eles estão procurando. Quer este doce?

Com todo o cuidado ela pegou a fatia de bolo quase desmontando e comeu um pedacinho. O sorriso que o garoto lhe deu causou um aperto no peito. Tudo nele lembrava Julian, e ela estava começando a ter certeza de que as semelhanças que estava vendo não eram apenas um reflexo da tristeza. Se a história de que se lembrava estava correta, este garoto era um primo de Lorde Wherlocke, um órfão cuja mãe tinha se casado com um homem abaixo da sua classe social. De repente, aquela explicação pareceu muito suspeita.

– Qual é o seu nome? – ela perguntou.

– Anthony – ele disse, caprichando na pronúncia.

– Anthony do quê?

Ele encolheu os ombros.

– Tenho um montão de nomes, mas só preciso de um.

– Muito bem, Anthony, meu nome é Lady Evelyn Kenwood, sou a condessa de Colinsmoor. – Ela observou com atenção quando o menino arregalou os olhos e então os contraiu desconfiado, numa feição que destoou do seu rostinho meigo.

– A senhora conhece o Monstro do Quinto dos Infernos? – Ele mora lá.

– Em Colinsmoor? – Quando ele assentiu, foi a sua vez de contrair a testa. – Não tenho certeza do que seja isso, mas eu nunca o vi. No entanto, eu não moro mais lá, desde que o meu filho levou a sua esposa para viver lá, cinco anos atrás. Mas por que você acha que existe um monstro lá? – E quem teria contado sobre Colinsmoor para ele, ela queria perguntar, mas sabia que tinha de ir devagar com a criança.

– Cohee falou que ele engoliu a minha mamãe, porque ela foi malvada e que foi por isso que eu não a conheci. Mas o Monstro não comeu o meu papai.

– E quem é o seu pai?

O menino encolheu os ombros, apanhou uma fatia de bolo e empurrou quase tudo para dentro da boca. Obviamente tinha sido instruído a não responder a tal pergunta. Evelyn não se surpreendeu quando viu que as suas mãos estavam trêmulas. A única coisa que a impediu de acreditar de imediato que estava diante do seu neto, diante do filho de Julian, foi a idade do garoto. Julian ainda estava sob o domínio de Beatrice na época em que a criança tinha sido concebida. Além do mais, ela não acreditava que Julian teria sido capaz de quebrar os votos do santo matrimônio, e certamente não quando ainda acreditava como um tolo que o seu casamento era uma união baseada no amor.

– Não precisa me contar se não quiser. Só perguntei porque você me lembra muito o meu filho Julian quando ele era pequeno – ela disse suavemente enquanto o tocava outra vez. – Tem os mesmos cabelos. Os mesmos olhos. Eu só estava imaginando se talvez você não fosse parente dele.

Ela sentiu uma pontinha de vergonha por recorrer a tal artifício com uma criança, mas mesmo assim permitiu que uma lágrima deslizasse de seu olho. Enquanto ela refletia, o garoto foi ficando impaciente, nervoso ao ver que ela estava chorando. Tudo que Evelyn esperava era que agora conseguisse arrancar a informação e não outro pedaço esmigalhado de bolo. Ainda que o menino fosse um filho bastardo, se fosse de fato filho de Julian, ela tinha a intenção de torná-lo parte da família. E se nada desse certo, ela ao menos poderia seguir adiante com a certeza de que não tinha perdido seu filho por completo, e que ainda restara uma pequena parte dele neste mundo.

Com uma mãozinha grudenta de doce, Anthony fez o afago no braço dela.

– Não chora – disse com um leve tom de comando na voz infantil. – Sei que eu pareço com o papai. Mas eu preciso guardar o segredo. Os segredos são importantes. Se eu lhe contar, não será mais um segredo, e isso será ruim.

A última sentença soou como se a criança estivesse repetindo, quase palavra por palavra, que alguém tinha lhe dito.

– Juro que não vou contar para ninguém. Mas nós temos a mesma cor de olhos e estou muito curiosa. Você não percebeu?

Anthony se aproximou tanto que quase o seu narizinho encostou-se ao dela.

– Sim. São da mesma cor dos meus olhos e do papai. Mas eu preciso guardar o segredo. Papai ficou muito machucado e não quero que ele se machuque outra vez. A Cohee e eu precisamos cuidar da segurança dele.

– Eu jamais o machucaria, Anthony. O nome do seu papai é Julian? – O modo como o garoto a fitava com olhos contraídos já serviu como resposta, mas Evelyn realmente precisava ouvir dele. – Por favor. Eu preciso muito saber, pois perdi o meu filho Julian e meu coração está muito triste.

Anthony fez outro afago no braço da senhora.

– Ele não está perdido. Ele só está escondido. Como eu.

– Por que ele está escondido? – ela perguntou, com receio de que seu coração estivesse batendo tão rápido que a qualquer momento pudesse saltar do peito.

– Porque o Monstro do Quinto dos Infernos é mau e mandou alguns homens enfiarem uma faca no meu papai. Duas vezes. Eu já sei contar, quer ver? – Ele ergueu um dedinho, em seguida outro. – Dois.

Evelyn respirava fundo novamente, para não desmaiar, quando a porta se abriu. Ela e o garoto viraram juntos para olhar para a moça parada sobre a soleira. Por um momento, a expressão de espanto e medo estampou o seu belo rosto. Evelyn podia ver como tal mulher poderia muito bem ter seduzido Julian, mas ao mesmo tempo ela não sentia que essa moça fosse do tipo capaz de se deixar envolver em romance sujo. Havia algo de inocente nela. Um enigma que ela estava disposta a desvendar assim que a mulher respondesse a uma pergunta muito importante.

– O que diabos você está fazendo com o meu neto?

Capítulo 7

– Julian, estamos com um problema – Chloe anunciou, entrando no quarto sem bater.

– Foi com Anthony?

Ao notar que ele empalidecera subitamente, Chloe sorriu. Seus pensamentos estavam tão fixos no encontro de Lady Evelyn com Anthony que ela esqueceu completamente que Julian ainda estava pensando que o filho estava desaparecido. Aproximou-se dele e fez um afago no braço, imaginando como pudera pensar que um simples afago pudesse acalmar um homem apavorado com o desaparecimento do filho. O confronto que acabara de ter com Lady Evelyn a tinha deixado completamente atordoada, justamente no momento em que mais precisou de toda a sua lucidez.

– Anthony está bem. De verdade – ela afirmou.

Julian fechou os olhos por um momento e tentou se esquecer do pavor que por algumas frações de segundo quase o sufocara.

– Você o encontrou?

– Sim. Ele estava na Sala Azul. – Respirou fundo e então soltou: – Com a sua mãe.

– O quê? – Ele a encarou emudecido por um momento, antes de perguntar: – A minha mãe está aqui? Lá embaixo, na Sala Azul? – Chloe assentiu com um aceno de cabeça. – Por quê?

– Ela veio falar conosco sobre nosso primo Bened Vaughn, o homem que guarda a vida do seu irmão, apesar de ela não saber que Bened é o guardião de Nigel e não o seu ajudante de campo. Ela não sabe nada sobre o que está acontecendo, entende? Como poderia saber? Ela estava sentada na Sala Azul quando desci depois de... – Chloe corou ao se lembrar o que estava fazendo pouco antes de se encontrar com Lady Evelyn. – Bem, logo depois que terminei de guardar as minhas compras e falei com o senhor e fui expulsa do quarto. Então Anthony desapareceu e tive de deixá-la sozinha para sair à procura dele, mas, então, não sei como, ele entrou na Sala Azul e...

Sua história foi interrompida por uma parada abrupta quando, de repente, Julian a envolveu em seus braços e beijou-a. Chloe esqueceu tudo sobre Lady Evelyn e

Anthony e de ter dito "maldição!" antes de fugir da Sala Azul e entrelaçar os braços ao redor do pescoço de Julian. Desta vez usou a língua de modo tentador ao mesmo tempo em que ele usava a sua. Ela ouviu o gemido suave, devagar, quase gutural, que ele deixou escapar. Um pouco atordoada quando ele se afastou, ela sentiu o rubor subindo para sua face, ao se dar conta de que tinha sido muito ousada, muito fácil.

– Basta – Julian disse e limpou a garganta para firmar a voz.

– Mas você me beijou.

– Eu sei. A bronca foi para mim. Mas eu a beijei por dois motivos. O primeiro foi porque você estava falando muito.

Quando se lembrou do porquê de estar no quarto de Julian, Chloe deixou escapar um xingamento sussurrado.

– Eu sei. Costumo tagarelar quando estou nervosa, e o fato de a sua mãe ter visto Anthony me deixou muito nervosa. Qual foi o seu segundo motivo?

– Eu queria beijá-la. – E certamente ele iria para o inferno por isso, pensou. – Ajude-me com as minhas botas. Preciso descer e falar com a minha mãe.

– Tem certeza de que deve mesmo fazer isso? – ela perguntou enquanto se movia para ajudá-lo a calçar as botas.

– Se ela conheceu Anthony, obviamente viu o quanto ele se parece comigo quando criança. Ela fez alguma pergunta sobre isso, não fez? – Chloe assentiu e o rubor que tingiu seu rosto o deixou curioso, mas ele optou por deixar a curiosidade de lado. – Você deu alguma explicação razoável para isso?

– Não. Ela não chegou a dizer em voz alta, mas sua fisionomia me fez crer que ela está pensando que Anthony é seu filho bastardo. Apesar de ela nos conhecer de passagem, desconfio que deva saber a história que contamos sobre Anthony ser filho órfão da minha irmã, que não se casou com um homem à sua altura. Ela pode até estar pensando que ele seja meu filho. Creio que quando ela me perguntou o que eu estava fazendo com o neto dela, mais especificamente, depois que soltou uma blasfêmia...

– A minha mãe falou uma blasfêmia?

Mesmo sentindo o calor do rubor nas faces, Chloe respondeu:

– Ela falou "o que diabos você está fazendo com o meu neto?".

Julian não sabia se ria ou se ficava chocado.

– E o que você respondeu?

– Acho que também acabei soltando uma blasfêmia. Eu disse "maldição!". Em seguida falei que ia mandar chamar Leo e saí correndo. Só interrompi a corrida covarde por tempo bastante para pedir que Wynn encontrasse Leo, a fim de trazê-lo de volta para casa o mais rápido possível. – Ela ficou olhando enquanto ele dava um laço na gravata e esticou o braço para apanhar o paletó. – Deixe-me ajudá-lo – disse, aproximando-se. – Tenho a sensação de que este vai ser um longo dia e não recomendo que comece o seu calvário já com dores porque forçou seus ferimentos que estão cicatrizando. Acha mesmo que devemos contar a verdade para sua mãe?

– Não creio que temos outra opção. – Julian ficou satisfeito que, com a ajuda de Chloe, a movimentação para vestir o colete e o paletó causou apenas um pouquinho de dor.

– Mas e se a deixarmos pensando que Anthony é filho bastardo da minha irmã...

– Não. Não vou permitir que o nome da sua irmã seja manchado.

– Julian, é triste dizer, mas o nome da minha irmã já está manchado. Ela se casou com um pescador.

– Isso não importa. Ouvi os comentários na época e nunca me esqueci de que foi uma união por amor, apesar de não serem da mesma classe social. Aos olhos de muitos é um atenuante, quer eles acreditem ou não em tais coisas. Se você colocar um filho bastardo nos braços dela, ela vai perder até mesmo isso.

– Então vamos dizer que ele é meu filho.

– Não seja ridícula.

Ele sentiu uma satisfação verdadeira ao ver o modo como ela contraiu os olhos e reagiu diante do tom imperativo. Antes, ela parecia tão pálida e em busca de conforto. Mas ao mesmo tempo ele que não queria que ela repetisse as palavras que tinha acabado de dizer. Tais palavras lançaram uma imagem em sua mente que seria difícil de esquecer: Chloe esperando um filho seu. Julian sabia que parte da atração daquele pensamento era a certeza de que ela amaria e cuidaria de seu filho; ao contrário da mulher com quem ele se casara.

Julian pensou no que exatamente iria dizer para a mãe, além de implorar pelo perdão por toda a dor que causara. Desconfiava que depois que ela entendesse o quanto a sua vida dependia do sigilo absoluto, ela o perdoaria pela mentira. Mas a verdade sobre Arthur e Beatrice e tudo que eles tinham feito e planejado talvez precisasse ser revelada com mais cuidado. Por outro lado, sua mãe tinha dito a palavra diabo, ele pensou, quase rindo. Talvez não fosse preciso ter tanta cautela assim.

– Chloe, não vai fazer muito diferença dizer toda a verdade para ela. Minha mãe não vai manter Anthony em segredo, assim como não vai tentar escondê-lo de todos. Não porque simplesmente pensa que é um bastardo. Ela nunca achou justo que uma criança concebida fora do casamento recebesse este tipo de tratamento. E se ela deixar que o mundo saiba sobre Anthony, então meu tio e a minha esposa também ficarão sabendo. E, assim que isso acontecer, Anthony estará em perigo.

– Não se eles também pensarem que o menino é um bastardo.

– Mas eles não pensarão isso. Mesmo com meu comportamento desprezível ao longo do último ano, não sou um homem muito experiente. Tive poucas mulheres antes do casamento e fui fiel à minha esposa durante os primeiros anos de casados, nem mesmo depois que descobri que ela nunca tinha sido fiel a mim, não fiz nada. Na verdade, nunca fui infiel a ela até o último ano, mesmo depois de ter ficado em dúvida se a criança que enterramos era minha. Meu tio sabe que não tenho bastardos, muito menos um na idade de Anthony. Assim que descobrirem sobre Anthony, saberão que a tentativa de deixar o meu herdeiro para morrer em um casebre isolado nos pântanos falhou. Pior ainda, não vai demorar muito para desconfiar sobre sua participação em tudo isso. Então, você também estará em perigo. – Ele a segurou pela mão, tentando ignorar a deliciosa sensação do simples toque e a puxou para fora do quarto. – Minha mãe precisa saber a verdade.

Chloe suspirou ao fazerem uma pausa diante da porta da Sala Azul.

– Sim, suponho que seja o melhor, e não apenas pelo bem de Anthony. Ela está sofrendo muito, Julian. – Não ficou surpresa ao perceber que ele teve de desviar o olhar por um momento para se recompor. – Não seria melhor que eu entrasse primeiro para tentar prepará-la?

– Não sei como seria possível prepará-la para ver o filho que imaginou morto entrando na sala no alto do seu esplendor remendado.

Foi difícil, mas Chloe não fez nenhum comentário sobre o toque de bobagem, apenas revirou os olhos.

– A sua mãe é do tipo que costuma desmaiar?

– Nunca a vi desmaiando, mas nunca se sabe. Pode ser a primeira vez. Afinal, nunca a ouvi dizendo uma blasfêmia antes também, e ficou claro que ela sabe dizer muito bem. Assim como você.

– Fiquei surpresa. Assim como ela. Agora, acho que o senhor deveria permitir que eu entrasse pelos menos alguns passos à frente, quem sabe até alguns minutos antes, para que assim eu possa evitar que ela caia e se machuque, caso desmaie.

Julian concordou e deu um passo para o lado para que assim não fosse visto quando Chloe abrisse a porta. Percebeu que estava ansioso por rever a mãe. Ao longo do último ano, temendo tanto a compaixão quanto a desaprovação dela, ele a evitara. Tinha até chegado ao ponto de fazer um esforço consciente para nunca estar em algum lugar onde ela ou qualquer outro membro da família pudesse estar.

O puro embaraço e a vergonha tinham motivado tal atitude, admitiu consigo mesmo. Até mesmo no auge da sua maior bebedeira, ele tinha noção de que estava se comportando mal e que, sem dúvida, estava partindo o coração da mãe. Julian suspeitava que talvez tivesse acabado saindo do atoleiro em que se deixara afundar só para poupar a boa mulher de todo o sofrimento que estava lhe causando.

O que estava prestes a contar para ela, agora, possivelmente também iria causar mais sofrimento. Sua mãe jamais gostara de Beatrice e isso acabou causando uma ruptura entre as duas, mas ele duvidava que ela um dia tivesse imaginado que a mulher com quem seu filho se casara pudesse ser tão má. Felizmente, sua mãe jamais gostou muito de Arthur também. Mas eram os crimes cometidos contra os Kenwood e o insulto ao bom nome da família que poderiam magoá-la. E ele refletiu, ao ouvir a voz do seu filho, o simples pensamento de que o cunhado dela e a nora tinham tentado assassinar Anthony era o que mais iria feri-la, assim como o tinha ferido.

Ela precisava saber da verdade, precisava saber de tudo, ele pensou no momento em que ouviu a sua mãe falando de modo impaciente. Pelo jeito ela era muito mais forte do que ele imaginava. Depois de ter dado tempo suficiente para as duas, ele entrou na sala e fechou a porta sem fazer barulho.

Julian permaneceu parado por um momento, apenas observando sua mãe. Notou que havia algumas rugas novas no semblante surpreso e sentiu uma pontada de culpa. Quando toda a cor fugiu do rosto dela, ele se aproximou, certo de que ela fosse desmaiar. Mas ao mesmo tempo em que se aproximava, ela se jogou em seus braços, e, para seu horror, começou a chorar.

Ele olhou para Chloe em busca de ajuda, mas esta apenas olhava para eles de um jeito estranho e com os olhos vidrados. Anthony ficou parado olhando para o pai e parecia que estava prestes a chorar também. Julian acariciava as costas da mãe, dizendo palavras que esperava serem apaziguantes e rezou para que a enxurrada de lágrimas cessasse. Sentiu-se o pior filho do mundo, o mais ingrato, mas sabia que não tivera muitas opções.

Chloe observou Lady Evelyn se atirando nos braços de Julian e sentiu um estranho arrepio descendo pela espinha. De repente, não estava vendo Lady Evelyn chorando sobre o filho, mas Lady Evelyn beijando outro homem. Era um homem alto, bem-apessoado, grisalho. Suas roupas eram limpas e bem passadas, mas não de luxo. Eles já não estavam mais na Sala Azul de Leo, mas, sim, em uma praia rochosa, com as ondas iluminadas pela luz do luar, arrebentando próximas aos seus pés. Era um encontro romântico.

Em seguida Chloe piscou e a cena desapareceu. A próxima coisa que viu foi Julian estendendo seu lenço para a mãe, que já não o abraçava mais como se ele pudesse desaparecer. Chloe não estava certa se tinha visto algo que estava por acontecer ou que já tinha acontecido, mas, pelo jeito, a elegante Lady Evelyn teve ou ainda teria um novo amor. E, de acordo com a sua visão, o homem não pertencia à mesma classe social de Lady Evelyn. Por que o seu dom imaginou que ela precisava saber daquilo quando havia tantas outras coisas mais importantes sem respostas? Questões de vida e morte.

Assim que Lady Evelyn se sentou, Chloe se aproximou da mesa de bebidas e serviu uma dose de conhaque para Julian e outra para a mãe dele. Quando lhes entregou a bebida, observou com o mesmo olhar surpreso de Julian quando Lady Evelyn entornou a dose de uma só vez, como se estivesse tomando o mais suave dos vinhos. Julian ficou tão chocado que Chloe começou a pensar que, assim como tantos outros homens, ele não sabia muito sobre a própria mãe. Pelo pouco que sabia sobre os homens, eles eram muito bons em enxergar as mulheres como imaginavam que elas devessem ser e não como de fato eram.

– Por que você deixou que eu acreditasse que estava morto? – sua mãe perguntou, a voz firme, sem dar nenhum sinal de que uma bebida muito forte tinha acabado de passar pela garganta.

– Porque eu estava muito ferido – Julian respondeu. – Muito ferido para proteger a mim e a qualquer outra pessoa que meus inimigos pudessem tentar ferir. Não creio que possamos confiar plenamente em todas as pessoas que trabalham em Colinsmoor. Ou na sua casa. – Ele nunca quis que a sua mãe se mudasse de Colinsmoor e, ao contrário das outras casas destinadas às viúvas dos nobres, esta ficava a apenas um dia de viagem de Colinsmoor, mas ela insistira. No fim, a decisão não tinha sido de todo ruim, pois isto fez com que Arthur e Beatrice não vissem a lady e as filhas como uma ameaça.

– Alguém nos traiu?

Chloe teve a nítida impressão de que a mulher estava pronta para empunhar uma espada e cortar o traidor em pedacinhos. Enquanto continuava observando Julian e a mãe, Chloe olhava de canto de olhos para Anthony. Ela esticou o braço e deu um tapinha leve na mãozinha do traquinas quando ele tentou apanhar mais um pedaço de bolo. O rostinho sujo indicava que ele já tinha comido doces além da conta.

– Mãe, tio Arthur é um dos que tentaram me matar. – Com todo o cuidado, Julian contou tudo em que ele e Leo acreditavam que Arthur tinha feito. Começou a relaxar quando tudo que viu foi surpresa e depois a ira crescente no rosto da mãe. – Só piora – alertou depois que terminou de listar todos os crimes de Arthur.

– O que pode ser pior do que o irmão de seu pai tentar matá-lo? E onde foi parar o juízo da sua esposa quando tudo isso aconteceu? Estava com um dos seus amantes?

Julian contraiu as sobrancelhas.

– Exatamente. Beatrice estava com Arthur. Eles são amantes e acredito que estão juntos há muito tempo. Lorde Wherlocke acha que Arthur escolheu Beatrice para me seduzir para que assim tivesse alguém de sua confiança o mais próximo possível de mim. E eu não me surpreenderia se já não fizesse parte do plano fazer com que a senhora quisesse se distanciar da minha esposa.

– Pobre Mildred – Lady Evelyn murmurou. – Ela está correndo perigo? Afinal, se ele pretende conquistar o título destruindo meus filhos, pode muito bem ser possível que queira uma nova esposa ao seu lado quando conseguir.

– Tia Mildred está sob proteção. E é uma vergonha para mim não ser eu a pessoa que está oferecendo tal proteção. Lorde Wherlocke já cuidou disso há muito tempo. Os Wherlocke são o motivo pelo qual não estou morto em um dos becos infectos de Londres. Eles salvaram a minha vida.

– É por isso que seu filho está aqui? – Lady Evelyn voltou os olhos para Anthony e em seguida de volta para Julian. – E não venha me dizer que esta criança não é seu filho. Ele tem os seus olhos. É igualzinho a você quando criança. Quem é a mãe dele?

Julian olhou para Chloe.

– Talvez fosse melhor que Wynn levasse Anthony para limpar o rostinho sujo de bolo.

– Mas eu estava ouvindo a conversa – Anthony reclamou.

– Eu sei – disse Chloe –, mas às vezes os adultos precisam dizer coisas que não podem ser ditas na frente de crianças. – Ela provavelmente deveria ter tirado Anthony da sala assim que Julian começou contar toda a história sórdida do que tinha lhe acontecido, pensou.

– Ele voltará? – perguntou Lady Evelyn enquanto Chloe acompanhava Anthony até a porta.

– Podemos mandar que o tragam assim que terminarmos a conversa.

Evelyn olhou para o filho. Ainda segurava firme a sua mão, sem coragem de soltá-la, com medo de que tudo não passasse de um sonho. Durante um ano ela vira o filho tentando se matar, envolvido com bebida e prostituição, mas nunca perdeu a esperança de que um dia ele sairia daquele atoleiro. Pelo visto ele tinha conseguido sair da lama com a ajuda dos Wherlocke. E o culpado por ter atirado Julian em uma situação de desespero tal que o levou a se afundar durante um ano na devassidão era Arthur.

Ela ficou observando Chloe Wherlocke enquanto a jovem despachava Anthony junto com o criado corpulento. Chloe era uma bela mulher, mas seus trajes eram de uma moça do interior. Quando Chloe se sentou na pequena cadeira de frente para ela e Julian, Evelyn se deu conta de que aquela pequena e bela mulher também fazia parte do segredo.

– Quem é a mãe de Anthony? – ela perguntou, fazendo um esforço tremendo para não olhar para Chloe Wherlocke.

– Beatrice – Julian respondeu.

Ele respirou fundo e contou à mãe tudo sobre a tentativa de matar Anthony. Quando percebeu que ela estava pálida, pousou o braço ao redor do corpo dela. Já imaginava que aquela seria a verdade mais difícil para ela suportar, quase tão difícil quanto tinha sido para ele.

– Jamais gostei daquela mulher, mas nunca imaginei que ela fosse capaz de tamanha maldade – Lady Evelyn disse, num sussurro rouco.

– Nem eu, mas não há como negar a verdade. Anthony é meu filho. Tem até a marca de nascença. Arthur e Beatrice não poderiam permitir que meu filho sobrevivesse, poderiam? – Ele balançou a cabeça. – Ainda me culpo pelo tolo que fui ao me deixar enganar por uma mulher como Beatrice.

Lady Evelyn fez um afago no joelho do filho.

– Você não foi o único que se enganou, querido. Desde o início dos tempos os homens se deixam iludir por mulheres bonitas.

– Isso não faz com que eu me sinta melhor – ele arrastou as palavras e franziu o cenho para o sorriso discreto de Chloe, que acabou abrindo um sorriso ainda maior.

– Então Anthony é o seu herdeiro. E se Arthur e Beatrice descobrirem que ele sobreviveu, ele estará correndo sério risco. – Ela arregalou os olhos. – E Nigel também está em perigo.

– Nigel está sendo vigiado.

– Por Bened Vaughn.

– Sim – disse Chloe. – Leo pediu que o nosso primo fosse para o Canadá para ficar com ele. Alguns parentes nossos também estão cuidando da segurança da esposa de Arthur e das filhas.

– Mas por quê? – Lady Evelyn perguntou. – Por que sua família está fazendo isso? Nem somos parentes ou amigos íntimos.

– Anthony foi entregue aos meus cuidados.

Julian ficou um pouco surpreso quando sua mãe concordou com apenas um aceno de cabeça, como se aquelas palavras explicassem tudo. Ele tinha a sensação de que poderia até ter contado para a mãe sobre as visões de Chloe que ela teria acreditado também. Mas foi bom ter deixado essa parte da história de fora, pois ele desconfiava que os Wherlocke preferissem que tal assunto fosse mantido em segredo o máximo possível.

– Então o que acontece agora que já sei de tudo? – Lady Evelyn perguntou.

– Eu pediria que a senhora continuasse guardando o segredo por mais tempo – disse Leo ao entrar na sala, e então, graciosamente, se apresentar a Lady Evelyn.

– O senhor acha mesmo que será melhor? – Lady Evelyn perguntou a Leo, que se sentou ao lado de Chloe.

– Por um pouco mais de tempo, sim. Seu filho está quase curado e acredito que o segredo deve ser mantido até que ele tenha se recuperado por completo.

– Faz sentido, mas eu gostaria de poder visitar meu neto.

– Talvez possamos pensar em uma desculpa para justificar as visitas. Trabalho de caridade, talvez. Mas as visitas precisam ser aqui. Até que tenhamos certeza de que

Julian está forte o bastante, e encontremos um modo de proteger Anthony adequadamente, o menino precisa continuar escondido de Arthur.

– E quanto às minhas filhas? As irmãs de Julian também estão sofrendo. Eu gostaria de poder poupá-las da tristeza. Elas sabem guardar segredo, e sempre costumo levá-las comigo quando saio para as minhas obras de caridade.

– Se a senhora tem certeza absoluta de que elas não contarão para ninguém, nem mesmo para as criadas, então, sim, pode contar para elas. Mas a senhora precisa ter certeza absoluta. E, se contar, precisa ser em um local onde nenhum dos seus criados possa ouvir.

– Posso fazer isso. – Ela olhou para Julian. – Elas vão guardar o segredo.

Julian pensou a respeito por um momento e concordou.

– Eu sei. Mas Leo tem razão. A senhora precisa tomar muito cuidado quando contar para elas. Não podemos ter certeza sobre nenhum dos criados.

Lady Evelyn meneou a cabeça.

– Eu simplesmente não posso acreditar que nossos criados seriam capazes de nos trair.

– Eles têm medo, milady – disse Chloe. – As pessoas que não fazem tudo de acordo com que Arthur e Beatrice querem acabam mortas. Que colono ou criado teria coragem de se opor a eles? O fato de termos documentos para provar quem Anthony é confirma que poucos tiveram coragem, mas, assim como o homem que deixou os documentos disse, ele tinha esposa e cinco filhos para criar. Acho que todos estão sitiados. E muitos dos criados de Colinsmoor devem ter parentes em outras propriedades de vocês, não têm?

– Sim, eles possuem. – Ela olhou para Julian. – Não são apenas você, Nigel e aquele menininho que precisam ser salvos, não é mesmo?

– Não – Julian concordou. – Acho que Chloe afirmou muito bem quando disse que o nosso povo deve estar sitiado. E depois de tudo que eu soube e de tudo que aconteceu comigo, com Anthony, acredito que minha esposa e meu tio são perigosos. Perigosos e cruéis.

Eles ainda discutiram um pouco mais sobre o que estava sendo feito e Leo mais uma vez reforçou a necessidade do sigilo. Em seguida, Chloe trouxe Anthony de volta para ser oficialmente apresentado para a avó. O modo como Lady Evelyn tratou a criança indicou que ela ia ser uma avó muito carinhosa. Chloe se sentiu ao mesmo tempo feliz por Anthony e triste por ela. Quanto mais amor e atenção ele recebesse da verdadeira família, menos iria precisar dela. A noção disso era uma faca de dois gumes. Tudo que deseja era que o novo lar de Anthony fosse feliz, mas um lar feliz com Julian e a sua família significava que ela iria ficar cada vez mais distante da vida do garoto.

No momento em que Lady Evelyn se foi, Chloe estava sentindo muita pena de si mesma. Tentara buscar conforto na ideia de que, como madrinha de Anthony, ainda teria um lugar na vida dele. No entanto, tudo levava a crer que ele nunca mais iria precisar da sua ajuda depois que estivesse morando com os Kenwood. Não era difícil imaginar que as irmãs de Julian iriam receber o sobrinho com o mesmo amor que Lady Evelyn tinha demonstrado.

No final daquela tarde, Chloe acabara afundando em um, como ela mesma foi obrigada a admitir, poço de autopiedade. Depois de deixar os homens sozinhos para trabalhar nos planos para quando Julian finalmente pudesse permitir que o mundo e seus inimigos soubessem que tinha sobrevivido ao ataque, ela vagou pelo jardim. Enquanto inalava profundamente o perfume das rosas e das madressilvas, lutava para espantar o mau humor.

Sempre achara que tinha consciência de que um dia poderia perder Anthony, que ele nunca fora seu para sempre. Mas, pelo visto, ela tinha falhado. Chloe percebeu que, no fundo do coração, sempre sentiu como se Anthony fosse seu. Pior, de algum modo tinha misturado ele à sua tristeza pela perda da irmã e do sobrinho. Não era justo permitir que Anthony carregasse o peso de ser o alívio da sua dor. Era preciso permitir que ele fosse embora, apesar de temer que a partida quebrasse seu coração.

Assim como não ia ser nada fácil permitir que Julian se fosse também, ela pensou, soltando um longo suspiro. Dois beijos e estava apaixonada pelo homem. Se isso não fazia dela uma tola, não tinha ideia do que mais poderia fazer. Seu plano de deixar as coisas seguirem seu curso e aproveitar a sensação de estar ao lado dele parecia ainda mais tolo. Ela não era uma mulher do mundo, não era uma viúva alegre, capaz de arrumar um amante e depois dizer adeus com um sorriso. Ficar com ele e depois vê-lo partir e sair com outras mulheres iria destruí-la.

– Sou uma idiota – ela murmurou.

– Por que está se repreendendo de modo tão severo?

O som da voz de Julian, tão próximo, assustou-a tanto que ela quase caiu do banco onde estava sentada. Mas ele a amparou com o braço enquanto ocupava o lugar vago ao lado. Chloe respirou fundo para se acalmar e acabou soltando um xingamento em pensamento quando sentiu aquele odor másculo. O fato de seus joelhos ficarem bambos só porque tinha acabado de sentir o cheiro dele só veio confirmar sua opinião de que já estava muito envolvida com o homem para conseguir se salvar de toda a dor que iria sentir quando ele a deixasse.

–Vocês já terminaram de planejar tudo? – ela perguntou.

Julian assentiu, depois de permitir que ela mudasse de assunto.

– Não continuarei me escondendo no meu quarto por muito mais tempo. Finalmente poderei ajudar, fazer algo para libertar a mim e a minha família do perigo e não continuar sentado enquanto outros o fazem.

– Isto o está corroendo, não é mesmo?

Ele soltou um leve sorriso.

– Sim. Tenho meu orgulho, afinal. Acho que ele já foi muito atingido ao longo dos últimos anos.

– Suponho que sim. A sua mãe já ama Anthony.

Ao perceber o lamento embutido nas palavras, Julian pousou o braço sobre o ombro de Chloe.

– Sim, ela já o ama, assim como as minhas irmãs também o amarão. Mas você não precisa se preocupar com isso, pois sempre terá um lugar na vida dele.

– Eu sei. Só estou sentindo um pouco de pena de mim mesma. Mas vai passar.

Ela virou a cabeça para fitá-lo e percebeu que seus rostos estavam alarmantemente próximos. O modo como Julian olhou para sua boca indicou que ele estava pensando em beijá-la novamente. Uma voz, lá no fundo, disse que era melhor se afastar, que ela só iria afundar ainda mais na sua paixão se permitisse que ele a beijasse, mas mesmo assim permaneceu imóvel. Enquanto ele aproximava os lábios dos seus, ela sentiu apenas expectativa.

– Srta. Chloe – Dilys chamou da porta. – Anthony gostaria de saber se a senhorita poderia ler uma historinha. Ele está muito agitado e não consegue dormir.

Chloe olhou para boca de Julian demoradamente, sentindo uma estranha sensação de alívio misturada a desapontamento. Em seguida, respondeu:

– Já estou indo.

– Acho que é melhor – Julian murmurou enquanto a ajudava a se levantar.

– Às vezes o melhor é muito irritante – Chloe resmungou enquanto saía correndo.

Julian riu e balançou a cabeça. Teve de encarar o fato de que não tinha nenhuma força de vontade em se tratando de Chloe Wherlocke. Se não conseguisse se conter um pouco, ia acabar com uma nova esposa dias depois de ter conseguido se livrar da outra. Enquanto caminhava de volta para casa, acabou chegando à conclusão de que a ideia não o incomodou tanto quanto imaginava.

Capítulo 8

"Foi impressionante a diferença que três dias puderam fazer", Julian pensou enquanto vestia o colete sozinho, sentindo nada além de uma leve pontada no ombro. Os pontos já tinham sido removidos dois dias antes e, com a ajuda de um pouco do unguento de ervas que Chloe tinha lhe passado, a coceira que normalmente costuma acompanhar a cicatrização daquele tipo de ferimento nunca chegou a incomodá-lo. Ele era, em suma, um homem de muita sorte. Julian rezava apenas para que a sua sorte continuasse. Dentro em breve, quando saísse do esconderijo, a sorte ia ser colocada à prova.

Ele franziu o cenho ao admirar a aparência no espelho. Quando saísse do esconderijo, Chloe acabaria sendo arrastada junto. A ideia fez com que seu sangue corresse frio nas veias. Arthur não era estúpido. Assim que ficasse sabendo que Julian estava vivo e colocasse os olhos no filho que o próprio Julian iria apresentar como seu, ele iria descobrir como e quem tinha sido o responsável pelo fracasso do plano. Julian sabia que a partir deste momento tanto Chloe quanto Anthony iriam correr um risco ainda maior do que o seu. Anthony por ser o herdeiro e Chloe por ter tido a audácia de interferir. O único que provavelmente ficaria livre era Leo, pois Julian duvidava que Arthur fosse capaz de ameaçar a vida de um homem tão importante para o Ministério dos Negócios Interiores, a menos que a sua própria vida estivesse correndo risco.

Ansioso para saborear o primeiro jantar em uma mesa de verdade e com companhia, Julian deixou os receios um pouco de lado. O desfecho não poderia ser evitado. Sua única opção era tentar fazer tudo que estava ao seu alcance para proteger aqueles que poderiam ser atingidos no fogo cruzado entre ele e o seu tio.

Ao entrar na sala de jantar, Julian teve de sorrir quando viu a mãe e Chloe. As duas tinham um interesse em comum que fez delas fortes aliadas – Anthony. Apesar das poucas visitas que tinham feito uma à outra nos últimos dias, Julian desconfiava que já tivessem encontrado outros interesses em comum. Para ele, seu filho era um milagre maravilhoso, mas Julian não acreditava que Anthony fosse o único tema das longas conversas que ocorriam todas as vezes que as duas estavam juntas.

Para ele era uma satisfação que a mãe e as irmãs reconhecessem a importância de Chloe e Leo na vida de Anthony. Em nenhum momento houve uma insinuação por parte da sua mãe de tirar Anthony dos cuidados de Chloe, mas apenas gratidão por ter sido incluída. Ele esperava que isso fosse o suficiente para tirar um pouco da tristeza dos olhos de Chloe.

Eles estavam no meio da refeição quando Leo anunciou:

– Acho que deveríamos ir ao baile dos Winglington, no sábado.

Julian foi tomado por uma onda de entusiasmo, algo que não foi ofuscado pelas expressões de medo de sua mãe e Chloe.

– Está será a noite da minha estreia, não será?

– Sim – respondeu Leo. – Eles estão agindo para se apossar do maior número de propriedades suas. Até mesmo as precauções que tomamos podem não ajudar muito. Estou começando a achar que seu tio cuidou de arrumar aliados nos lugares certos para que pudesse desembaraçar questões quando chegasse o momento.

– Não posso acreditar que tudo seja só uma questão de ganância – disse Lady Evelyn.

– A ganância está por trás de muitos atos cruéis, mãe. Quanto mais penso a respeito disso, mais me convenço de que meu tio sempre sofreu do pecado da ganância. Assim como a minha esposa. Ela, no entanto, pode ser má, ter mais defeitos do que posso enumerar, mas não foi a pessoa que iniciou tudo isso. Assim como não acho que Arthur vá permitir que ela termine.

– Você acha que Arthur vai matá-la?

– Meu tio não sabe compartilhar, e Beatrice certamente vai querer a sua parte.

Lady Evelyn meneou a cabeça.

– Nunca escondi de você que eu jamais gostei de Beatrice, mas nunca, nem uma vez, imaginei que ela fosse capaz de fazer o que fez. – Lady Evelyn sorriu. – Quanto muito pensei que ela fosse do tipo que sabe tirar vantagem da própria beleza. Que fosse uma sedutora tola e, talvez, sem coração, cheia de vaidade e ambição e algo mais.

– Eu gostaria de ter enxergado tudo com a mesma clareza. Quanto à ideia de Beatrice ter planejado tudo isso, duvido que ela tenha ido muito além do ponto de concordar. Mesmo assim, apesar de não ser uma mulher muito inteligente, ela é astuta, especialmente quando diz respeito ao seu conforto e à sua vida. Arthur a escolheu por essas qualidades, e escolheu bem. Só me sinto envergonhado por ter demorado tanto tempo para ver quem ela era de verdade.

Fazendo um afago na mão do filho, Lady Evelyn disse:

– Você viu a verdade agora, é o que importa. Além disso, você nunca deixou que ela o corrompesse com seu mau caráter. Só sinto por você ter sofrido por tudo que aconteceu.

– Quanto mais tempo passo longe dela, mais percebo que o mais afetado foi o meu orgulho. – Ele olhou para Leo. – Tem algo mais no plano além da minha aparição em público, são e salvo? Temos alguma história que deve ser contada para explicar tudo?

– Somente que você precisou se recuperar dos ferimentos em um local seguro, em um lugar onde aqueles que têm se empenhado tanto em tentar matá-lo não pudessem encontrá-lo – respondeu Leo. – Ao deixar que todos pensassem que você estava morto, conseguimos evitar que seus inimigos o derrubassem de vez.

– Contaremos a verdade, mas não revelaremos os nomes dos meus inimigos. Muito inteligente.

– Eu tento ser – Leo murmurou e sorriu quando todos riram, mas rapidamente recuperou a seriedade. – Sempre achei que o melhor caminho é dizer o máximo possível da verdade. Isto costuma preocupar os inimigos e aguçar a curiosidade de outros, que podem resolver sair em busca da verdade por conta própria. E estes naturalmente irão compartilhar com todos, seja lá o que descubram.

– E quanto a Anthony?

– Vamos fazer o possível para mantê-lo escondido, mas sempre haverá a possibilidade de ele ser encontrado. Tente não se preocupar com o garoto. Ele ficará bem protegido. A melhor coisa que você pode fazer por ele é afastar a espada que paira sobre o pescoço dele.

Assim que o jantar terminou, Lady Evelyn se foi, para não despertar suspeitas pelas frequentes e demoradas visitas na casa dos Wherlocke. Julian ficou contente que as irmãs não tivessem vindo jantar com eles, pois a constante presença das moças poderia chamar ainda mais atenção. Elas, de fato, costumavam ajudar a mãe em suas obras de caridade, mas não com muita constância, uma vez que as duas ainda estavam sendo introduzidas à sociedade e eram consideradas muito inocentes para realizarem os trabalhos que a mãe fazia.

Após uma breve conversa e uma dose de conhaque na Sala Azul, Leo também saiu. Julian se perguntou o que o homem fazia à noite, mas não ousou perguntar. Tinha certeza de que não se tratava de noitadas na farra e qualquer outra coisa deveria permanecer em segredo. Contudo, o fato de ter sido deixado a sós na Sala Azul, na companhia de Chloe, causou certa excitação e ao mesmo tempo ansiedade. Depois de tudo que o homem já tinha feito, Julian odiava a ideia de abusar da confiança que Leo depositara nele.

Mas mesmo sabendo que deveria manter distância, Julian não resistiu e se sentou próximo a Chloe.

– Você está preocupada com a minha ida à festa?

– Muito – ela respondeu, sem hesitação.

– Já estou completamente curado, ou muito próximo disso para que não faça nenhuma diferença.

– A sua saúde não é a minha maior preocupação, e sim seus inimigos. – Ela soltou um sorriso ligeiro. – Sei que você precisa fazer isso e que nada irá se resolver simplesmente ficando fora do alcance deles, mas não significa que eu tenha de gostar da ideia de abrir nossas portas para eles espiarem aqui dentro. Eu preferia muito mais que eles continuassem pensando que conseguiram matar os dois herdeiros do condado.

– Para dizer a verdade, eu também. – Eles trocaram um sorriso. – Mas isto precisa ser feito. Leo reuniu todas as informações que pôde, mas nada se compara a um confronto direto. Não importa a história que vamos contar para todos, Arthur e Beatrice saberão que estamos cientes dos planos deles e de tudo que eles fizeram. Podem até pensar que ainda possuem alguns segredos, mas não o bastante, não tanto quanto tinham antes de eu ter sido esfaqueado naquele beco.

– Prefiro concordar com sua mãe. É difícil acreditar que somente a ganância levaria as pessoas a cometerem tais atos – matar três membros da própria família. E sabe-se lá quantos mais eles podem ter matado na ânsia de atingir seus objetivos.

– No caso de Beatrice provavelmente é apenas ganância. Mesmo antes de ter desistido do meu casamento, eu já tinha começado a perceber que havia uma certa frieza nela, uma determinação. Quanto ao meu tio? Bem, acho que ele pode ter vários motivos. Definitivamente a ganância é um deles, mas creio que também haja muitos ressentimentos do passado, por não ter nascido para ser o conde.

– Mas isto não é culpa sua.

– É minha culpa ter continuado no caminho, impedindo a obtenção do que ele acredita ser seu de direito. Não tente entender um homem como ele. Existem muitos filhos mais novos que sofrem com a inveja e o ressentimento, apesar de poucos recorrerem ao assassinato para pôr um fim a uma situação que veem como uma grande injustiça.

Julian já não conseguia se conter; começou a brincar com um dos cachos que pendiam dos cabelos de Chloe. Desde a noite no jardim, quando ela fora chamada antes que pudesse beijá-la, ele passara a aproveitar todas as oportunidades possíveis para tocá-la. Cada vez que ficavam próximos um do outro, seu corpo ansiava por mais, muito mais.

Ela o encantava, intrigava, excitava. Todas as vezes que estava a seu alcance ele queria – precisava – tocá-la. Isso o preocupava. Sua mente dizia que ele podia confiar sua vida nas mãos desta mulher. Ela tinha provado mais de uma vez ser merecedora de tal confiança. No entanto, seu orgulho ferido o mantinha cauteloso. Não queria se sentir assim por nenhuma mulher, especialmente não por uma que acabaria levando-o para o altar. Apesar disso, continuava voltando para ela, continuava desejando-a.

Ele se aproximou e sussurrou ao ouvido dela:

– Você deveria me dar uma bofetada. Fico muito ousado ao seu lado.

– Na verdade, creio que eu deveria chutá-lo deste sofá e virar o resto do vinho sobre sua cabeça.

Chloe sentiu um calafrio de puro desejo percorrendo seu corpo quando ele respondeu com uma gargalhada sussurrada e sentiu o calor daquele hálito quente acariciando sua orelha. Era realmente uma tola por permitir que ele continuasse com o que era claramente um jogo de sedução. O modo como ele se comportara durante o último ano deveria ser motivo o bastante para que mantivesse distância do homem, não se deixasse envolver pelas palavras doces e carícias. Em muitos sentidos, questionava a sinceridade dos desejos dele, mas não o bastante para se salvar. O máximo que conseguia era esperar que ele não estivesse usando-a simplesmente porque não havia nenhuma outra mulher ao alcance.

– Seria um tanto violento, mas certamente eficaz. – Ele beijou logo abaixo da orelha dela. – Ainda sou um homem casado.

– Para quem foi o lembrete? Para mim? Ou para você mesmo? – Chloe acreditava que se algum homem tinha o direito de esquecer a esposa, este homem era Julian.

– Para nós dois.

– Nunca me esqueci disso, milorde. Nem uma vez sequer.

– Mesmo assim não me repele. – Ele a virou para que seus olhos se encontrassem e então segurou o rosto delicado entre suas mãos, acariciando a maciez da pele com os polegares.

– Não, apesar de até mesmo alguns poucos beijos roubados serem considerados errados de acordo com as regras que regem nossas vidas. Repito isto para mim o tempo todo – ela sentiu o rosto corando e continuou num sussurro –, mas ainda prefiro os seus beijos. Não que eu tenha outro parâmetro de comparação.

– Isto me alegra muito mais do que deveria. Assim como deveria fazer com que eu me levantasse e saísse correndo desta sala, pois você é muito mais inocente do que a maioria das moças da sua idade. No entanto, todos esses motivos só me fazem querer ainda mais roubar outro beijo.

Antes que pudesse aprovar ou desaprovar seu plano, Julian já estava beijando-a novamente. Ela entrelaçou os braços ao redor do pescoço dele e se deixou levar pela delícia de tocá-lo. Saboreou o modo como os lábios dele e a língua despertaram um calor interno, um calor que desceu ligeiro dos lábios até as pontas dos dedos dos pés e aqueceu todos os lugares no meio do caminho. Saboreou o gosto dele, o frescor do odor masculino que só ele tinha e o modo como seu corpo delicado e pequeno se encaixava com perfeição ao corpo grande e forte de Julian. Saboreou até mesmo o modo como ele a tocava. Os beijos silenciaram a voz no fundo da sua cabeça que lhe dizia que ela não deveria estar fazendo aquilo. Mas era esse o seu desejo e, talvez, pela primeira vez na sua vida, ela realmente poderia esticar a mão e pegar o que queria.

Julian não conseguia acreditar na potência do desejo que sentia, mas ao mesmo tempo não tinha como negar. Chloe, com seus beijos inocentes e a paixão livre, fazia coisas com seu corpo, mente e coração que ele nunca tinha experimentado antes. Nem mesmo Beatrice, com toda a sua astúcia, tinha conseguido deixá-lo louco de desejo tão rapidamente. E sem sombra de dúvida ele estava louco, pois nem mesmo a lembrança da esposa assassina o impediu de deslizar a mão dentro do corpete do vestidinho azul, muito simples, que Chloe usava. O modo como ela estremeceu em seus braços quando ele acariciou os seios fartos, como ficou sem ar e os mamilos enrijeceram, tentadores, só com o leve roçar da ponta dos seus dedos, asseguraram que nada o faria parar agora.

– É assim que salda a dívida que diz ter para conosco? Seduzindo a mulher que salvou o seu filho?

"Exceto isso", Julian pensou enquanto Chloe esbravejava e se desvencilhava de seus braços. O som da voz de Leo foi como um banho de água fria. As perguntas, como uma facada no coração. Vergonha corou seu rosto quando se virou para fitar o homem que já estava começando a considerar um amigo tão bom e verdadeiro quanto Edgar. O tom frio na voz do homem e os punhos cerrados disseram a Julian que Leo estava lutando para conter o sangue que fervia em suas veias. Julian sabia que não teria sido tão comedido se tivesse apanhado algum homem agarrando uma das suas irmãs.

O olhar de Chloe passeou do primo para Julian e depois voltou para o primeiro. Se eles fossem cães, estariam com os pelos eriçados e os dentes à mostra. Não sabia o que podia fazer para atenuar o clima entre os dois homens, mas sabia que precisava fazer algo. Afinal, era tão culpada quanto Julian pela cena que Leo tinha acabado de ver.

– Foi apenas um beijo, Leo – ela disse, no que esperou ter soado como um tom de voz maduro e calmo, e em seguida contraiu as sobrancelhas quando Leo a encarou com firmeza.

– Um beijo não inclui tocar nos seios de uma mulher – Leo crispou.

Apesar do rubor que aquecia suas faces e secava a garganta, Chloe olhou séria para Leo.

– Creio que eu já sabia disso. Assim como sabia que sou uma mulher adulta e o que faço ou deixo de fazer é da minha conta, e não da sua. Assim como qualquer insensatez que eu cometa seja problema meu e de mais ninguém.

– Você é uma mulher solteira que está sob minha tutela. Qualquer tolice que resolva cometer é da minha conta, sim.

Deixando de lado a surpresa por Chloe não estar sentada quietinha, com as belas bochechas enrubescidas, esperando que seu destino fosse decidido por homens, Julian olhou para os dois primos. Estava mais do que claro que os dois estavam prestes a entrar em uma discussão acalorada. Apesar da ideia de deixá-los discutindo enquanto ganhava tempo para se recuperar antes que a ira de Leo se voltasse contra ele ser tentadora, Julian resistiu. Não podia permitir que essas duas pessoas, que tinham feito tanto por ele, tivessem uma desavença só por que ele não tinha conseguido conter seus impulsos.

– Pretendo me casar com Chloe assim que todos os problemas forem resolvidos e eu estiver livre da minha esposa – ele disse.

Ele esperou por uma sensação de ter sido apanhado em uma armadilha que se abatesse sobre ele, sufocando-o, mas ela não veio. Julian percebeu que estava calmo com a ideia de sair de um casamento e entrar em outro. Seria fácil pensar em todos os motivos pelos quais não queria se casar novamente, mas sua mente se recusou a seguir o caminho. Em vez disso, tudo que conseguia pensar era sobre as inúmeras vantagens em ter Chloe como esposa, incluindo dar ao seu filho uma mãe que o amava. Mas primeiro tinha de convencer as duas pessoas que olhavam surpresas de que ele realmente tinha falado sério.

– Esta proposta é aceitável – disse Leo.

– Perdão, primo, mas não creio que ele tenha lhe pedido a minha mão em casamento – Chloe disse, com ultraje, pesando cada uma das suas palavras. – Diabo! Ele nem falou comigo primeiro!

– Não foi um pedido, Chloe, mas um anúncio – Julian falou, divertindo-se malvadamente com a fúria dela.

– Tenho direito de dizer algo a respeito – ela iniciou, mas acabou soltando um gritinho agudo quando Leo se aproximou, segurou-a pelo braço e saiu arrastando-a para fora da sala. – Você está pensando em me expulsar da sala?

– Estou, sim – Leo respondeu, terminou de empurrá-la para fora, fechou a porta e depois a trancou.

Chloe olhou descrente para a fechadura.

– Deixe-me entrar, agora mesmo, Leopold Wherlocke!

– Isto é assunto de homem, Chloe.

Ela chutou a porta e ignorou a dor aguda nas pontas dos dedos.

– Bem, depois que tiverem terminado de planejar meu futuro por mim, não se esqueçam de me comunicar o que decidiram! Então direi aos dois exatamente o que eu acho! De modo sucinto!

Resistindo à vontade de chutar a porta novamente, Chloe saiu pisando duro para o quarto. Com certeza havia várias coisas lá que ela não iria sentir a menor falta depois que as tivesse atirado contra Leo e Julian, concluiu. Já estava a quase meio caminho do quarto quando se acalmou e conseguiu pensar em algo mais do que causar o máximo de dor física que conseguisse àqueles dois.

Tudo tinha acontecido por sua culpa, ela refletiu. Se tivesse conseguido controlar a paixão avassaladora que sentia por Julian, não estaria em apuros agora. Por outro lado, como alguém conseguia controlar a força do desejo quando era tão gostoso, perguntou-se. Era de admirar que as pessoas não se entregassem noite e dia ao deleite dos desejos.

– Mas se levar em consideração o local onde encontrei Julian, acho que é bem provável que estejam se entregando – ela murmurou.

O pensamento de se casar com Julian despertou tanto alegria quanto prazer. Chloe não desejava nada além de ser esposa dele, mas não daquele modo. Queria que ele tivesse mais do que apenas o desejo de levá-la para a cama, e não havia nenhum sinal de quaisquer sentimentos mais profundos da parte dele. Ele também devia estar se sentindo preso a uma armadilha – uma maldição para qualquer casamento.

Um único pensamento a impediu de entrar em pânico por completo. Se ela se casasse com Julian, então poderia ser tornar a mãe de Anthony, de verdade. Rapidamente, Chloe colocou o pensamento de lado. Não poderia permitir que aquilo a fizesse aceitar algo que não deveria. Para que um casamento funcione, especialmente com um Wherlocke, precisava haver muito mais do que desejo incontido por detrás.

O único modo de concordar em se casar com Julian seria se ele demonstrasse algum sentimento por ela além da necessidade de levá-la para a cama. Julian ia ter de provar que sentia algo mais, não importava o quanto, além de desejo. Sua reputação não importava, pois ela já não era realmente aceita pela sociedade que ele chamava de lar. Era uma mulher sem dinheiro, expulsa de casa pela própria mãe e era uma dos excêntricos Wherlocke. Somente a presença de Leo ao seu lado a impedira de ter sido completamente banida da sociedade. Julian poderia encontrar alguém bem melhor do que ela.

Um casamento forçado, nascido de uma necessidade cavalheiresca de proteger o seu bom nome, e nada mais, não poderia acontecer. Chloe sabia que o primo e Julian não iriam entender por que isto a incomodava tanto. Assim como também duvidava que eles fossem dar ouvidos aos seus anseios. Só havia uma coisa que precisava pensar a respeito enquanto os homens planejavam o seu destino: um plano de como evitar isso.

Julian e Leo olharam ao mesmo tempo na direção da porta que uma raivosa Chloe chutava, esperando para ver se ela ainda tinha algo mais a dizer. Julian suspeitava que ela fosse repreender os dois – de modo sucinto. Era difícil acreditar, mas o modo como ela gritara as palavras "de modo sucinto" quase o fez rir. Mas pouco depois, na ausência de outro som, ele voltou suas atenções para Leo, que o encarava muito sério. Julian suspirou e se sentou, ciente de que não tinha nenhuma justificativa para o que acabara de tentar fazer com Chloe.

– Você mudou de ideia? – perguntou Leo. – Por acaso vai me dizer que não deseja mais se casar com a minha prima?

– Não, quero me casar com ela assim que estiver livre de Beatrice. Juro. – Neste momento, Julian resolveu que a decisão estava tomada, pôde ver com clareza todas as muitas vantagens que havia em se casar com Chloe, que iam muito além do desejo de levá-la para a cama. – Reconheço que abusei da sua confiança em mim.

– Somente no que diz respeito à minha prima. – Leo praguejou e se moveu para servir uma dose de conhaque para ambos. – Eu deveria ter notado antes. Agora, pensando melhor a respeito, percebo que a coisa estava embaixo do meu nariz o tempo todo. Ah, estava lá, nos olhos de Chloe. – Entregou a taça de conhaque a Julian. – Nos seus também, mas não me preocupei muito. Chloe é bonita e delicada, e você não estava morto. Eu deveria era ter me preocupado mais com o modo como Chloe olhava para você o tempo todo. Pedi por confusão ao deixá-los sozinhos como deixei.

– Eu deveria ter me controlado mais – Julian murmurou e em seguida olhou para Leo surpreso ao ver que o homem ria.

– Quando a atração é recíproca e a mulher tem a estranha ideia de que pode agir com a mesma liberdade de um homem? Sim, você deveria ter se controlado, mas não posso depositar toda a culpa sobre os seus ombros. Não, eu não o culpo por tudo que aconteceu. Um pouco, mas não por tudo. Eu deveria ter me comportado como o guardião que imaginava ser, assim como deveria ter prestado mais atenção à situação que estava tomando volume bem embaixo do meu nariz. Você vai tratá-la bem.

Apesar de ter sido uma ordem e não uma pergunta, Julian concordou com um menear de cabeça.

– Costumo honrar meus juramentos, até mesmo os de casamento. O que aconteceu com Beatrice... – Fez uma pausa enquanto lutava contra as palavras.

– Bah, não estou preocupado que você volte a agir como um devasso depois que se casar. Chloe nunca irá se comportar como Beatrice. E não considero o seu casamento válido, ainda que a lei diga o contrário. A lei e a Igreja. Aquele casamento já morreu há muito tempo, e creio que seja somente uma questão de tempo até que consiga desatar o nó dos trâmites legais e dar-lhe um fim definitivo. Quanto a este detalhe, pode ser arranjado assim que você o desejar, pois encontrei dois homens que podem jurar que a sua esposa foi amante deles antes de se casar com você. Pode ser embaraçoso, mas é o modo perfeito de conseguir a anulação do casamento.

– No que diz respeito a Beatrice, creio que posso tolerar um pouco mais de embaraço. E duvido que eu seja o único homem a acreditar que a mulher com quem se casou era pura. Na verdade, aquela prostituta que me contou ter se fingido de virgem tantas vezes provou que isso pode ser muito difícil de ser detectado com toda a segurança. O que foi? – ele perguntou quando, de repente, Leo contraiu o semblante.

– A questão da virgindade – Leo murmurou. – Odeio dizer isso, mas acho que vamos precisar provar que Chloe ainda guarda a sua.

– Não preciso disso. Nós...

– Eu sei. Eu estava pensando em Anthony. Ele está sob os cuidados dela há três anos. Todo mundo, e até mesmo a mãe dele, pensa que Anthony é filho da irmã dela, mas alguns comentam que ele pode ser filho de Chloe. Se você se casar com ela, o rumor pode crescer ainda mais e dar a oportunidade para alguém questionar a legitimidade do menino.

Julian soltou uma praga.

– Mesmo que não possa ser provado que Chloe é a mãe, o rumor nunca irá se desfazer. Perseguirá Chloe e Anthony como um cão, para sempre. Arthur também tentará tomar proveito. Mas não temos como falar para cada uma das pessoas que Chloe é virgem.

– Não precisamos fazer isso. Só precisamos ter documentado que ela é, e que nunca deu à luz uma criança antes de você remover aquele pequeno pedacinho de prova.

– Vou...

– Você não irá tocar nela? Vocês estão noivos, agora. Você me deu a palavra de que irá se casar com ela assim que possível. Os dois sentem uma forte atração um pelo outro. Ou vai me dizer que é um santo capaz de ignorar tais sentimentos e que vai jurar voto de celibato até o casamento? Tenho certeza absoluta que não.

– Sei que estou noivo, mas não tenho certeza se Chloe acredita estar.

– Isso vai passar. Você precisa fazer com que ela acredite que não está se casando apenas porque deseja levá-la para a cama. – Leo ergueu as mãos quando Julian tentou falar. – Não estou pedindo para sussurrar juras de amor eterno a menos que descubra ser o que de fato sente por ela, mas você precisa convencê-la de que sente mais além de desejo. Somos de uma longa linhagem de famílias que sofreram com casamentos ruins. As únicas uniões que deram certo foram as não arranjadas, aquelas em que havia mais do que descendência, luxúria e laços vantajosos envolvidos. Se não for assim, então nossos dons se tornam maldições que deixam filhos sem pais ou mães.

– Claro, os dons dela. Creio que não me incomodam. Posso não acreditar muito em tais coisas, mas realmente não me incomodam, assim como não os temo. E com certeza não seria capaz de dar as costas aos filhos que venham abençoar a nossa união, caso eles venham a ter um desses dons.

– Considerando a situação com a qual estamos lidando no momento, poderia ser uma boa ideia se você tentasse acreditar com mais afinco no dom de Chloe. Ou se simplesmente prometesse que, se ela lhe der um aviso, você o levará a sério. Que se desejar seguir em uma direção e ela disser que deve ir para outra, você o fará. Ela nunca erra em seus alertas. Pode chamá-los de dom ou simplesmente de intuição, mas escute.

– Isso posso fazer. Além do mais, não há nenhuma outra explicação para ela ter me encontrado naquele beco, quando mais precisei de socorro.

– Mas não haverá mais, humm... becos como aqueles, não é mesmo?

– Eu já lhe disse que costumo honrar meus juramentos, até mesmo os de casamento. Na verdade, questiono a honra de qualquer homem casado que afirma cumprir com a palavra, mas ao mesmo tempo mantém uma amante. Neste último ano... – Ele balançou a cabeça. – Só posso alegar que passei por um tipo de insanidade.

– Compreensível. Diabo! O fato de você ter cumprido com o juramento pelo tempo que diz já foi muito da sua parte. A maioria dos homens não teria feito tanto, não depois de a esposa ter arrumado o primeiro amante. E acredite no que vou lhe dizer, se eu ainda o considerasse casado e não apenas atado pela lei a uma mulher que deseja a sua morte, não estaria aceitando tudo isso tão bem.

– Você quer dizer que já teria dado um jeito de garantir que o meu belo e elegante nariz deixasse de ser tão belo?

Leo sorriu.

– Entre outras coisas. – Ele suspirou e olhou na direção da porta. – Agora precisamos resolver quem irá contar para Chloe que ela precisa ser examinada.

Julian também olhou para a porta e sentiu um aperto no coração. Fazer Chloe se submeter a um exame para provar sua pureza não ia ser um bom começo para a vida a dois deles.

– É preciso deixar claro que é necessário apenas pelo bem de Anthony, para salvaguardar seus direitos de herdeiro.

– Sim, pelo bem de Anthony ela fará os exames sem nos matar primeiro.

Capítulo 9

Chloe baixou os olhos para as mãos quando a carruagem começou a diminuir a velocidade e passar pela movimentada rua, rumo ao elegante sobrado dos Winglington. Ainda estava muito envergonhada para olhar para Leo e Julian, que estavam sentados à sua frente. Apesar de ter compreendido a necessidade de provar sua virgindade e que nunca tinha dado à luz uma criança, odiou o fato de os dois homens saberem o que ela tinha enfrentado naquela tarde.

Ela suspirou e olhou para fora da janela, mesmo não tendo nada muito de interessante para se ver. Em vários sentidos tinha sido humilhante passar por um exame tão íntimo, ter o seu estado de pureza legalmente atestado por dois médicos e uma parteira, registrado por escrito para que outros homens pudessem ler caso fosse necessário. Durante a provação procurou se lembrar o tempo todo de que estava fazendo aquilo pelo bem de Anthony. Isso não ajudou muito, mas a impediu de sair correndo da sala.

Agora ainda tinha de ir a um baile, sorrir e conversar como se não houvesse nada de errado no seu mundo. Para piorar, as chances de ver Lady Beatrice Kenwood, a mulher que ainda tinha os direitos legais sobre Julian, eram imensas. Com que frequência uma mulher se encontra com a esposa do noivo? Ela refletiu. Não que já tivesse concordado com o noivado. Chloe se perguntou se já tinha passado algum dia de provação como aquele. Somente as últimas e doloridas horas ao lado do leito de morte da irmã podiam ser consideradas piores.

Olhando discretamente para seus acompanhantes, acabou se surpreendendo com o inusitado desejo de rir. Os dois pareciam tão embaraçados quanto ela. Não tinha lhe ocorrido que os homens que tinham pedido o exame pudessem se sentir tão desconfortáveis com a situação. O mais estranho foi que o aparente desconforto dos dois acabou servindo para atenuar o seu. Assim garantiu que eles só tinham feito aquilo por uma absoluta necessidade de proteger a condição de Anthony como herdeiro de Julian. Isso acalmou um pouco o temor por Julian ter questionado sua inocência e exigido uma prova antes de se casar.

A única coisa boa sobre toda a situação mortificante foi que serviu para fazê-la parar de pensar um pouco no baile dos Winglington. Ela odiava de coração tais eventos, mas este em especial ia ser pior do que qualquer outro. Julian estava prestes a revelar para o mundo que estava bem vivo. Chloe não tinha dúvida de que isto iria colocar Arthur e Beatrice no encalço novamente. A única dúvida que pairava sobre o desfecho do plano era como os inimigos de Julian iriam começar a feri-lo novamente.

Também ia ser um tanto estranho entrar em um baile acompanhada de um homem casado. O fato de Leo estar junto provavelmente ia ser a única coisa que poderia atenuar a força dos comentários. Nesta noite, todas as atenções e as conversas iam girar em torno do miraculoso retorno de Julian do mundo dos mortos, mas Chloe sabia que essa proteção não iria durar muito. Logo alguém iria se lembrar de que ela tinha entrado no salão de baile de braços dados com ele. Depois disso, as conjecturas sobre seu lugar na vida dele teriam início: era exatamente isso o que ela mais temia.

Quando a carruagem parou, foi Julian quem a ajudou a descer. Chloe ainda não estava certa se a ideia de entrarem juntos no baile era particularmente boa, mas ele insistiu. Além das fofocas que poderia causar, o ato em si tinha ares de um desafio atirado aos pés de Arthur Kenwood e de uma bofetada na bela face de Lady Beatrice. Chloe não estava com medo, pois sabia que Leo e Julian iriam garantir sua segurança, mas ao mesmo tempo não desejava se tornar alvo do interesse da esposa e do tio de Julian. Em seguida, ela suspirou, pois sabia que não haveria como escapar daquele destino. Ela era parte de tudo aquilo e, mesmo que tivesse permanecido em casa, logo Arthur acabaria descobrindo a dimensão do papel que ela desempenhara.

Sob sua mão, ela sentiu a tensão aumentando no braço de Julian quando eles cumprimentaram os anfitriões. A roliça Lady Winglington quase desmaiou, mas a noção do sucesso que seria o seu evento, devido à surpreendente ressurreição de Julian, logo lhe devolveu as forças. Quando Julian foi anunciado, o silêncio abrupto no salão se estendeu durante alguns segundos. O murmurinho que se ergueu, pouco depois, indicou a ela que aquela seria uma noite longa, cheia de perguntas e rumores. Sua esperança era de que o alarido tivesse impedido todos de ouvirem seu nome, mas temia não ter tamanha sorte.

Julian olhou na direção onde Chloe estava, parada ao lado da sua mãe e da sua irmã, Phillipa. Ainda não tinha encontrado as palavras certas para comentar sobre a provação à qual ela fora submetida para assegurar os direitos de Anthony. Para sua surpresa, a situação acabara se mostrando uma provação para ele também. Por várias vezes teve de se segurar para permanecer sentado e esperar, engolir o forte desejo de sair correndo e resgatá-la de todo aquele embaraço. Seu único consolo foi perceber que Leo parecia estar sofrendo tanto quanto ele.

Seria mais fácil ignorar tudo, fingir que nada tinha acontecido, mas ele sabia que seria um erro. Julian não tinha dúvida de que, em algum momento, Chloe deve ter imaginado se ele não tinha pedido o exame para se certificar da sua pureza. Essa era uma dúvida que não podia crescer. Especialmente porque Chloe ainda não tinha dito se aceitava ou não se casar. Ele e Leo consideravam o noivado acertado, mas seria bom ouvir da própria Chloe que ela concordava.

– É bom vê-lo bem. Já está totalmente recuperado?

Aquela voz profunda e suave fez com que todos os músculos do corpo de Julian enrijecessem de vontade de desferir um soco. Ele se virou para encarar o tio. Arthur Kenwood era um homem belo, apenas quinze anos mais velho do que ele. Era alto e forte, tinha todos os fios de cabelo e belos dentes. Não precisava de enchimentos sobre os ombros ou nas panturrilhas para que as suas roupas assentassem com mais elegância. No fundo dos olhos acinzentados do homem, Julian só viu dúvidas e um toque de dor que ele evitava transparecer para todos os presentes.

De braços dados com o tio e secando os olhos marejados de lágrimas fingidas, com um lenço delicado, estava Beatrice, sua esposa traidora. Julian desejou com todas as suas forças bater na mulher que tinha deixado seu filho para morrer. Odiava-a imensamente. Nunca tinha tocado em uma mulher com violência e não tinha a menor intenção de permitir que Beatrice o forçasse a quebrar seu código de honra. Para ele, um homem capaz de bater em uma mulher não passava de um violento covarde, e ele nunca se dobrou àquele tipo de comportamento baixo.

O interesse de todos os presentes no salão de baile irritou e divertiu ao mesmo tempo. Muito antes de ter se entregado à boemia, o mundo e a sua mãe já sabiam que ele era um marido enganado. Sem dúvida estavam esperando por uma briga escandalosa. Não era sua intenção dar a todos o prazer de ver uma briga, mas ele não tinha dúvida de que Beatrice e Arthur iriam fazer de tudo para oferecer um belo espetáculo aos curiosos.

– Como você pôde deixar que sofrêssemos pela sua morte, Julian? – perguntou Beatrice num tom de voz chocado, como se a dor no seu coração dificultasse sua fala.

– Sofrer? Não consigo imaginá-la sofrendo por isso – ele disse e quase sorriu quando os belos olhos esverdeados de Beatrice começaram a brilhar de fúria.

Essa era a Beatrice que ele agora conhecia. Estava ficando difícil para ela continuar ocultando a mulher forte e fria atrás da beleza. Isso só trabalhava a favor deles.

– Claro que sofri – ela disse, sua voz já não era mais tão trêmula e suave. – Apesar de toda a humilhação que passei por culpa sua, no último ano, você ainda é meu marido.

Ele deu uma olhada para o decote generoso do vestido de seda verde, uma cor que ela sabia que combinava com seus olhos, e apenas arqueou uma sobrancelha.

– Ah, o sentimento é recíproco. Talvez fosse eu quem devesse sofrer – ele murmurou, e em seguida olhou para o tio. – Será que eu deveria lhe agradecer por estar consolando minha viúva distraída? Não, espere, você já estava oferecendo seu consolo quando ela foi abandonada pelo marido cruel e sem sentimento, não estava?

–Você não deveria brincar com isso, sobrinho – Arthur disse, sem ao menos olhar para Beatrice, que silvava furiosa. – Se não se importar, mostre um pouco de respeito pela sua família.

– Claro que não me importo, e tenho grande respeito por ela. A minha mãe e as minhas irmãs sabem por que tive de me recuperar dos meus ferimentos em segredo. Elas me perdoaram pela minha omissão. Agora, se os dois puderem me dar licença?

– Julian começou a dar as costas, mas em seguida hesitou por um momento antes de olhar de volta para o tio e a sua esposa. – Eu me esqueci. Pretendo retornar em breve para Colinsmoor. Seria melhor, eu creio, se você, tio, e você, Beatrice, não estivessem mais lá. Ou na casa de Kenwood. Na verdade, quero vocês e toda sua gente fora das minhas propriedades, exceto aquela que passei a escritura para Beatrice. Um pequeno chalé em Kent, eu creio. Pedirei para meu novo advogado enviar alguns homens para garantir que você saia, levando apenas o que trouxe consigo.

– Você não pode me expulsar da nossa casa – Beatrice esbravejou, deixando de lado a atuação e mostrando o que de fato sentia: pura fúria. – O que o mundo vai pensar se você jogar a sua esposa na rua?

– Que eu finalmente tomei juízo? Não se aflija, Beatrice. Tenho certeza de que você vai cair suavemente.

Julian saiu andando sem dizer mais nada. Naquele momento, todos estavam do seu lado. Seu tio e sua esposa não tinham feito muitos amigos. Mas Julian sabia que se cuspisse toda a fúria que queimava por dentro, aquela solidariedade poderia enfraquecer. Até mesmo aqueles que desconfiavam que Arthur e Beatrice tinham tido um dedo no seu quase assassinato e na necessidade de se esconder durante a recuperação poderiam não gostar quando ele começasse a atirar todas as acusações e ameaças em um baile. O fato de ter acabado de expulsá-los da casa era totalmente aceitável, pois Beatrice nunca escondera de ninguém a esposa infiel que sempre foi. A constante humilhação tinha sido um dos motivos que o levara a se atirar na lama.

Ele avistou Edgar parado próximo às portas dos fundos, que davam para o jardim. Edgar deu um tapinha na parte esquerda do seu paletó bordado em azul e Julian quase sorriu. Sabia que sob aquela mão, no bolso interno do paletó elegante, havia um fino frasco de prata cheio do melhor conhaque. Uma dose era exatamente do que estava precisando para levar o amargor da boca e da mente. Julian seguiu o amigo até o jardim iluminado por tochas.

– Acho que eu esperava que fosse sair muito mais fogo quando você finalmente os confrontasse – disse Edgar enquanto estendia o frasco para Julian.

– Nenhum dos dois quis isso. – Julian sorriu e tomou um gole. – Tenho certeza de que Beatrice seria capaz de promover um escândalo, mas acho que meu tio a coloca em rédeas curtas. Meu querido tio Arthur não quer chamar muita atenção para ele ou para quaisquer desavenças que possam existir entre nós. Toda a sociedade sabe que há muito tempo ele e a minha esposa são amantes. Ninguém espera que nos comportemos como uma família feliz.

– É verdade, mas as aparências devem ser mantidas.

– Vai ser interessante descobrir a fofoca que irá correr entre as rodas agora que expulsei ambos da minha casa.

– É bem capaz que eles saiam do baile mais cedo para que possam retornar o mais rápido possível para Colinsmoor e roubar o que puderem.

– Vai ser difícil conseguirem roubar algo, pois já tem um grupo de homens de minha confiança esperando por eles. Nesta manhã, os criados ajudaram a indicar exatamente quais eram os pertences deles. Acho até que os dois já encontrarão as malas feitas e prontas para serem levadas.

Edgar riu, mas logo ficou sério.

– Arthur vai ficar furioso.

– Eu sei. Mas espero que a fúria o leve a cometer um erro grave.

– O seu plano é apanhá-lo tentando matá-lo? Ele ainda não foi apanhado e nem tentou fazer isso com as próprias mãos.

Julian encolheu os ombros.

– Nada do que fizemos ou descobrimos é suficiente para apanhá-lo e acusá-lo por nenhum dos crimes que já cometeu. Não temos outra opção senão empurrá-lo contra a parede.

– Então é guerra declarada?

– Sim. – Ele franziu o cenho. – Só temo até onde ele será capaz de levar isto. Temos muitos homens para proteger todos, mas Arthur é muito bom em trazer homens para o seu lado. Mesmo assim, que outra opção existe? Isto precisa terminar.

– Sim, precisa. – Edgar estendeu o frasco outra vez. – E então, a bela Chloe já disse se aceitará se casar com você?

Julian praguejou e tomou outro gole.

– Não. E depois do que ela teve de enfrentar hoje, acho que nunca irá aceitar.

– Por mais desagradável que tenha sido, ela é esperta o bastante para saber que foi necessário. Chloe jamais teria concordado caso pensasse o contrário. Você vai ter de desenterrar todo o charme para persuadir e cortejar essa mulher, Julian.

– Foi exatamente por causa do meu poder de persuasão que acabamos noivos.

– Não, foi a luxúria. Um desejo mútuo, tenho certeza, pois você nunca conseguiria comprometê-la a menos que ela quisesse. Isto pode ser o bastante para muitas mulheres, especialmente quando o prêmio é um conde, mas não para Chloe.

– Não vou dizer palavras de amor que eu não sinta – Julian crispou, apesar de saber que Edgar tinha razão.

– Ninguém lhe pediu para fazer isso. Mas você gosta dela, não gosta? E confia nela.

– Sim, e não tenho medo do dom que ela possui ou receio de que nossos filhos possam ter algum. Mas não é isso que uma mulher espera de um homem quando está sendo cortejada.

– Chloe ficará satisfeita se você deixar isso claro e fizer com que ela acredite. Eu a conheço há anos, e acredito que ela não seja uma tola romântica. Ela está com a reputação comprometida e sabe que o casamento é resultado disso. O que ela não quer é se casar com um homem cujo único interesse seja levá-la para a cama. Tenho certeza de que Leo deve ter lhe contado como muito dos casamentos na família terminaram mal. Chloe sabe disso e precisa mais do que desejo ou caso contrário fará o possível para desfazer o noivado. Uma vez que você não pode contar para ninguém sobre o noivado, pois ainda está casado com Beatrice, Chloe terá tempo bastante para se livrar do compromisso.

Julian assentiu com um aceno de cabeça, devolvendo o frasco para Edgar, e alisando distraidamente seu paletó bordado em prata.

– Então, deixe comigo. Tenho certeza de que conseguirei convencê-la de que gosto e confio nela. Além do mais, ainda tenho um ás na manga.

– E o que seria?

– Se ela se casar comigo, não terá de perder Anthony.

–Você seria capaz de usar o seu filho para empurrá-la para este casamento?

– Num piscar de olhos – Julian respondeu, mas acabou questionando a própria determinação em arrumar uma esposa quando tinha clamado com afinco que nunca mais iria querer uma.

Lady Evelyn observou seu filho se afastando de Arthur e Beatrice e se juntando ao amigo Edgar. Em seguida voltou os olhares para a dupla que estava tentando matar seu filho e sentiu um calafrio. Conhecendo os dois como conhecia, pôde ver com nitidez o ódio oculto sob suas máscaras de educação. Evidentemente, antes de sair, Julian tinha feito ameaças e dito a eles que deixassem Colinsmoor.

– Acho que, até agora, eu ainda não tinha aceitado de fato que o irmão do meu marido e a minha nora realmente queriam ver meu filho morto – ela murmurou.

– É mesmo difícil de acreditar – Chloe concordou. – Mas quando se pensa nos motivos para fazerem tudo que fizeram, fica fácil se lembrar de muitos outros que sentem o mesmo, mas que mesmo assim não recorreram ao assassinato. Por isso é importante que consigamos controlar a próxima tentativa deles de matar Julian, pois este é o único meio de evitarmos que os outros crimes que Arthur cometeu venham a público.

– Eu sei. Eu odiaria que o nome da família Kenwood fosse manchado, mas ao mesmo tempo não gosto da ideia de ver Julian servindo de isca para nos proteger disso.

Chloe fez um afago no punho cerrado de Lady Evelyn.

– É mais do que isso, não é mesmo? Ele está protegendo o nome e a honra de todos os antepassados. E traição – ela sussurrou – é um crime que irá marcar gerações dos Kenwood.

– Lá vem Lady Marston. Oh, céus! Vamos mudar de assunto – Lady Evelyn sorriu. – Não foi isso que você disse? Que é agradável ao tato.

– Sim. Foi o que imaginei quando ouvi sobre isso nos estábulos uma vez. No entanto, é uma desgraça de áspero.

– Eu sei. Não sosseguei enquanto não descobri por mim mesma. Ah, prazer em vê-la, Lady Marston – Lady Evelyn cumprimentou a senhora de formas arredondadas que parou diante delas. – Permita-me apresentar a minha acompanhante, a Srta. Chloe Wherlocke.

– Ela veio com seu filho – disse a senhora, erguendo os óculos com cabo para dar uma olhada em Chloe. – Uma Wherlocke, é? Você se parece muito com Helena Cummings. Conheci a garota anos atrás.

– Ela é a minha mãe. Casou-se com Sir George Wherlocke, que morreu sete anos atrás – respondeu Chloe.

– Ah, ouvi falar. Caiu de um cavalo.

– Exatamente. – Chloe tinha tentado alertar o pai, mas ele não quis escutar. Vez ou outra ela ainda questionava se ele não tinha escutado simplesmente porque não se importava mais em viver ou morrer, e por isso ela culpava a mãe. – Ele era um homem bom.

– Sim, era. Mas se casou com a mulher errada. Sem querer faltar com o respeito, mas Helena era uma pirralha exibida, mimada e que nunca pensou em ninguém mais além de si mesma.

Chloe concordou com um aceno de cabeça apenas. Não havia o que responder para tal afirmação. O difícil era entender como a mulher tinha dito sem querer faltar com o respeito, para logo em seguida acabar com a reputação de uma pessoa. Se amasse sua mãe, Chloe imaginou que pudesse pensar em um modo de defendê-la. Mas o mais triste foi reconhecer que não seria capaz de tomar tal atitude.

– Por que você chegou acompanhada de Lorde Kenwood?

– Mirabelle – Lady Evelyn murmurou em protesto, mas a mulher ignorou e continuou com os olhinhos castanhos escuros fixos em Chloe.

– Também vim acompanhada do meu primo e guardião, Lorde Sir Leopold Wherlocke, milady.

– Que maravilha! – O olhar da senhora se voltou para Lady Evelyn. – Deve estar feliz que o garoto esteja firme e forte, não é mesmo?

– Imensamente – respondeu Lady Evelyn. – Assim como também espero mantê-lo no caminho certo.

– Então é melhor que ele arrume alguém para dar uns tiros naquele tio dele e naquela vagabunda com que o garoto tolo se casou.

Chloe e Lady Evelyn fitaram boquiabertas, enquanto Lady Marston saía tão abruptamente quanto chegara.

– Bem, pelo menos sabemos que algumas pessoas já suspeitavam de Arthur e Beatrice – Chloe comentou, pouco depois. – A senhora acha que Lady Marston costuma compartilhar sua opinião com mais alguém?

– Com muita frequência – respondeu Lady Evelyn. – Só espero que as pessoas com quem ela resolva compartilhar o que acabou de nos dizer acreditem nela. Mas me pergunto como ela ficou sabendo.

– Talvez ela não saiba, apenas desconfie. Mas não importa. Mesmo que apenas uma mulher resolva sair opinando sobre o fato já será de grande ajuda.

Quando Phillipa retornou da dança com um jovem visconde, Chloe pediu licença para ir ao toalete. Rezou para que não estivesse muito cheio, pois ela estava começando a ficar cansada da multidão. O baile a agradara em um ponto ao menos. Naquele momento todas as fofocas estavam girando em torno de Beatrice e Arthur. Ela ficou surpresa que os dois ainda não tivessem indo embora, pois os murmúrios sobre eles estavam ficando cada vez mais altos, a ponto de ficar quase impossível serem ignorados.

Chloe estava justamente pensando em passar perto da dupla para que pudesse dar uma boa olhada na vil Beatrice quando entrou no toalete e ficou cara a cara com a mulher. No mesmo instante, desejou não ter visto o quanto Beatrice era bela. Mais alta e muito mais voluptuosa do que ela, Lady Beatrice tinha quase tudo que os homens almejam em uma mulher. Olhos cor de mel rajados com tons esverdeados, lábios fartos e cílios longos e curvados. Ao ver o colo alvo e impressionante da mulher, Chloe lutou contra o impulso de baixar os olhos para seus seios pequenos, cobertos com pudor por um lenço fino, quase transparente.

–Você é a mulher que veio com meu marido.

Surpresa com a abordagem abrupta, Chloe olhou ao redor e sorriu. O cômodo não estava cheio, mas também não estava deserto. Três mulheres estavam lá dentro, ajeitando os cabelos ou os vestidos. Esse não era o lugar para começar uma discussão com Beatrice. Além do mais, Chloe estava com medo de falar muito caso a mulher a deixasse ainda mais nervosa.

– Cheguei acompanhada do Lorde Wherlocke, meu primo e guardião. O seu marido... – as palavras tiveram um gosto estranho na sua língua – simplesmente nos acompanhou.

–Você entrou de braços dados com ele.

– Ele era o mais próximo da carruagem quando comecei a descer.

A expressão da mulher deixava claro que ela já tinha uma opinião formada sobre o lugar que Chloe ocupava na vida do marido e nada iria mudá-la. Depois de todas as infidelidades, Chloe considerou muita hipocrisia de Lady Beatrice se fazer de ultrajada pelo fato de o marido ter entrado acompanhado de outra mulher em um baile. Talvez fosse parte do espetáculo, do seu papel de esposa abandonada e constantemente humilhada pelas infidelidades do marido. Uma olhada de soslaio nas mulheres que ouviam atentas indicou que Beatrice seria uma tola se pensasse que alguém estava acreditando na pose.

– Sei que foi você e seu primo que o esconderam de mim – Beatrice rompeu. – Como você ousa esconder o marido da esposa amada?

– Esposa amada? Ah, bem, pode ser, uma vez que dizem que é uma mulher muito amável, só que nem sempre com o próprio marido.

Beatrice deu uma bofetada nela, o barulho do estalo da sua mão contra a face de Chloe silenciou a plateia risonha. Foi preciso muita força de vontade para Chloe não cerrar o punho e acertar um soco direito no belo narizinho de Beatrice. Ela encarou a mulher e de repente sentiu um calafrio familiar descendo a espinha. Em vez do belo rosto de Beatrice, ruborizado de fúria, ela viu uma caveira. A caveira ainda tinha o mesmo penteado de Beatrice e estava sob o mesmo corpo, mas ainda era uma caveira. Ao redor do pescoço da mulher havia uma corda grossa.

– Por que você está me olhando assim? – Beatrice demandou, a voz refletiu um leve tremor. –Você é tonta?

Chloe começou a se desvencilhar da visão no exato momento em que Beatrice erguia a mão para lhe dar outra bofetada. Então uma mão coberta por uma luva de renda preta deteve o pulso de Beatrice. Chloe ergueu os olhos e se deparou com Lady Marston parada ao lado de Beatrice e olhando feio para a mulher.

–Vocês três – a senhora inclinou a cabeça na direção das outras mulheres, fazendo com que o elaborado penteado oscilasse sobre sua cabeça –, saiam. – As três saíram correndo do toalete e Lady Marston olhou para Chloe. – Ela bateu em você, não bateu?

– Tenho todo o direito de bater nela, pois ela está tentando roubar meu marido – disse Beatrice enquanto tentava inutilmente livrar o pulso da mão firme de Lady Marston.

Lady Marston fungou de um modo muito masculinizado.

– Por Deus, garota, você não acha mesmo que está conseguindo enganar alguém, acha? Você é tão tola assim? – Ela empurrou Beatrice na direção da porta. – Saia daqui. Ainda deve ter restado um ou dois homens lá fora para quem você ainda não abriu as pernas.

Apesar de Beatrice ter bufado de raiva, ela se foi. Chloe se aproximou da bacia cheia de água perfumada de rosas sobre um aparador de mármore e lavou delicadamente o rosto. Uma olhada no espelho lapidado pendurado sobre o aparador indicou que não iria ficar nenhum hematoma, e ela suspirou.

– Ela a acertou em cheio. Por que você permitiu?

– Fui apanhada de surpresa.

– E não quis revidar, não é mesmo?

– Se tivesse revidado acabaria quebrando aquele nariz empinado dela, e o escândalo seria todo meu. Acho que vou deixar para ela o peso desse. – Ela deu uma olhada para Lady Marston e disse: – Não se preocupe que já estou de saída, se estiver precisando de privacidade.

– Não entrei aqui para isso. Eu sabia que a vadia estava aqui, por isso segui você.

– Oh! Bem, obrigada pela gentileza de interceder a meu favor.

– Não foi nada. O que você viu?

– Como?

– Vamos, garota, sei sobre os dons dos Wherlocke e dos Vaughn. Você tem o dom. Assim como reconheci o modo como você olhou para ela enquanto estava parada sem fazer nada para impedir que aquela vadia a acertasse pela segunda vez. O que você estava vendo?

– Lady Marston, a senhora tem algo contra Beatrice, bem, uma mágoa pessoal ou algo assim?

– Além de não suportar ver uma vadia se passando por uma dama de respeito, não. Você quer saber se ela se deitou com o meu marido? – Lady Marston soltou uma gargalhada sonora. – Não, garota, meu Harold ama seus cavalos mais do que as mulheres. Ele se interessou o suficiente para me dar sete belos filhos, e isso foi o bastante para mim. Agora, conte-me o que você viu.

Chloe suspirou.

– Para que a senhora tenha então uma história nova para contar na próxima festinha?

– Não – ela disse, de um modo quase gentil. – Sei quando devo permanecer em silêncio. Como eu disse, sei sobre sua família, até sou amiga de alguns. O meu pai também era amigo. A amizade foi muito útil para o exército.

Ciente de que a mulher não iria desistir até que ela lhe contasse o que tinha visto, Chloe olhou no fundo dos olhos da senhora e disse:

– Vi uma caveira no lugar do rosto de Lady Beatrice, ela tinha o mesmo penteado e o mesmo corpo. Lady Beatrice vai morrer em breve. Ela também tinha uma corda ao redor do pescoço, portanto, pode ser que morra enforcada.

– Ah, foi por isso que você ficou tão pálida. Não deve ter sido uma visão muito bonita. Gratificante, mas não bonita.

– A senhora está certa de que não tem nada pessoal contra a mulher?

– Só acho que os Kenwood são gente de bem, exceto por Arthur. E que eles não merecem o que aquele homem e aquela vadia estão tentando fazer. – Lady Marston sorriu. – E a minha querida amiga Mildred Kenwood precisa se libertar do fardo que aqueles dois representam.

Mais uma vez Chloe se viu boquiaberta diante do que a mulher acabara de dizer enquanto Lady Marston deixou o toalete. Depois de sair do estado de estupor, ela se olhou no espelho novamente. As marcas dos dedos de Lady Beatrice ainda estavam muito visíveis no rosto, mas Chloe sorriu. Pelo menos, iria servir como um bom motivo para alguém levá-la de volta para casa.

Capítulo 10

– Beatrice jamais poderia ter tocado em você.

Chloe olhou para Julian, sentado ao seu lado na carruagem, com os olhos fixos em seu rosto avermelhado. Para seu grande alívio, logo após o incidente Julian e Leo concordaram em levá-la para casa. Todavia, eles não tinham ido muito longe ainda quando Leo mandou parar a carruagem e saiu apressado, noite adentro. Chloe queria muito ter perguntado para onde o primo estava indo, mas já sabia de antemão que ele não poderia lhe contar muito. Por este motivo, a pergunta acabou parecendo despropositada. Contudo, a deserção de Leo a deixou sozinha com Julian e ela estava achando isso um tanto... perturbador. A fúria de Julian por causa da bofetada que sua esposa desferira contra ela parecia crescer de modo espantoso.

– Foi apenas um tapa, Julian – Chloe se pronunciou. – Lembre-se de que ela está tentando matá-lo e tentou matar Anthony. Acho que isso torna esta marca vermelha no meu rosto uma questão muito insignificante.

Ele desferiu um leve soco na própria coxa.

– As atenções dela voltaram-se para você muito mais rápido do que imaginei. E isto não é nada bom!

– Já esperávamos que isso pudesse acontecer. Apenas aconteceu nesta noite em vez de ter sido daqui a alguns dias. Você já deveria estar preparado para algum tipo de reação quando os expulsou de Colinsmoor.

Julian concordou e pousou o braço ao redor dos ombros de Chloe, ignorando o modo como ela ficou um pouco tensa sob sua proteção. Assim que viu a marca no rosto, uma marca deixada pela esposa que ele ansiava por se livrar, Julian ficou enfurecido. Não fosse pelo abatimento de Chloe e a pressa de Leo para ir embora, ele teria ido atrás de Beatrice para fazê-la pagar pela bofetada. Por outro lado, ele sabia que não havia muito que pudesse fazer. Além disso, só iria atrair ainda mais as atenções para Chloe. Ela estava certa em dizer que, desta vez, sairia da história como a parte ofendida e que isto só poderia funcionar a favor deles.

– A notícia sobre a expulsão dos dois se espalhou rapidamente, apesar de eu não ter percebido ninguém escutando a conversa que tive com Arthur e Beatrice. Talvez Beatrice tenha mostrado sua indignação de modo escandaloso e público. – Ele deslizou a mão delicadamente ao longo do braço de Chloe, contendo um suspiro de satisfação quando sentiu que ela estava relaxando e se aconchegando. – E a história do seu confronto com Beatrice no toalete também se alastrou rapidamente. Beatrice não foi nem um pouco sensata. Havia testemunhas e elas rapidamente espalharam a história para quem quisesse ouvir. Por que você não revidou a bofetada?

– Porque não teria sido inteligente da minha parte. Foi melhor permanecer parada e parecer a vítima inocente de uma mulher enfurecida. – Ela suspirou. – E se tivesse revidado, a teria nocauteado ou quebrado o nariz dela. Então teria perdido toda a solidariedade a meu favor.

– Nocauteado-a? – Ele tomou a mão delicada entre as suas e examinou-a. – Com esta mãozinha?

– Tenho dois irmãos. Desde muito cedo tive de aprender a me defender.

– Eles a atormentavam, não é mesmo?

– Um pouco, mas na maioria das vezes eram apenas brincadeiras ríspidas, típicas de meninos. Como eu também queria fazer parte, tive de aprender a me defender. Quando eu tinha quatorze anos, percebi que tinha aprendido bem as lições quando derrubei com apenas um soco o filho do juiz. Apesar de nunca ter conseguido fazer o mesmo com nenhum dos meus irmãos – ela murmurou, ainda um pouco desapontada com o fato.

– E por que você resolveu nocautear o filho do juiz?

– Porque ele tinha dezesseis anos, a cara cheia de espinhas, era lerdo e eu não queria beijá-lo.

– Como um homem que também teve dezesseis anos e espinhas, eu deveria sentir pena do coitado, mas acho mesmo que gostaria de dar um soco nele.

– Melhor não. Ele está casado agora e a sua esposa poderia acertar nós dois sem dificuldade.

Julian riu e esfregou a bochecha no rosto contra o topo da cabeça dela, deleitando-se com a sensação suave daqueles cabelos sedosos contra sua pele.

– Encontrei Lady Marston pouco antes de sairmos. – Chloe ficou tensa novamente.

– Oh? – Rogou uma praga silenciosamente, certa de que Lady Marston mudara de ideia e decidira que não precisava guardar segredo de Julian sobre a visão que ela tinha tido no toalete. – E então ela o cumprimentou com o que parece ser uma objetividade inata?

– Como sempre. Desde o dia em que me casei com Beatrice, Lady Marston se sente na obrigação de me dizer que cometi um grave erro de julgamento. Desta vez ela sugeriu que eu desse um tiro no meu tio e, como sempre costuma se referir a Beatrice, na vadia.

– Ela disse a mesma coisa para sua mãe.

– Lady Marston disse também que eu deveria lhe perguntar sobre o que você viu. Ela falou que tinha certeza de que eu iria adorar ouvir.

– Hum! Ela me prometeu que ia guardar segredo.

– Então ela guardará. Obviamente achou que eu também faria o mesmo. O que você viu, afinal? Como foi a visão que teve, pois estou assumindo que ela tenha se referido a isso. Uma visão.

– Tem certeza de que quer mesmo ouvir? Não foi uma visão agradável. Não sei ao certo por que Lady Marston imaginou que você pudesse gostar.

– Conte-me, Chloe. Não devo saber o que Lady Marston já sabe?

Chloe se afastou um pouco, mas ele firmou o abraço, para evitar que ela se afastasse mais.

– Eu estava encarando Beatrice, logo após a bofetada, quando a visão surgiu. Este foi mais um dos motivos pelo qual não revidei. Vi Beatrice, mas não era Beatrice. Os cabelos eram os mesmos, o corpo também, e até mesmo a mão que ela tinha erguido para me bater outra vez. Mas a cabeça, não. Havia uma caveira no lugar. Ao redor do pescoço não havia mais o colar de pérolas que ela estava usando, mas sim uma corda. Um laço de forca. Beatrice vai morrer em breve.

Ele puxou-a para perto do seu corpo e começou acariciar-lhe o braço novamente.

– Você não acha que pode haver outra explicação para essa visão? – Era uma visão arrepiante para alguém tão jovem, mas Julian tinha a forte sensação de que ela já tinha visto outras igualmente sombrias.

– Não. Já tive outras visões parecidas. Pouco antes de o meu pai ser atirado de cima do seu cavalo e morrer, eu o vi sobre a sela, cavalgando com as roupas limpas e bem, e depois, de repente, sua cabeça se transformou em uma caveira. E ela também parecia se assentar estranha sobre os ombros. Depois entendi por quê. Ele quebrou o pescoço e morreu. Eu disse a ele para não sair a cavalo, contei o que tinha visto e avisei que poderia ser perigoso, mas ele foi mesmo assim.

– Maldição, Chloe, você sempre costuma ter visões tão sombrias?

– É triste dizer, mas as sombrias aparecem com mais intensidade do que as boas. Os alertas provavelmente são mais poderosos.

Julian refletiu a respeito e concluiu que, de um modo estranho, aquilo fazia sentido.

– Você acha que a visão que teve de Beatrice significa que ela será enforcada? – Sem sombra de dúvida esta era uma punição que Beatrice merecia, mas ele preferia não ter de contar ao filho que a mãe tinha sido enforcada.

– Creio que sim. Outras mortes ocorrem exatamente de acordo com o que vi na minha visão. O mais estranho é que, apesar de ter cometido crimes passíveis de enforcamento, Beatrice não demonstra nenhum receio de ser punida.

– Beatrice acredita que a sua beleza irá salvá-la de todas as consequências dos seus atos.

– Ela é muito bonita – Chloe sussurrou, capaz de ver com toda a clareza como a mulher conseguira envolver Julian.

– O rosto e o corpo, sim. Mas por dentro ela é horrível. Nunca se esqueça de que aquela bela mulher colocou o próprio filho nos braços de uma moribunda, em um casebre nos confins dos pântanos, e nunca mais pensou na criança. – Ele sorriu. – Como se você pudesse esquecer... estou certo de que aquele foi um momento de grande sofrimento na sua vida. Mas esta é a verdadeira Beatrice. Fria e cruel. Foi isso que vi quando finalmente tirei a venda dos olhos. E isso foi antes de eu ter ficado sabendo de toda a verdade, uma verdade que revelou o quanto ela é feia por dentro. – Beijou o rosto de Chloe. – Você é muito mais bela. A sua beleza vem do coração.

Chloe nem teve tempo de responder ao que considerou um galanteio barato, pois a carruagem finalmente chegou à casa de Leo. Ela permitiu que Julian a ajudasse a descer e em seguida tentou sair correndo na frente dele para dentro de casa, mas ele foi mais rápido do que ela. Seus instintos diziam que ela não tinha apenas perdido a chance de escapar das atenções dele pelo resto da noite. Era covardia pensar em se esconder no quarto, mas isso não tornou a ideia menos tentadora.

Ela soltou um longo suspiro resignado quando o ouviu pedindo para Wynn trazer um pouco de vinho antes de conduzi-la até a Sala Azul. Chloe não pôde deixar de se perguntar se Julian tinha escolhido a sala de propósito. Afinal, Leo tinha outra sala. Eles não precisam usar exatamente essa.

– Sente-se, Chloe. Precisamos conversar – ele disse ao mesmo tempo em que a empurrava para o assento ao seu lado, como se não confiasse que ela fosse obedecê-lo.

O que foi esperto da sua parte, Chloe pensou, e quase riu. Mas seu bom humor foi passageiro. Ela tinha a nítida sensação de que sabia sobre o que ele ia falar. Não havia tantos assuntos para discutirem que exigissem tanta seriedade. Uma vez que já tinham conversado abertamente sobre Arthur e Beatrice, só restava o seu exame e o casamento que ele e Leo estavam planejando. Enquanto Wynn servia o vinho e deixava a sala, Chloe tentou se preparar para o que provavelmente poderia ser uma conversa muito desconfortável.

– Em primeiro lugar eu gostaria de lhe pedir perdão pelo que você teve de enfrentar na tarde de hoje – ele disse, fitando o vinho, pois não se sentia confortável o suficiente para encará-la enquanto falava sobre o exame íntimo ao qual ela tinha sido submetida. – Não fiz aquilo só para provar para mim mesmo que você era pura. Você sabe disso, não sabe?

– Sim, eu sei. Foi por Anthony. É preciso uma prova de que ele não é meu filho, ou alguém poderia tentar roubar o seu direito de herdeiro. Só por isso permiti que fosse feito. Por ele. – Não iria confessar ter chegado a imaginar que Julian tinha pedido o exame só para se assegurar de sua pureza. Fora uma dúvida passageira apenas, e contar a ele não iria resultar em nada de bom, só acabaria insultando-o.

Julian limpou a garganta com um gole de vinho. O que mais o surpreendeu foi que depois de se abandonar ao vício e à devassidão, agora se sentia estranho para falar sobre o exame. Supôs que fosse, talvez, o teor de intimidade do assunto e por ter certeza da pureza e da inocência dela. Tinha sido bem treinado para ser cuidadoso ao se dirigir a uma senhorita virginal – algumas lições não eram esquecidas assim tão facilmente.

– E agora precisamos falar sobre o casamento – ele disse e suspirou quando ela fez uma careta. – Serei um bom marido para você.

– Nunca imaginei que você seria um mau marido – ela retrucou.

– Então por que se recusa a dizer sim?

– Por que eu deveria dar uma resposta sem nunca ter ouvido uma pergunta?

– Ah, você deseja ser pedida em casamento. – Ele tomou-lhe a mão entre as suas e beijou-lhe a palma. Ficou contente ao sentir que ela estremeceu. – Case comigo, Chloe.

– Isto não foi um pedido.

– Chloe, você estava preparada para me dar a sua inocência. Bem aqui, neste sofá. Se Leo não tivesse nos interrompido, o exame desta tarde teria sido uma perda de tempo. Não foi correto da minha parte, mas eu o fiz, e...

– Agora você tem de pagar pelas consequências? – ela bradou.

Julian suspirou e passou a mão entre os cabelos, soltando alguns fios da pequena trança, presa aos pés da nuca.

– Não acho que me casar com você seja uma consequência. Para ser franco, pensei que nunca mais fosse me casar. Você pode me culpar por isso?

– Não. Acho que eu sentiria o mesmo se tivesse sofrido o que você sofreu. Apesar de não ser nenhum elogio ser colocada no mesmo patamar de Beatrice.

– Sei que você não se parece em nada com Beatrice. Pois, em primeiro lugar, você me faz sorrir e ela nunca o fez. Assim como nunca senti vontade de tomá-la em meus braços só por que estávamos na mesma sala. Não sei como explicar isso para alguém tão inocente, mas você me excita com apenas um olhar. Sei que deveria tê-la deixado em paz, que você é uma donzela e que ainda estou casado aos olhos da lei e da Igreja, mas não consegui.

Foram palavras belas de se ouvir, mas Chloe lutou para não permitir que as lisonjas mudassem sua cabeça.

– Desejo não é um bom motivo para se casar. Casamento é para sempre. O desejo diminui com o tempo. Sou a filha de um cavalheiro sem dinheiro e fui expulsa de casa pela minha própria mãe. Vivo da caridade de Leo. O senhor, milorde, poderia arrumar uma esposa bem melhor.

– Não, eu não poderia. E não deprecio a importância da paixão, Chloe. Ela é importante em um casamento. E tem mais: confio em você.

– Em todos os sentidos?

– O que você quer dizer com isso?

– Você sofreu com a infidelidade de uma esposa. Confia que eu serei fiel ao meu juramento, ou sempre estará com receio de que o traia, como ela?

Julian a fitou por um momento. Refletiu sobre a pergunta mesmo depois de pensar em alguns incidentes que pudessem parecer suspeitos, acabou descobrindo que mesmo assim não se sentia ameaçado por eles. Em algum momento, durante a estada com os Wherlocke, acabara aprendendo a confiar em Chloe, em todos os sentidos. Isso o surpreendeu, mas ele ficou feliz. Sabia que a dúvida constante e a desconfiança não amargariam o seu casamento apenas, mas acabariam amargando-o também.

– Não terei tal receio. Disse que confio em você e é verdade. Sei que você não quebrará o juramento, assim como eu não o farei.

Chloe suspirou aliviada, mas ainda não tinha certeza se o que ele estava lhe oferecendo era o suficiente. Temia estar agindo como tola ansiosa. Julian era o homem que ela queria, mas ela tinha imaginado que eles não teriam algo mais do que uma aventura. O que teria sido um desastre, no fim das contas, e ela sabia disso, mas, por outro lado, ela não estava certa se deveria entrar em um casamento simplesmente porque ambos queriam ir para a cama.

– Chloe, eu também gosto de você. Apreciamos a companhia um do outro. Podemos conversar sobre tantos assuntos... Nunca haverá longas e silenciosas refeições com você em uma ponta da mesa e eu na outra. E, Chloe, você ama o meu filho.

– Ah, sim, eu amo. E Anthony vem junto com você, é isso que está dizendo?

– O que estou dizendo é que não importa o que eu estava pensando sobre casamento, em algum momento eu iria sentir a necessidade de procurar uma mãe para ele. Não consigo pensar em ninguém melhor do que você, em ninguém que o amaria do modo como ele merece ser amado.

– Então o que está me oferecendo é paixão, amizade, confiança, boa companhia e Anthony.

Ele apenas fitou-a, e ela suspirou. Aquilo era muito mais do que ela tinha imaginado que pudesse conseguir. Não havia nada mais que pudesse pensar em querer. Mesmo assim, ainda era um passo grande a ser tomado. Casamento era para sempre. Será que seria capaz de se casar com um homem que não falava em amor? E será que ela o amava? Será que isso importava?

– E quanto ao meu dom? As minhas visões? A minha família, repleta de tais dons?

– Não posso prometer acreditar em todos, mas eles não me assustam.

– E se tivermos filhos?

– Espero que tenhamos! Se eles, também, tiverem dons, eu os amarei do mesmo jeito. Na sua família existem pessoas para ensiná-los como lidar com qualquer tipo de dom. – Ele tomou as duas mãos de Chloe. – Sei que você teme que eu a abandone, assim como tantos outros fizeram com os seus, deixando esposas, maridos e filhos. Juro que não farei isso. Mas isso não é algo que eu possa provar neste momento. Você terá de confiar na minha palavra.

Ela baixou os olhos para as suas mãos juntas e em seguida olhou para o rosto de Julian. Ele era tão belo que ela sentiu um aperto no coração. De repente Chloe soube que se ao menos não tentasse construir um casamento sólido ao lado daquele homem, ela iria se arrepender até o dia da sua morte.

– Então aceito me casar com você.

Quando ele a envolveu em seus braços e a beijou, Chloe decidiu que havia, sim um bom motivo para se casar com ele. Ela não acreditava que outro homem fosse capaz de fazê-la se sentir daquele jeito. Todo seu corpo ansiava por Julian.

Ela soltou um gritinho de surpresa quando ele a ergueu em seus braços e saiu andando rumo à porta.

– O que você está fazendo?

– Planejo lhe mostrar a importância da paixão – ele respondeu.

– Agora? E quanto ao Leo? E se ele chegar em casa? – ela perguntou enquanto ele a carregava escada acima, para o quarto.

– Não creio que você precise se preocupar com ele.

Chloe não teve chance de argumentar. Julian a levou para o seu quarto, chutou a porta atrás deles e atirou-a sobre a cama. Em seguida, beijou-a e rapidamente ela se esqueceu do que ia dizer. Entrelaçando os braços ao redor do pescoço dele, ela retribuiu o beijo com toda a paixão que ardia em suas veias. Parecia que todas as sensações que ele tinha despertado com cada beijo e cada carícia tinham ficado guardadas, só esperando por uma oportunidade, e, agora, estavam fluindo por todo o seu corpo. Chloe sabia que nunca iria se cansar de beijar esse homem.

Ficou um pouco tensa ao perceber que ele não estava apenas acariciando-a, mas também estava removendo suas roupas. Nunca nenhum homem a tinha visto nua. Até mesmo durante o exame humilhante sua intimidade tinha sido protegida o máximo possível. Ela deixou de lado o súbito ataque de timidez e começou a desabotoar o paletó e o colete dele. Se ia ficar exposta, então ele também iria.

Julian precisava vê-la nua. Era uma necessidade, mas ele tentou ser cuidadoso a cada peça de roupa que removia. Percebeu o quanto ela estava ruborizada e não era sua intenção assustá-la com a ferocidade do seu desejo. Fez uma pausa quando restavam apenas as roupas íntimas e, com os olhos fixos naquele corpo delgado, levantou-se e começou a se despir. Só então percebeu que ela também tentara tirar suas roupas. Com certeza não tinha sido ele quem desabotoara o paletó e o colete.

Despir-se diante dela acabou se mostrando uma atividade muito excitante. O modo como ela observou, com as faces ruborizadas e a respiração ofegante, aqueceu seu sangue assim como inflou sua vaidade. Julian achou que nunca se sentira tão excitado só de ver o modo como uma mulher olhou para ele. Ele hesitou por uma fração de segundo apenas, quando chegou o momento de tirar a última peça. Afinal, estava diante de uma virgem. Mas, pouco depois, deixou de lado as reservas e decidiu que era melhor começar do modo como queria que continuassem. Ele planejava passar muito tempo nu com Chloe.

Chloe fitou-o por inteiro quando ele finalmente ficou todo nu. "Ele é lindo", ela pensou. Vestido era belo e elegante, um verdadeiro cavalheiro. Nu era mais másculo, mais primitivo. Quando ela estendeu o braço para tocar no membro intumescido que se projetava do ninho espesso de pelos castanhos dourados, ele deixou escapar um gemido.

Justamente quando começou afastar a mão, com receio de ter feito algo errado, ele se juntou a ela na cama e terminou de despi-la. Chloe arrepiou de prazer só de sentir o toque das pontas dos dedos contra sua pele quando ele começou a desatar o laço da combinação e puxou a peça pela sua cabeça. Quando ele se sentou para admirá-la, porém, todo o calor do desejo começou a se dissipar. Ela sabia muito bem que não tinha as curvas suntuosas de Beatrice.

Julian deslizou as mãos pelas laterais do corpo delicado, desfrutando a maciez e o calor da pele sob suas mãos. A pele de Chloe era imaculada, o corpo era delgado, mas ao mesmo tempo tinha curvas que realizariam os desejos de qualquer homem. Sua vontade era penetrá-la naquele instante, mas ele sabia que precisava ir devagar. A última coisa que queria era causar dor. Um pouco provavelmente seria inevitável, mas ele estava determinado a causar o mínimo possível.

As mãos subiram então e cobriram os seios. Os mamilos enrijeceram e pressionaram contra as palmas das mãos, implorando por beijos. Com um gemido suave, ele abaixou a cabeça e realizou o desejo de ambos. O grito baixinho que Chloe deixou escapar e o modo como o segurou pelos ombros causou uma satisfação indescritível. Havia um poço profundo de paixão em Chloe Wherlocke, e ele pretendia mergulhar até o fundo.

Quando a boca de Julian cobriu a ponta do seu seio e ele sugou o mamilo dolorido, Chloe sentiu todo o desejo retornando. Agarrou-o pelos ombros, querendo segurá-lo próximo ao seu corpo, apesar de ele não ter dado nenhum sinal de que pretendia se afastar. Quando a boca moveu para o outro seio, o ar frio secou a umidade quente deixada para trás, e ela arfou com a deliciosa sensação. O modo como a sugava causou uma dor no baixo ventre, uma necessidade que pulsava a cada sorvida.

Lentamente, Chloe desceu as mãos pelas costas largas, fazendo um traçado com as pontas dos dedos ao longo da coluna, e subindo novamente. Julian soltou um gemido surdo e ela distinguiu o tom de prazer. Isso provou que ele estava gostando das carícias tanto quanto ela e a encorajou. O calor da pele máscula penetrou em seu sangue e intensificou a paixão que ardia por dentro. Na curiosidade de explorar o corpo que tanto prazer estava lhe proporcionando, ela apalpou o traseiro musculoso. Ele se encaixou contra o seu corpo e a sensação do membro firme se esfregando contra seu sexo feminino fez com que uma labareda se espalhasse por todo o corpo.

Ela murmurou desapontada quando ele começou a traçar uma linha de beijos que descia pelo seu ventre, pois assim não conseguia mais alcançar até o final das costas largas. Ele deslizou a mão sobre a coxa roliça e tocou no ponto exato onde ela, agora, ansiava, quase além dos limites do suportável, por ser tocada. O toque surpreendeu e acalmou ao mesmo tempo, mas logo já não era mais o suficiente. Em vez de se recolher diante de tal intimidade, Chloe se abriu por completo. Quando ele invadiu seu corpo com um dedo, ela ficou tensa por um momento, quando as lembranças humilhantes do exame daquela tarde tentaram abrir caminho na névoa de desejo que encobria sua mente. Mas, em seguida, ele a beijou novamente e o efeito arrepiante das recordações esvaeceram.

Julian deslizou mais um dedo dentro de Chloe. A umidade quente que envolvia seus dedos fez com que ele cerrasse os dentes numa tentativa de conter a vontade de unir seus corpos. Seu desejo era penetrar por inteiro, mas primeiro era preciso deixá-la pronta. O modo como o corpo umedeceu em resposta ao seu estímulo indicou que logo ele teria o que tanto queria. Tudo que precisava era de paciência – que foi difícil manter quando as mãozinhas macias se moveram ousadas sobre seu corpo.

– Julian – Chloe sussurrou, mal reconhecendo a própria voz, que soou levemente rouca. – Eu quero. – Não conseguia pensar no que mais dizer, ou mesmo se havia outro modo de se fazer mais clara. – Eu quero.

– Eu sei. Mas estou tentando não machucá-la.

– Isso dói.

Ele entendeu perfeitamente o que ela quis dizer, pois estava pensando a mesma coisa. Com o máximo de cuidado, afastou as pernas macias. Quando encontrou o escudo que protegia a pureza da mulher, ele beijou-a e rompeu a barreira. Ela deixou escapar um estranho gemido e cravou as unhas nas costas largas, mas não recuou. Julian rangeu os dentes e ficou firme, lutando para permanecer como estava enquanto a beijava e acariciava para restaurar a paixão que a dor tinha diminuído. Ele estava justamente se perguntando por quanto tempo mais iria conseguir se manter imóvel, sentindo o calor daquele corpo macio contra o seu, quando ela se moveu para a frente.

Chloe tentou se deslocar para ainda mais perto de Julian. A princípio teve a impressão de que suas pernas estavam abertas em demasia. Já contava com a dor breve, mas não com a sensação de completude. Em seguida seu corpo relaxou na área da intrusão e ela sentiu o desejo retornando com a mesma ferocidade de antes. O que parecera estranho agora era maravilhoso, mas instintivamente ela sabia que poderia ficar ainda melhor. Ajeitou o corpo novamente, aproximando-se um pouco mais, e foi como se ele estivesse penetrando ainda mais profundamente dentro do seu corpo. A sensação foi tão boa que Chloe se moveu outra vez, entrelaçando as pernas ao redor dos quadris de Julian.

Ofegou quase sem ar quando, de repente, ele começou a se mover, entrando e saindo apenas o suficiente para penetrar outra vez. Por mais estranhos que os movimentos parecessem, seu corpo se regozijou com aquilo. Logo Chloe entrou no mesmo ritmo. Uma parte sua ainda podia se ouvir ofegando, ouvir Julian murmurando palavras suaves contra a sua pele, mas toda a sua atenção estava fixa no modo como seus corpos se moviam juntos, como se encaixavam com perfeição, como cada vez que ele penetrava em seu corpo, o calor do seu desejo pulsava em seu ventre.

Logo em seguida tudo explodiu, espalhando ondas de calor pelo seu corpo. Chloe se ouviu distante gritando o nome dele enquanto tentava prendê-lo o mais próximo de si. Os movimentos de Julian se tornaram um pouco mais impetuosos, o corpo passou se mover com mais força. Ele ficou tenso e então um jato quente encheu-a por inteiro no momento em que estavam mais unidos. "A semente dele", ela pensou e estremeceu mais uma vez. Quando ele soltou o peso do corpo cansado, ela o abraçou apertado, desfrutando o modo como o corpo dele estremecia como o seu.

Parecia que cada músculo e osso do seu corpo tinham derretido. Ela murmurou um protesto quando Julian se moveu, mas nem conseguiu abrir os olhos para ver aonde ele estava indo. Em seguida, ela sentiu um tecido frio e úmido se movendo entre as suas partes íntimas e soltou um gritinho assustado. Quanto tentou apanhar algo para cobrir a nudez, foi impedida de fazê-lo por Julian. Chloe apenas sorriu e continuou de olhos fechados até que ele se deitasse ao seu lado novamente.

Julian riu do modo como Chloe fechou os olhos apertados, como se fosse uma criança, tentando se esconder. Ele a envolveu em seus braços e beijou-a, desfazendo vagarosamente o penteado em desalinho e perguntando-se como pudera se esquecer de soltar antes. Sempre preferiu tomar uma mulher de cabelos soltos, mas com Chloe sua vontade tinha sido tão forte que nem teve tempo para dar atenção para tais sutilezas, como seduções à toa. Contudo, estava grato por ter conseguido se conter por tempo suficiente para tornar a primeira vez da moça mais prazerosa do que dolorida.

Ela tinha sentido prazer, concluiu com um sorriso que sabia ser maroto. A paixão que Chloe revelou foi muito mais do que um homem poderia querer. Admitiu consigo mesmo que tinha uma ou duas dúvidas, antes. Algumas moças de boa família chegavam a adorar os beijos e a carícias dos tempos de namoro, mas acabavam detestando a confusão do ato de fazer amor. Chloe não hesitou em aproveitar por completo. O fato de ter alcançado o clímax não uma, mas duas vezes na sua primeira experiência, indicou que ela não permitiu que nenhum temor virginal ou dúvidas diminuíssem seu desejo e seu prazer. Ia ser um deleite poder mostrar a ela todos os caminhos que poderiam trazer de volta aquele prazer.

– Eu reconheço – ela disse enquanto se aconchegava, demonstrando tão sem reservas o quanto estava apreciando o corpo protetor.

– Reconhece o quê? – perguntou, deslizando os dedos entre as longas madeixas sedosas.

– Que a paixão é muito importante em um casamento. – Ela sorriu recostada ao peitoral forte quando ele riu. – Acho que eu deveria ir para o meu quarto. – Sentiu então os braços apertando seu corpo.

– Não. Você deve ficar aqui. – Julian se deu conta de que não estava apenas relutante em deixá-la ir embora e dormir sozinho; ele estava detestando a ideia só de pensar.

– Mas não podemos deixar que Leo nos encontre assim.

– Estamos noivos. – Pensou então em como poderia contar a ela sobre o conceito que Leo tinha sobre tais intimidades e decidiu que dizer a verdade seria a melhor opção. – Ele esperava por isso. Chegou até a dizer que ele não teria sido santo o suficiente para resistir, portanto, como poderia esperar que eu resistisse. Leo nos considera praticamente casados.

– Ah. – Chloe sentiu uma pontada de vergonha, mas deixou de lado quando se deu conta de que poderia ficar ali e voltar para os braços de Julian quando sentisse vontade. Seus pensamentos rapidamente se voltaram para tudo que eles poderiam fazer enquanto estivessem juntos na cama. – Julian? As pessoas fazem o que acabamos de fazer mais de uma vez na noite?

Julian riu, mais de alegria do que por ter achado graça, enquanto a virava de costas para o colchão.

Capítulo 11

Um vento frio e úmido penetrou por debaixo do casaco de Julian, causando um tremor. Ficar oculto nas sombras ao lado de um Leo misteriosamente imóvel não era o conceito que tinha de enfrentar inimigos. Espadas, pistolas ao alvorecer, socos: isso sim era lutar. O que estavam fazendo era espreitar. Espionar. Julian decidiu que não gostava de espionar.

– Está com frio? – perguntou Leo, num sussurro quase inaudível.

– Não mais. Depois de tanto tremer até os ossos, acabei me esquentando.

Um lampejo de dentes brancos à mostra foi o único indício de que tinha divertido Leo. O que era bom. Mas o que seria ainda melhor é se pudesse voltar para a sua cama, aconchegado ao lado de Chloe e se divertir. Julian sabia que não poderia expressar tal desejo para Leo. O homem parecia satisfeito em permitir que Julian e Chloe agissem como bem entendessem, agora que estavam oficialmente noivos. No entanto, Julian duvidava que Leo quisesse ouvir qualquer detalhe sobre o que exatamente ele e Chloe gostavam de fazer entre quatro paredes.

Só de pensar na sensação de ter Chloe em seus braços, na noite anterior, fez com que ele ansiasse por abraçá-la outra vez. Apesar de toda a inocência, Chloe tinha sido a melhor amante que ele já tivera. Suas respostas a cada beijo e carícia foram rápidas e quentes. Ela estremeceu em seus braços, e os gritos suaves de prazer ainda ecoavam em sua mente. Foi como se tivessem sido feitos um para o outro: um pensamento perigoso e assustador.

Lá vem eles.

Apesar de estar morrendo de vontade de perguntar para Leo como ele conseguia falar tão baixinho, Julian permaneceu em silêncio e se encolheu nas sombras que ocultavam a passagem entre duas casas elegantes. Analisou a residência que ficava do outro lado da rua, cuja fachada era iluminada por um par de lanternas dependuradas nas laterais da porta de entrada. Viu quando o seu tio e Beatrice desceram de uma carruagem elegante, que Julian estava certo já ter visto estacionada nos estábulos da sua casa na cidade. Um mordomo bem-vestido permitiu que entrassem, e no momento em que a porta se fechou, Julian olhou para Leo.

– O que foi isso? – perguntou. – Fiquei aqui parado, correndo o risco de perder partes importantes do meu corpo de tanto frio, só para ver Arthur e Beatrice entrarem em uma casa?

– Dentro daquela casa está um dos melhores espiões franceses.

– Oh. – Julian teve de admitir que agora estava intrigado. – Como vamos provar que meu tio está trabalhando como espião, que está traindo seu próprio país? Não podemos ver nem ouvir nada daqui.

– Daqui a pouco, vamos chegar mais perto, apesar de isso, provavelmente, não nos ajudar muito. Simone teve ter garantido sua segurança contra uma invasão desse tipo.

– Simone? Uma espiã?

Leo concordou com um gesto de cabeça.

– Ela é a melhor espiã que já enfrentei, e já estou neste trabalho há sete anos. Sempre pensei que ela era amante de Arthur, mas então apareceu Beatrice.

– Talvez ele tenha apenas adicionado Beatrice. – Julian sorriu e mesmo na escuridão das sombras pôde ver a expressão de surpresa na testa franzida de Leo. – Sim, ela divertiu mais de um homem ao mesmo tempo. – Foi sua vez de ficar pensativo ao olhar para a casa que eles observavam, quando lembranças sombrias invadiram sua mente por um momento. De repente, notou que elas já não incomodavam mais como antes. – Beatrice é o que muitos homens sonham em ter; uma amante aventureira disposta a fazer mais de uma vez.

– E você decidiu que não queria uma aventureira?

– Não quando isto incluiu qualquer homem que Beatrice considerava excepcionalmente belo ou rico ou jovem ou milionário ou qualquer outra qualidade. Aventureira comigo, sim. Aventureira com todo e qualquer macho dentro de um raio de oitenta quilômetros de casa, não. Para completar, Beatrice ainda tem aquela frieza, de arrepiar até os ossos, apesar do jeito sensual capaz de fazer qualquer homem agir como um tolo. No começo arrumei todas as desculpas possíveis ou disse para mim mesmo que tudo não passava de imaginação.

– O que o fez mudar de ideia?

– Depois de termos brigado por eu ter me recusado terminantemente a pagar mais uma de suas dívidas de jogo, ela disse que ia sair. Fiquei observando quando ela mandou buscar seu cavalo, e então a vi empurrando o rapaz do estábulo quando ele entregou as rédeas do animal. O rapaz caiu e bateu a cabeça nos degraus. Beatrice baixou os olhos para o rapaz e simplesmente deu de ombros. Montou no cavalo e saiu, deixando o pobre caído sobre os degraus, com sangue empoçando ao redor da cabeça. Foi nesse momento que parei de mentir para mim mesmo, parei de tentar arrumar desculpas para ela. Foi como se eu tivesse despertado de um sonho febril e descoberto que estava preso em um pesadelo.

– E o rapaz?

– Ele ficou bem. A cabeça doeu durante um tempo e ele ficou com uma cicatriz na linha do couro cabeludo, mas está bem. Ele é filho do Melvin – adicionou com um suspiro.

Leo sussurrou um xingamento e deu um tapinha nas costas de Julian.

– Em breve vamos descobrir onde ele está enterrado e então lhe daremos um enterro decente, um que a família possa comparecer. O melhor que podemos fazer por ele agora é garantir que seus assassinos sejam punidos.

– Fale baixo – Simone se crispou quando Beatrice começou a contar uma fofoca, o conhaque tornou-a tumultuosa e rude. – Estamos sendo vigiados. – Ela ignorou o olhar que Beatrice lançou em sua direção.

Arthur contraiu as sobrancelhas.

– Tem certeza?

– Claro que tenho. Acha que sobrevivi durante todos estes anos sendo tola ou cega? O seu sobrinho e aquele amaldiçoado e irritante Leopold estão escondidos entre as duas casas, logo do outro lado da rua. Um dos meus homens os viu lá.

– Então se livre logo dos dois – sugeriu Beatrice. – Se tem homens que podem se aproximar o suficiente para ver onde eles estão escondidos, então pode mandar os mesmos homens se aproximarem o suficiente para cortar o pescoço dos dois.

– Você deseja que eu mande meus homens matarem um conde e um barão do outro lado da rua onde eu moro?

– Tenho certeza de que você conhece vários lugares onde os corpos podem ser escondidos.

Arthur deu uma olhada através da janela, tentou se aproximar mais e ver se conseguia encontrar o sobrinho entre as sombras. O garoto estava se mostrando um verdadeiro tormento em sua vida. Seu plano era perfeito, Beatrice, uma das suas melhores armas, e mesmo assim Julian ainda estava vivo. Arthur tinha visto como Julian ficara cegamente encantado por Beatrice e ela certamente tinha cumprido seu papel, mesmo assim Julian tinha sobrevivido ou escapado de cada acidente planejado para ele.

Quando o sobrinho afirmou que não lutaria pela honra da esposa novamente, sob nenhuma circunstância, Arthur percebeu que Beatrice tinha perdido seu valor como arma. Foi então que começou a recorrer a outros para fazer o que precisava ser feito, e estes também falharam. Mesmo estando constantemente bêbado e vagando pelo bairro boêmio de Londres, onde os assassinatos eram comuns, Julian conseguira se esquivar da morte várias vezes. Arthur começara a ter sonhos onde ele simplesmente caminhava na direção de Julian e atirava diretamente na cabeça do maldito arrogante. Isso teria sido um grande erro, mas pelo menos colocaria um fim ao jogo interminável.

Respirou fundo para aplacar a fúria que insurgia todas as vezes que pensava em Julian, e em como ele sempre conseguia frustrar todos os planos cuidadosamente arquitetados. O fato de o tolo só ter percebido recentemente que alguém estava tentando matá-lo só serviu para alimentar ainda mais a fúria ardente de Arthur. Uma pessoa tão cega não merecia viver. Agora, no entanto, ia ficar ainda mais difícil conseguir se livrar do sobrinho, ou sobrinhos, pois Nigel não podia assumir as rédeas de Colinsmoor, em hipótese alguma. Arthur não tinha perdido apenas o controle de Colinsmoor e o acesso ao dinheiro para bancar seus planos, tinha também sido expulso como se fosse um parente pobre que abusara da hospitalidade. Agora, toda a sociedade olhava desconfiada para ele e Beatrice. Pior, tinham restado segredos em Colinsmoor que ele não tivera tempo de pegar ou destruir, provas de coisas que ele tinha feito e que poderiam condená-lo à forca um milhão de vezes.

O murmurinho das duas mulheres discutindo e trocando insultos finalmente arrancou Arthur de seus pensamentos sombrios. Simone falava em um tom de voz frio e adocicado que Beatrice, caso não fosse tão tonta, deveria ter percebido que se tratava de uma ameaça mortal e à qual deveria ter sabiamente dado atenção. Beatrice era fria, capaz de encomendar a morte de alguém sem receios e já tinha feito isso muitas vezes, já Simone era capaz de matar pessoalmente, de uma maneira rápida e silenciosa. Apesar de parecer que Beatrice estava se tornando mais um passivo do que um ativo, Arthur ainda tinha dúvidas se já estava pronto para se livrar dela. Ela ainda podia ser útil, mesmo que pudesse contar apenas com sua volúpia e beleza.

– Basta – disse num tom de voz áspero e frio, e as duas mulheres ficaram em silêncio no mesmo instante em que seus olhares se voltaram para ele. – Esta discussão entre nós só será útil aos nossos inimigos. – Simone aquiesceu, lábios cerrados, enquanto Beatrice ficou amuada. – Uma vez que Leopold Wherlocke trabalha para o Ministério dos Negócios Interiores, devemos assumir que Julian conquistou alguns aliados poderosos.

– E que alguém se deu conta de que seus interesses vão além de se tornar um conde – disse Simone. – Eu não tinha imaginando isso antes, apesar de já ter lidado com Leopold antes.

– Talvez eu devesse... – iniciou Beatrice.

– Não – Simone a interrompeu. – Wherlocke não se deixa seduzir. Por mais que você tente. Julian obviamente está mancomunado com Leopold, portanto aquele homem sabe muito mais do que deveria sobre você.

Arthur bufou por dentro ao notar que Beatrice tomou aquilo como um insulto pessoal. Estava disposto a deter seus passos outra vez, mas se ela continuasse colocando-os em risco com a sua negligência, então ele seria obrigado a dar um sumiço nela. Por um momento chegou até a considerar a possibilidade de que ela poderia lhe ser útil em um último favor. Se planejasse tudo direitinho, poderia fazer com que o assassinato dela tivesse um dedo apontado diretamente para Julian. A ideia atenuou um pouco sua ira crescente.

– Se me derem licença – Beatrice disse friamente ao se levantar e ajeitar a saia. – Preciso de um momento de privacidade.

Simone soltou um xingamento no momento em que a porta se fechou atrás de Beatrice.

– Ela está se tornando perigosa, Arthur. Para você e para mim.

– Vou cuidar disso. Ela foi uma ferramenta útil e pode servir a um propósito, mas não sou um tolo sentimentalista. Eu me cuido.

– Eu sei. Vamos discutir sobre a informação que você disse que poderia conseguir. Foram seus problemas recentes a causa do fracasso daquele plano?

Durante alguns minutos, eles conversaram sobre a informação que Arthur tinha prometido dar a Simone. Informação que ela queria desesperadamente, pois já tinha contado aos seus superiores a respeito. Arthur teve de acalmá-la com garantias de que não tinha sido derrotado, mas apenas sofrido um atraso. O que não era verdade. O homem que poderia conseguir o que ele precisava tinha desaparecido. Ninguém tinha ideia de onde o sujeito tinha ido parar. Provavelmente a noiva do tal homem sabia, mas apanhá-la para que assim pudessem arrancar a verdade dela poderia ser uma aventura arriscada.

– Pronto – disse Beatrice ao se juntar a eles com um sorriso irritante nos lábios –, já cuidei de tudo.

Antes que Arthur pudesse perguntar o que ela quis dizer, o som do tilintar de espadas chegou aos seus ouvidos e ele e Simone encararam juntos Beatrice. Foi Simone quem primeiro falou:

– O que você fez, sua vadia estúpida?

– Como ousa – iniciou Beatrice.

– Ouso, sim. – Simone sacou um punhal de um bolso oculto na sua saia volumosa e começou a avançar para cima de Beatrice. – Você nos colocou em risco, mas não se preocupe sobre como isso pode afetá-la. Pois você estará bem morta para notar.

Arthur se colocou entre as duas mulheres, apesar do desejo tentador de deixar Simone matar Beatrice.

– Agora não. – Voltou o olhar para Beatrice, que obviamente tinha capacidade suficiente para entender que aquele não tinha sido um não definitivo. – Responda à pergunta, mulher. O que você fez?

– Enviei alguns homens para nos livrar daqueles dois tolos. Aquele Leopold representa um perigo para todos nós, e você quer Julian morto. A minha atitude nos dará o que todos queremos.

– Ela não nos dará nada além de problemas – bradou Simone ao embainhar o punhal. – Você deixou sua carruagem na frente de casa, Arthur?

– Não. Mandei que parassem nos fundos.

– Dentro de alguns minutos me juntarei a vocês e iremos para algum lugar. Se tivermos sorte, a vida daqueles dois chegará ao fim ali mesmo e nós estaremos tão longe daqui, para não podermos ser acusados do crime – ela disse enquanto deixava a sala.

– Arthur – iniciou Beatrice.

– Cale-se e ande. Temos de sair daqui antes que mais pessoas se juntem à briga e sejamos vistos.

Arthur foi saindo da sala, sem se importar se Beatrice vinha junto ou não. Tudo ao seu redor estava desmoronando. Apesar de saber que Beatrice não era culpada de tudo, ele se viu obrigado a rever a utilidade dela, uma vez que Simone tinha certeza absoluta de que Beatrice não seria capaz de seduzir Wherlocke. Estava na hora de decidir se e quando deveria atingir o ponto fraco de Julian. Se tinha julgado corretamente o relacionamento entre Julian e a pequena Wherlocke, poderia fazer isso sem nem mesmo ter de deixar a cidade.

Julian estava prestes a dizer para Leo que era inútil continuar tentando ver ou ouvir o que estava acontecendo dentro da casa quando percebeu um movimento à sua direita. Empurrou Leo para o lado e sacou a espada bem a tempo de calcular a estocada da espada de um agressor. Às suas costas, pôde ouvir que Leo rapidamente tinha desembainhado a própria espada e também tinha se engajado em uma batalha.

Os dois homens que os atacaram eram excelentes espadachins, mas não deram conta de penetrar na pequena fortaleza que Julian e Leo tinham criado ao ficar um de costas para o outro, empunhando suas espadas com uma destreza que se equiparava, talvez até mesmo excedesse, à dos dois oponentes. Julian estava começando a pensar que a vitória só viria quando um deles ficasse muito cansado para continuar lutando quando sentiu Leo movendo-se de modo abrupto às suas costas.

–Você se feriu? – perguntou sem desviar, uma vez sequer, sua atenção do homem que estava tentando espetá-lo.

– Foi só um arranhão. Maldição, eles estão fugindo – Leo murmurou.

De repente, Julian ouviu o som de uma carruagem saindo de trás da casa de Simone.

–Vão tentar fazer parecer que estavam em outro lugar quando dois lordes foram brutalmente assassinados na porta da casa deles.

– Exatamente.

Sem saber ao certo se tinha sido por causa do pensamento de que estava prestes a matar dois lordes ou por ter percebido que tinha sido abandonado para ficar com toda a culpa, o homem que estava lutando contra Julian hesitou. Julian viu a breve distração do oponente e rapidamente tomou proveito da situação. Com dois movimentos rápidos, ele desarmou o homem e fincou a espada direto no seu coração. Em seguida, virou-se para ajudar Leo quando viu então que o outro oponente tinha cometido o mesmo erro. Mas, ao contrário de Julian, Leo desarmou o adversário e o atingiu no ombro. Quando o homem cambaleou para trás e começou a se virar para fugir, Leo chutou-o no rosto e o homem caiu no chão como uma pedra.

Julian baixou os olhos para o homem e em seguida olhou para Leo. O movimento que fez foi rápido e gracioso.

– Belo chute.

– Aprendi com um francês.

– Um inimigo lhe ensinou isso?

– Na verdade, ele é um parente meio francês. E, no momento, a França não é exatamente nossa inimiga. Exceto por isso, ele é um dos nossos. – Leo franziu a testa ao se agachar para amarrar as mãos do homem para trás com sua gravata. –Vou precisar da sua ajuda para carregar este sujeito para a carruagem.

– Por causa do seu arranhão? – Julian desejou que não estivesse tão escuro, pois estava com a sensação de que o ferimento de Leo era mais do que um simples arranhão. – Permita-me – abaixou-se e apanhou o homem, colocando-o sobre o ombro. – Espero que consigamos chegar até a carruagem sem sermos vistos. A situação será um pouco difícil de explicar.

– Alguém tentou nos roubar e estamos levando-o para as autoridades.

– Pelo visto você está acostumado a inventar histórias para explicar situações estranhas como esta. Desculpe por eu ter matado meu oponente. Só pensei em garantir a minha vida e não em como o homem poderia ser usado como uma fonte útil de informações.

– Uma será suficiente. Só sinto pelo seu tio e Simone terem conseguido escapar e com isso conseguirão provar sem sombra de dúvida que estavam em outro lugar, quando fomos cruelmente atacados bem em frente à casa deles. Não tenho certeza se o fato de termos apanhado um dos homens deles poderá fazer com que hesitem em dar continuidade aos seus planos. Simone não confia em ninguém e descobrimos que nenhum dos seus homens aparentemente sabe de alguma coisa. Algo aqui e acolá, mas não o suficiente para incriminá-la. O fato de ela ser amante de vários homens importantes também não ajuda muito.

– Vários? Mulher ambiciosa. E muito bela, não é mesmo?

– Muito.

– Ela já tentou seduzi-lo? – Julian perguntou, pois algo no tom de Leo despertou sua curiosidade.

– Uma vez. Ri na cara dela e por isso, mais do que qualquer outra coisa, ela gostaria de me ver morto. No entanto, não creio que ela tenha ordenado o ataque contra nós.

– Foram os homens dela e na casa dela. Apesar de que os homens poderiam ser de Arthur.

– Não creio que seu tio fosse tolo a ponto de ordenar um ataque contra você, bem em frente da casa de uma mulher com quem está publicamente envolvido. Essa foi uma ideia tola e mal pensada. Acha que parece coisa do seu tio?

– Não. Parece mais de Beatrice.

– Era exatamente o que eu estava pensando. Isto explicaria a fuga rápida. A tentativa de Simone e Arthur de ficar longe disso. O caso será investigado, mas tenho certeza de que eles vão providenciar uma dúzia de testemunhas para dizer que não estavam em nenhum local próximo à casa quando fomos atacados. Beatrice pode ter acabado de cometer um erro gravíssimo.

– Você acha que Arthur irá se livrar dela agora?

– Se não ele, pode ser Simone.

Já estava quase amanhecendo quando eles conseguiram voltar para a casa de Leo. Assim que chegaram, Leo se recolheu em seu quarto. Seu ferimento não tinha sido nada sério, mas carecia de pontos, e Julian desconfiou que o homem tivesse perdido um pouco de sangue. Sabia muito bem como um incidente como aquele podia roubar todas as forças de um homem. Mas assim que entrou em seu quarto, Julian sentiu todas as preocupações desaparecendo, assim que viu Chloe encolhida em sua cama.

Mais que depressa, tirou as roupas e se lavou antes de deitar-se ao lado dela. Quando a envolveu em seus braços, ela se espreguiçou e depois olhou para ele com os olhos sonolentos. Julian achou que ela nunca lhe parecera tão encantadora. Ele beijou-a, e, apesar de ter não ter sido nada além de um beijo carinhoso, a simples carícia já foi o suficiente para despertar seu desejo.

– Não tem problema eu ter esperado por você aqui, tem? – ela perguntou enquanto se aconchegava ao calor do corpo forte.

– Problema algum. – De repente ele percebeu que as carícias de Chloe não eram uma coisa à toa, e sim a busca por um ferimento. – Não estou machucado. Fomos atacados e Leo sofreu um pequeno ferimento no ombro, mas estamos bem. – Contou a ela em detalhes tudo que tinha acontecido.

– Leo tem razão, o ataque parece muito impetuoso, arriscado e mal planejado. Não parece ter sido coisa do seu tio. Ou de Simone.

– Leo lhe contou sobre Simone?

– Ele achou melhor me alertar sobre Simone, pois imaginou que ela pudesse tentar atingi-lo através de mim. Eu a vi uma ou duas vezes de braços dados com um homem que deveria ter mais cautela ao escolher suas amantes. Ela é lindíssima.

– Foi o que Leo disse. Ele acha que foi Beatrice quem enviou os homens para nos matar. Assim como também acha que Arthur ou, mais provavelmente, Simone fará com que ela pague com a vida pelo ato impensado.

– Você quer dizer que eles irão matá-la?

– Sim. Leo realmente acredita que Beatrice assinou a própria sentença de morte com este ato.

Chloe se ergueu um pouco para poder fitá-lo, apesar de estar difícil ver com clareza a expressão de Julian, sob a luz de uma única vela acesa ao lado da cama. Mesmo assim havia algo no tom de voz dele que a deixou preocupada. Ela tinha certeza de que Julian não amava Beatrice, mas soou como se aquela morte o incomodasse de algum modo.

– Você não quer que ela morra? – perguntou.

– Não é isso. A morte de Beatrice não me incomoda e, por mais estranho que possa parecer, é a falta de sentimento que me incomoda. Droga, fui casado com a mulher. – Ele deu um beijo suave para silenciá-la justamente quando ela ia dizer algo. – Sei que ainda estou comprometido, mas apenas no papel. Como já disse, no meu coração, e na minha mente, aquele casamento chegou ao fim há muito tempo. Quanto a alguém matá-la, bem, ela escolheu o caminho que está trilhando e as pessoas com quem está andando. De certo modo, acho que ela começou a caminhar rumo à própria morte no momento em que uniu forças com o meu tio. Apenas uma pequena parte de mim sente que eu deveria alertá-la de algum modo, em vez de continuar sentado aqui, sabendo que alguém deseja matá-la e esperando que o criminoso realize a proeza.

– Não acha que, talvez, um pouco da sua inquietação seja proveniente do fato de desejar se livrar do casamento e a morte da sua esposa poderia lhe conceder isso?

Julian a analisou por um momento e em seguida beijou-a novamente, desta vez mais acaloradamente.

– Acho que é exatamente isso.

– Tenho lutado contra o mesmo problema. Vi a morte dela e mesmo assim não fiz nada para alertá-la. Levei um tempo para enxergar que, apesar de eu me beneficiar com a morte de Beatrice, não sou eu quem está planejando e não serei quem irá executar. Assim como sei que, mesmo que eu conseguisse me aproximar e alertá-la, ela nunca iria dar ouvidos a um aviso meu. Como você mesmo já disse, Beatrice acredita que sua beleza irá salvá-la de qualquer mal.

Ele deslizou a mão por baixo da camisola macia e apertou carinhosamente o traseiro firme e arredondado.

– Assim como não iria acreditar em mim. Depois que tudo que foi dito e feito, ela está com as mãos sujas de sangue.

Chloe não pôde deixar de perguntar:

– A sua preocupação não é porque sente algo por ela, é?

– Não sinto nada por aquela mulher. Até mesmo meu ódio diminuiu, exceto pelo fato de ela ter tentado matar Anthony. – Beijou-a no pescoço enquanto suas mãos subiam pelas costas delgadas. – Neste momento, porém, estou sentindo algo e é por você.

Ela esfregou as coxas contra o membro rijo e sorriu.

– Foi o que percebi. Não está muito cansado?

– Para usufruir um pouco da paixão com que fomos abençoados? Não. Acho que já estarei morto há muito tempo antes que isso aconteça.

– Talvez fosse melhor que parasse de brincar sobre estar morto até que toda esta confusão termine – ela disse quando uma sensação passageira de medo causou um aperto em seu coração.

– Está preocupada comigo? – ele perguntou.

– Como deveria estar? Alguém quer vê-lo morto e vem tentando conseguir isso há um bom tempo.

Julian ficou comovido ao ver refletido nos olhos de Chloe a preocupação pela sua vida. Ele a deitou na cama e a beijou. Quando sentiu os braços delicados ao redor do seu pescoço e o corpo pequeno pressionado contra o seu, todas as suas preocupações desapareceram. Ainda podia sentir a vibração da luta pela vida correndo em suas veias, e que logo se transformou em puro desejo. Com alguns movimentos rápidos, ele removeu a camisola e a atirou para o lado. Quando ficaram corpo a corpo, ele soltou um gemido que era uma mistura de desejo e contentamento.

E enquanto faziam amor, suave e lentamente, ele se esqueceu de todas as preocupações, esqueceu que sua vida ainda corria perigo. Pensou apenas no quanto era bom o gosto de Chloe e a maciez da sua pele. Ela era um bálsamo para sua alma, e ele sabia que deveria pensar mais a respeito disso. Mas então Chloe deslizou a mãozinha pelo seu abdome e fechou os dedos ao redor do membro firme. O toque apagou o último resquício da sua capacidade de raciocinar com clareza. O ato de amor rapidamente cresceu com fúria, voracidade, mas Chloe o acompanhou no mesmo ritmo em todos os momentos. Quando ele despejou sua semente dentro do ventre acolhedor, foi quase como se tivesse a sensação de que tinha acabado de plantar um filho seu.

Desta vez, quando Julian limpou as marcas de amor de seus corpos, Chloe mal abriu os olhos. Mais uma vez a atividade sexual a deixara esparramada de satisfação. Quando voltou para a cama, ela se aconchegou sobre seu peitoral forte e ele sabia que logo ela acabaria adormecendo. Ouvir as batidas do seu coração era uma das coisas mais reconfortantes que ela já tinha experimentado.

– Não é triste saber que existem tão poucos meios de se provar que uma pessoa é culpada de um crime? – ela perguntou e mal conseguiu disfarçar um bocejo.

– Sim, é, e não apenas porque pode ser muito difícil fazer com que alguém como o meu tio pague pelos seus crimes, mas porque temo que pessoas inocentes acabem pagando também. Se é difícil provar a culpa de alguém, como provar então a inocência de outros?

– Oh. Isto é ainda mais triste. Tem de existir uma saída, Julian. Tem de existir. Logo seu tio saberá que Anthony está vivo, e quero o homem longe daqui quando este dia chegar. Agora que ele está fora de Colinsmoor, talvez consigamos encontrar algo lá, uma prova de algum crime que possamos usar como acusação e mandá-lo para a forca.

– É exatamente isso que estou esperando. – Ele beijou o alto da cabeça de Chloe. – Durma, Chloe. Teremos muito trabalho nas próximas semanas.

Julian sorriu ao ouvir a resposta que não passou de um gemido. Após passar anos à procura de mulheres elegantes, refinadas e bem educadas na arte da feminilidade, ele percebeu que uma das coisas que mais apreciava em Chloe era justamente o seu jeito natural. Chloe não escondia quase nada sobre si mesma, não se fingia de recatada – isso fazia com que ele se sentisse mais confortável quando estavam juntos do que jamais tinha se sentido na presença de qualquer outra mulher.

Quando mais tempo passavam juntos, mais se dava conta do quanto eles combinavam. Havia muito mais do que paixão entre eles e isso era difícil negar, apesar de ele ainda não saber ao certo como nomear aquele sentimento. Julian sorriu ao fechar os olhos. Não havia necessidade de analisar isso como se fosse um grande mistério. Logo eles iriam se casar e era a única coisa que importava: o fato de que iria ter Chloe na sua cama pelo resto da vida.

Capítulo 12

– Muito bem, Anthony – disse Julian, rindo enquanto o filho executava uma dancinha estranha depois de ter agarrado a bola.

– Não está na hora de voltarmos para a casa, agora?

Julian deu uma olhada para Chloe, que estava sentada em um banco próximo, observando o parque como se esperasse que um homem armado estivesse à espreita de cada um deles. Se houvesse algum, então os homens de Leo estariam espreitando logo atrás. Ele entendia o receio dela, pois também sentia o mesmo. Uma semana tinha se passado desde que ele e Leo tinham sido atacados, e nada mais tinha acontecido. Chloe discordava em parte, mas Julian e Leo achavam que o ataque não passava de uma reação mal planejada de seus inimigos, por terem sido expulsos de Colinsmoor e de todas as outras propriedades Kenwood. Certamente discordava que já estava na hora de apresentar Anthony ao mundo, mas Julian e Leo estavam seguindo adiante com seus planos mesmo assim.

– Ainda não – respondeu o pequeno gentilmente, apesar de aquela ser a décima vez, em duas horas de parque, que Chloe fazia a mesma pergunta. – Só mais um pouquinho.

Vendo que Leo agora estava brincando com Anthony e ensinando-o como chutar uma bola, Julian se sentou ao lado de Chloe.

– Assim que Lady Marston o vir, voltaremos para casa. Juro. Ela deve chegar logo, pois costuma passear com o seu cãozinho por aqui, nesta hora do dia.

Chloe queria gritar. Permanecer ali sentada em um banco, enquanto Julian mostrava para todos que Anthony estava vivo, além de permitir que Arthur e Beatrice acabassem descobrindo também, estava enlouquecendo-a. Ela sabia que aquilo precisava ser feito. Assim como também sabia que Leo tinha colocado um pequeno exército ao redor do parque. Mas nada disso servia para atenuar seus temores. Tudo que conseguia pensar era que logo Arthur ficaria sabendo que tinha mais um herdeiro para matar.

Ela olhou para Anthony chutando a bola. Apesar de ser pequeno, o menino mostrava que levava jeito para o jogo. O parque estava adorável: pessoas passeando sozinhas, com um acompanhante ou um cachorro, ou com crianças. O sol brilhava ao alto e o calor que irradiava era agradável. Fosse outro dia qualquer, ela estaria apreciando aquele pedacinho muito parecido com o campo bem no meio do barulho da cidade. Mas a única coisa que conseguia pensar era que o tempo de Anthony continuar escondido em segurança na casa de Leo tinha chegado ao fim.

– O anúncio sobre Anthony sairá no jornal amanhã – ela disse.

Julian tomou a sua mão e beijou-a.

– Chloe, eu também estou com medo, mas quanto mais pessoas saibam da verdade melhor. Isto acabará erguendo uma tempestade de comentários e interesse, que servirá como um forte escudo protetor para Anthony. Arthur estará ciente de que se algo acontecer a Anthony, todos os olhos se voltarão para ele. E isto é a última coisa que ele quer.

– Eu sei – ela sussurrou e respirou fundo para se acalmar. – Sei de verdade. É que às vezes meus receios pela segurança de Anthony fazem com que eu me esqueça de tudo.

O que Chloe realmente desejava fazer era se atirar nos braços de Julian e tentar aplacar seus temores no calor e na força que ele emanava. Mas apesar da vida de casados que estavam levando na casa de Leo, em público eles tinham de se comportar com o máximo decoro. Até mesmo o simples beijo na sua mão poderia levantar comentários. Ela odiava a distância que precisavam se impor todas as vezes que ultrapassavam os limites da casa de Leo.

O modo como constantemente era obrigada a lutar contra o desejo de tocá-lo não a deixava nem um pouco feliz. Ela estava se tornando cada vez mais dependente daquele homem, talvez até mesmo muito apegada. Na verdade, era um pouco doloroso não poder tocá-lo sempre que sentia vontade, recostar contra seu corpo se quisesse, ou mesmo poder se sentir completamente à vontade ao seu lado.

"Maldição, estou apaixonada pelo tratante."

Chloe ficou tão chocada com a revelação que quase caiu do banco. Chocada ao se dar conta de que estivera se enganando o tempo todo, chamando seu sentimento de uma paixão passageira, lutando com todas as forças para ignorar o que estava diante dos seus olhos. Por que a verdade resolveu lhe dar uma bofetada justamente agora? Ela não fazia ideia. Pelo jeito sua mente tinha se cansado do joguinho. O fato de seu dom não ter lhe alertado sobre onde ela estava entrando quando o beijou pela primeira vez era outro mistério sem resposta.

–Você viu algo novamente?

O tom de voz agudo já conhecido arrancou Chloe de seus pensamentos e ela ergueu os olhos para Lady Marston.,Não tinha nem notado que Julian tinha se levantado para cumprimentar a senhora. Rapidamente, Chloe ficou em pé e fez uma cortesia para a baronesa.

– Não, milady – respondeu. – Eu só estava pensando.

– Ah, então não foi uma visão. Somente uma revelação. – Antes que Chloe pudesse perguntar o que a mulher tinha insinuado com aquilo, Lady Marston se virou e fitou Anthony, que corria para vir falar com eles. – Hum! Onde você o manteve escondido? – Lady Marston interpelou Julian. – Um filho ilegítimo, é? Bem, sua mãe nunca concordará em esconder aquele garoto como se fosse um segredo sujo. Ela vai lhe dar uma bela bronca, e é o que você merece.

– Ele não é um filho ilegítimo, milady – Julian respondeu enquanto erguia Anthony nos braços. – Ele é meu filho com Lady Kenwood. Legítimo. Todas as autoridades necessárias já revisaram os documentos que comprovam a legitimidade que eu atesto. Este é Anthony Peter Chadwick Kenwood, meu herdeiro e meu milagre. O anúncio será publicado no jornal, amanhã.

– Quem está enterrado no mausoléu da família, então?

– O filho de outra pessoa.

Lady Marston analisou Anthony durante um momento e depois, num gesto surpreendentemente delicado, acariciou a bochecha do garoto com a ponta dos dedos.

– É um belo menino.

– Tenho cabelos bonitos – disse Anthony e sorriu quando Lady Marston riu.

– Tem mesmo, garoto. Claro que tem. – Ela olhou para Julian novamente. – Quer que o mundo saiba? Que história pretende contar? A verdade ou apenas parte dela?

Julian colocou Anthony no chão e o menino saiu correndo de volta para Leo.

– Contei a verdade para as autoridades, apesar de não ter muitas provas. Será apenas a minha palavra. Apesar de ela ser aceitável, preciso de mais para que as devidas medidas de punição sejam tomadas. Todos agem com muita cautela quando a pequena nobreza está envolvida.

– O que é irritante. Tem muita gente solta por aí que merecia ir para a forca ou ser jogada na prisão.

Decidido de que não havia necessidade de fazer nenhum comentário sobre aquela opinião, Julian continuou:

– O mundo também saberá de toda a verdade: que o meu filho foi roubado de mim e que só consegui recuperá-lo por causa dos cuidados e da gentileza dos Wherlocke.

– Muito bem. – Ela olhou na direção de Anthony, que estava chutando a bola. – Mantenha-o próximo. Mantenha todos os herdeiros juntos. Quanto maior o número de pessoas juntas, mais seguro. – Lady Marston começou a se afastar, seu cachorrinho gordo ofegava e arfava à medida que se esforçava para acompanhar o ritmo das longas passadas da dona. – E mantenha o corte de cabelo do menino. Está muito lindo.

Chloe riu. Os olhares de Leo e Julian se voltaram para ela logo após o rápido desaparecimento de Lady Marston, como se ela tivesse proferido a maior das blasfêmias. Chloe não tinha dúvida de que Lady Marston sabia exatamente qual seria a reação dos homens para suas palavras de despedida.

– Você acha que Lady Marston sabe de alguma coisa? – Chloe perguntou a Julian no caminho de volta para casa. – Ela continua falando como se soubesse de algo. Talvez ela tenha sangue dos Wherlocke.

– Você poderia verificar sua linhagem, mas o fato é que Lady Marston vem de uma família de longa tradição militar – ele respondeu. – Acho que ela teria sido um excelente oficial se tivesse nascido homem. Acredito que ela tenha simplesmente percebido o plano contra nós e com seu talento nato deduziu quem são os inimigos.

– Tradição militar – Chloe murmurou e depois assentiu. – Isso explica muito.

– Explica também porque ela diz tudo que lhe vem à mente?

– Sim, e especialmente porque ninguém parece disposto a discutir com ela nestes momentos.

– Beatrice tentou uma vez. – Julian sorriu quando Leo riu e balançou a cabeça, sem poder acreditar. – Felizmente o confronto ocorreu depois que eu já tinha começado a enxergar a verdade sobre ela, ou eu poderia ter tentado defendê-la e me tornado um inimigo da lady.

Chloe refletiu por um momento.

– Não acho que isso teria acontecido. Teria sido uma demonstração de lealdade de sua parte, e Lady Marston admira lealdade. Acredito que Lady Marston teria simplesmente dito para você abrir os olhos e em seguida se afastado.

– Ela provavelmente teria feito exatamente isso.

– Conseguimos executar tudo que você queria por hoje? – ela perguntou assim que eles entraram em casa, onde Dilys esperava por Anthony e rapidamente levou o garoto para se lavar antes do chá.

– As notícias sobre o trágico desaparecimento do meu filho e do miraculoso retorno para o seio da família irá se espalhar rapidamente, de boca em boca. Duvido que até o jantar quase todo mundo já não esteja sabendo.

– Oh, Leo? – Chloe chamou pelo primo, que estava seguindo para o escritório.

Leo se virou e respondeu com um sorriso distante, mostrando que sua mente já estava centrada em outras coisas.

– Tem algo que eu possa fazer por você, prima?

– Você disse para Julian que tinha homens que poderiam atestar que Beatrice não era, bem, pura quando se casou com ele e que isso poderia ajudá-lo a conseguir a anulação do seu casamento. Correto? – Ela sabia que sim, pois Julian tinha lhe contado isso, mas falou mais para refrescar a memória de Leo do que para questionar o que tinha sido dito.

– Sim. Isso seria um pouco embaraçoso para Julian, mas pode funcionar.

– Acho que pode ser mais do que embaraçoso. Acho que se o casamento for anulado, então Anthony passará à posição de filho ilegítimo. Posso estar errada, mas creio que seja melhor verificar isso.

Julian soltou uma blasfêmia e passou os dedos pelos cabelos, quase desfazendo a pequena trança.

– Não é preciso nem verificar. Você tem razão. Não posso anular meu casamento sem que Anthony passe para a posição de ilegítimo. Afinal, se for declarado que meu casamento não é mais válido, e que nunca foi, então a legitimidade de Anthony também deixará de ser válida.

– Como eu não pensei nisso? – murmurou Leo.

– Provavelmente você nunca conheceu alguém que já fez isso ou que tenha considerado a possibilidade. Por acaso conheci alguns homens presos a casamentos fracassados. Eles diziam que continuariam presos, pois é quase impossível conseguir o divórcio, e o resultado é um escândalo que poucos conseguem superar. Para completar, a anulação torna seus filhos ilegítimos. Não posso pedir por uma anulação.

– Como você sabia disso? – Leo perguntou para Chloe.

– Na noite passada, na casa dos Hinkley, ouvi algo sobre isso no banheiro das mulheres.

– Ah, claro, no lugar onde todas as informações mais importantes são descobertas.

– Não mostre tanto desprezo. – Chloe seguiu rumo à escadaria. –Você ficaria surpreso se pudesse ouvir o que é dito naqueles locais. Uma boa espiã poderia descobrir coisas muito interessantes.

Julian observou o modo como Leo olhou pensativo para a prima até ela sair de vista.

– Creio que ela pode estar certa sobre isso, também. Quanto à anulação, desconfio que qualquer advogado possa nos informar rapidamente sobre os riscos para Anthony.

– Não gosto de não saber das coisas. Especialmente de coisas que são tão sabidas por todos que chegam a ser comentadas até mesmo nos banheiros femininos. Você poderia vir ao meu escritório dentro de duas horas?

Julian mal tinha terminado de concordar com um aceno de cabeça quando Leo já tinha se virado e continuava seu caminho rumo ao escritório. Foi difícil resistir à tentação de seguir o homem e perguntar o que tanto estava pesando em sua mente, mas Julian desconfiava que Leo não fosse lhe contar nada, a menos que isso estivesse diretamente relacionado aos seus problemas. O homem era um espião muito bom para a Inglaterra. Era também um ótimo amigo de Julian e Edgar, por isso ele decidiu deixá-lo em paz com o seu trabalho e não incomodá-lo com perguntas sobre coisas que supostamente não eram da sua alçada.

Em vez disso, pensou, e sorriu, resolveu ir importunar Chloe. Com a notícia sobre o aparecimento de Anthony a vida ia se tornar muito agitada. E muito perigosa, Julian pensou, perdendo um pouco do bom humor.

Por um momento a confiança no plano que ele e Leo tinham arquitetado oscilou terrivelmente. Será que tinha colocado seu filho em perigo? Arriscado ainda mais a vida do garoto? Ele colocou aquela dúvida de lado de imediato. Não havia outra opção. Seria muito mais fácil se livrar de Anthony se ele continuasse em segredo do que se todo mundo soubesse da sua existência. O que tinha dito a Chloe – sobre as vantagens de espalhar a notícia e do grande interesse que ela iria despertar, e que isso iria dificultar para Arthur e Beatrice tentarem qualquer coisa contra a vida do menino sem atraírem as suspeitas para eles mesmos – era absolutamente verdade. Pelo menos este era o plano, e era um plano muito bom, disse para si mesmo com convicção ao entrar no quarto de Chloe.

Ele sorriu quando percebeu que Chloe já estava só de combinação e tinha soltado os cabelos. Apesar de ela ter olhado desconfiada, ele fechou e trancou a porta. Eles tinham passados horas na companhia um do outro sem ao menos poderem se tocar senão de um modo furtivo e distinto. Ele tinha se arriscado a levantar rumores quando simplesmente tomou-lhe a mão por um momento e beijou-a. Julian percebeu que agora ansiava por compensar o distanciamento forçado.

– Julian, estamos em pleno dia – ela disse enquanto ele se aproximava com um brilho peculiar nos olhos.

– A paixão não tem hora – ele respondeu, puxando-a para seus braços.

– Que conveniente para você.

– É mesmo, não acha? – Ele riu e carregou-a para a cama.

"A nossa cama." Julian descobriu que apreciava as palavras, que elas caíram bem na sua boca. Pela primeira vez ele entendeu um pouco do que seus pais compartilharam. Na época da adolescência, ele notou que os pais costumavam dormir juntos o tempo todo. A descoberta de que seus pais compartilhavam um quarto, como se não houvesse cômodos o bastante em Colinsmoor para todos, foi motivo de embaraço. Ele chegou até a temer que seus amigos descobrissem. Então, já adulto, quando Beatrice requisitou com firmeza um quarto só para ela, teve de aceitar, assumindo que seus pais talvez fossem um pouco excêntricos.

Agora ele compreendia os dois. Compartilhar uma cama com a esposa assegurava uma proximidade contínua, não apenas uma proveniente da paixão compartilhada. Eles conversavam, e talvez aquele fosse o único momento de privacidade no dia, quando podiam compartilhar lembranças, novidades ou até mesmo segredos. Poder se aproximar da esposa todas as manhãs só fortalecia ainda mais os laços que os uniam. Desta vez, ele pensou enquanto carregava Chloe para a cama, seu casamento ia ser real, forte, uma união em que ele e a esposa iriam compartilhar uma vida de verdade.

– Você ficou tão sério de repente – Chloe disse quando ele a colocou sobre a cama e se deitou ao seu lado, puxando-a para seus braços. – Mudou de ideia?

– De forma alguma. – Ele provou o que disse, beijando-a com todo o desejo que já fervilhava pelo corpo. – Eu só estava pensando sobre os hábitos de dormir dos casais.

– Ah, então você está querendo tirar uma soneca. Bem, acho que estou mesmo me sentindo um pouco cansada.

– Você pode dar uma dormidinha, mas depois.

Logo Chloe se perdeu na paixão envolvente. Se esqueceu até mesmo de que estavam em pleno dia e que os raios de sol penetravam intensos no quarto. Os beijos e as carícias de Julian varreram toda a sua capacidade de pensar e a transformaram em uma criatura cega de desejo. Ela recebeu com um gritinho de boas-vindas a penetração. Logo depois o ritmo se tornou intenso e furioso, ambos loucos de vontade de atingir o ápice sublime. Ela chamou pelo nome dele quando uma onda varreu seu corpo com tanta intensidade que a fez arquear nos braços fortes que a envolviam. Julian rapidamente se juntou a ela, tão confiante que ela chegou a bater a cabeça na cabeceira entalhada da cama. Quando ele soltou o corpo sobre o seu com um gemido, ela fechou os olhos e se deleitou com o peso por alguns segundos.

Conforme sua mente foi se libertando do frenesi da paixão, Chloe abriu os olhos e ofegou. Raios de sol penetravam através da janela e incidiam diretamente sobre a cama. Ela empurrou Julian de cima do seu corpo e puxou a colcha para se cobrir. Quando olhou para ele, para o modo como estava largado de costas, descaradamente nu, ela puxou parte da colcha sobre as partes íntimas dele. Como eram belas as tais partes! Mesmo com o membro deitado sobre um tapete de pelos ainda úmidos do ato sexual, ainda assim ela o cobriu. Era muito tentador, e ela não tinha intenção de passar o resto da tarde na cama.

Julian deu uma olhada para a colcha solta sobre seu corpo e depois olhou para Chloe. Ela se agarrava à beirada da colcha como se uma multidão pudesse passar a qualquer momento e dar uma espiada na janela. Seu rosto estava todo ruborizado.

Talvez tivesse sido muito cedo para fazer amor à luz do dia. Chloe ainda tinha seus pudores. Em seguida, ele se virou para o lado e lhe deu um beijinho no rosto. Logo toda aquela vergonha iria passar, mas ele decidiu que gostou do jeito tímido. A timidez nunca tinha interferido no sexo ou contido a força do desejo que ela emanava.

– Obrigado – ele agradeceu. – Estou me sentindo muito melhor agora.

Chloe franziu a testa.

– Você não estava se sentindo bem? – Apesar de ter ficado preocupada, Chloe se sentiu profundamente lisonjeada que fazer amor com ela pudesse fazê-lo se sentir melhor, independentemente do que estava incomodando-o. Uma voz no fundo da sua mente sussurrou que talvez todos os homens se sentissem assim depois de fazer amor com uma mulher, mas ela resolveu ignorar isso.

– Eu estava em dúvida sobre meus planos. – Ele a abraçou pela cintura e a puxou para perto do peito. – Temo pela segurança de Anthony. Não posso aceitar que Arthur e Beatrice ainda estejam andando livremente, que a minha palavra não foi o suficiente para mandá-lo para julgamento, só porque fazem parte da pequena nobreza. O pessoal de Leo poderia agarrar Arthur se quisesse e interrogá-lo, mas eles não desejam manchar com traição o nome dos Kenwood. É frustrante.

– Muito. – Ela deu um beijo suave no peito musculoso e recostou o rosto aconchegada, ouvindo satisfeita o som forte das batidas do coração dele.

– O evento de amanhã na casa da minha mãe deve contribuir para terminar de espalhar a notícia sobre a existência de Anthony. – Ele sorriu quando Chloe soltou um gemido. – Tem algo mais que eu deva levar em consideração.

Ela ergueu um pouco a cabeça para poder olhar para ele.

– Você soou tão sério. O que foi?

– O divórcio.

Chloe franziu a testa. Divórcio era algo raro, difícil de conseguir. O escândalo que causava às vezes podia fazer com que os envolvidos fossem banidos da sociedade. As fofocas em torno do descobrimento de um herdeiro de Colinsmoor logo não passariam de rumores irritantes comparados aos comentários que o divórcio iria levantar.

– Você teve motivos suficientes para pedir o divórcio. Mas não será fácil. Pode ser difícil também conseguir uma autorização para se casar novamente.

– Vou verificar isso. Não posso continuar casado com Beatrice, e quero me casar com você. A outra alternativa que tenho para conquistar minha liberdade seria com a morte de Beatrice. Mas apesar de ela fazer com que meu sangue corra frio nas veias e eu acreditar que ela seja merecedora da maior das punições, não consigo desejar sua morte.

– Claro que não. Não importa o quanto ela tenha tratado mal você e Anthony e tudo de errado que fez, ela foi a sua esposa. Vocês trocaram juras diante do altar. Foi ela quem escolheu não honrar o juramento. Você vai encontrar um meio. Só precisa ter paciência.

Ele segurou o queixo de Chloe e beijou-a.

– Está ficando muito difícil ter paciência. Não gosto de guardar segredo sobre você. Quero que esta situação se resolva logo.

– Também não gosto, mas não temos opção.

– Por mais triste que seja, não temos. – Ele deu uma olhada no relógio sobre a cornija e então se espreguiçou. – Preciso ir. Leo quer se encontrar comigo dentro de uma hora e tenho alguns documentos que preciso examinar. – Beijou-a novamente e se levantou da cama.

Chloe permaneceu encolhida sob a colcha, observando ele se vestir. O homem não tinha um pingo de vergonha, ela pensou, quase sorrindo. Era ao mesmo tempo agradável e estranho compartilhar um quarto com um homem, vê-lo se vestir e se barbear e fazer todas as coisas que os homens fazem. Isto a fazia se sentir próxima dele.

É claro que agora ela precisava e queria muito mais do que esta compatibilidade que eles pareciam ter em comum. Ela queria ser amada por Julian. A ideia quase a fez rir. Ele estava tão acima do seu alcance, um homem rico e com um título era tudo que muitas mulheres queriam. Ela tinha sua paixão e confiança, e sabia que ele gostava dela. De algum modo ia ter de aprender a se satisfazer com isso. Assim como iria ter de aprender a não sofrer com o fato de que o homem que ela amava não retribuía seu amor.

Julian quase sorriu quando entrou no escritório de Leo. O homem tinha papéis e livros espalhados por todos os lados. Leo era um homem inteligente, possivelmente o homem mais inteligente que ele já tinha conhecido, mas estava claro que não entendia nada sobre organização. Julian caminhou até a escrivaninha, com todo cuidado removeu uma imensa pilha de livros de uma cadeira de frente para Leo, e depois se sentou.

– Aqui estou ao seu dispor, sir – ele falou de modo arrastado.

– Que engraçadinho. – Leo passou os dedos entre os cabelos, que há muito tinham escapado da trança apertada.

A fisionomia de Leo fez com que Julian ficasse sério no mesmo instante.

– Qual o problema? Não que já não tenhamos o bastante.

– Nada de novo. Só estou cansando destes joguinhos com Arthur. Sei que o homem traiu o país, sabemos que ele matou pessoas, e que ele planeja matar todos os herdeiros do seu condado para ficar com o título. Mas precisamos de provas do que dizem. Até mesmo os homens que interroguei, que também têm certeza de que Arthur é culpado de todas as acusações, hesitaram.

– Isso é porque meu tio vem de uma família nobre, descende de um nome que há muito tem sido leal e útil à Coroa. E tem aquele pequeno detalhe da traição que estamos tentando manter em segredo. O mesmo acontece com Beatrice. Ela não passava da filha de um soldado quando a conheci, mas o soldado vinha de uma família muito importante. Ele era o filho mais novo de um filho mais novo. Assim como temos de enfrentar o fato de que Arthur e Beatrice conseguiram recrutar uma porção de aliados importantes. Vamos conseguir apanhá-los, e será logo.

– Chloe viu isso?

– Não. Só estou contando com a possibilidade. Eles estão perdendo seus ases uns após outros. Logo irão cair. Agora que recuperei a sobriedade e expulsei os dois das minhas propriedades, estaremos livres para procurar pela prova irrefutável que estamos buscando.

– Bem, meus homens ainda não encontraram nada, mas ainda é cedo. Você acha que Arthur é esperto o bastante a ponto de ter destruído todas as evidências dos crimes?

– Acho até que ele tentaria, mas o modo como ele gosta de chantagear as pessoas para trabalharem em seu benefício certamente requer provas concretas para que ele possa agir. Nem todos acabariam fazendo o que ele quer só por causa de uma ameaça sem provas. Esta é outra ferramenta que estamos roubando dele. Quanto mais as fofocas e os rumores mancharem sua reputação, menos poder ele terá de destruir pessoas.

Leo recostou na cadeira e esticou as pernas.

– É verdade. Mas não é sobre isso que realmente desejo conversar.

Julian concordou com um aceno de cabeça.

– Deseja falar sobre Chloe.

– Na verdade, desejo falar sobre como livrá-lo de Beatrice. Pelo jeito o único meio de conseguir isso, tirando as convenientes escapadelas que ela deu, é por meio do divórcio. Se achamos que conseguir apanhar Arthur pelos seus pecados seja algo muito difícil, conseguir um divórcio será como um passeio no parque.

– Eu sei. Mas ainda temos tempo para arrumar uma solução para isso.

– Deveríamos... A menos que, bem... Você tem tomado precauções quando está com Chloe?

– O que você quer dizer? Estou tomando todo o cuidado para não levantar nenhum rumor sobre nosso relacionamento. Você acha que eu deveria me mudar daqui? Voltar para minha casa?

Leo balançou a cabeça.

– Não. E quanto aos rumores e às fofocas, sempre correram alguns sobre Chloe e eu. Ela é minha prima e me intitulei seu guardião, mas nossa diferença de idade não é muito grande. O fato de sermos primos não se configura como um parentesco próximo o bastante para dar a ela uma imagem de respeitabilidade. Eu estava me referindo mais a, bem, você estar tomando cuidado para não engravidá-la.

Julian encarou Leo.

– Bem, não, pois estamos prestes a nos casar. Apesar de todas as dificuldades de entregar meus inimigos para a justiça, estou certo de que isso não deva demorar muito. Como eu disse, as possibilidades estão a nosso favor. Não hesitarei em me casar com Chloe assim que estiver livre de Beatrice. Mesmo que isso não aconteça dentro de alguns meses, não há por que se preocupar. As chances de Chloe engravidar tão rápido são mínimas.

– Na verdade, as chances são grandes. – Leo limpou a garganta. – Os Wherlocke e os Vaughn podem até não conseguir segurar seus casamentos, mas eles são muito férteis.

– São muito férteis?

– Como coelhos.

– Maldição!

Capítulo 13

– Temos mesmo de ir?

Julian baixou os olhos e sorriu para Chloe, que estava tão enterrada embaixo das cobertas que ele mal entendeu o que ela tinha dito. Tinha se passado uma semana desde a primeira vez que tinham feito amor. Chloe ainda não tinha voltado a dormir na sua cama, uma noite sequer. Quanto mais ele pensava sobre o ato de compartilhar uma cama, mais chegava à conclusão de que Beatrice sempre voltava para a dela, não por uma questão de pudor, mas porque ela gostava do modo como ele a procurava como se fosse um pedinte. Ele sabia que de agora em diante não iria mais se acostumar a ficar sozinho em uma cama, e isso não tinha nada a ver com o ato de fazer amor. Ter Chloe ao seu lado a noite toda o agradava imensamente.

– Sim, temos de ir – ele disse e deu um tapinha no traseiro arredondado, ciente de que ela mal iria sentir sob as cobertas. – Levante-se.

– Sei que temos de ir, mas isso não significa que tenho de gostar da ideia – ela resmungou ao se sentar, segurando as cobertas sobre os seios. Quando deu uma olhada para o relógio sobre a cornija, arfou surpresa. – Não acredito que dormi tanto assim. – Quando percebeu a fisionomia arrogante no rosto de Julian, ela o encarou com olhos contraídos de alerta. – Não diga nada.

– Você não tem senso de humor.

– Tenho muito senso de humor. Só não nesta manhã.

– Mas já passa do meio-dia.

– Saia daqui.

– Mas este é o meu quarto. – Ele riu do olhar que ela lançou em resposta, deu um beijo nos seus lábios sedutores e seguiu rumo à porta. – Sairemos dentro de duas horas. Minha mãe já veio buscar Anthony. Ela queria ficar um pouco mais de tempo com ele antes que os convidados começassem a chegar.

Chloe suspirou, deu uma última olhada na cama onde estava sentada, e então se levantou. Depois de vestir a camisola, que se sabe como tinha acabado dependurada no alto do dossel da cama, ela passou pela sala íntima que ligava seu quarto ao de Julian.

Ficou surpresa quando viu que seu banho já estava pronto e tocou a sineta, chamando por Maude. Provavelmente tinha sido Julian que mandara preparar, ela concluiu enquanto se despia e entrava na banheira. Maude chegou para ajudá-la, ajeitando a roupa que Chloe deveria vestir depois que terminasse o banho. O cheiro gostoso da comida que Maude trouxera aguçou os sentidos de Chloe por mais que ela adorasse se demorar na banheira até que a água esfriasse. Ela finalmente cedeu à tentação e estava parcialmente vestida e comendo enquanto Maude fazia um penteado adequado a uma visita de fim de tarde, na casa de uma condessa. O dia ia ser longo. Chloe sabia que iria precisar contar com as forças que uma boa refeição seria capaz de lhe dar.

Depois que já estava pronta e que Maude já tinha se retirado para avisar Julian que Chloe iria descer dentro de alguns minutos, ela admirou sua imagem no espelho. Tinha passado muito tempo usando vestidos elegantes e penteados elaborados e torturantes desde que Julian tinha revelado ao mundo que ainda estava vivo. Isso era, chegou à conclusão, apenas uma pequena amostra do que iria enfrentar quando se tornasse uma condessa. Sempre iriam haver bailes, saraus, chás ou festas aos quais seria obrigada a comparecer simplesmente porque era o esperado que fizesse. Chloe se perguntou se Julian já tinha pensado sobre esse detalhe do casamento deles. Suas origens humildes somadas aos rumores sobre os Wherlocke e os Vaughn poderiam dificultar um pouco o cumprimento das suas obrigações como condessa. Talvez não houvesse tantos convites quanto Julian esperava receber ou precisava para manter sua posição na pequena nobreza.

Cantando, pois nem mesmo os temores eram fortes o bastante para impedi-la de se casar com Julian, Chloe seguiu rumo à escadaria. Julian tinha dado sua palavra de que iria se casar com ela e, por causa desta palavra, tinha tirado sua inocência. Conhecendo-o como já conhecia, Chloe sabia que nada o faria mudar de ideia e desistir de se casar com ela. Pelo menos não tinha de se preocupar com a aceitação da mãe dele no seio da família. Lady Evelyn tinha recebido Chloe de braços abertos. Apesar de não terem contado à condessa sobre o noivado, Chloe tinha a sensação de que ela já sabia, ou desconfiava, que havia um compromisso.

– Você está linda – Julian disse ao ir ao encontro de Chloe aos pés da escada e segurar sua mão para acompanhá-la até a carruagem.

Ela corou e ele quase sorriu. Todas as vezes que fazia um elogio, Chloe ruborizava. Era um traço adorável, mas ele desconfiava que isso significasse que ela ainda não acreditava totalmente nos seus galanteios. No mínimo, Julian estava determinado a fazer com que Chloe enxergasse que ela era uma mulher bonita, de corpo e alma. Estava disposto a fazer isso porque ela merecia adquirir tal confiança, e porque ele sabia que ela nunca iria se deixar levar pela vaidade. Chloe era muito sensível e justa para sucumbir a tal pecado.

– Ainda não entendi muito bem por que estamos fazendo esta reunião, apesar de que eu jamais seria capaz de negar à sua mãe o prazer que ela parece estar sentindo em oferecer isso – disse Chloe enquanto entrava na carruagem. – Já contamos para uma porção de pessoas sobre Anthony. Ainda é muito cedo para ele sentir como é ser apresentado formalmente à sociedade. O menino tem apenas três aninhos. – Ciente de que poderia amarrotar seu vestido, o que poderia causar algumas marcas indesejadas, Chloe resistiu à vontade de se atirar nos braços de Julian quando ele se sentou ao seu lado.

– É verdade, isto não é comum – Julian disse enquanto acenava para o cocheiro partir. – Mas é tão estranho para o herdeiro de um conde, que todos pensavam que tinha nascido morto, e que, de repente, aparece?

– Certamente – ela murmurou e ajeitou sem necessidade o laço da sua capa, presa ao pescoço. – A sua mãe disse que é melhor enfrentar todas as especulações e fofocas a respeito disso com um talho só do que enfrentar uma sangria lenta e torturante.

– Nunca pensei que minha mãe pudesse dizer algo assim – ele falou arrastado e riu ao sentir uma cotovelada na lateral do corpo. – Ela tem razão. Este é o melhor jeito de lidar com a situação. De verdade. Foi por isso que mandei publicar aquela pequena nota explicativa nos jornais e depois desfilei com meu filho pelo parque.

– E parou para conversar e apresentá-lo a quase todo mundo que estava lá.

– Exatamente. A festa que minha mãe vai oferecer estará cheia de gente curiosa para ver o filho *resgatado* do conde. O fato de ele se parecer tanto comigo torna a história ainda mais convincente. E que Deus me ajude, pois minha mãe até mandou pendurar, em um lugar de destaque, o meu retrato de quando eu estava com a mesma idade de Anthony.

Chloe riu.

– Você também tinha cabelo bonitinho?

– Quieta, mulher atrevida! O que mais me incomoda é o camisolão infantil cheio de babados de renda. – Ele sorriu quando ela riu outra vez. – O anúncio no jornal, assinado por três lordes do reino e dois advogados respeitados, já deveria ser o suficiente para acabar com os rumores que poderiam surgir acerca da legitimidade de Anthony, mas uma boa olhada no garoto e a convicção firme da minha mãe do direito de ele de ser chamado de meu herdeiro devem calar de vez todas e quaisquer desconfianças. Considerando a mãe que o pobre menino teve, é melhor garantir que não surjam outras alegações que possam ser usadas contra ele.

– Você acha que ele sempre irá sofrer por causa dos crimes de Beatrice?

– A maioria das pessoas acabara se esquecendo. Quando toda a verdade vier à tona, todos saberão que ela nunca teve contato com ele, e assim não pôde causar nenhum tipo de má influência na educação da criança. Mas sempre existem aqueles que gostam de se valer das fraquezas alheias para se sentirem mais importantes. Anthony terá de aprender a lidar com esse tipo de pessoas. Elas estão em todas as partes. Acho que quando ele tiver idade suficiente para compreender os atos da mãe, terá certa dificuldade para aceitar que nada daquilo tem a ver com a pessoa que ele é.

– Sim, acho que você tem razão. Será um baque muito forte, não importa como tenha sido sua vida até então. – Chloe suspirou quando a carruagem parou diante da mansão que a mãe de Julian e as irmãs chamavam de lar. – Só espero conseguir me segurar. Meu maior desejo é poder contar tudo que aconteceu, e não apenas parte. Eu queria que todos soubessem os monstros que Beatrice e Arthur são.

– Os que precisam saber já sabem. O restante ficará sabendo de toda a verdade sórdida, ou da maior parte, depois que tudo terminar. Eu poderia abrir uma acusação contra Beatrice agora e exigir um julgamento, mas quero ter certeza de que ela pagará por tudo que fez ao nosso filho, e que a acusação resultará em uma condenação. Neste momento, não tenho provas suficientes para sustentar uma acusação contra Arthur e Beatrice por terem influenciado ou ameaçado pessoas a fazerem o que eles queriam. – Julian deu um beijo em Chloe antes de a porta da carruagem se abrir. – Você vai se sentir bem.

Chloe não tinha tanta certeza assim, mas o seguiu para dentro da casa da condessa. Não que temesse se esquecer das histórias cuidadosamente escolhidas para serem contadas sobre Anthony e os motivos igualmente selecionados pelos quais Julian ainda estava morando com Leo. A última parte era mais fácil do que a primeira, uma vez que não havia muitas distorções em torno da verdade. Porém, tinha uma vontade imensa de simplesmente contar tudo para todos que insinuassem que ela e o primo estavam se intrometendo numa história que não era da conta deles. "Mas não é assim que uma futura condessa deve se portar", ela disse para si mesma, enquanto Lady Evelyn os recebia.

Não demorou muito e as pessoas começaram a chegar. Chloe não imaginava que tanta gente viesse. Lady Marston chegou alguns minutos adiantada, acomodou-se em uma poltrona confortável e ficou observando o desfile de pessoas, com jeito de quem estava se divertindo muito. Chloe decidiu que gostava da mulher, por mais franca que ela fosse. O modo como Anthony vinha e voltava para conversar com Lady Marston indicou que ele também gostava da senhora. O modo como ela tratava o garoto revelou que embaixo de todo aquele jeito áspero e franco havia bondade. Outras pessoas não foram tão gentis e olharam para Anthony como se ele estivesse exposto em um estranho museu.

Quando um homem, com trajes em tons berrantes, olhou para Anthony por cima do elegante monóculo, Chloe não aguentou. Estava prestes a ir dizer algo para o sujeito quando Lady Evelyn surgiu ao seu lado. Apesar de saber que seria para o bem de todos que estava sendo impedida de causar um escândalo, Chloe se sentiu desapontada por não poder ir até lá e pisar naquele monóculo ridículo.

– Aquele é Lorde Bertram Handly – Lady Evelyn comentou, seus olhos brilhavam de divertimento. – Ele é um tolo e como se pode ver é um devoto cego de todos os modismos, mas ele é o maior fofoqueiro da cidade.

– E isto é uma coisa boa? – Chloe perguntou.

– Neste caso, sim. É de pessoas como ele que estamos precisando. Ele vai esparramar a notícia para todos os cantos! E pela cara que está fazendo, achou que Anthony é de fato o herdeiro de Colinsmoor.

– Quanta gentileza a dele.

Lady Evelyn riu.

– Olhe para lá, Lady Marston acabou de dizer o que você queria tanto. Lorde Bertram não melhora muito quando assume a pose de indignação, não acha?

Chloe sorriu.

– Acho que fica pior. Nem dá para saber quem é o criado e quem é o senhor. – Ela desviou os olhos para o imenso retrato que estava dependurado sobre a sólida lareira. – Não posso me esquecer de dizer ao Julian que ele também tinha cabelos lindos quando era criança.

Lady Evelyn levou a mão à boca, rapidamente abafou a gargalhada e concordou com uma aceno de cabeça.

– Anthony já disse isso para todas as mulheres presentes. Acho que o menino nasceu galanteador.

– Ele é mesmo. – Chloe olhou para Anthony que estava oferecendo um pedaço de bolo meio esmigalhado para Lady Marston. – Ele gosta da Lady Marston. – Chloe não conteve o riso quando Lady Marston aceitou o bolo com toda a dignidade e começou comer.

– Ela é uma mulher boa e adora crianças. Seus filhos a adoram. Sempre pensei que ela merecia um marido melhor do que aquele tolo maluco por cavalos com quem ela se casou, mas ela parece satisfeita.

– Ele lhe deu os filhos que a adoram.

– É verdade. Dizem que ela conseguiu criar todos os sete filhos ao qual deu à luz porque Deus ficou com medo de que ela fosse atrás para exigir que Ele o devolvesse, caso resolvesse lhe tirar algum. – Lady Evelyn sorriu ao ver que Chloe ria. – Ela é franca e um pouco excêntrica, mas tem um coração muito bom. Aprendi também a nunca ignorar a opinião dela sobre alguém, não importa quão áspera tenha sido.

Chloe balançou lentamente a cabeça em acordo, pensando no conselho que Lady Marston tinha dado a Julian, no parque.

– Sim, ela enxerga longe. Deve ter sido muito difícil quando ela não fez segredo sobre o que achava a respeito de Beatrice.

– Não me incomodou em nada, pois eu concordava com ela. Felizmente, um confronto entre ela, Julian e Beatrice não aconteceu antes de Julian ter começado a enxergar quem Beatrice era de verdade. – Lady Evelyn meneou a cabeça. – Meu filho fez uma péssima escolha quando se casou com ela. Estou feliz que ele tenha escolhido melhor agora.

Chloe baixou os olhos para a pequena mão enluvada que fazia um afago em seu braço e em seguida fitou o semblante de Lady Evelyn. A expressão da mulher disse para Chloe que não valia a pena tentar argumentar. Ela só ficou curiosa, porém, em saber como a senhora tinha chegado àquela conclusão.

– Ele ainda está casado – Chloe se sentiu obrigada a dizer.

– Não por muito tempo. Temo o escândalo de um divórcio, mas se for preciso para ele conseguir se livrar daquela megera, então suportarei. Fiquei com receio de que ela resolvesse aparecer aqui. Ela precisa saber o que tem sido dito a seu respeito. Julian não a acusou abertamente de nada, mas ninguém mais terá o mesmo cuidado. Mas seria a cara dela aparecer aqui e tentar bancar a pobre mãe cujo filho lhe foi roubado e cujo marido está difamando a imagem ao deixar que as pessoas pensem que foi ela quem sumiu com a criança. Eu não me surpreenderia se ficasse sabendo que algumas pessoas aqui presentes vieram na esperança de que ela pudesse aparecer.

– Creio que Arthur deve tê-la impedido. – Chloe resolveu não comentar nada sobre a história do ataque que Leo e Julian tinham sofrido e que levara seus inimigos a se esconderem. Não estava certa se Julian tinha contado algo a respeito disso para a mãe.

– Concordo. Ele vai precisar preparar uma resposta para os comentários que vão surgir.

– Não sei ao certo o que as pessoas vão dizer, mas desconfio que ele tente distorcer. Ah, Lady Marston está tentado chamar a nossa atenção.

Quanto Chloe e Lady Evelyn se aproximavam da senhora, Julian passou por elas, carregando um Anthony muito sonolento, que tinha se acomodado confortavelmente em seus braços fortes. Chloe notou como todos olhavam para os dois juntos e suspeitou que essa tinha sido a prova definitiva para muitos dos presentes. Ninguém que pudesse enxergar seria capaz de negar que a dupla era formada por pai e filho. Por mais que tivesse detestado o evento, Chloe teve de admitir que ele tinha servido aos propósitos. Anthony foi aceito pela sociedade como herdeiro legítimo de Julian. O futuro do menino estava garantido. Por isso ela não se arrependia do tempo gasto dando respostas educadas para perguntas rudes.

– Acho que um certo menininho teve um dia muito agitado – Lady Evelyn comentou enquanto removia alguns cachos da testa de Anthony.

– E também comeu muito bolo – Anthony resmungou.

Julian riu suavemente.

– Acho melhor levá-lo para casa. – Deu uma olhada no relógio sobre a lareira. – Já está quase na hora de ele dormir.

– Não, Julian. Deixe-o ficar aqui. Eu o devolverei assim que ele acordar, amanhã cedo. Mandei arrumar o quarto das crianças e alguém para ajudar a cuidar dele.

Após uma breve discussão, Julian acabou concordando e levou Anthony para o quarto. Lady Evelyn pediu licença para os convidados e acompanhou o filho. Chloe sabia que teria de ficar para trás desta vez ou correria o risco de levantar alguns comentários indesejados. Um olhar de canto de olhos para Lady Marston já foi o bastante para indicar que a mulher sabia o quanto ela estava desapontada por não poder dar um beijo de boa-noite em Anthony.

– Logo ele será todo seu, moça, e então você nem terá de temer que alguma fofoca maldosa acabe com a sua reputação – comentou Lady Marston.

Chloe não concordou nem discordou, apenas sorriu para Lady Marston e respondeu:

– A senhora por acaso sabe se possui algum Wherlocke ou um Vaughn pendurado na sua árvore genealógica?

Lady Marston apenas riu ao se levantar.

– Preciso ir andando, agora. Transmita minhas lembranças a Lady Evelyn. – Fez um afago na face de Chloe. – Você será uma boa mãe para o menino, moça. Muito boa.

Ou Julian tinha contado algo para sua mãe ou Lady Evelyn e Lady Marston tinha simplesmente decidido que Chloe Wherlocke deveria ser a próxima esposa de Julian. Como acontecia a tantas mulheres daquela idade, as duas achavam que suas decisões sobre tais questões eram definitivas. Todas alegavam o valor da sabedoria e experiência sobre a paixão juvenil. Era quase uma vergonha se as duas acabassem provando que estavam corretas uma vez que nem mesmo Chloe tinha tanta certeza se o otimismo delas sobre o desenlace do casamento estava certo. Mas ela, no entanto, não estava disposta a discutir com as duas damas da alta sociedade. A aceitação das duas certamente iria facilitar muito a sua vida quando ela se casasse com Julian. Chloe ignorou bravamente o nó no estômago que sempre voltava cada vez que ela pensava em casamento.

Julian retornou e salvou-a das atenções de um jovem rapaz que obviamente frequentava o mesmo alfaiate de Lorde Handley. Levou um tempo para eles conseguirem se juntar a Leo e se despedirem de todos. Parecia que todo mundo precisava dizer só mais uma coisinha. Quando finalmente conseguiram entrar na carruagem, Chloe se largou no assentou e suspirou.

– Foi um teste e tanto – concordou Julian quando, assim que a carruagem começou se mover, aproximou-se para se sentar ao lado de Chloe. – Mas, apesar de tudo, serviu admiravelmente aos nossos propósitos. – Ele olhou através da janela e contraiu o rosto. – A rua está bloqueada. Vamos ter de voltar para casa pelo caminho mais longo.

– Não tem problema – Chloe disse. – Contanto que você não me faça conversar ou olhar para mais pessoas que frequentam o mesmo alfaiate de Lorde Handley. – Ela sorriu quando os dois homens riram.

– Nossos olhos ardem só de olhar para o homem – concordou Leo.

– Sua mãe e Lady Marston estão brincando de casamenteiras – Chloe disse e sorriu da expressão de espanto de Julian.

– Preciso contar à minha mãe sobre os nossos planos de nos casarmos assim que eu estiver livre. Quem ela e Lady Marston estavam tentando arrumar para mim?

– Para nós dois. – Ela riu e balançou a cabeça. – As duas me disseram que aprovam sua nova futura esposa: eu.

– Maldição. A dúvida é se as duas estão apenas brincando de casamenteiras ou se já sabem. Não acho que deixamos escapar algo.

– Também acho que não.

– Talvez elas simplesmente tenham decidido que você será uma boa esposa para mim e que é melhor eu fazer o que elas disserem. Seria quase um desplante se provássemos que elas estão erradas.

– Tenho a mesma impressão. – Chloe olhou através da janela e juntou as sobrancelhas. – Para onde estamos indo?

– Pelo caminho mais longo – respondeu Leo. – A rua de Lady Evelyn estava congestionada de carruagens. Levaremos menos tempo para chegar em casa pelo caminho mais longo do que se tivéssemos esperado.

Chloe aquiesceu com um gesto de cabeça distraída, sem tirar os olhos da janela. Ficou tensa e segurou firme na mão de Julian.

– Vire à esquerda. Agora. Vire à esquerda.

Julian hesitou o suficiente apenas para que Leo o cutucasse para dar a ordem ao cocheiro. Chloe estava tremendo, e isso chamou a sua atenção. Apesar de querer muito acalmá-la, ele se juntou a Leo nos preparativos das pistolas. Ficou feliz por ter cedido aos pedidos da mãe e deixado Anthony dormir na casa dela.

– Você viu algo? – ele perguntou-lhe enquanto espiava pela janela, irritado com a escuridão e a iluminação precária.

– Não *vi* – ela respondeu. – Apenas sei. Havia perigo esperando por nós naquela direção que estávamos seguindo.

Leo praguejou.

– A rua pode ter sido bloqueada de propósito para que seguíssemos naquela direção.

Antes que Julian pudesse concordar, um tiro ecoou. Ele empurrou Chloe para o chão da carruagem que corria disparada. Tentou ver quem estava perseguindo-os, mas tudo que conseguiu enxergar foi a silhueta de dois homens montados em cavalos, vindo logo atrás. Eles definitivamente tinham caído em uma armadilha. Apesar de ainda estarem correndo perigo, eles tinham uma chance de conseguir escapar. Leo tinha razão quando o alertou para nunca hesitar quando Chloe lhe desse algum alerta inesperado.

A carruagem balançava estrada afora e não era fácil se manter no assento. Um dos homens conseguiu se emparelhar com a carruagem e Julian atirou antes que ele tentasse ferir o cocheiro. Julian sabia que o alvo do sujeito era o cocheiro, pois uma carruagem em alta velocidade desgovernada era uma armadilha mortal.

– Pelo visto a apresentação de Anthony à sociedade já despertou uma reação nos nossos inimigos – disse Leo.

– Sim, mas em quais dos inimigos? Beatrice ou Arthur? – indagou Chloe enquanto tentava se firmar no chão para atenuar os impactos sofridos com o chacoalhar do veículo.

– Desta vez os dois podem ter agido em conjunto – respondeu Julian e logo blasfemou.

Algo estilhaçou o vidro da janela da carruagem e quase atingiu Leo antes de sair pela outra. Julian ouviu um xingamento sussurrado de Chloe. Ela era corajosa, ele pensou. A maioria das damas que ele conhecia teria gritado ou chorado, mas ela aguentou firme. Assim como permaneceu onde tinham mandado, apesar de todo o desconforto da posição.

Um grito vindo da frente da carruagem fez o coração de Julian parar na garganta. A carruagem derrapou com força e ele temeu que fossem capotar, mas ela retomou o prumo. Leo atirou através da janela estilhaçada e um grito indicou a Julian que o amigo tinha acertado o alvo. Ficou um tanto surpreso quando viu Leo sacando outra pistola debaixo do assento e entregando a usada para Chloe recarregar. Ela se sentou ereta com as costas recostadas contra o assento e rapidamente recarregou a arma. Uma vez que só tinha uma pistola, Julian teve de recarregar a sua sozinho, mas ficou zangado consigo mesmo por não ter trazido outra.

– Leo! – Chloe gritou assustada quando o primo colocou a cabeça para fora da janela.

– Todd foi atingido – ele disse ao trazer a cabeça de volta para dentro.

– Se você continuar pondo a cabeça para fora também acabará atingido. Se ele ainda está conduzindo a carruagem então é porque não deve ter sido muito grave, não é mesmo?

– Ele está perdendo sangue, deve estar perdendo as forças, e ainda tem três homens no nosso encalço.

– Posso assumir as rédeas – disse Julian enquanto já tirava o casaco.

– Tem pessoas atirando contra nós! – Chloe protestou. – E se você cair na estrada?

– Já escalei uma carruagem em movimento antes – Julian argumentou. – Nos tempos de juventude transviada. Um amigo bêbado estava conduzindo a carruagem quando a bebida finalmente lhe subiu à cabeça. Eu estava um pouco mais sóbrio, por isso assumi as rédeas. Cubra a minha retaguarda – ele disse ao colocar sua pistola ao lado de Leo.

Antes que Chloe pudesse tentar convencê-lo a desistir da empreitada suicida, Julian já estava se lançando janela afora. Seu traje era um pouco apertado, mas isso não o impediu de seguir adiante. Chloe ficou apavorada, com medo de que logo iria vê-lo caindo, mas seu tempo de temor foi curto. Leo estava atirando e passando para ela as pistolas vazias para serem recarregadas o mais rápido possível. O barulho doeu no fundo do seu coração e o cheiro de pólvora era sufocante, mas Chloe continuou carregando as pistolas e rezando. Quando a carruagem começou a se mover mais devagar, ela quase desfaleceu de alívio.

– Estamos seguros? – Leo gritou.

– O suficiente – Julian gritou de volta. – Todd está sangrando muito, mas vai ficar bem se conseguirmos voltar para casa.

Ela podia ouvir Julian e Todd conversando, apesar de não conseguir entender o que estavam dizendo. Chloe não conseguiu conter um gritinho de surpresa que escapou quando a carruagem virou bruscamente. Mal conseguiu evitar que a munição das pistolas se espalhasse toda pelo chão. Quando Leo pôs a cabeça para fora da janela novamente, ela pensou que iria gritar, temendo ver o primo levando um tiro bem diante dos seus olhos. Mas, para sua surpresa, ele se voltou para Julian.

– Eles deram meia-volta – disse e voltou para dentro da carruagem.

Logo em seguida, Chloe ficou de joelhos e pôde ver por que os homens que os estavam seguindo tinham dado meia-volta. Eles estavam de volta para uma área melhor de Londres novamente, para um local onde havia mais policiais e muitas pessoas que não hesitariam em contar para as autoridades tudo que tinham visto. Desse modo, seus perseguidores já não estavam mais livres para matar alguém sem medo de serem apanhados. Minutos depois, ela recostou o corpo dolorido de volta no assento da carruagem, tomando todo o cuidado para evitar os cacos de vidro espalhados.

– Muito bem, prima – Leo disse enquanto recolhia as pistolas e a munição.

– Meus irmãos me ensinaram direitinho – foi tudo que ela conseguiu dizer.

No momento em que a carruagem parou em frente à casa de Leo, Chloe desceu desenfreada. Precisava ver com os próprios olhos se Julian não estava ferido. Ele desceu enquanto Wynn saía correndo da casa. Leo se aproximou para ajudar Wynn a carregar Todd para dentro de casa e Chloe se atirou nos braços de Julian. Foi um ato de fraqueza, além de ter corrido o risco de ser vista nos braços de Julian por algum vizinho, mas ela não precisava ouvir seu coração. Somente isso poderia acalmar o medo que ainda a sufocava.

Julian pousou o braço sobre o ombro de Chloe enquanto os ajudantes de estábulo corriam para tomar conta da carruagem. Apesar de ela não conseguir soltá-lo, Julian conseguiu levá-la para dentro de casa. Imediatamente a conduziu para a Sala Azul, onde tinha certeza que encontraria um bom conhaque. Depois de forçá-la a tomar um pouco da bebida que tinha servido, ele se serviu de uma dose também. A bebida desceu queimando pela garganta e logo aqueceu o suficiente para espantar o calafrio do medo.

A única coisa que conseguira pensar quando estava escalando a carruagem para assumir o lugar do cocheiro era que Chloe estava em perigo. Desta vez Arthur e Beatrice tinham colocado Chloe em perigo. Julian suspeitava que sua profunda necessidade de protegê-la fosse por que teve de lidar com uma situação que, ele mesmo admitiu, quase o matou de medo. Ele insistiu que ela se sentasse e ocupou o assento ao lado, pousando o braço sobre os ombros dela e puxando-a para perto do corpo.

– Ainda não posso acreditar que você se dependurou para fora da carruagem – ela murmurou e tomou outro gole.

– Todd não ia conseguir segurar as rédeas por muito mais tempo. Alguém precisava fazer isso – disse. – Eu já tinha feito algo parecido antes. – Ele soltou uma risadinha. – E acho que tinha me esquecido do quanto era assustador.

– Fico feliz por não ter sido a única que estava assustada, então.

Antes que ele pudesse dizer qualquer coisa, Leo entrou na sala. O homem seguiu direto para o conhaque e bebeu quase metade da dose que tinha servido antes de se sentar de frente para os dois. Ele parecia mais furioso do que assustado, talvez não fosse algo comum no seu trabalho – ser alvo de tiros.

– Como está Todd? – perguntou Chloe.

– Ele vai ficar bem. Não é um ferimento mortal, apenas dói e sangra bastante, e está enfraquecido – respondeu Leo. – Como você está, Chloe?

– Desconfio que devo estar com alguns hematomas, nada mais.

– Admito que não esperava por isso. De agora em diante, sempre que sairmos de casa, teremos de levar guarda-costas conosco. Se isso foi obra de Arthur ou de Beatrice, não faz diferença. Não podemos ser apanhados desprevenidos novamente.

– Concordo – Julian se manifestou. – E foi por isso que acabei de pensar em um plano.

– E que plano seria?

– Partiremos para Colinsmoor dentro de dois dias.

Leo não disse nada por um momento e depois assentiu.

– O plano é bom. Existem muitos lugares nesta cidade para os mercenários dos nossos inimigos se esconderem. No campo qualquer estranho é imediatamente reconhecido e indagado. Vou planejar a cobertura de segurança da área – ele disse enquanto se levantava e deixava a sala.

Chloe ergueu os olhos para Julian.

– Colinsmoor?

– Sim – Julian disse e beijou-a na ponta do nariz. – Fizemos tudo que podíamos para tornar a vida dos inimigos um tormento. Está na hora de voltar para casa.

– E procurar pela prova que você quer?

– Esse certamente é um bom motivo para ir para lá, mas também será muito mais seguro para você e Anthony. Leo tem razão quanto a este aspecto.

Chloe e Julian brindaram com um suave tilintar.

– Para Colinsmoor. Acho que vou gostar de voltar para o campo.

Capítulo 14

– Olha! Um cavalo!

Chloe segurou firme a parte de trás do casaco de Anthony para garantir que o menino não fosse cair da janela de onde ele olhava tudo tão curioso.

– Sim, é um cavalo. – "Um belo garanhão", ela pensou, e rezou para que Anthony não notasse o impressionante membro do animal. – Ah, olhe adiante, Anthony. Tem algumas ovelhinhas.

Satisfeita quando as atenções do menino se voltaram para o pequeno rebanho de ovelhas que pastava tranquilamente na colina, sem nenhum membro imenso à mostra, Chloe suspirou e voltou o olhar para os dois homens que estavam sentados à sua frente. Leo e Julian estavam rindo como dois bobos. Claro que sabiam por que ela tinha desviado rapidamente a atenção da criança. Mas a careta que fez para os dois não conseguiu diminuir o divertimento da dupla.

– Vocês descobriram para onde Arthur e Beatrice foram? – ela perguntou.

Julian soltou uma risada suave e negou com um aceno de cabeça, divertindo-se com as tentativas dela de ignorar um garanhão que certamente tinha sentido o odor de uma égua, mas em seguida ele ficou sério.

– Não. Eles se esconderam. Se o ataque contra nós foi ideia de Beatrice, creio que a próxima notícia que teremos sobre ela será que – ele deu uma olhada para Anthony – ela se foi. Arthur vai odiar ter de ficar escondido, longe do seu ambiente. Ele é um homem que ama os prazeres que a sociedade oferece. Eu não me surpreenderia se ele já não tiver percebido que todos os seus grandes planos estão indo por água abaixo, e já deve estar à procura de alguém para pagar pelos fracassos.

Apesar de estar feliz por sair da cidade, Chloe não pôde deixar de perguntar:

– E você acha que ainda é uma boa ideia irmos para Colinsmoor? Não acha que ele poderá nos seguir até lá?

– Pode, mas ele já nos encontrou diversas vezes em uma cidade movimentada, não é mesmo? Pelo menos aqui no campo ele não conseguirá se esconder tão facilmente.

É muito aberto e muitos o reconheceriam e viriam nos avisar. – Ele olhou para fora da janela e começou a dizer algo sobre querer que Anthony conhecesse seu patrimônio quando viu um grupo de homens segurando uma égua no cio para cruzar com o garanhão inquieto. – Distraia a atenção de Anthony outra vez. Rápido.

– Oh! Veja, Cohee! Mais cavalos! – Anthony esticou o braço para tocar em Chloe quando ela cobriu seus olhinhos. – Não consigo ver nada. Quero ver o que os cavalos estão fazendo.

– Eles estão lutando – Chloe respondeu, tirando as mãos dos olhos do menino assim que os homens e os cavalos saíram de vista.

– Lutando? Como eu e o papai fazemos no jardim? – perguntou Anthony.

– Ah, não. Os cavalos estavam fazendo um tipo de luta animal. Aquilo não é algo que as pessoas fazem.

Quando Anthony apenas concordou com um acendo de cabeça e voltou a olhar através da janela, Chloe fitou a dupla à sua frente. Os dois estavam com a mão sobre a boca e seus ombros chacoalhavam devido o riso que eles valentemente tentavam conter. "Os homens às vezes são tão infantis", ela pensou desgostosa, e voltou a atenção para o mesmo cenário que tanto estava fascinando Anthony.

Era de fato uma bela paisagem, ela refletiu, percebendo o quão pouco tinha visto ou apreciado quando estivera naquela mesma região, três anos antes. Então, de repente, toda a beleza se foi. E em seu lugar surgiu a cidade novamente. Quando percebeu que estava vendo a elegante casa da cidade de Lady Evelyn, Chloe sentiu um calafrio percorrendo sua espinha. Em seguida, ela estava dentro da casa e a visão começou a passar diante dos seus olhos numa velocidade impressionante. Uma poltrona ensopada de sangue. Uma mão pálida pendendo de uma cama. Coisas espalhadas pelo chão. Um vaso quebrado, os cacos espalhados próximos do corpo retorcido de uma jovem. Quando o rosto da jovem passou pela sua mente, Chloe gritou e tudo escureceu.

Braços fortes a ampararam e Chloe começou a ouvir coisas. Anthony estava chorando e Leo tentava acalmar a criança. Julian estava dizendo para ela abrir os olhos. Seus *malditos* olhos. Ela quase sorriu. Então as reminiscências da visão invadiram sua mente e ela arfou ao abrir os olhos. Uma olhada ao redor, e ela se certificou de que estava segura dentro da carruagem com Anthony, Leo e Julian.

– Estou bem, Anthony – disse rapidamente ao menino. – Foi apenas um sonho.

– Você me assustou – Anthony respondeu enquanto subia no colo dela.

– Sinto muito, Anthony, mas estou bem, de verdade. Ouça o meu coração – disse calmamente enquanto acariciava as costinhas de Anthony. Mas apenas depois que Dilys surgiu diante da porta da carruagem de Chloe percebeu que a pequena caravana tinha parado. – Oh, sinto muito. Não era minha intenção causar tanto transtorno.

– Você não causou transtorno algum – disse Leo. – É até bom parar de vez em quando para os cavalos descansarem um pouco. – Ele se inclinou para a frente e bagunçou o cabelo de Anthony. – Ei, garoto, Dilys está aqui. Por que você não vai com ela para que assim a Chloe possa descansar um pouco depois do pesadelo que ela teve?

Chloe relutou em deixar o menino partir. Fazia um bom tempo que não o segurava em seus braços enquanto ele dormia. Ela tinha certeza de que logo ele acabaria adormecendo, soltando o peso reconfortante do corpinho sobre seu colo. Depois de lhe dar um beijinho na bochecha e mais uma vez dizer que estava bem, ela o entregou aos cuidados de Dilys. Precisava contar aos homens o que tinha visto. E apesar de não saber exatamente quando o perigo poderia atingir Lady Evelyn e suas filhas, ela sabia que as mulheres precisavam sair da cidade o quanto antes. Uma vez que estavam indo para Colinsmoor, ela decidiu que Lady Evelyn e as filhas provavelmente estariam mais seguras com eles.

– O que você viu? – Leo interpelou assim que Dilys e Anthony saíram e a carruagem começou se mover novamente.

– Talvez fosse melhor esperar ela se acalmar um pouco mais – disse Julian, pois podia sentir o tremor de medo que estremecia aquele corpo pequeno em seus braços.

– Não, isto não pode esperar – Chloe reagiu, e sentou ereta, afastando-se de Julian para olhar diretamente em seus olhos. – Acho que Arthur enlouqueceu. Ou pode ter sido Beatrice que permitiu que sua fúria lhe roubasse a razão.

– Por que está dizendo isso? – perguntou Julian, alarmado com a palidez de Chloe. Era quase possível sentir o cheiro do medo.

– Você precisa buscar sua mãe e suas irmãs e trazê-las para cá, Julian. Imediatamente. Elas não podem ficar em Londres.

Julian sentiu um aperto no coração, e foi então que percebeu que acreditava no dom de Chloe. Não tinha dúvida de que sua família estava em perigo.

– Conte-me o que você viu.

Após respirar fundo para se acalmar, Chloe contou-lhe tudo que tinha visto e viu a cor sumindo do rosto dele. Ela sabia que acabaria se lembrando de outros detalhes mais tarde, querendo ou não, mas eles não tinham tempo a perder. Uma coisa que sua visão tinha mostrado com uma clareza assustadora era que alguém queria transformar o adorável lar de Lady Evelyn em um sepulcro.

– Um ato de fúria cega – murmurou Leo. – Um golpe terrível contra todos aqueles que você ama, Julian.

– O que significa que pode ser tanto Arthur quanto Beatrice. Ambos são capazes de cometer tamanha brutalidade. – Julian ficou surpreso por ter conseguido falar com tanta calma quando tremia de medo por dentro. – A sua visão não mostrou quando isto irá acontecer, mostrou? – perguntou para Chloe que parecia tão apavorada quanto ele.

Ela meneou a cabeça, negando.

– Somente onde. Você acha que Arthur ficou sabendo que está quase para ser condenado por assassinato e traição? E que Leo e você estão caçando-o e podem matá-la sem medo de serem punidos?

– É possível – respondeu Leo. – Está pronto, Julian?

– Sim. Chloe. – Julian perdeu a habilidade de falar quando viu que os olhos de Chloe estavam vidrados. – Mais uma? Droga, Leo, será que ela consegue aguentar uma atrás da outra?

– Não faço a menor ideia. Se servir de alívio, nunca ouvi falar que nenhum dos nossos parentes que possuem tais dons tenha enlouquecido ou coisa do tipo.

– Não, isso não me alivia muito. Chloe – ele incitou quando ela soltou um gemido suave.

Lentamente Chloe abriu os olhos e encarou o rosto pálido de Julian.

– Você precisa trazer sua tia e suas primas também. Quanto maior o número de pessoas juntas, mais seguro, como disse Lady Marston.

– Mas tia Mildred mora na direção oposta a Londres, onde minha mãe e minhas irmãs estão.

– Elas também correm perigo. Ele está limpando os campos. Se ele não puder ter o que tanto quer, ninguém mais terá.

– Pode deixar que busco sua tia e suas primas, Julian – Leo se ofereceu. – Tenho homens lá que podem me ajudar, e eles serão necessários em Colinsmoor.

– Mas se nós dois sairmos correndo atrás de outros, deixaremos Chloe e Anthony sozinhos – Julian disse. – Ele deve estar planejando vir atrás deles, também.

– Eles estarão protegidos e muito bem protegidos. Meus homens já se livraram daqueles que eram fiéis à sua esposa e que não agiam apenas por medo.

– Vá, Julian. Ficarei em segurança.

– Você viu isso, também?

– Não, só sei. Vá e salve o restante da sua família.

Ele a beijou com ardor e, no momento que Leo deu ordem para parar a carruagem, desceu. Leo veio logo atrás. Chloe observou quando cada um recebeu um cavalo e um homem para acompanhá-los. Ela enviou uma prece, para que conseguissem salvar Lady Evelyn, Lady Mildred e suas filhas.

O restante da viagem até Colinsmoor foi calmo. Chloe desejou que pudesse ter apreciado mais a paisagem. Em vez disso, sua mente se prendeu à preocupação por Leo e Julian e aqueles que eles tinham ido salvar. As coisas tinham ficado ainda piores do que já estavam. Ou Arthur ou Beatrice tinham enlouquecido. A situação já não era mais uma questão de proteger os herdeiros até que fosse encontrada uma prova para pôr um fim ao jogo mortal de Arthur. Agora era uma questão de sobrevivência para a família Kenwood.

Quando o solar surgiu ao longe, Chloe não conseguiu conter a surpresa. Só tinha visto de relance uma vez, quando viera ficar com Laurel. Nunca tinha imaginado que a casa fosse tão imensa e bela. Tudo aquilo causou um friozinho no seu estômago. Como poderia ser a senhora de toda aquela grandiosidade?

As carruagens pararam diante das imensas portas da mansão, e um dos criados que estavam esperando se aproximou apressado para puxar a escadinha e abrir a porta da carruagem. Chloe desceu relutante, com os olhos fixos no lugar que esperavam que ela chamasse de lar. Sentindo-se um pouco desamparada e perdida, olhou na direção do homem que se aproximava dos cavalos e ficou surpresa.

– Jake? – ela sussurrou, reconhecendo o homem que tinha deixado os documentos com Anthony, aqueles que ajudaram a provar que ele era filho de Julian.

O homem parou e se voltou para ela.

– A senhorita me conhece?

Ela se aproximou dele. De repente, o homem empalideceu e ela percebeu que o medo que Beatrice e Arthur tinham criado nestas pessoas ainda não tinha se dissipado.

– Eu estava no casebre, nos pântanos, escondida em um nicho próximo à lareira. – Ela o reteve pelo braço quando ele recuou, com o rosto contorcido de medo. – Não tema. Nem eu, nem o lorde vamos feri-lo.

– Mas o que eu fiz... – ele iniciou.

– Você não tinha opção. É compreensível. Mas acredito em você e precisamos conversar.

Julian pulou do cavalo e correu até a porta da casa da sua mãe, rezando para que ela estivesse lá. Ele estava sujo e suado, mas não se importava com a aparência. O medo pela segurança da família o controlava. Durante sua vinda para Londres, em momento algum pensara na alta velocidade que viera ou no esforço imposto à sua montaria. Quando a porta se abriu, ele passou pelo mordomo e invadiu o vestíbulo.

– Mãe! – berrou.

Antes que tivesse tempo de recuperar o fôlego para chamar outra vez, Lady Evelyn surgiu no alto da escadaria e olhou para baixo, surpresa.

– Julian? O que você está fazendo aqui? Você estava a caminho de Colinsmoor. O que aconteceu? – ela perguntou enquanto descia os degraus correndo e então de repente parou a apenas alguns passos dos pés da escada. – Aconteceu algo com Anthony?

– Ele está bem. Chloe está bem. Mas a senhora e a moças precisam arrumar as malas e vir comigo. – Ele a segurou pelo braço e começou a levá-la de volta para cima.

– Julian, você precisa me contar o que aconteceu. Não posso simplesmente partir. Tenho compromissos, convites que já aceitei – ela disparou, e só parou de falar quando Julian a arrastou para o quarto e ordenou que a criada começasse fazer as malas da senhora. – O que você está fazendo?

– Tirando a senhora e as moças daqui. A senhora vem para Colinsmoor. – Ele olhou para a criada. – Jane, chame alguém para arrumar as coisas das minhas irmãs, o suficiente para alguns dias. O restante pode ser enviado depois. – Em seguida, ele saiu puxando a mãe consigo enquanto seguia para a sala de estar.

Lady Evelyn afundou sobre uma cadeira próxima à lareira e observou o filho se servindo de uma generosa dose de vinho. Por uma fração de segundos, temeu que ele tivesse voltado a beber novamente e que a loucura fosse resultado disso. Logo depois, percebeu que ele estava todo coberto de poeira da longa viagem. Os cabelos estavam soltos da trança e ele cheirava a suor e a cavalo. A fisionomia indicou que ele estava consumido pelo medo.

– O que foi, Julian? Você está me assustando.

Um pouco mais calmo, Julian se sentou na poltrona ao lado.

– Tem algo sobre Chloe que preciso lhe contar. A senhora já ouviu rumores sobre os Wherlocke, não ouviu?

– Bobagens sobre eles e os Vaughn. Histórias de feitiçaria e que eles podem ver espíritos e coisas do tipo. Nada que valha a pena repetir.

– Bem, nem tudo é bobagem – ele disse e ela balançou a cabeça, concordando. – Vários deles possuem, bem, habilidades. Chloe tem visões.

– Visões? – Lady Evelyn contraiu o rosto. – Você quer dizer que ela vê o futuro como algumas ciganas alegam fazer?

– Desconfio que as ciganas que afirmam ter tal dom não o possuem de fato. Chloe realmente tem o dom. A senhora nunca se perguntou como ela conseguiu salvar Anthony? Como ela estava ao lado da irmã justamente quando ela mais precisou? Quando o meu filho precisou? Ela viu isso. Do contrário nunca teria sido avisada a tempo que sua presença seria necessária. – Quando sua mãe não disse nada, apenas olhava calada, ele contou sobre as outras ocasiões em que os poderes de Chloe tinham ajudado-o e protegido-o. – Ela realmente tem visões. A princípio duvidei, mas não duvido mais. Se a senhora a visse no momento exato em que ela tem uma visão, também acreditaria.

– Que surpreendente! Mas o que isso tem a ver com esta sua loucura para nos levar para Colinsmoor?

– Ela teve uma visão da senhora e das meninas assassinadas. – Ele se levantou rapidamente para servir um pouco de vinho para a mãe quando ela empalideceu. – Tome – disse ao entregar a taça – para se acalmar. Não era minha intenção assustá-la, mas não tenho tempo para delicadezas. Tem mais. Leo foi buscar tia Mildred e as meninas, pois Chloe disse que elas também estão correndo perigo.

– E você acredita no que ela lhe contou? Tem certeza de que precisamos sair correndo?

– Quase matei meu cavalo de exaustão para conseguir chegar aqui o mais rápido possível. Sim, eu acredito nisso. Ainda que não confiasse em tudo que ela diz ter visto, mesmo assim eu teria vindo. Arthur ou Beatrice tem agido com um tal atrevimento ultimamente que beira a loucura. Mas eu acredito no que ela afirma ter visto. Uma vez que ela não sabe dizer quando irá acontecer, insisto que a senhora venha comigo, agora.

Lady Evelyn terminou de tomar o vinho com uma pressa que não combinava em nada com sua posição social e então se levantou.

– Então iremos com você. Vá se lavar enquanto verifico se já temos o suficiente para passarmos até que o restante das nossas coisas possa ser enviado. – Ela o pegou pela mão para que ele ficasse em pé e começou a puxá-lo na direção do quarto que fora seu um dia. – Creio que há algumas roupas guardadas no seu antigo quarto. Algumas são suas, outras do seu pai, e deve ter até algumas peças de Nigel. Deve ter algo que você possa vestir. Vou pedir para a minha dama de companhia enviar nossos pedidos de desculpas para todas as pessoas que prometi visitar e vou mandar prepararem a carruagem.

No minuto seguinte, Julian estava parado no seu antigo quarto e vários criados corriam de um lado para o outro, preparando um banho para ele. Era possível ouvir pessoas correndo do lado de fora e vez ou outra ouvia também a mãe e as irmãs. Balançando a cabeça surpreso pelo modo como sua mãe aceitara as exigências e pelas poucas perguntas que fizera sobre sua alegação de que Chloe tinha visões, ele tirou as roupas sujas e entrou na banheira.

Permaneceu ali apenas o suficiente para atenuar as dores causadas pela cavalgada maluca e então começou a vestir uma das roupas de Nigel. Quando saiu do quarto, pronto para partir, viu a mãe correndo rumo à escada, vestida em seus trajes de viagem. Ele correu para alcançá-la.

–Você está bem melhor, agora, Julian – ela disse quando ele a alcançou aos pés da escada. – Já está tudo preso nas carruagens e as meninas já estão acomodadas dentro de uma delas, com a minha dama de companhia. Assumi que você voltasse comigo dentro da outra. Chamei duas carruagens, pois já é tarde e sei que provavelmente vamos acabar dormindo um pouco, e isso requer um pouco de espaço.

–A senhora é uma maravilha – ele disse e beijou-a na bochecha antes de conduzi--la até a carruagem. – Imagino que as meninas não devem ter ficado muito satisfeitas com a viagem repentina.

– Não ficaram mesmo – Lady Evelyn disse enquanto ele a ajudava a subir na carruagem para em seguida ocupar o assento de frente para ela.

Quando a carruagem começou se mover, Julian sentiu o nó no estômago, que o apertava há horas, começar a aliviar.

– Sinto muito por isso, mas é necessário. Vocês estarão mais seguras em Colinsmoor, conosco e os homens que temos lá.

– Julian, sobre estas visões que você disse que Chloe tem. Imagino que algumas pessoas saibam coisas que não podemos, mas... – Ela ficou em silêncio quando ele ergueu uma mão.

– Juro para a senhora, elas são reais. Muito assustadoras. – Ele balançou a cabeça. – Quando ela me contou pela primeira vez que tinha sido uma visão que a levara a se juntar à irmã e ficar pronta para ajudar o meu filho quando Beatrice o abandonasse para morrer, não acreditei. Agora acredito. Mas isso é algo que não posso simplesmente forçá-la a acreditar. Talvez primeiro precise conviver por uns tempos, para ver como elas vêm para ela, antes que possa acreditar.

– Muito bem. Uma parte de mim acredita em tudo isso, mas espero não insultá-la ou magoá-la por não acreditar por completo.

– Não. Como ela e o primo costumam dizer, a descrença, ou a dúvida, não incomodam. E, sim, o medo. O medo pode ser também perigoso, por isso eles guardam a verdade entre eles sobre os vários dons que existem dentro da família.

Lady Evelyn fitou Julian surpresa.

– Lorde Sir Leopold também tem visões?

– Não. – Julian explicou o que Leo podia fazer. – Não tenho certeza se conseguirei acreditar em todos os dons que eles afirmam possuir na família, mas acredito em Leo e Chloe.

– E deve mesmo. Nem você, nem Anthony estariam vivos não fosse por eles. Quem você acha que planeja – ela hesitou e então respirou fundo antes de dizer – matar a mim e às meninas?

– Pode ser tanto Arthur quanto Beatrice. – Ele encolheu os ombros. – Talvez os dois. Como eu disse, eles se tornaram displicentes, estão desferindo golpes para todos os lados como nunca fizeram antes. Cada um dos ataques contra mim foram muito bem planejados para que ninguém desconfiasse deles. Mas agora? Agora eles estão simplesmente atacando. O fato de estarem agindo assim quando todos estão olhando desconfiados para ambos só me leva a pensar que eles, ou um deles, enlouqueceu e está agindo descontroladamente. Isso se parece mais com Beatrice, mas pode muito bem ser Arthur. Ele deve ter percebido que seus planos para se tornar o conde estão indo por água abaixo mais rápido do que pode controlar ou se proteger da culpa.

– Jamais gostei de Arthur – Lady Evelyn disse baixinho –, mas nunca imaginei que fosse perigoso. Espero que Lorde Sir Leopold encontre Mildred e as meninas a tempo.

– Eu também, mãe. Tia Mildred é tão inocente quanto nós todos. Ela e as filhas não merecem sofrer por causa da ambição do meu tio.

– Chegaremos muito tarde em Colinsmoor – ela disse, ocultado com a mão um bocejo.

– Descanse. A senhora vai precisar de todas as forças para acalmar as meninas depois que chegarmos lá.

– Você esteve em Colinsmoor depois que abandonou Beatrice?

– Não. Na verdade, não vejo o lugar desde muito antes de ter me separado da minha esposa. Beatrice prefere Londres. Quando estávamos casados raramente passávamos muito tempo em Colinsmoor. Nos relatórios que recebi de um homem que Leo enviou para lá consta que o lugar está em bom estado, mas que precisa de alguns reparos. Tio Arthur certamente não quis gastar um centavo com isso uma vez que tudo que queria era o título.

Lady Evelyn fechou os olhos.

– Acho que Lady Marston tem razão. Atire nos dois.

Julian deu uma risadinha e em seguida olhou através da janela, enquanto a mãe cochilava. Estava mais calmo agora, mas não iria relaxar por completo até que sua família estivesse protegida atrás das paredes de Colinsmoor. O confronto final com seus inimigos estava se aproximando; ele podia sentir isso. Só desejava poder saber qual dos dois iria tentar derrubá-lo.

Chloe suspirou quando mãos fortes e levemente calejadas acariciaram seus seios.

– É você, Julian? – Riu quando uma das mãos estapeou de leve seu traseiro.

– Safadinha. – Ele beijou-a nos lábios. – Você tinha certeza de que iríamos conseguir voltar em segurança? – perguntou ao mesmo tempo em que tirava a camisola delicada e jogava para o lado.

– Sim e não. Permaneci acordada até que sua tia e primas estivessem acomodadas, mas Leo me mandou para a cama quando me apanhou dormindo no banco do vestíbulo. Sua mãe discutiu muito?

– Nem tanto. Afinal, a ameaça não era apenas contra ela, não é mesmo? Creio que minhas irmãs não devem ter ficado muito felizes, mas elas sabem quando é melhor obedecer à mãe e não perderem tempo discutindo com ela.

Chloe acariciou as costas de Julian, traçando uma trilha, que subia e descia ao longo da coluna, com a ponta dos dedos.

– Ela não acreditou na fonte do aviso, acreditou?

– Ela tem suas dúvidas, mas não duvida o suficiente para arriscar e continuar em Londres.

– Isto já é bom o bastante.

– Isto também é bom – ele murmurou enquanto cobria os seios arredondados com beijos suaves e o calor da língua.

– Depois de toda aquela inda e vinda para Londres, tem certeza de que não está muito cansado para este tipo de brincadeira?

Ele se ajeitou para que seu membro rijo exercesse uma leve pressão sobre os cachos macios bem no meio da junção das coxas bem torneadas dela.

– Acha mesmo que estou muito cansado?

– Pelo jeito não. – Ela o segurou pelos cabelos até que ele ergueu a cabeça e em seguida ela o beijou. – No entanto, agora que estamos cercados por tantos familiares, tem certeza de que devemos continuar com estes encontros?

– Seremos discretos, mas não vou abrir mão.

Chloe abriu a boca para contra-argumentar, mas seus protestos foram calados com um beijo, e ela se entregou ao amor. Apesar de não ter tido nenhuma visão, e saber que ele estava voltando para casa e logo estaria ao seu lado, até o momento em que Leo a mandara ir para a cama ela sentira muito medo. O gosto do medo ainda amargava sua boca, apesar de estar mais do que disposta a lavar o sabor amargo com a paixão que Julian era capaz de despertar em seu corpo.

Quando ele terminou de beijar e brincar com os seios macios, ela já estava se contorcendo de tanto desejo. Suspirou de prazer quando a boca quente desceu pelo seu ventre enquanto dedos hábeis provocavam e estimulavam suas partes íntimas até ela arder de vontade. Mas sua paixão hesitou subitamente quando os dedos foram substituídos pela boca. O espanto empurrou para o lado a necessidade que há pouco a dominara.

– Julian? – ela reclamou e tentou se esquivar.

– Calma – ele disse e a segurou pelos quadris enquanto continuava beijando e lambendo. – Você vai gostar disso.

Chloe quis argumentar, mas sua paixão já estava retornando, fluindo pelo corpo ainda mais quente e forte do que antes. Ela fechou os olhos e se deixou envolver pela mágica dos beijos íntimos. Quando teve certeza de que estava prestes a explodir em mil pedaços se ele não se juntasse, ela o agarrou pelo ombro. Lentamente, ele traçou uma trilha de beijos, subindo pelo corpo delgado e, quando suas bocas se encontraram, ele penetrou-a.

Julian a dominou por completo e Chloe sentiu uma satisfação intensa. Ela trançou os braços e as pernas ao redor do corpo másculo e o abraçou com força enquanto ele conduzia ambos ao alívio tão desejado. Com o corpo ainda trêmulo do prazer, ela se contraiu um pouquinho apenas quando, alguns minutos depois, ele limpou seus corpos. Em seguida ele voltou para a cama e a envolveu em seus braços. Chloe recostou a cabeça sobre o peitoral e ficou ouvindo os batimentos cardíacos dele, desacelerando devagar.

A vergonha pela intimidade que tinha acabado de compartilhar tentou tomar conta, mas ela deixou-a de lado. Apesar da vida devassa que ele levara, ela duvidava que Julian fosse dado a práticas estranhas e proibidas na cama. Chloe estava determinada a não se deixar intimidar diante de nada que pudesse conduzi-los àquele clima maravilhoso de prazer.

– Descanse, Julian – ela disse e beijou-lhe o peito. – Percebo que ainda está preocupado. Deixe isso de lado, agora. Você vai precisar das suas forças nos dias que estão por vir.

– É verdade, ainda mais com a minha casa cheia de mulheres como está, agora. – Ele bufou e em seguida riu sonolento quando ela o beliscou na cintura.

Um momento depois, Chloe deu uma espiada e viu que ele já dormia. Acomodou-se novamente sobre o peito protetor e fechou os olhos. Tinha se esquecido de contar sobre Jake, mas haveria tempo para isto depois que ele acordasse. Seu último pensamento foi que estava feliz, agora que toda a família de Julian estava protegida sob o mesmo teto, mas ao mesmo tempo esperava que a presença deles não lhe roubasse o prazer de compartilhar a cama com Julian.

Capítulo 15

O GALHO RANGEU COM O PESO DO CORPO QUE OSCILAVA SUAVEMENTE. Chloe enxergou a cena com tanta clareza que se surpreendeu ao ver que não havia absolutamente nada dependurado nos galhos da árvore em frente. Cruzou os braços, então, numa tentativa inútil de acalmar o calafrio que percorria seu corpo. Era tarde demais para salvar Beatrice. O que tinha acabado de ver era mais do que uma visão, era uma premonição. Seja lá quem ou o que tinha lhe enviado a visão sombria e arrepiante, simplesmente queria que ela soubesse onde encontrar o corpo e não que tentasse salvar a mulher.

– Chloe, querida, você está passando bem? – perguntou Lady Evelyn ao se aproximar de Chloe e esfregar-lhe suavemente as costas. – Você está tão pálida.

– A senhora sabe se existe algum carvalho muito alto por aqui? – Chloe perguntou a Lady Evelyn, em vez de responder à pergunta sobre o seu estado de saúde. – Um que tenha raízes grandes e robustas que se estendam um pouco além da superfície da terra e que prende duas pedras cinzentas a elas? A árvore fica no alto de uma pequena colina e acho que tem uma roseira plantada aos seus pés. Tem algo semelhante por aqui?

– Minha nossa, você acabou de ter outras daquelas visões assustadoras, não é mesmo? Foi outro aviso?

Ao perceber o quanto Lady Evelyn parecia assustada, Chloe tomou as mãos da senhora entre as suas. A dúvida que a mulher tinha sobre o dom de Chloe desaparecera no dia seguinte à sua chegada em Colinsmoor, no momento em que seus criados chegaram trazendo o restante da sua bagagem e uma história sobre alguém ter invadido a casa na cidade. Acontecera uma luta entre os criados e os invasores, que resultou em dois lacaios gravemente feridos. Logo depois disso, Chloe viu nos olhos da mulher que ela agora acreditava. Era uma pena que, dois dias depois apenas daquele episódio, ela ia ser obrigada a revelar à senhora mais uma prova do seu dom.

– Não tinha nada a ver com a senhora ou suas filhas ou com ninguém mais daqui – Chloe assegurou a mulher. – E não foi exatamente uma visão, mas uma premonição.

– Esta era a verdade, apesar de que nem sempre as premonições costumavam vir acompanhadas de uma imagem. – Creio que acabei de ver Beatrice dependurada em uma árvore, com uma corda no pescoço.

Lady Evelyn suspirou aliviada e então balançou a cabeça, com uma expressão de remorso.

– Eu não deveria me sentir bem com isso. Mas é que fiquei tão aliviada por você não ter visto nenhum destino obscuro para mim e minhas filhas novamente. – Ela sorriu. – Jamais gostei de Beatrice ou confiei nela. Certamente não vou fingir um pesar que não estou sentindo. Ao mesmo tempo... – ela hesitou.

– Ao mesmo tempo ela nos deu Anthony – Chloe completou baixinho, finalmente soltando as mãos da senhora.

– E tentou matá-lo. Não! – Lady Evelyn ergueu uma mão quando Chloe começou a falar. – Você tem razão. Foi o corpo de Beatrice, seu ventre, que deu à luz aquele menininho encantador. Tirando todos os outros crimes que ela cometeu, só podemos agradecer pela única coisa de bom que veio daquela vida breve e desperdiçada que ela levou.

– Então a senhora sabe onde a árvore pode estar?

– Sim. Fica em torno de uma hora a cavalo daqui, talvez menos. Como não costumo cavalgar, não sou muito boa em calcular a distância entre um ponto e outro. Aquele era o local favorito de Julian quando ele era criança. Quando Beatrice estava grávida, Julian me confidenciou que algum dia ele esperava poder mostrar ao filho seu lugar favorito. Quando pensou que o menino estava morto, ele plantou uma roseira lá. Estou surpresa de que a roseira tenha sobrevivido.

– Que lindo. – Então Chloe foi acometida por um pensamento terrível. – Por favor, não me diga que Julian levou Anthony para lá, hoje?

– Não, não. Fique calma. Anthony estava brincando com minhas filhas na varanda da última vez que o vi. Isso foi pouco antes de eu vir para cá e encontrar você.

Chloe baixou os ombros aliviada. A simples ideia de que Anthony pudesse ver algo tão terrível deixou-a apavorada. O mais arrepiante era que um dia ele ia ter de saber que aquela mulher dependurada na árvore era sua mãe. Esta era uma das coisas que muitas pessoas acabariam aconselhando a nunca contar para o menino, mas ela não teria como ocultar um segredo assim. Muitas seriam as pessoas que iam ficar sabendo sobre o caso e acidentalmente poderiam acabar contando para ele, ou algo pior.

Deixando de lado o momento de temor, ela perguntou:

– A senhora sabe onde Julian e Leo estão?

– Os dois se encontram no escritório de Julian – respondeu Lady Evelyn. – Eles tinham acabado de retornar da busca por algum sinal de Arthur.

– Uma vez que ainda não vieram falar comigo, assumo que não tenham encontrado o corpo de Beatrice. Além do mais, teria ocorrido um pequeno alvoroço, pois eles provavelmente teriam trazido o corpo para cá. – Ela suspirou. – É melhor eu ir contar logo aos dois que acho que sei onde deve estar um sinal da presença de Arthur. – Quando percebeu que Lady Evelyn estava caminhando ao seu lado enquanto ela seguia de volta para a casa, Chloe disse: – A senhora não precisa me acompanhar, milady. Não era minha intenção estragar seu passeio pelo jardim.

– Que bobagem! Ter me falado sobre o corpo de Beatrice pendendo enforcado de uma árvore não ofuscou em nada a beleza do jardim, mas não estou indo embora por isso. Certamente, não. Acho que tive uma necessidade súbita de ver minha família, minhas meninas e meu querido neto. Todos eles. Até mesmo a pobre Mildred.

– Mildred não está passando bem? – Chloe quase não tinha visto a tia de Julian, desde a sua chegada, e ficou imaginando se a mulher não era daquelas que sentiam quase como que dever de uma lady se mostrar fraca e indisposta o tempo todo. De algum modo, ela duvidava disso, mas não parecia haver outra explicação para a mulher passar tanto tempo reclusa no quarto.

– Não, ela está apenas triste. Deve desconfiar que tudo isso só acabará com a morte de Arthur. Mas vai passar, pois há muitos anos ela perdeu todo o amor que tinha pelo marido.

– Oh. Bem, a perda do amor e a noção de que nunca haverá uma chance para consertar as coisas pode ter sido o que a deixou tão triste.

– É verdade, mas acho que já está na hora de ter uma conversa franca com a mulher. Normalmente, ela costuma ser muito mais forte do que isso. Mais alegre. Isto não é do seu feitio.

– Será que talvez ela não se sinta um pouco culpada? Que talvez ache que deveria ter visto o que Arthur estava fazendo e avisado alguém? – Quando Lady Evelyn apenas a fitou calada, Chloe sentiu um rubor subindo pelo rosto. – Foi só um pensamento que me ocorreu.

Lady Evelyn beijou-lhe a face.

– E foi um pensamento excelente. É bem possível que Mildred esteja sentindo exatamente isso. Agora sei o que dizer para tirá-la desta melancolia.

Chloe ficou observando Lady Evelyn subindo os degraus correndo, com a energia e a graça de uma mulher bem mais jovem. Lembrou-se, então, da visão que tinha tido da lady abraçando um homem em uma praia e sorriu. Ia ser muito interessante ver que tipo de homem tinha atraído a atenção da mulher.

Endireitando os ombros ela saiu à procura de Julian. Estava se sentindo apreensiva, pois a impressão que tinha era de que a visão viera da mente conturbada de Arthur. A ideia de que pudesse estar ligada a ele de algum modo estranho era apavorante. Se isso fosse verdade, então eles precisavam encontrar Arthur não apenas para impedi-lo de matar mais alguém, mas para preservar sua sanidade. Ela não iria aguentar mais visões de mortes como aquelas, não quando estavam vindo com tanta frequência e nitidez.

– O homem está por perto. Sei disso – disse Julian enquanto se servia de uma dose de conhaque. – Juro que quase posso sentir o cheiro do maldito. – Estendeu uma taça para Leo e tomou um gole.

Leo bebeu e em seguida concordou com um aceno de cabeça.

– Sei exatamente o que você quer dizer. Assim como sei que não são apenas você e Anthony que estão correndo perigo. Também acho que Arthur, agora, planeja erradicar toda a sua família. E a dele também. Pelo que Jake nos contou quando conversamos, Arthur e Beatrice estavam ainda piores durante as últimas semanas que estiveram aqui. Antes de você expulsá-los, Jake estava certo de que ele e os outros criados só não foram mortos porque a dupla passava muito tempo em Londres. Os outros compartilham da mesma opinião.

– Tudo está desmoronando ao redor de Arthur, todos os seus planos estão virando pó. Agora ele está agindo tomado pela fúria. Estamos lidando com um homem enlouquecido, e não apenas com o maldito de coração frio que queria se tornar conde e estava disposto a matar alguns herdeiros para conquistar o título e a riqueza. É o que a minha intuição diz. Também não gosto do modo como Chloe tem tido uma visão sombria após a outra. Parece até que meu tio as está enviando para ela, e a ideia é muito assustadora.

– Em breve tudo acabará.

– Tem certeza disso?

– Certeza absoluta. Ele está perdendo ou perdeu todos os aliados, aqueles que estavam apenas seguindo sua liderança e aqueles que o estavam ajudando sob ameaça. Simone despareceu novamente e dizem que ela voltou para a França. Com isso ele perdeu toda a ajuda e o dinheiro que ela podia oferecer. Creio que ele deve ter prometido algo para ela e não conseguiu cumprir. Talvez fosse a informação que ele queria que o bom médico conseguisse. Isso significa que não perdeu apenas a ajuda dela, mas que pode muito bem estar sendo caçado por alguém disposto a fazer com que pague pelo fracasso. As pessoas para quem ela trabalha não toleram fracassos. Você e Anthony ainda estão vivos. Ele perdeu o prestígio que tinha conquistado através de engodo ou, novamente, chantagem. Perdeu também o direito de administrar este lugar e o dinheiro que vinha para seus bolsos. Arthur pode muito bem estar pensando neste exato momento em matar o maior número de pessoas antes de simplesmente desaparecer.

– Eu deveria ter atirado nele quando descobri que estava me enganando com a minha esposa, em vez de me afundar na boemia como fiz. Ninguém teria me culpado por isso, e então este problema não estaria nos assombrando agora.

– Você teria sido banido da Inglaterra, por mais que todos soubessem que sua atitude era justificada. A justificativa só o salvaria da forca. E então você não poderia fazer mais nada pela sua família e pelos seus arrendatários.

Julian tomou outro gole do conhaque.

– Ou pelo meu filho.

– Exatamente. Agora, o que precisamos – Leo iniciou e logo em seguida contraiu a testa quando alguém bateu à porta. Quando deu permissão para a pessoa entrar, ficou surpreso ao ver Chloe. – Aconteceu algo, prima?

– Creio que sim – ela respondeu enquanto se aproximava para parar ao lado de Julian. – Você se lembra de onde fica sua árvore favorita?

Apesar de parecer uma pergunta estranha para ela fazer, Julian aquiesceu com um aceno de cabeça.

– Já faz um tempo que não vou até lá. Ela pode ter sido derrubada por uma tempestade ou algo assim. Trata-se de uma árvore muito velha.

– Ela ainda está em pé.

– Você foi até lá?

– De certa forma, sim. Não tive exatamente uma visão, mas uma premonição muito forte. – Ela engoliu em seco quando a lembrança do que tinha visto revirou seu estômago. –Vi com toda a clareza a árvore. Pior, vi o que estava dependurado nela.

Julian pousou a taça sobre a mesa e puxou Chloe para seus braços.

–Você viu algo sombrio novamente. Foi com Arthur?

– Creio que tenha sido obra dele, mas não foi com ele. Acho que Beatrice foi enforcada na sua árvore favorita. – Ela balançou a cabeça, confirmando quando ele a fitou chocado. – Ela está morta e desconfio que tenha sido seu tio que a matou. Isso significa que ele pode estar por perto, assim como vocês suspeitavam.

Julian soltou uma blasfêmia e então suspirou enquanto olhava para o corpo da falecida esposa. Não fosse pela fisionomia contorcida, ela pareceria quase tão em paz quanto seu corpo, que balançava suavemente ao ritmo da brisa. Enforcamento era um modo horrível de morrer, não passava de um lento estrangulamento, e o antes belo rosto de Beatrice estampava todos os momentos torturantes.

– É melhor cortarmos a corda – disse, enquanto descia do cavalo.

– Pode deixar que eu faço, milorde – disse Jake, que tinha vindo junto, trazendo um cavalo extra. – Posso subir na árvore e tirá-la de lá.

– Obrigado. Eu ficaria imensamente agradecido.

Enquanto observava o homem franzino subindo com toda a agilidade na árvore, Julian sentiu Leo se aproximando para parar ao seu lado.

– Não é um jeito bonito de morrer.

– Não – concordou Leo. –Você está perturbado?

– Perturbado –Julian disse lentamente, saboreando a palavra. – Não. Só não gosto de vê-la morta. Na verdade, preferia que ela estivesse viva para que pudesse entregar Arthur e nos ajudar a mandá-lo para a prisão.

– O que é algo que ele jamais permitiria. Ele a matou não porque ela errou, mas porque ela tinha se tornado uma ameaça.

– Ela sabia muito. Assim como Simone.

– Simone não seria tola de ficar por aqui por tempo suficiente para que Arthur a visse como uma ameaça. Na verdade, ela deve ter previsto que isto ia acontecer e por isso correm boatos de que ela está na França. Simone é muito inteligente e deve ter percebido que tudo estava desmoronando, então fugiu antes que ficasse presa em uma armadilha e acabasse morta pelos escombros.

– Muito bem colocado –Julian disse enquanto Jake punha Beatrice no chão.

– Gentileza sua.

– Obrigado, Jake. Você poderia apanhar o cobertor que está sobre a minha sela? Acho melhor que as mulheres que estão na casa não a vejam. – Quando Julian viu o modo como Leo contraiu o semblante ao olhar para o corpo, ele perguntou: –Você está vendo algo nela que indique quem foi o autor?

– Não. Eu só estava pensando no modo cruel como foi feito. Pelo modo como o rosto ficou contorcido e o sangue nos pulsos no local onde a corda esfregou até ficar em carne viva, acho que ela ainda estava consciente quando foi dependurada no galho.

Só não tenho certeza se ele foi embora ou se permaneceu aqui e ficou observando ela lutar inutilmente para se livrar das cordas enquanto morria.

– Por que deseja saber de todos os detalhes cruéis?

– Porque isso pode nos indicar o nível de insanidade do seu tio. – Leo se agachou ao lado do corpo enquanto Jake, com o semblante contraído, aguardava ao lado com o cobertor. – Sim, ela se debateu enquanto morria estrangulada. – Ele olhou ao redor e notou o quanto o local era reservado. – Não acho que ele tivesse escolhido este local só porque sabia que era um dos seus preferidos. Ao matá-la aqui, ele não precisou amordaçá-la. Pois ninguém poderia ouvi-la morrendo.

– E assim ele poderia vê-la morrendo? – Julian perguntou baixinho, um pouco horrorizado com a ideia.

Leo saiu do caminho para que Jake pudesse enrolar o corpo no cobertor. E respondeu limpando a poeira das calças:

– É possível. O que você acha, Jake?

Jake pareceu apavorado por um momento e então endireitou o corpo.

– Acho que ele seria capaz de ter feito tudo de acordo com o que o senhor falou, milorde. Ele andava muito bravo nos últimos dias que passou aqui. Não que tenha gritado ou feito algo do tipo, mas era possível perceber que a ira estava borbulhando dentro do seu corpo. Às vezes ele olhava para a senhora de um modo vil. Muito diferente de antes.

– Obrigado, Jake – Julian agradeceu. – Prenda o corpo ao cavalo e vamos voltar para casa. – Ele olhou para Leo. – Então meu tio está completamente enfurecido agora.

– Acho que você já devia ter chegado a esta conclusão quando Chloe lhe contou sobre a visão que teve na carruagem – Leo disse baixinho para que Jake não pudesse ouvir. – Pode até ser que Beatrice fosse fazer aquilo, mas recebi um bilhete, na manhã de hoje, informando que seu tio estava envolvido. De acordo com o que o sujeito escreveu, a mulher parecia muito animada com o plano, mas o homem era mais frio e preciso.

– Você não me contou nada sobre esse bilhete.

– Eu ia contar, quando Chloe nos contou sobre Beatrice.

– E como podemos nos proteger adequadamente de um homem louco?

– Exatamente como tem sido feito. Você reuniu todos em um lugar, o qual não é fácil invadir, e cercou tudo com guardas bem armados.

As palavras não foram tão reconfortantes quanto Julian esperava que fossem.

Chloe suspirou enquanto observava os homens descendo dos cavalos diante da casa. Uma forma envolta em um cobertor jazia largada sobre o quarto cavalo. Nem foi preciso ver o corpo para saber que não se tratava de uma cena bonita. Mesmo porque já tinha visto na sua premonição. Chloe desejou ter tido uma visão de quem cometera o crime em vez do crime em si. Por outro lado, com a morte de Beatrice, só restava um pessoa que poderia ser culpada, e nenhum outro crime tinha acontecido na região.

– Sinto muito, Julian – ela disse assim que ele parou ao seu lado.

– Pelo quê?

Ele cerrou o punho para conter a vontade de fazer um afago em seu rosto. Eles ainda estavam tentando manter em segredo o romance. Ao dar uma olhada para o corpo de Beatrice que estava sendo carregado para dentro de casa, ele se deu conta de que estava livre, mas logo em seguida se sentiu culpado. É bem verdade que Beatrice merecia ser enforcada há muito mais tempo, mas isto não precisava ter acontecido desse modo. Como se o seu tio estivesse tentando lhe enviar algum tipo de mensagem, que ele não deveria se incomodar. Enforcar sua esposa na sua árvore favorita não lhe disse nada que já não soubesse – que o tio era um assassino e um louco.

– Pelo que aconteceu com Beatrice.

– Não tenha pena dela. Ela mesma buscou este fim, com toda a ganância e vaidade. Só sinto que ela tenha morrido porque estava pronta para entregar alguns segredos de Arthur, e com isso acabamos perdendo uma grande oportunidade de conseguir informações importantes. Ela já tinha matado tudo que eu sentia por ela, há muito tempo. Mas, por ser a mãe do meu filho, devo lhe dar um enterro decente.

– A sua mãe e Mildred já disseram que vão preparar o corpo para o funeral. Pensei que pudesse ajudá-las, mas elas disseram que eu deveria ver se você e Leo estavam precisando de algo.

Quando entraram na casa, Julian viu a mãe encaminhando os homens para uma sala que ficava no final do corredor do escritório.

– Não é uma cena nada bonita de se ver.

– Eu disse isso para elas, mas me responderam que já prepararam corpos antes e que apesar de não terem sido corpos de homens ou mulher enforcados, eles também não estavam nada bonitos. – Chloe mal conseguiu conter um tremor. – Confesso que fiquei feliz por ter sido dispensada. Nunca vesti uma pessoa morta antes. Bem, salvo pela minha irmã, mas ela parecia estar dormindo.

– Assim que for seguro traremos a sua irmã para casa – ele disse baixinho.

Chloe engoliu o súbito surto de lágrimas.

– Obrigada, Julian. – Ela respirou fundo para sufocar a tristeza. – Assim que vi você se aproximando, mandei a cozinheira preparar uma refeição leve. Você não almoçou. Talvez não esteja com vontade de comer agora.

– Por mais insensível que possa parecer, estou morrendo de fome.

– Eu também – disse Leo, juntando-se a eles.

– A refeição será servida na sala de café da manhã.

Depois de se certificar que apenas Leo poderia vê-los, Julian a beijou no rosto e depois seguiu para o quarto. Lavou-se rapidamente e desceu a escadaria correndo para encontrar com a mãe pálida, parada junto à porta da sala de refeição. Sem dizer uma palavra, ele a abraçou e fez-lhe um afago suave.

– Foi horrível – ela disse e, depois de desfrutar por um momento da tentativa do filho de consolá-la, ela se afastou. – Podemos enterrá-la assim que você desejar. Mandei chamar o padre para dizer uma ou duas palavras.

– Se for o seu desejo. Não estou certo do que alguém possa dizer sobre o túmulo de uma mulher que prejudicou tantas pessoas.

– Não há muito que possa ser dito, mas devemos fazer isso da maneira mais apropriada possível.

– Concordo. Avise-me quando o padre chegar e então teremos um serviço breve. Mande um dos criados pedir para alguém cavar uma cova no cemitério da família. Não vamos colocá-la na cripta junto dos outros Kenwood.

– Também não quero que ela seja colocada lá. Não se sinta tão culpado.

Julian ficou observando a mãe saindo apressada para cuidar dos preparativos do funeral de Beatrice e então balançou a cabeça. Beatrice estava sendo tratada muito melhor do que merecia, mas ele não tinha coragem de negar a ela um enterro decente. Qualquer que fosse a punição que ela ia receber pelos crimes que cometera em vida, já não estava mais em suas mãos. Assim que entrou na sala, o delicioso cheiro da comida expulsou Beatrice de sua mente. Um momento depois, Leo chegou e se juntou na tarefa de devorar um pouco de tudo.

Já era quase fim de tarde quando ele se viu em pé ao lado do túmulo de Beatrice, enquanto o padre falava em tom monótono sobre pecadores e redenção. Exceto pela verbosidade do padre, o enterro foi rápido e silencioso. Julian jogou um punhado de terra sobre o túmulo de Beatrice e então deixou os três ajudantes de estábulos terminarem de enterrá-la. Mais tarde, ele mandaria colocar uma lápide simples.

Julian baixou os olhos para a mãe, que caminhava à sua esquerda enquanto Chloe vinha à direita.

– Mãe, tem algo que preciso lhe contar – ele disse, ciente de que aquele não era o melhor momento para falar sobre o casamento com Chloe, mas sabia que precisava fazê-lo o mais rápido possível. Ainda podia ouvir Leo dizendo: *como coelhos.*

Lady Evelyn fez um afago no braço do filho.

– Eu já sei, meu querido, mas espere mais alguns dias. Ninguém gostava de Beatrice e todos sabiam muito bem dos pecados dela, mas se casar um dia depois do funeral seria um tanto precipitado. Talvez no sábado fosse melhor.

– Acha mesmo que seria melhor esperar três dias?

– Muito melhor.

Ela saiu apressada antes que ele tivesse tempo de dizer algo mais. Deste modo, ele se voltou para Chloe. Ela estava parada olhando para ele e parecia um pouco surpresa. Julian tinha certeza de que ela sabia que ele já não sentia mais nada por Beatrice, por isso não entendeu por que ela parecia tão incomodada com a ideia de eles se casarem logo.

– Eu disse que iria me casar com você assim que ficasse livre – ele disse, esperando não ter soado tão defensivo.

– Não posso acreditar que você teria coragem de fazê-lo dias depois de a ter enterrado – disse Chloe, apesar de saber que não deveria ter ficado tão surpresa ou mesmo chocada. Beatrice já tinha deixado de ser uma esposa para Julian há muito tempo.

– Na verdade, o que não posso acreditar é como minha mãe já sabia o que eu ia dizer antes mesmo de eu abrir a boca.

– Eu disse que ela e Lady Marston tinham falado como se já estivéssemos noivos.

– De fato. Bem, isso explica por que ela não ficou surpresa diante do meu desejo. Ela já estava esperando por isso.

– Julian, casar-se comigo dias depois de ter enterrado Beatrice vai causar um grande escândalo.

– Bobagem. Pelo que eu saiba, não existe nenhuma lei que obrigue alguém a esperar. Além disso, o mundo e minha própria mãe já sabiam que ela não era mais minha esposa.

– Mesmo assim, ainda acho que deveríamos esperar um pouco mais antes de nos casarmos em uma cerimônia discreta.

– Não. Nós não vamos esperar. Estou cansado de fingir que não passamos de conhecidos todas as vezes que estamos com alguém que não seja o seu primo. Assim como também estou cansado de termos de entrar e sair às escondidas de um quarto para outro, como se estivéssemos fazendo algo ilegal. Vamos nos casar no sábado.

– Você está ordenando que eu me case com você?

– Sim, creio que estou. – Ao perceber que ela estava prestes a derramar uma torrente de palavras indubitavelmente mordazes, ele a segurou pelo braço e sacudiu-a de leve. – Acalme-se.

Chloe não se sentia inclinada a se acalmar.

– Você não pode ordenar que eu me case com você.

– Então vou lhe pedir com delicadeza. Chloe, somos amantes há semanas.

– Nem são tantas assim.

– Chega. Não tomei nenhuma precaução. Despejei minha semente no seu ventre todas as vezes que fizemos amor. Você pode estar carregando um filho meu.

Ela ignorou a pontada de alegria ao imaginar que pudesse estar esperando um filho de Julian e contraiu o rosto.

– Pode demorar meses, até mesmo anos, para conceber uma criança.

– Seu primo me informou que é melhor não adiarmos muito nosso casamento, pois os Vaughn e os Wherlocke são muito férteis.

– Não tão férteis assim – ela disse, apesar de sua mente traidora ter começado a contar o imenso número de primos que ela tinha.

– Como coelhos – ele falou. – Chloe, você sabe que quero me casar com você e que isto não é apenas porque você pode estar esperando um filho meu. Entretanto, prefiro enfrentar o pequeno escândalo de um casamento apressado do que ter o mundo todo contando nos dedos gordinhos e descobrindo que nosso filho nasceu forte e feliz depois de sete meses ou menos. – Ele a beijou na ponta do nariz. – Agora você pode discutir, ficar zangada, fazer o que quiser para mostrar que discorda dos meus preparativos, ou pode ajudar minha mãe a arrumar tudo para o casamento. Tenho certeza de que ela já deve estar planejando. Seja lá o que você decidir, nós *vamos* nos casar no sábado.

Chloe ficou olhando enquanto ele caminhava de volta para casa e então praguejou. Ela contornou a casa e foi para o jardim. Sentou-se então em um banco – um que não ficava de frente para a árvore que serviu de inspiração para sua visão do corpo de Beatrice enforcado –, cruzou os braços sobre o peito e fitou o pequeno arbusto carregado de rosas brancas.

Levou um tempo até que admitisse o que realmente a estava incomodando. Ela estava com medo. Agora que o dia do casamento estava se aproximando, todos os motivos pelos quais não deveria se casar com Julian inundavam sua mente. No sábado, ela iria se tornar a esposa de Julian – e uma condessa.

Ela se considerava tão inadequada para se tornar uma condessa... Mas até onde podia ver, não haveria como conseguir escapar do destino: tinha aceitado o noivado. Julian estava ansioso por se casar, para que assim não precisasse mais andar às escondidas pela própria casa. E Lady Evelyn provavelmente já estava montando o cardápio do que ia ser servido na festa.

Por uma fração de segundos, ela viu uma chance de se livrar disso. Eles precisavam de uma licença. Em seguida, ela soltou um palavrão. Chloe sabia que Leo ou Julian provavelmente já tinham pensado nisso. Ela não tinha mais dúvida de que tudo já estava preparado e apenas esperando pelo momento que fosse necessário.

– Você não se parece com uma mulher que está prestes a se casar – disse Leo, sentando-se ao seu lado. – Agora é um pouco tarde para ter dúvidas. Depois que o rato comeu o queijo e tudo o mais.

– Você disse para ele que procriamos como coelhos.

– E é verdade. – Ele soltou um sorriso solidário. – Você sabe tão bem quanto eu que já deve estar esperando um filho. Você pode escolher um escândalo agora ou um escândalo depois.

– Leo, vou me tornar uma condessa.

Ele pousou o braço sobre os ombros de Chloe e beijou-a carinhosamente no rosto.

– Você será uma ótima condessa. Você teve as mesmas lições e o mesmo treinamento que Lady Evelyn deve ter tido. Que diabos, você tem administrado a minha casa há três anos! Vou sentir falta disso. Você cuidou de doentes, trabalhou em obras de caridade, compareceu a todos os tipos de eventos sociais e ainda criou uma criança. Admito que a última façanha nem sempre seja listada como uma qualificação, mas é muito boa.

– Você faz com que tudo soe tão fácil – ela resmungou.

– E você faz com que tudo soe muito mais difícil. Ele é um conde, Chloe, não um duque. Assim como é um homem que gosta mais do campo do que da cidade. Pare de se preocupar se você se encaixa ou não no papel de condessa e comece a pensar sobre todas as coisas boas que você poderá fazer depois de se tornar a condessa de Colinsmoor.

– Suponho que tenha coisas que eu possa fazer. Você não precisa tentar me convencer a aceitar o casamento, Leo. Já concordei. Apesar de achar que ainda é muito cedo, vou cumprir com a minha palavra. – Ela se esquivou do braço do primo e se levantou. – Sei que eu fiz a minha cama e agora terei de dormir nela, literalmente. Só pensei que ia ter mais tempo para me acostumar com a ideia de ser chamada de *milady*.

Leo se levantou, entrelaçou o braço ao da prima e começou a caminhar de volta para casa.

– Vai dar tudo certo, Chloe. Pensei que suas visões já tivessem lhe dito isso.

– Não. Parece que elas não querem invadir minha privacidade – ela arrastou as palavras.

Ele sorriu enquanto a conduzia para dentro.

– Escolha o vestido que você vai usar no dia do casamento, que flores vai carregar e até mesmo o bolo que será servido para os convidados. Isto vai mantê-la muito ocupada e não restará tempo para temores.

Quando ele começou a se afastar, Chloe teve de lutar contra a vontade de dar um chute no traseiro do primo. Ela seguiu para o quarto. A verdade era que até poderia argumentar pelos próximos três dias e mesmo assim ainda iria acabar no altar ao lado de Julian, cheia de ressentimento fervilhando por dentro, ou poderia simplesmente aceitar o seu destino. Havia sempre a paixão para levar em consideração. E, ela pensou, quando Lady Evelyn a encontrou e começou a arrastá-la para a sala de costura falando sobre rendas e espartilhos ao longo de todo o caminho, que também havia aquelas duas palavrinhas de alerta que não podiam ser deixadas de lado – *como coelhos*.

Capítulo 16

– Não era assim que eu planejava passar o dia do meu casamento – resmungou Julian enquanto ele e Leo percorriam a parte do condado que era uma estranha mistura de pântano com pedra. Jake tinha mandado avisar que o grupo de trabalhadores que abriam valas tinha encontrado algo importante, mas Julian não conseguia entender o que de tão importante poderia ser encontrado naquele pedaço de terra desolado.

– Ainda faltam horas para o casamento. Sua mãe, muito engenhosamente, marcou a cerimônia para pouco antes do meio-dia, assim todos nós poderemos sair direto da igreja, com as orelhas e os traseiros adormecidos de tanto ouvir as palavras adoráveis do padre, para a mesa onde estará toda a comida.

– Como você é romântico, Leo

– Faço o possível. Chloe está nervosa, sabe – Leo disse baixinho. – Está com medo de não ser uma boa condessa. Talvez você devesse falar com ela a respeito disso.

– Eu falaria, se minha mãe não tivesse tomado a iniciativa de vigiar Chloe noite e dia.

Leo riu.

– Ela está tentando fazer de você um homem respeitável.

Julian achava que a mãe estava tentando fazê-lo sofrer, mas não disse tal coisa. Ele ficou atordoado ao descobrir que Chloe não estava no quarto dela na noite depois do enterro de Beatrice, e ficou ainda mais atordoado quando descobriu que ela também não estava no seu quarto. A princípio, temeu que ela tivesse sido levada por alguém, que seu tio, de algum modo, tivesse conseguido raptá-la. Mas se sentiu aliviado por não ter causado um imenso tumulto a respeito, pois sua mãe lhe contou muito animada que Chloe tinha sido transferida para o quarto ao lado do dela. A suíte principal estava sendo preparada para depois do casamento. Pior, ele tinha sido colocado em um quartinho bem ao lado da tia. Para piorar, um guarda foi colocado de plantão para garantir que ele e Chloe não transitassem durante a noite.

– É um pouco tarde para isso. Não faço ideia de por que Chloe imagina que não será uma boa condessa. Ela tem cuidado da sua casa há três anos e tem sangue nobre nas veias. Recebeu a mesma educação e treinamento que minha mãe.

– Foi o que eu disse para ela. Não se preocupe. Ela não vai abandoná-lo no altar. Apenas não faça nenhuma crítica enquanto ela não se acostumar um pouco com a nova situação. Isto irá partir seu coração. Depois que ela for condessa por uns tempos verá que tem capacidade de lidar muito bem com a nova posição. Veja, lá está Jake.

Julian esporeou o cavalo para apressar o passo e seguiu até o local onde Jake estava esperando com outros homens. Nenhum deles parecia muito bem. Apesar de os três serem fortes e robustos, estavam surpreendentemente pálidos. Eles estavam parados em frente a uma enorme valeta, mas ele não conseguia ver o que havia dentro do buraco.

– Você mandou avisar que encontrou algo, Jake? – Julian perguntou.

– Sim, milorde. – Jake deu um passinho para o lado. – Acho que acabamos de encontrar o fosso.

Soltando um leve praguejo, Julian desceu do cavalo e um dos homens rapidamente se aproximou para segurar as rédeas do animal. Outro fez o mesmo pelo cavalo de Leo quando ele também desceu da montaria. Cautelosamente, Julian se aproximou da beirada do fosso e percebeu que era bem mais profundo e íngreme do que tinha imaginado. No fundo havia os restos mortais de várias pessoas. Ele tinha certeza de que Jake estava certo na sua suposição. Eles tinham encontrado o infame fosso.

– Você sabe quantas pessoas tem lá? – Julian perguntou.

– Achamos que deve ter umas cinco, milorde – respondeu Jake. – Contamos os pés. Tem dez. Portanto, são cinco pessoas. – Apesar de não se aproximar um passo a mais sequer da beirada, Jake inclinou o corpo para a frente e espiou lá embaixo. – Acho que aquele ali, na ponta da direita, pode ser o Melvin. Estou reconhecendo as botas. O que está no meio é o Gordon, o filho mais velho do açougueiro. Ele desapareceu há dois meses. A família não acreditava que ele seria capaz de partir sem se despedir de ninguém, mas acabaram concluindo que ele tinha fugido para Londres. Muitos jovens costumam fazer isso e nunca mais voltam. Reconheço aquele casaco, pois ele se orgulhava muito dele. Posso descobrir quem são os outros só de lembrar quem está desaparecido e, talvez, se chegarmos mais perto, ver algo que eu reconheça.

– Por que eles matariam o filho do açougueiro?

– Ele disse não para a patroa. Era um rapaz de coração bom, ia se casar dentro de um mês. Não iria trair a noiva de qualquer maneira. Isso deixou a senhora furiosa. – Jake meneou a cabeça, olhando para os restos dos cinco homens. – Isto é o que ele ganhou por ter sido um rapaz honrado, que não quis servir de brinquedo de nenhuma vadia. Peço desculpas, milorde.

Julian passou a mão pelos cabelos e suspirou.

– Não é preciso, Jake. Vamos ver se conseguimos tirar os corpos daí. Depois que soubermos quem são, poderemos comunicar para as famílias e dar-lhes um enterro decente.

– Pode deixar que fazemos isso, milorde. O senhor tem um casamento para ir, não é mesmo?

– Ainda faltam algumas horas. Como minha mãe trancou a noiva em um lugar seguro, posso muito bem me ocupar com outra coisa. – Julian ainda encontrou forças para sorrir quando os homens riram, mas logo passou. – Maldição. Acho que os dois estavam tão loucos quanto os chapeleiros.

– Com certeza, os dois não estavam muito bem da cabeça no final, não resta nenhuma dúvida disso.

Julian e Leo trabalharam com os outros três homens para trazer para cima os troféus grotescos do tempo em que seu tio e a falecida esposa reinaram em Colinsmoor. A culpa era uma pedra pesada no peito de Julian. Esta era apenas uma amostra do que seu povo sofrera enquanto ele estava afundado na bebida e na prostituição. Chloe estava com receio de não ser uma boa condessa, enquanto ele, que tinha nascido para isso, acabara fracassando no papel de conde.

Quando finalmente conseguiram trazer todos os corpos para cima, Julian estava coberto de lama e esgotado. Jake e seus amigos tinham conseguido identificar quatro dos corpos e tinham quase certeza de quem era o quinto. Julian olhou para o corpo marcado como sendo o de Gordon, o filho do açougueiro, um rapaz no auge da juventude, apaixonado, e assassinado por Beatrice só porque disse não para ela. Melvin tinha sido morto porque tinha tentado fazer a coisa certa e ia contar ao lorde o que estava acontecendo. Todos os outros tinham morrido pelos mesmos motivos: autopreservação ou vaidade exacerbada. Era insuportável continuar pensando a respeito, se continuasse ele acabaria se desgraçando ao chorar como um bebê.

Ele era o responsável por tudo que seu povo sofrera, um povo bom e honesto, cujas famílias trabalhavam para os Kenwood a gerações. Julian não gostava nem de pensar nas vezes em que deixou Beatrice encarregada de cuidar de tudo enquanto ele foi para Londres em busca de uma próspera carreira no governo. Encolheu-se só de pensar no ano que deixou Beatrice e Arthur no comando de tudo enquanto se engalfinhava com prostitutas e bebia tanto que dava até para encher o Tâmisa. Gordon tinha sido assassinado nesta época. Ele tinha colocado um punhal apontado para o pescoço do povo de Colinsmoor e em seguida se foi.

Depois de instruir os homens para levarem os corpos para Colinsmoor e entrar em contato com os familiares, ele correu de volta para casa. Estava disposto a cuidar para que os corpos fossem enterrados em uma cova adequada e com uma lápide decente, apesar de duvidar que isso pudesse atenuar o sofrimento daqueles que tinham perdido alguém ou mesmo atenuasse sua própria culpa. No caminho de volta, Julian amaldiçoou-se várias vezes por ter sido tão cego e tolo.

– Não foi sua culpa – disse Leo.

– Não? Eu sou o conde, o dono destas terras. Posso até me perdoar por ter ficado cego nos primeiros anos, mas não no final. Eu me afundei na autopiedade enquanto meu tio e minha esposa ameaçavam este povo, como se eles fossem escravos. Como se já não fosse ruim o bastante eu ter permitido que eles me roubassem, mas isso? Se não tivesse pensado em mim mesmo apenas e tivesse prestado um pouco mais de atenção aos outros que estavam ao meu redor, eu teria percebido.

– Todos nós temos a tendência de prestar mais atenção a nós mesmos, Julian. É da natureza humana. E, perdoe-me, mas nem mesmo no auge da sua perdição posso culpá-lo por não ter percebido que seu tio e a mulher com que você se casou não passavam de adúlteros e ladrões. Tenho certeza de que se Melvin tivesse conseguido se aproximar, você teria dado ouvidos a ele e feito algo.

Julian queria acreditar naquilo, mas o fato de ter visto aqueles corpos tinha balançado a sua confiança em si mesmo. Ele precisava encontrar a outra metade da dupla de desleais que tinha assassinado seu povo e feito com que os outros ficassem com medo de lutar ou até mesmo de ter esperanças. Agora, todos esperavam que ele consertasse as coisas, apesar de não merecer esta confiança.

Ele lutou para deixar de lado a tristeza e a culpa quando finalmente pararam diante do seu lar. Mas era difícil fazer isso quando podia ver os pequenos sinais de negligência, depois de ter examinado os livros contábeis e constatado que o dinheiro destinado para reparos tinha ido parar diretamente nos bolsos de Beatrice e Arthur. Ele parou ao abrir a porta e olhou para Leo.

– Beatrice não estava usando nenhuma joia – mencionou.

– O quê? – Leo olhou para Julian como se pensasse que o amigo tinha enlouquecido.

– Beatrice adorava joias e mesmo assim não havia nenhuma no seu corpo.

Leo soltou um palavrão.

– Ele roubou tudo. Certamente penhorou as joias.

– Ou logo o fará. Beatrice morreu há pouco. Os vermes nem começaram a devorar seu corpo.

– Logo depois do seu casamento com Chloe, vou começar a investigar sobre isso. Você tem alguma lista das joias que ela tinha?

– Tenho uma no meu escritório. Quando quiser dar uma olhada, me avise que pego para você. Agora... – ele respirou fundo e expulsou todos os pensamentos sobre Beatrice, Arthur e como ele tinha falhado com o povo de Colinsmoor – está na hora de me casar.

Chloe se encolheu enquanto era apertada dentro do vestido de noiva. Não conseguia entender por que todos os vestidos eram feitos para um corpo moldado pelo espartilho. Ela odiava espartilhos. Deveriam fazer vestidos para pessoas como ela, que detestava espartilhos.

– Espero que eu não tenha de respirar fundo hoje – ela murmurou enquanto a criada pessoal de Lady Evelyn terminava de fechar o vestido. – Julian pode ficar embaraçado se eu cair no altar, ofegando.

– Calma – disse Lady Evelyn, num tom divertido. – Você está linda e irá se ajoelhar ao lado de Julian no altar com toda a graça e delicadeza.

– Que Deus escute suas palavras.

Lady Evelyn recusou alguns passos e analisou Chloe por um momento.

– Você não quer se casar com Julian?

– Milady, eu amo o tolo – ela respondeu sem rodeios. – Mas se a senhora contar para ele, serei obrigada a mostrar tudo que meus irmãos me ensinaram para me defender. – As duas trocaram sorrisinhos. – Só estou assustada. Com medo que ele nunca goste de mim como eu gosto dele. Com medo de ficar amarga se ele não gostar de mim. Com medo de ser uma condessa tão ruim que o envergonhe.

– Tudo bobagem. Posso sanar todas as dúvidas que tiver sobre como ser uma condessa. – Ela riu quando Chloe fitou-a surpresa. – Você não tinha pensado nisso, pensou?

– Não, e agora acabei de descobrir que sou muito burra para ser a esposa dele.

Lady Evelyn ignorou-a e disse:

– Quanto ao amor? Bem, nisso não posso ajudar. Não sei o que se passa no coração do meu filho. Só posso dizer que apesar de toda a confusão que desgraçou a vida de vocês dois, ele me parece feliz como há anos eu não o via. Ele ri. Sorri. Faz brincadeiras bobas. E não está bebendo mais. Só posso lhe dizer com certeza que ele ficou desesperado quando eu a tirei do seu alcance por alguns dias. Ficou emburrado como é próprio dos homens. Acho que você já conquistou um lugar de importância na vida de Julian. Como você conseguiu o que conseguiu é problema seu. – Com todo cuidado ela colocou uma rosa no cabelo de Chloe. – Você foi a mulher que salvou o filho dele e amou aquele menino, criou-o e esperou calmamente pelo dia em que o pai pudesse vir buscá-lo. Não estou querendo dizer que você deveria se aproveitar da imensa dívida que Julian tem para com você e tentar prendê-lo; só estou apontando que ele já tem um imenso respeito pela sua pessoa, e isso não é pouco. Melhor ainda, ele confia em você. Posso perceber.

– Sim, ele me disse que confia.

– Depois do inferno no qual Beatrice o colocou, isso provavelmente vale mais para ele no momento do que algo chamado amor.

Chloe assentiu, balançando a cabeça lentamente, enquanto reconhecia a verdade daquilo. Quando uma pessoa era traída várias vezes e encontrava alguém em quem pudesse confiar, isso era mais importante do que qualquer outra coisa. A ideia atenuou um pouco sua ansiedade com relação ao passo que estava dando. Ela adoraria ouvi-lo falando de amor, mas isto podia esperar. A fundação estava pronta. Agora estava na hora de se casar com o tolo e construir um lar.

– Muito bem, estou pronta.

– Ótimo, pois acho que acabei de ver Julian seguindo na direção da capela – Lady Mildred disse do seu lugar ao lado da janela antes de se virar e olhar para Clhoe. – E você está linda, minha criança.

– Graças ao trabalho de Lady Evelyn.

– Você tem uma beleza natural. Sutil. Vai durar muito e, o mais importante, se diminuir um pouco com o passar dos anos, você tem a outra beleza necessária para manter um homem ao seu lado. Bem, um homem como Julian pelo menos. Pois alguns nunca aprendem a importância da beleza interna e acabam saindo em busca de novidade.

– Às vezes, milady, as pessoas são simplesmente muito más e ninguém pode fazer nada para mudar isso.

Lady Mildred deu um beijo no rosto de Chloe.

– Acho que estou começando a entender esta triste verdade. Só rezo para que aquela maldade não infecte minhas filhas.

– Duvido. Elas foram criadas pela senhora apenas.

Ela sorriu.

– Oh, minha criança, como você pode pensar que não será uma boa condessa? – Em seguida cruzou o braço com Chloe e fez sinal para que Lady Evelyn abrisse a porta. – Vamos mostrar para Julian a prenda que ele está ganhando.

Chloe sufocou o nervosismo e o medo que tentaram tomar conta enquanto elas caminhavam rumo à capelinha de pedra que ficava no final do jardim. Lady Evelyn tinha lhe dado conselhos muito úteis que ela pretendia seguir. De uma coisa tinha toda a certeza, que Julian honraria o juramento de hoje. Tudo que tinha a fazer era garantir que ele nunca fosse se arrepender disso.

Quando entrou na capela, ela não conseguiu conter o sorriso. Anthony estava em pé próximo ao altar segurando com todo o cuidado uma almofadinha com um par de alianças em cima. Os bancos estavam quase todos ocupados pelos Kenwood e pelos homens que trabalhavam para Leo, a maioria também parentes. Leo estava todo elegante ao lado de Julian, pronto para ser ao mesmo tempo padrinho de Julian e o homem que iria entregá-la ao noivo. Quando se aproximou do altar, ela sorriu para as irmãs e primas de Julian, que tinham insistido em ser suas damas de honra.

Em seguida, ela olhou para Julian e sentiu a ferroada do pânico. Havia algo de sombrio nos olhos dele, um quê de tristeza. Será que ele tinha acabado de descobrir que ainda amava Beatrice?

– Julian? – ela sussurrou ao inclinar o corpo para a frente, sem conseguir parar de olhar no fundo dos olhos dele, como se neles pudesse ler a resposta para os temores.

Julian sabia que ela tinha visto a tristeza e a vergonha que ele não estava conseguindo esconder do modo como gostaria. Quando percebeu o medo que obscureceu os olhos da amada, ele se inclinou e beijou-a no rosto.

– Acalme-se, minha pequena vidente. O que você está vendo não tem nada a ver com nosso casamento, e sim com tudo que aconteceu em Colinsmoor enquanto Beatrice e Arthur deram as ordens por aqui.

– O que...

– Não. É tenebroso e desagradável e eu me recuso a permitir que isso invada o dia do nosso casamento.

Chloe assentiu e logo depois se viu ajoelhando ao lado de Julian para trocarem juras de amor e fidelidade. Ele falou num tom de voz alto e firme, em momento algum hesitou em se unir a ela pelo resto da vida. Ela tentou demonstrar o máximo de confiança que pôde. Quando ele a beijou, ela sentiu uma doçura na carícia que nunca tinha sentido antes. O medo passageiro esvaeceu de vez.

Os convidados consumiram alegremente a comida e a bebida e Chloe sentiu uma paz de espírito enquanto circulava em meio aos convidados, falando com cada um dos presentes e aceitando os cumprimentos. Chegou a achar um pouco engraçado quando se deu conta de que todos os seus parentes eram homens e, exceto por Anthony, os de Julian eram todos mulheres. Ciente da fama de namoradores dos primos, ela sentiu certo alívio quando viu que Lady Mildred e Lady Evelyn estavam vigiando de perto as filhas. Ela estava se aproximando de Leo quando Anthony correu em sua direção e a abraçou na altura das pernas.

–Você está muito elegante hoje, mocinho – disse enquanto acariciava os cabelinhos cacheados. – Está parecendo um homenzinho.

– Foi o que papai e Leo disseram. Agora você é a minha mãe.

Chloe não conseguiu segurar o sorriso que se espalhou sobre seu rosto.

– Sim, eu sou.

Anthony assentiu.

– Foi o que papai me contou, por isso vim abraçar minha nova mãe.

Julian apareceu e pegou Anthony no colo.

– Onde estão meus agradecimentos por ter arrumado uma mãe tão linda para você?

– Obrigado, papai.

– O prazer foi todo meu. – Julian sorriu e piscou para Chloe. – Ah, estou vendo que Greta acabou de trazer uns bolos deliciosos.

– Bolo? – Anthony se contorceu para descer mesmo enquanto seu pai já o colocava no chão. – Preciso pegar logo um pedaço ou as meninas vão comer tudo.

– Ah, pelo jeito ainda precisamos ensinar o menino a ser um cavalheiro – ele falou arrastado enquanto Anthony se aproximava da mesa de doces e abria caminho entre as meninas às cotoveladas. – Apesar de eu não poder culpá-lo. Greta faz bolos deliciosos.

– Vou passar por perto e fazer o grunhido de porquinho. Tenho certeza de que isso deve detê-lo, um pouco ao menos – disse Leo. Antes, parou ao lado da prima e beijo-a no rosto. – Você ficou muito bonita de noiva, prima. Quase desisti de entregar meu fardo a este conquistador.

Chloe arfou ao sentir o inconfundível beliscão no seu traseiro e olhou o primo pelas costas. Mas, em seguida, acabou rindo, pois sabia que ele tinha acabado de fazer o grunhido do porquinho. Anthony olhou para os pedaços de bolo que segurava em cada uma das mãozinhas e lentamente colocou um de volta na mesa. As meninas quase não se aguentaram de tanto rir.

– Por acaso ele acabou de beliscar seu traseiro? – Julian perguntou, aproximando-se para que ninguém pudesse escutar.

– Sim, beliscou, mas ele vai pagar por isso. E por ter me chamado de fardo.

– Bem, agora você é o meu fardo. – Julian riu quando Chloe respondeu com um barulho que soou mais como um rosnado. – Que história é essa de grunhido do porquinho?

– É exatamente o que você está imaginando. É o barulho que um porco faz. Se você o fizer quando Anthony está muito guloso, ele vai mais devagar. Ele devolveu um pedaço de bolo, não devolveu?

– E você acha que ele não vai voltar para pegar outro pedaço, depois?

– Claro que vai, mas mais tarde será melhor. Se ele se encher de bolo de uma só vez, vai acabar ficando enjoado.

Ela recostou em Julian ao se dar conta de que agora poderia fazê-lo sem culpa. Eles estavam casados. Melhor ainda, este era o dia do casamento deles, e até mesmo a pessoa mais religiosa não seria capaz de se opor a uma pequena demonstração de afeto neste dia.

Julian inalou o odor de Chloe, um leve toque de lavanda. Sua pele estava bonita e limpa. Todo o seu corpo estremeceu de desejo por ela. Tinha sentido saudades de tê-la na sua cama, até chegara a ter problemas para pegar no sono, tamanha a falta que sentira de tê-la envolvida em seus braços. Isto era, provavelmente, um sinal de fraqueza, mas ele não se importava.

– Logo poderemos sair discretamente – ele disse e roçou um beijo no pescoço, logo abaixo da orelha.

Chloe sentiu o rosto corando, o que considerou uma tolice. Eles vinham dormindo juntos há semanas antes do casamento e só tinham passado algumas noites separados. Porém, esta ia ser sua primeira noite como marido e mulher. Não precisariam mais ter medo de ser apanhados ou de lembrarem que tinham de voltar para suas respectivas camas antes que um dos criados os visse. Sua única preocupação era que no momento em que ela e Julian deixassem a festa, todos iriam saber para onde eles estavam indo.

– E para onde exatamente nós vamos?

– Bem, existe um apartamento nos fundos que foi preparado. Será nosso quarto particular. É uma bela suíte. A comida será deixada na salinha de estar enquanto estamos aconchegados na nossa cama e o banho estará esperando por você quando o desejar.

– Não creio que consigamos sair sem que ninguém perceba.

– Todos que estão aqui são da família, Chloe. E com a minha mãe e Lady Mildred presentes, ninguém terá coragem de soltar aquelas frases maliciosas que as pessoas gostam de proferir para os recém-casados.

– Espero que você esteja certo.

Mas ele não estava, e Chloe teve de rir, pois as que mais soltaram frases maliciosas foram a mãe e a tia dele. Apesar de terem tomado cuidado com a escolha das palavras, por causa da presença das filhas, todos os homens presentes, além de Chloe e Julian, sabiam exatamente o que as duas estavam dizendo. Ainda rindo disso e do desconforto do marido, que tingiu de um belo tom rosado as bochechas, Chloe soltou a mão de Julian e entrou na suíte.

– É adorável, Julian – ela disse ao espiar dentro do quarto que ficava logo depois da vasta sala de estar. Janelas imensas davam vista para o jardim, que ela só teve tempo de olhar de relance antes que Julian fechasse as cortinas.

– E muito reservada, distante do restante da família e da cozinha. – Ele sorriu ao puxá-la pela cintura. – Mas não tão distante para que a comida já esteja fria quando chegar aqui. Faremos uma viagem de lua de mel de verdade depois que Arthur for apanhado. Mas, por enquanto, podemos fingir que estamos em uma pequena cabana à beira-mar.

– À beira-mar, não – ela disse e beijou-o, logo abaixo do queixo. – Nos lagos.

– Melhor ainda. Admito que também prefiro os lagos, e tenho uma pequena propriedade lá que acho que você vai adorar.

Ela quase disse que amaria qualquer lugar desde que ele estivesse ao seu lado, mas acabou contendo o impulso. Chloe não queria fazer com que ele se sentisse desconfortável ou pressionado. O que ia ser difícil, pois o amor por ele parecia preencher cada cantinho do seu coração, mas era preciso ir com calma.

– Agora deixe-me ver se consigo tirar você deste traje elegante.

Ele foi rápido e Chloe sufocou a pontinha de ciúme que sentiu ao imaginar onde ele tinha adquirido tanta experiência em tirar as roupas de uma mulher. Julian era um homem que estava na casa dos trinta e já tinha sido casado, ela se repreendeu. Os homens lutavam para adquirirem o máximo de experiência possível assim que suas vozes ficavam um pouco mais roucas e ao sinal dos primeiros pelos no peito. Com os encrenqueiros dos seus irmãos não tinha sido diferente.

Enquanto a empurrava para a cama, ele a despiu, até que restasse apenas a combinação, e soltou os cabelos. Chloe, por sua vez, se ocupou removendo o paletó, o colete e a camisa. Estava prestes a desabotoar as calças quando ele gentilmente a empurrou sobre a cama. Deixando de lado a timidez, ela se esparramou e observou ele removendo a última peça de roupa.

Julian Kenwood era um homem encorpado, ela pensou. Era gloriosamente másculo desde os ombros largos até os pés grandes e finos, e em cada músculo definido ao longo do caminho. Seu olhar pousou no membro ereto, que crescia cada vez mais, bem diante dos seus olhos.

De repente, ela se lembrou de como ele tinha usado a boca e língua tão intimamente nela, em como aquilo a enlouquecera, e então se sentou. Esticando o braço, segurou firme o falo ereto e o acariciou com muito cuidado. Ele soltou um gemido suave e a segurou pelos ombros. Tomando o gesto como um sinal de aprovação, ela inclinou o corpo para a frente e beijou a ponta arredondada e levemente brilhante.

– Chloe – ele disse quase sufocado –, você tem certeza de que quer mesmo fazer isso?

– Você não gosta? – ela perguntou e então lentamente deslizou a língua ao longo de toda a extensão, percebendo pelo modo como ele estremeceu que a carícia tinha agradado.

– É que as mulheres não gostam de fazer isso. – Julian ficou surpreso por ter conseguido falar, pois seu sangue corria tão quente que devia ter fervido seu cérebro.

– Bem, vamos ver se sou uma dessas mulheres.

Ela observou cada reação para aprender o que ele gostava, enquanto fazia amor com sua boca. O prazer dele alimentou o seu até ela chegar bem perto de puxá-lo para a cama e subir sobre seu corpo. Neste momento, ela o sugou delicadamente e todo o corpo de Julian oscilou para a frente, e por isso ela repetiu o gesto. Um segundo depois estava deitada na cama e viu sua combinação sair voando pelo quarto.

– Não posso esperar mais – ele gemeu e abaixou a mão para verificar se ela estava úmida o bastante.

Ao perceber que ela estava quente e úmida, Julian quase deixou escapar sua semente sobre o ventre alvo. Ele se inclinou para beijá-la ao mesmo tempo em que a penetrava. Chloe gritou o nome dele e entrelaçou as pernas delgadas e fortes ao redor da cintura de Julian. O último pensamento claro que ele teve foi que finalmente tinha encontrado a amante aventureira que sempre quis.

Uma pessoa maravilhosa tinha colocado uma bacia com água e algumas toalhas sobre o criado-mudo, Julian notou, pois nem teve de tentar caminhar depois de finalmente rolar seu corpo enfraquecido e satisfeito de cima da esposa. Acabou sorrindo quando Chloe mal se mexeu enquanto ele a limpou e em seguida a si mesmo. Logo depois, jogou sem olhar a toalha usada sobre o criado-mudo e puxou para seus braços uma

Chloe lisonjeiramente largada. Percebeu então que definitivamente gostava do modo como ela se encaixava ao seu corpo, beijava seu peitoral e em seguida esfregava o rosto antes de se acomodar.

Ele estava casado novamente e se sentia feliz. Mas então acabou se lembrando do que tinha encontrado naquela manhã e suspirou. Chloe mais uma vez provou ser capaz de sentir suas mudanças de humor só de tocar em seu peito.

– Encontrei o fosso – ele disse abruptamente e não se surpreendeu quando ela o abraçou e beijou-o no queixo. – Havia cinco homens lá. Quer dizer, quatro homens e um rapaz muito jovem. Todos foram mortos porque sabiam muito e eram homens honrados que poderiam ter contado algo para mim ou porque Beatrice os desejou e eles não quiserem sucumbir aos seus encantos.

Chloe ergueu a cabeça o suficiente para que seus lábios se encostassem.

– Não foi culpa sua – ela disse.

– Eu sou o lorde. Deveria ter cuidado deles. Mas deixei que ela assumisse as rédeas em várias ocasiões, enquanto eu estava ausente, brincando de conde na Câmara dos Lordes.

– Era esperado que você fosse para lá de tempos em tempos. Todos os maridos deixam a esposa encarregada do lar quando saem para trabalhar. Julian, ninguém, por mais desconfiado que seja, teria imaginado que tais coisas estavam acontecendo durante sua ausência.

– Mas descobri a verdade sobre meu tio e minha esposa e simplesmente fui embora.

– Você descobriu que eles o estavam traindo. Isso não implica que eles estivessem matando pessoas e atirando-as numa vala comum. Levou muito tempo para que você aceitasse que eles estavam tentando matá-lo. Não, Julian, isto não foi sua culpa. Acabamos de enterrar uma daquelas duas pessoas cruéis e logo vamos enterrar a outra. É isso que você precisa fazer agora que descobriu tudo de mau que eles fizeram. Você fará justiça.

Chloe percebeu o quanto ele lutava para acreditar em tudo que ela tinha dito e entendeu como era difícil. Seu senso de responsabilidade para com o povo de Colinsmoor era profundo e levaria um tempo até que ele conseguisse se livrar da culpa que não merecia carregar. "Mas, pelo menos, ele tinha lhe dado ouvidos", ela pensou.

– Você precisa parar de pensar nisso. – Ela deslizou a mão sobre o abdome marcado e acariciou o membro caído, que no mesmo instante se ergueu em sinal de boas-vindas ao toque.

– Isto com certeza vai ajudar a esvaziar a minha cabeça – ele disse e deslizou as mãos sobre as costas macias até apertar gentilmente o traseiro arredondado.

– Bem, não é para isso que serve uma esposa? Para limpar os pensamentos incômodos da cabeça do marido? Para aplacar as preocupações?

– Você espera que eu discuta com você quando está fazendo exatamente o que eu quero?

Chloe riu e beijou-o. Sabia que a culpa que ele sentia iria voltar, mas esperava que acabasse atenuando com o tempo. Por enquanto ela iria fazer o possível para mantê-lo tão atordoado de paixão que não iria se lembrar nem mesmo do próprio nome. Era para isso que serviam as noites dos casados.

Capítulo 17

– Tolos. Olhe para eles, lá embaixo, sorrindo uns para os outros e agindo como se não houvesse nada de errado no mundo. – Arthur saiu de trás da árvore para que pudesse ver melhor o pequeno grupo reunido no cemitério que ficava ao lado da capela. – Eu disse que deveríamos ter enterrado aqueles corpos melhor e em uma cova mais profunda, Beatrice. Eles os tiraram de onde nós tínhamos colocado e enterraram no cemitério de Kenwood. Bem ao seu lado, o que devo admitir foi uma bela tacada. Agora estão enterrando aquela garota cujo bebê você pegou. Pelo que fiquei sabendo por alto, ela era irmã da nova condessa. Cometemos um erro, naquela ocasião.

Arthur pensou na sua amante morta e suspirou. Vez ou outra sentia sua falta, fato que o surpreendeu. Ela tinha cometido tantos erros, arruinado todos os planos, e ele tinha se divertido ao vê-la dançando no laço da forca, mesmo assim, ainda se pegava falando com ela. Era um daqueles mistérios da vida, ele decidiu, e soltou um gemido baixinho quando viu Julian abraçando a nova esposa.

Como ele ousara se casar novamente pouco depois de ter enterrado Beatrice? Ela deveria estar esperneando no inferno, exigindo que ele fosse punido de alguma maneira. Se ainda estivesse viva, ela jamais iria permitir que Julian se casasse novamente. A querida Beatrice deveria estar furiosa. Mas isso era algo que ele poderia cuidar por ela, Arthur decidiu. Agora que tinha vendido as joias de Beatrice, ele estava com dinheiro. Não tanto se a tola não tivesse deixado as joias da família Kenwood no cofre do solar, mas tinha o suficiente para contratar um bando de ladrões e assassinos. Eles poderiam ajudá-lo a dar um fim na linhagem do seu irmão de uma vez por todas.

Ele endireitou o corpo ereto e fitou sua esposa quando ela se juntou ao grupo no cemitério. A vadia traidora. Ela também iria pagar. Estava se escondendo com o inimigo, unindo-se a eles, isso não poderia ser esquecido. O único pedido que tinha feito àquela idiota foi que lhe desse um filho, e ela tinha falhado três vezes. Mas ele ia garantir que ela visse aqueles fracassados morrerem bem diante dos seus olhos. Queria que ela sofresse tanto quanto ele sofrera cada vez que ela expulsava do seu ventre inútil outra filha maldita.

Todos tinham falhado com ele. Ele estava destruído. Seus planos eram perfeitos e eles tinham colocado obstáculos a cada virada. Mas bastava! Podia até não ganhar o prêmio que tanto queria, mas ele era um homem capaz de se adaptar. Agora todos iriam pagar pelas perdas. Que o maldito condado fosse para as mãos de algum primo distante ou, melhor ainda, para a Coroa.

Arthur esfregou a mão na cabeça que doía e decidiu que precisava de uma bebida. O álcool ajudava a sanar sua dor constante. Ele não gostava muito do efeito que causava, mas serviria até que conseguisse se livrar de todas as outras fontes de dores de cabeça. Descendo a colina e se afastando do cemitério e da família de traidores, Arthur caminhou até o seu cavalo. Estava na hora de voltar para a estalagem, beber um pouco e comer algo.

Depois que sua dor tivesse passado, ele poderia reunir seus homens e fazer os planos. Tudo que precisava fazer era distrair alguns dos guardas de Colinsmoor e eles poderiam entrar facilmente no solar. Os miseráveis que tinha contratado para fazer o serviço sujo poderiam saquear o solar até se fartarem enquanto ele tomava conta daquelas mulheres intrometidas. Depois disso, ele iria se servir dos verdadeiros tesouros de Colinsmoor e fugir. Com os bolsos cheios e um pouco de sorte, ia conseguir escapar do pessoal de Simone e começar uma nova vida.

– Muito obrigada pelo que você fez, Julian – Chloe disse enquanto enxugava as lágrimas do rosto com um lencinho bordado que Phillipa tinha lhe dado de presente de casamento.

De repente ela sorriu ao se dar conta de que, por mais habilidosa que Phillipa fosse, era impossível que ela tivesse conseguido bordar a iniciais de Chloe em uma dúzia de lindos lencinhos poucos dias antes do casamento. "Só podia ter sido obra da sorrateira Lady Evelyn", ela pensou. Desde o começo a mulher tinha tramado e planejado para que ela e Julian ficassem juntos.

– Fico satisfeito que isto tenha lhe deixado feliz – ele disse –, apesar de você ainda estar chorando.

– São lágrimas de alegria. Você tem mãe e duas irmãs. Deve compreender como são as mulheres. – Ela riu quando ele suspirou, e decidiu que não iria contar como a mãe dele e as irmãs tinham tramado para ele se casar. – Agora sim. Tenho certeza de que é aqui que Laurel gostaria de estar, ela e o seu bebê, e não na cripta.

– Ao ar livre, sob o céu.

– Exatamente. E com Henry, também.

Seu olhar pousou sobre as três lápides e ela suspirou com uma mistura de alívio e alegria. A irmã estava junto do amado novamente. A pequena marquinha da criança desconhecida cujos ossos elas tinham usado para encobrir a sobrevivência de Anthony também estava lá e ela sabia que a irmã também teria amado aquela criança. Ela rezou para que os espíritos deles se encontrassem onde quer que estivessem.

Mas, de repente, Chloe ficou tensa. Sentiu como se duas vespas tivessem ferroando suas costas, bem no meio, entre as escápulas. Ela se virou e olhou para trás, mas não viu nada.

– Aconteceu algo de errado? – Julian olhou na direção que ela parecia buscar por algo, mas não viu nada.

– Só uma sensação estranha. Como se algo quente tivesse cutucado minhas costas. Como se alguém estivesse nos observando.

– Alguém bom ou mau?

Depois de pensar por um minuto a respeito, ela respondeu:

– Mau. Acho que isso explica por que tive a sensação de que estava sendo ferroada por vespas. – Ela olhou para o alto da colina novamente. – Mas não estou vendo ninguém.

– Posso enviar alguns homens para fazer uma busca na área. – Julian tinha aprendido a respeitar as premonições de Chloe e decidiu que seria melhor enviar alguns homens para dar uma olhada.

– Não tem ninguém lá, Julian.

Chloe se virou de volta para os túmulos e avançou um passo. Traçou delicadamente o nome da irmã com a ponta do dedo e sussurrou um adeus. Em seguida, olhou outra vez para Julian, segurou sua mão e saiu puxando-o atrás dos outros, que já estavam voltando para casa. Um dia iria contar a história de Laurel e do seu nascimento para Anthony, quando ele tivesse idade para entender e não sentir medo. Laurel merecia ser lembrada pela criança que ela ajudou a salvar. Ia enviar também uma carta para seus irmãos, contando-lhes com quem ela tinha se casado e onde a irmã deles estava enterrada. Chloe tinha certeza de que eles desejariam visitar o túmulo de Laurel e – ela esperava – ela também.

– Não vale a pena incomodar os outros com isso. Nós não vimos ninguém lá no alto. Devo ter imaginado e seja lá quem estava olhando para nós já deve ter ido embora.

Mas ela não se surpreendeu quando Julian saiu sorrateiramente assim que eles entraram em casa. Chloe sabia que ele estava voltando lá para dar uma olhada. Isso iria fazer com que ele se sentisse melhor e ela supôs que então fosse bom. O fato de ele dar atenção aos seus avisos e confiar nos seus instintos era uma bênção tão grande que ela não podia reclamar da reação um pouco superprotetora.

– Agora você está feliz, mamãe? – Anthony perguntou ao pular no seu colo.

Chloe não conseguiria conter o sorriso que surgiu em seus lábios mesmo que tentasse. Ouvir Anthony chamando-a de mamãe era música para seus ouvidos. Nunca pareceu estranho, pelo contrário, caiu bem desde a primeira vez em que ele pronunciara a palavra. Finalmente ela poderia abraçar a criança abertamente assim como seu coração tinha feito, três anos antes.

– Eu já estava feliz antes, Anthony – respondeu. – Aquelas lágrimas eram de alegria. – Ela riu quando ele estampou no rostinho a mesma expressão do pai. – Você gostaria de dar uma volta no jardim?

– Posso levar minha bola?

– Claro, mas não espere que eu jogue bola tão bem quanto seu pai ou seu tio. Minha saia é longa e é muito difícil correr vestida assim.

– Erga a barra como Lady Mildy e a vovó fazem.

– Vou tentar – ela disse, deu a mão para ele e seguiu rumo ao jardim, tentando imaginar as duas senhoras com as saias erguidas, jogando bola com o garotinho.

– Alguém esteve aqui, milorde – Jake, que estava se revelando um ótimo rastreador, anunciou. – O senhor acha que pode ter sido seu tio?

Apesar de a pergunta ter sido feita num tom de voz calmo, Julian percebeu o brilho de medo nos olhos do homem. Não podia culpar Jake por temer Arthur. Seu tio certamente era um homem perigoso, especialmente agora. Ninguém podia prever com precisão qual seria o próximo passo de um homem louco. Isso era o que mais estava dificultando sua captura.

Julian olhou para o alto da árvore contorcida pelo vento no topo da colina e contraiu as sobrancelhas. Alguém tinha estado ali e observado, lá do alto, enquanto eles estavam reunidos no cemitério. Mas foi a estranha sensação que Chloe sentira que fez com que aquilo parecesse o presságio de um mau agouro. Assim como o fato de quem quer que tenha estado lá fez o possível para permanecer escondido e ocultar os rastros deixados para trás. Quem mais poderia ser senão Arthur ou algum dos seus capangas? O clima de mistério era incômodo. Isso e o fato de que se tivesse sido Arthur, o homem tinha conseguido chegar muito perto da sua família sem ser visto.

A pergunta era: por que o homem ainda estava rondando Colinsmoor? Por que ainda estava no país? Não fazia sentido e isso deixou Julian preocupado. Arthur era um homem esperto e astuto, que sabia como cometer todos os tipos de crimes sem ser apanhado. Voltar para a cena onde tinha cometido tanto crimes não parecia esperto ou astuto.

– Pode ser, mas não podemos ter certeza a menos que consigamos rastreá-lo de onde quer que ele tenha vindo – Julian disse.

– Maldição, pensei que ele tivesse ido embora de vez.

– Eu também, Jake. Eu também. Vamos dar mais uma olhada ao redor para termos certeza.

Já era tarde quando Julian finalmente voltou para casa. Ele subiu a escadaria apressado e correu para se preparar para o jantar. Ficou um pouco desapontado por não ter encontrado Chloe esperando no quarto, mas ele sabia que ela estava aproveitando para passar o máximo de tempo possível com sua mãe. Julian não achava que Chloe precisava receber lições de como se tornar uma condessa, mas se isso fazia com que ela se sentisse mais confiante na sua nova posição, ele não tinha objeções.

Quando chegou na sala onde todos esperavam reunidos, esperando pelo jantar, ele não pôde conter o sorriso. Com duas senhoras, uma recém-casada, três mocinhas em busca de um marido e duas que tinham idade suficiente para se juntarem a eles para jantar, mas que ainda eram muito jovens para ser oficialmente apresentadas à sociedade, as refeições em família tinham se tornado reuniões um tanto barulhentas. Leo, que estava sentado em uma cadeira próxima à lareira, apenas sorriu. Se o homem era capaz de suportar aquilo com tanta calma, Julian desconfiava que o amigo tivesse nervos de aço. Ele caminhou na direção de Leo, pensando que o homem deveria saber o que poderia ser feito com relação ao misterioso observador.

Depois de aceitar uma bebida, servida pelo criado, Julian disse:

– Tinha alguém no alto da colina, olhando para o cemitério. O intruso assistiu ao enterro de Laurel, do filho e do marido dela. Jake e eu vimos que ele esteve lá, vimos as marcas do cavalo, mas quando Jake tentou seguir as pegadas deixadas, os rastros desapareceram a apenas alguns metros da árvore.

– Vocês fizeram uma busca por toda a área para verificar se as pegadas apareciam novamente?

– Sim, e não encontramos nada. Foi como se, seja lá quem esteve lá em cima, tivesse subido montado um cavalo alado e depois voado para longe.

– E tomou cuidado para ocultar seus rastros. Isso é sempre um mau sinal.

– Foi o que pensei. – Julian contou sobre o que Chloe tinha sentido, uma vez que fora que o motivara a sair à procura de algo ou alguém.

– Então definitivamente não era uma pessoa amiga que estava lá. Será que era Arthur? Essa é a pergunta? Imaginei que Arthur estivesse bem longe daqui, até mesmo fora do país. Meu pessoal me contou que ele vendeu as joias de Beatrice e saiu andando com os bolsos cheios de dinheiro. Uma quantia boa o suficiente para qualquer homem partir para uma nova vida. Mas a outra pergunta é: será que era uma quantia boa o bastante para Arthur? Fiquei sabendo que o pessoal de Simone também está à procura de Arthur, e não é para agradecer gentilmente a ele por tê-los ajudado. Este seria outro bom motivo para que qualquer homem em sã consciência fugisse para o mais longe possível.

– A questão continua: Arthur ainda está em sã consciência? Se é que um dia já esteve...

Leo concordou com um aceno de cabeça.

– A sanidade dele já se tornou questionável quando ele planejou friamente matar três dos seus familiares mais próximos para ficar com o título. Isso é algo que já aconteceu antes, em outras famílias. Frieza e falta de sentimento, mas nem sempre associadas à insanidade.

– Falando sobre Arthur outra vez? – perguntou Chloe ao se aproximar e cruzar o braço com Julian. – Acham que ele estava me observando?

– Há uma possibilidade – respondeu Julian. – O problema é que não faz sentido. Ele sempre foi muito esperto, muito astuto, e mesmo assim ainda continua rondando o lugar onde está sendo caçado?

– Entretanto, vocês ainda não conseguiram apanhá-lo, deste modo ele continua esperto e astuto. Assim como também precisa de dinheiro para fugir e viver confortavelmente como sempre gostou. – Ela olhou ao redor da sala enorme. – Tem uma porção de objetos valiosos aqui, e aposto que você tem um cofre onde guarda mais. Provavelmente coisas muito mais fáceis de carregar e vender, também.

– Como as joias de Beatrice – murmurou Leo.

– É bem possível que Arthur saiba onde fica o cofre. Com todo o tempo que teve para procurar durante o ano que morou aqui, certamente deve ter encontrado. Mas, Chloe, nós não somos os únicos que estão à procura dele. O pessoal de Simone também está. Ele prometeu algo e não entregou. Eles devem estar em busca de, hum, algum tipo de restituição. Querem vê-lo morto. Poderíamos ao menos tentar capturá-lo vivo para que ele seja julgado pelos assassinatos que cometeu.

Chloe viu Lady Evelyn fazendo sinal para avisar que o jantar já estava servido e puxou Julian na direção da porta. Leo acompanhou Lady Evelyn e seguiu logo atrás deles. As discussões sobre Arthur iam ter de esperar, pois as duas senhoras mais velhas não iriam permitir que um tópico como este fosse discutido à mesa. Não queriam que as filhas ouvissem histórias sobre assassinatos, roubos e adultério. Chloe quase deixou escapar uma risadinha, pois tinha certeza de que as mocinhas iriam adorar o assunto picante.

A conversa sobre Arthur só pôde ser retomada depois que eles já estavam reunidos em outra sala, onde foram servidos bolos e vinho de sobremesa, e depois que as filhas foram mandadas para os quartos. Chloe recostou em Julian enquanto Leo contava às senhoras sobre o que tinha acontecido e o que Julian tinha ou não tinha encontrado. Ela analisou Lady Mildred e respirou aliviada ao notar que não havia nenhum sinal de tristeza aparente no rosto fino da mulher. Mildred não se importava com o destino do marido, mas estava preocupada com a segurança e com a felicidade das suas filhas.

– Arthur fará de tudo para conseguir o máximo de dinheiro que puder antes de fugir – Lady Mildred disse com franqueza. – Ele é arrogante o suficiente para achar que pode enganar a todos e ainda sair vitorioso. Eu não me surpreenderia se ele não estiver culpando cada um de nós pelos seus fracassos.

Por um momento a senhora pareceu tão infeliz que Chloe começou a se mover, com a intenção de oferecer algum conforto, mas Julian apertou a mão que a segurava pelo ombro, contendo-a.

– Ele encara minhas três filhas como um dos meus maiores fracassos.

Percebendo que a dor da mulher era pelas filhas que nunca tinham conhecido o amor do pai, Chloe lançou um olhar solidário para Lady Mildred.

– Ele é um homem que, quando falha, sempre joga a culpa em alguém.

– Assim é Arthur. Ele nunca faz nada de errado. Eu só tive filhas, portanto a culpa é minha. Ele não conseguiu ficar com o condado, portanto, primeiro a culpa foi do pai de vocês – Lady Mildred disse para Julian –, e depois sua, especialmente depois que você ainda teve a audácia de ter um filho homem. Outro herdeiro. E Anthony tem culpa por ter sobrevivido aos seus primeiros anos difíceis. Você, Chloe, é culpada por ter cuidado da criança e mantido-a em segurança em vez de deixá-lo lá para morrer. Eu poderia continuar falando durante dias sobre todas as coisas que aconteceram e que não foram culpa de Arthur. Ele é capaz de pensar que tem o direito de roubar tudo que puder simplesmente porque alguém se colocou no caminho dele e o impediu de conseguir o que queria.

– Então, ele vai tentar roubar Julian e matar alguns de nós. Pelo menos sabemos o que ele quer. Agora só precisamos descobrir onde ele está e quando irá atacar – iniciou Chloe.

– Acho que amanhã de manhã podemos fazer outra busca – disse Leo.

Já era tarde quando os homens terminaram de fazer os planos para a busca da manhã seguinte. Chloe estava bocejando muito antes de ir para cama. Achou que o medo constante de que Arthur pudesse voltar e ferir alguém era o que estava drenando suas forças. Quando Julian se deitou ao seu lado, ela se acomodou próxima àquele corpo protetor e soltou um longo suspiro.

Julian percebeu que Chloe estava realmente muito cansada para fazer amor, assim ele simplesmente a abraçou e acariciou-a. Ele também estava exausto e desconfiava que fosse pelo mesmo motivo da esposa. A batalha ainda não tinha chegado ao fim, mas eles não conseguiam encontrar o inimigo.

Depois que terminou de analisar todas as possibilidades do porquê Arthur ainda estar na Inglaterra, e perto de Colinsmoor, Chloe já dormia pesado e ele sorriu. Desde que se casaram, seu desejo por ela parecia não ter fim. Nada mais justo do que lhe dar um descanso. Em seguida, ele ficou tenso. Não tinha certeza, mas já fazia quase um mês desde a primeira vez em que tinham feito amor, e Chloe não o tinha dispensado uma vez sequer, com a desculpa de que estava naqueles dias.

Seus olhos baixaram, e ele tentou controlar a excitação crescente. Na tarde do dia anterior, ele a apanhou dormindo no meio do dia e não tinha sido um cochilo leve, mas sim um sono pesado e gostoso. Ela também passara a comer mais. Julian não tinha certeza se os seios dela não pareciam estar um pouco maiores, mas ele tinha assumido que isso fosse porque ela vinha comendo mais ultimamente. As duas coisas também aconteciam quando uma mulher estava esperando um filho. Ele tinha analisado os sinais bem de perto quando Beatrice tinha engravidado e era capaz de citar cada um tão bem quanto podia soletrar o alfabeto para sua avó quando era criança.

Julian abraçou Chloe mais apertado e beijou-lhe o alto da cabeça. Iria esperar mais uma semana e então discretamente iria perguntar à mãe o que ela achava, pois ele tinha certeza de que Chloe não fazia ideia. Um leve sorriso curvou seus lábios quando se lembrou do aviso de Leo, só que agora ele soou mais como uma promessa. *Como coelhos.*

Chloe ergueu a boca e então lentamente recostou-se contra a parede, ao lado do assento sanitário portátil, caso precisasse usá-lo novamente. Só podia ter sido o peixe, ela pensou, e então repensou. Mas ela não tinha comido o peixe servido no jantar da noite anterior. Passando a mão sobre a barriga arredondada, ela tentou se lembrar do que tinha comido e, enquanto a lista crescia, acabou se indagando por que Leo não tinha feito o grunhido do porquinho. Obviamente o fato de estar fazendo amor dia e noite com o marido tinha lhe dado o apetite de um homem de um metro e oitenta.

Quase sem forças, ela respondeu a uma batida na porta e Lady Evelyn entrou. A mulher arregalou os olhos e correu para perto de Chloe, que teve o bom-senso de fechar a tampa do assento, mas teve a sensação de que não tinha conseguido esconder o seu mal-estar. Lady Evelyn tocou com a palma da mão na testa e nas faces de Chloe, que se deleitou com o toque das mãos frias.

– Você não parece estar nada bem, minha querida – disse a senhora e a analisou com muita atenção. – Hum, só um momentinho.

Quando Chloe ouviu Lady Evelyn pedindo para a criada trazer um pouco de chá adoçado e uma torrada com manteiga, Chloe sentiu vontade de dizer não. Só de pensar em comida fez com que ela se debruçasse sobre o assento sanitário novamente. Desta vez Lady Evelyn molhou sua testa com uma toalha úmida, enquanto a ajudava a voltar para a cama. Chloe decidiu que era muito bom ser mimada para variar.

Assim que o chá e a torrada chegaram, a gentil Lady Evelyn se transformou em um general linha-dura e fez Chloe beber cada gota e comer cada pedacinho, mas lentamente. Ao terminar, Chloe foi obrigada a admitir que estava se sentindo bem melhor. Depois que a criada limpou tudo e levou o urinol, até o quarto cheirava melhor.

– Obrigada por me forçar a comer – ela agradeceu enquanto Lady Evelyn removia a bandeja e se sentava na beirada da cama. – Estou me sentindo bem melhor. Acho que comi muito na noite passada. Na verdade, quando tentei pensar no que poderia ter causado o enjoo e comecei a me recordar de tudo que eu tinha comido, fiquei surpresa que Leo não tenha se aproximado e feito o grunhido do porquinho.

– Notei mesmo que você estava com um ótimo apetite na noite passada e na anterior também.

Quando Chloe pensou na sua justificativa para isso, acabou corando.

– Preciso ficar de olho nisso. Mas acho que sua cozinheira é muito boa.

– Ela é excelente. Agora, deixe-me fazer algumas perguntas, e uma ou duas podem ser um tanto pessoais, mas quero que você responda, por favor.

– Claro – Chloe disse, mas começou a se sentir um pouco sem jeito.

– Quando foi o seu último ciclo?

"Essa certamente era uma pergunta pessoal", Chloe pensou e abriu a boca para responder, mas, de repente, hesitou.

– Deve ter sido antes do casamento, só não consigo me lembrar. Estranho, não costumo me esquecer disso. Sou regulada como um relógio. Talvez eu tenha ficado um pouco nervosa, ansiosa, ou algo assim. Ouvi dizer que o nervosismo pode afetar.

– É uma das coisas que pode – Lady Evelyn murmurou. – Você tem sentido muito cansaço ultimamente?

Novamente Chloe refletiu sobre a possibilidade e corou.

– Um pouco. Acabei dormindo ontem à tarde, nunca costumo fazer isso.

– E por acaso já passou as primeiras horas do dia com a cabeça debruçada sobre o assento sanitário?

– Não, e não estou entendendo, pois nunca sinto enjoo.

Lady Evelyn segurou as mãos de Chloe entre as suas e soltou um leve sorriso.

– Existem muitas outras perguntas que eu poderia fazer, mas não creio que seja necessário. Chloe, o seu ciclo não veio, e uma vez que você não se lembra desde quando, estou certa de que é porque deve fazer mais de um mês. Você está comendo como um cavalo de corrida. Tem dormido muito. E, a prova final, esta virando o estômago do avesso nas primeiras horas do dia. Você, minha querida, está esperando um filho.

Chloe fitou a mulher com olhos fixos por um momento e repassou a lista mentalmente.

– Oh. Pensei que tudo isso estivesse acontecendo simplesmente porque Julian é um marido muito exigente.

Lady Evelyn riu.

– Bem, é exatamente por isso.

Chloe pousou a mão sobre o ventre e sentiu uma onda de encanto se espalhando pelo corpo.

– A senhora acha mesmo?

– Acho sim, mas não custa nada esperar, digamos, mais uma ou duas semanas para ver se os sintomas continuam ou se o ciclo chega. Você está contente?

– Oh, sim. Estou contente. – De repente, ela se lembrou de Julian contando o que Leo tinha lhe dito a respeito dos Wherlocke e dos Vaughn. – Maldição, Leo acertou outra vez.

– Sobre o quê?

– Ele disse para Julian tomar cuidado, pois os Wherlocke e os Vaghn são muito férteis.

– Mas isso é maravilhoso, minha querida.

– Não do modo como ele afirmou.

– Ah, e como Leo afirmou?

– Ele disse que somos como coelhos. – Quando Lady Evelyn rompeu em gargalhadas como se fosse uma jovenzinha, Chloe não aguentou e acabou rindo junto.

Julian cavalgava ao lado de Leo, com os olhos fixos no chão. Parecia que a trilha tinha sido suspeitosamente limpa. Ele ergueu os olhos para o céu, se deu conta de que já era tarde e que eles estavam a algumas horas de distância de Colinsmoor. A constatação causou medo.

– Tem algo estranho aqui, Leo – ele disse, puxando as rédeas subitamente.

– Também acho – murmurou Leo. – Eu estava pensando a mesma coisa.

– Será uma armadilha? – Julian olhou ao redor, mas não viu ninguém além de dois cavaleiros que vinham em sua direção a passos lentos pela estrada. Ambos estavam uniformizados, por isso ele não os considerou uma ameaça.

– É possível. Existe uma possibilidade ainda pior, entretanto.

Julian empalideceu.

– De termos sido levados para longe de Colinsmoor.

– Sim. – Leo franziu a testa e inclinou a cabeça na direção dos dois soldados. – Aqueles homens estão se aproximando em alta velocidade.

– Não creio que aqueles dois soldados empoeirados façam parte da armadilha – Julian disse, mas sacou a pistola e segurou firme, caso os soldados fizessem o mesmo.

– Julian!

– Maldição – Julian sussurrou e quase deixou cair a pistola quando reconheceu a voz, e no segundo seguinte o cavaleiro. – Nigel!

Leo permaneceu montado e segurou com destreza as rédeas de Julian quando o homem pulou do cavalo e correu ao encontro do irmão. O homem com Nigel fez o mesmo quando o jovem também desceu do cavalo apressado. Enquanto os dois irmãos se abraçavam e batiam nas costas um do outro, Leo acenou para o homem que vinha em sua direção. Ele era alto, tinha ombros largos e uma cabeleira preta. Até mesmo sua pele estava mais parda, mas ele ainda tinha os mesmo olhos sinistramente prateados.

– Saudações, Bened – ele disse. – Longa jornada?

– Parecia não ter fim, e não quero ver o mar tão cedo – o homem respondeu com sua voz profunda e o acentuado sotaque galês em cada palavra.

– Eu também odeio o maldito oceano. Não gosto nem da curta travessia para o continente. – Leo deu uma olhada na direção de Nigel e Julian, cujo reencontro já estava um pouco mais calmo. – Algum problema?

– Duas tentativas. As duas falharam. Dois homens mortos.

– Bom trabalho.

– Como estão as coisas por aqui?

– Bem movimentadas. Oh, e Chloe agora é a condessa de Colinsmoor.

– Muito bem. – Ele fitou Julian. – A esposa dele morreu, então.

– Sim. Achamos que o tio a enforcou. Ela foi deixada dependurada em uma árvore em Colinsmoor. – Leo sorriu quando Julian se aproximou com o irmão e o apresentou a ele. Nigel então apresentou Bened, um pouco surpreso ao descobrir que Leo era primo do homem.

– Tenho sido vigiado, não é mesmo? – perguntou Nigel.

Antes que Leo pudesse responder, Bened retrucou:

– Sim. Tem alguma reclamação?

Nigel riu.

– Nenhuma. – Olhou então para Julian. – Onde está a nova esposa que você acabou de me contar a respeito? Ela não gosta de cavalgar?

– Oh, ela é uma ótima amazona, mas está em casa. Saí há algumas horas e acho que precisamos voltar.

– Pensou que fosse uma armadilha?

– A princípio. Ainda temo pela nossa segurança.

Rapidamente Nigel montou no cavalo e os quatro tomaram o rumo de Colismoor.

– Conte-me tudo que aconteceu e o que você acha que pode acontecer.

Julian repassou todos os acontecimentos das últimas semanas e então falou sobre a estranha sensação que ele e Leo tinham acabado de sentir.

– Não há nenhuma armadilha aqui, portanto só podemos concluir que fomos levados para o caminho errado. – Ele puxou as rédeas quando Bened parou subitamente, desceu do cavalo e se agachou ao lado da trilha que eles estavam seguindo. – O que ele está fazendo? – perguntou a Nigel.

– Ele costuma dizer que está lendo – respondeu Nigel, e então encolheu os ombros. – Não faço a menor ideia do que isso significa, mas ele nunca me levou para o caminho errado.

Bened subiu no cavalo novamente e meneou a cabeça.

– Não há nenhuma armadilha e havia somente um cavaleiro solitário, não era muito pesado, e acabou de passar devagar por aqui, algumas horas atrás.

Julian praguejou e saiu na direção de Colinsmoor. Buscou manter um ritmo leve, pois não queria cansar o animal e assim acabar perdendo a montaria. Seu único conforto por ter sido tão ingênuo foi que Leo também se deixara enganar.

– Tem homens lá, Julian – Leo disse. – Elas não ficaram desprotegidas.

– Eu sei. Só por isso não estou correndo o risco de matar o pobre animal de exaustão num esforço maluco de chegar lá o mais rápido possível.

– Se ele atacar a casa, poderia acabar ferindo a minha mãe, as meninas, até mesmo a própria esposa e as filhas – Nigel argumentou. – Por que ele iria fazer algo assim?

– Porque achamos que ele enlouqueceu. Arthur matou Beatrice, que era sua amante e aliada há anos. Só não temos certeza de que tenha sido ele que tentou matar a mamãe e as moças porque Beatrice ainda estava viva quando o ataque à casa da cidade aconteceu. O plano pode ter sido dela. Mas Chloe acha que foi ele.

– Então foi – disse Bened e encolheu os ombros quando os irmãos Kenwood olharam para ele. – Chloe tem o poder da premonição.

– E o que você pode fazer? – perguntou Julian.

– Quando ainda nem tivermos avistado sua casa poderei dizer se os seus inimigos estão lá. Não preciso vê-los para saber.

– Maldição, mas isso deve ser útil.

– Muito – disse Nigel e uma sombra cruzou seus olhos. Julian sentiu que seu irmão mais novo tinha visto muito mais dos horrores da guerra do que tinha planejado. – Bened pode chegar por trás deles muito antes que eles consigam perceber, mas ele saberá onde está cada um dos desgraçados. O homem é capaz de roubar a sela que você está montado sem que você perceba.

– Nem tanto – murmurou Bened, e em seguida olhou para Julian. – Mas saberei onde os seus inimigos estão e quantos são. Isso pode ajudar.

– Vamos torcer para que eles não estejam lá e que estejamos nos preocupando à toa – disse Julian, apesar de não acreditar muito nas próprias palavras.

– Sim. Mas não se esqueça de Chloe. Ela tem o poder da premonição.

Tinha de fato, mas até mesmo ela admitiu que seu dom nem sempre funcionava quando ela queria, Julian pensou. Ele apenas rezou para que, se os seus inimigos estivessem indo para Colinsmoor, o dom de Chloe fizesse a gentileza de alertá-la.

Capítulo 18

Chloe despertou com um sobressalto e levou um momento para perceber que tinha dormido sentada novamente. Seus batimentos cardíacos estavam acelerados e ela sentiu um gosto amargo de medo na boca. Lentamente foi endireitando o corpo até ficar em uma postura mais ereta, ao mesmo tempo em que tentava se lembrar do sonho que tinha tido e então seus olhos ficaram arregalados quando o conhecido calafrio de alerta varreu seu corpo.

Tudo começara tão agradavelmente. Ela tinha visto Julian e um jovem, que parecia gostar muito dele, rindo e batendo nas costas um do outro daquele modo estranho que os homens costumam fazer. Em seguida tudo começou a escurecer. Sombras começaram a avançar sobre a casa. A parede externa do estábulo estava manchada de sangue. Um rapaz caído no chão, imóvel. As sombras continuaram avançando.

Chloe podia sentir o coração pulsando de medo, mas continuou forçando para que a lembrança do sonho voltasse. As sombras invadiram a casa. Eles eram grandes. Chloe sentiu o mau e a ira. Punhais cintilaram. Gritos ecoaram nos corredores. Havia sangue nas paredes. Uma sombra continuou se movendo na direção de uma cama pequena e Chloe percebeu que era o quarto das crianças.

– Anthony – ela sussurrou apavorada e ficou em pé no mesmo instante.

Enquanto corria para o quarto das crianças, de repente ela compreendeu tudo. A casa estava prestes a ser atacada. Havia homens armados do lado de fora para protegê-las, mas seu sonho tinha mostrado as sombras dentro da casa, deixando um rastro de destruição e morte por onde passavam. Ela não tinha certeza se os guardas iam dar conta de salvá-los. Sem saber quanto tempo ainda tinha para alertar todos, ela começou a bater nas portas dos quartos por onde passava, gritando para todos saírem e se reunirem no corredor. Quando entrou no quarto das crianças, ela encontrou Dilys com Anthony dormindo em seus braços.

– Ouvi seus gritos, senhora – Dilys falou.

– Muito bem. Leve-o para aquele quartinho que fica dentro da adega de vinho que Julian nos mostrou. Vou tentar reunir os demais e levar todos para lá. – Chloe parou para dar um beijinho na testa de Anthony e fazer um afago em seus cachos dourados.

– Pois não, senhora – disse Dilys e desceu a escadaria correndo enquanto Chloe retomou sua busca pela casa.

– Céus, criança – disse Lady Mildred ao sair do quarto, com os óculos ainda equilibrados sobre o nariz. – Que barulheira é essa?

– Temos de ir para o quartinho dentro da adega de vinho, no porão – ela disse. – Onde estão suas filhas?

– Aqui, milady – Helena, a mais velha das três filhas de Mildred, respondeu, e as duas mais novas vieram logo atrás.

– Desçam todas para o esconderijo. Vocês ainda se lembram de como chegar lá?

– Sim, milady. – Helena puxou a mãe pelo braço. – Venha, mamãe, precisamos andar rápido.

– Mas não ouvi nenhum barulho estranho.

– Logo ouvirá, Lady Mildred – disse Chloe. – Se todos os outros já estiverem no corredor principal, leve-os para lá com a senhora.

– Mas não temos homens lá fora, cuidando da nossa segurança?

– Mildred, acho melhor fazer o que Chloe está dizendo – disse Lady Evelyn, que tinha acabado de sair do seu quarto. – Tem certeza de que estamos correndo perigo? – ela perguntou para Chloe.

– Sim, milady – Chloe respondeu. – As sombras invadiram a casa. Fui primeiro ao quarto de Anthony, pois a sombra estava indo para lá.

– Ele já está em segurança?

– Dilys desceu com ele.

– Que raio de sombras são essas de que você está falando? – interpelou Mildred.

Chloe quase sorriu ao ver o modo como as três filhas de Mildred olhavam surpresas para a mãe.

– Talvez seja melhor deixar que Lady Evelyn explique para a senhora. Preciso verificar se todos estão descendo para o esconderijo.

Lady Evelyn assentiu.

– Vou explicar tudo para você Mildred, assim que estivermos lá embaixo. Chloe? – ela chamou sobre o ombro.

– Pois não, milady? – Chloe respondeu distraidamente enquanto espiava dentro de cada quarto.

– Lembre-se de que precisa se preocupar com mais alguém além de você mesma.

– Oh. – Chloe não conseguiu se conter e pousou a mão sobre o ventre. – Vou me lembrar.

– Ótimo. Então nos vemos daqui a pouco.

Enquanto observava as mulheres descendo a escadaria, Chloe ficou encantada com o modo como Lady Evelyn era capaz de fazer com que uma ordem soasse tão educada. Elas pararam apenas para levar as duas irmãs de Julian junto. Chloe correu de volta para verificar os quartos e então desceu apressada pela escada de serviço. Na cozinha, encontrou duas criadas às voltas com o fogão e mandou que estas também descessem para a adega de vinho.

As moças argumentaram, dizendo que a cozinheira tinha dado ordens para elas ficarem na cozinha, e justamente quando Chloe as estava lembrando de que ela era superior à cozinheira, gritos e alguns tiros ecoaram do lado de fora. Chloe correu para colocar o travão de madeira na porta da cozinha enquanto mandava as moças desceram para a adega. O perigo estava se aproximando, ela pensou enquanto se afastava da porta. No minuto seguinte, um tiro estilhaçou a vidraça da janela que ficava sobre a imensa pia.

– Não estou entendendo, Evelyn – disse Mildred enquanto elas desciam a escada, com criadas à frente e atrás. – Não vi e não ouvi nada. Tudo está tão quieto lá fora. Por que estamos correndo para aquele quartinho apertado?

– Mildred, Chloe, bem, sabe das coisas – Evelyn tentou explicar. – Confie em mim quando digo que se ela acha que precisamos ir para aquele quartinho, então realmente precisamos ir para aquele quartinho.

– Por que Chloe sabe das coisas?

– Ela tem o dom da visão, mamãe – Helena disse baixinho e suas duas irmãs assentiram em acordo.

– O dom da visão? De onde vocês tiraram esta ideia? – perguntou Mildred.

Helena ruborizou um pouco.

– Porque ouvi Julian e Lorde Sir Leopold falando sobre isso. E o conde acredita nisso – ela adicionou rapidamente quanto viu que a dúvida surgia no rosto da sua mãe.

– Sempre correram boatos sobre tais coisas a respeito dos Wherlocke e dos Vaughn. Mas isso não quer dizer que seja verdade.

Naquele momento, duas criadas da lavanderia apavoradas surgiram correndo escada abaixo, quase derrubaram as Kenwood. Houve gritos abafados de medo e em seguida veio o barulho de vidro se estilhaçando. Lady Evelyn pegou uma das lavadeiras pelo braço e teve de dar uma leve bofetada na moça para que ela parasse de gritar.

– Onde está Lady Kenwood? – ela inquiriu.

– Ela estava na cozinha e disse que era para descermos para cá o mais rápido possível. Logo em seguida os homens estavam atirando contra nós, milady. Eles acertaram a janela da cozinha.

Lady Evelyn se virou para subir de volta a escadaria quando Mildred a segurou pelo braço.

– Precisamos encontrar Chloe.

– Esta casa é tão grande que qualquer um pode se perder, e você pretende sair à procura dela enquanto homens atiram contra a casa? Você só vai acabar levando um tiro – Mildred disse e saiu puxando Evelyn consigo. – E enquanto estivermos esperando até que ela se junte a nós, você poderá me explicar toda esta história de um modo mais claro do que simplesmente me dizer que Chloe *sabe* das coisas.

– Mildred, tenho quase certeza de que Chloe está grávida..

Mildred vacilou um pouco, mas logo em seguida se firmou e continuou andando.

–Você não poderá ajudar em nada, correndo de um lado para o outro lá em cima sem ao menos saber onde exatamente ela está. Ela ainda não está com a barriga grande e pesada e obviamente tem um dom muito útil. Vai conseguir encontrar um lugar para se esconder se não conseguir descer antes que, seja lá quem forem esses invasores, consigam entrar. – Mildred suspirou. – Desculpe se fui muito dura.

– Não, você foi prática, e é disso que precisamos. Sair atrás dela agora seria o mesmo que procurar por uma agulha no palheiro. Eu não poderia chamar por ela, pois isso poderia chamar a atenção dos invasores para mim ou para ela. Portanto, vou subir quietinha.

Assim que Lady Evelyn saiu do quartinho lotado e se preparou para fechar a porta, uma Dylis desesperada empurrou todos para chegar na frente.

–Você precisa ficar aqui, Dylis. Onde está Anthony?

– Não sei, milady – ela falou sufocada. – Ele estava bem aqui comigo e eu o coloquei de pé quando as pessoas começaram a empurrar para entrar e então ele desapareceu. E agora não consigo encontrá-lo.

Mildred empurrou a estupefata Lady Evelyn de volta para dentro do quartinho, impediu que Dilys saísse e fechou a porta.

– Agora, vamos nos acalmar e tentar pensar como poderemos encontrar aquela criança e Lady Kenwood. Sair correndo bem no meio do tiroteio só vai acabar causando a morte de uma de vocês ou até mesmo das duas.

– Mildred, estamos falando de Anthony – protestou Lady Evelyn. – Ele está lá fora onde está acontecendo um tiroteio e homens estão lutando e...

– E ele é um alvo bem menor do que duas mulheres adultas. Assim como é esperto e tem talento para se esconder. – Várias pessoas murmuraram, concordando e Mildred se perguntou o que aquele diabinho estava tramando. – Precisamos de um plano. Ninguém vai sair correndo daqui antes de me dar um plano.

Algumas começaram a sussurrar entre si, mas ninguém se manifestou de imediato. Mildred fitou os olhos marejados de Evelyn e suspirou. Se nenhuma dessas moças jovens e fortes surgisse com um plano ou se oferecesse para fazer algo, então ela e Evelyn iam ter de sair juntas à procura de Anthony e Chloe. Julian ficaria arrasado se perdesse um dos dois ainda que estivesse agindo como um tolo que não enxergava o que estava bem diante dos seus olhos. Ela meneou a cabeça em resposta ao pedido mudo de Lady Evelyn e viu que esta relaxou um pouco. Mildred esperava apenas que alguém surgisse com um plano, pois ela realmente não desejava subir até lá, apesar de todo o amor que tinha pelo garotinho e de gostar muito de Chloe. Para piorar, tinha perdido os óculos na escadaria e sua visão não era das melhores sem eles.

Chloe engatinhou até a escadaria que dava para a adega. Até onde sabia, tinha conseguido fazer com que todos descessem para lá. Agora era sua vez de se juntar aos outros.

Quando estava passando por um roupeiro, ela ouviu alguém choramingando. Tomando todo o cuidado para fazer o mínimo de barulho possível, caso alguém já tivesse invadido a casa, Chloe abriu a porta. Os olhos arregalados e marejados da menina encarregada de esvaziar os baldes de cinzas das lareiras a encarou de volta. A menina parecia não ter muito mais do que dez anos, a menos que fosse muito pequena para a idade. Chloe descobriu então que precisava conhecer todos os criados e não apenas aqueles cuja importância da função exercida garantia que fossem conhecidos pelo nome.

–Você sabe quem eu sou? – ela perguntou num sussurro.

A menina limpou o nariz que pingava na manga do vestido e respondeu com um gesto de cabeça.

– A senhora é a nova patroa, a que se casou com o conde.

– Isso mesmo, então você sabe que deve fazer o que eu disser. Qual é o seu nome?

– Brindle.

–Você sabe como chegar na adega de vinho?

– Sim, milady, mas por que devo ir para lá?

Pelo jeito alguém tinha se esquecido de contar aos criados que ocupavam funções mais baixas que havia um lugar onde eles estariam mais seguros. Chloe anotou mentalmente para depois descobrir por que ninguém tinha informado e mostrado para cada um dos criados do baixo escalão o cômodo. Uma vez que se tratava de meninos e meninas muito jovens, ela ficou ainda mais enfurecida por ninguém estar à procura deles.

– Porque dentro da adega tem um esconderijo com uma porta tão pesada e grossa que nem mesmo uma bala seria capaz de penetrar. Diga-me, você está sozinha?

De repente um rostinho sujo surgiu sobre o ombro da menina.

– Eu também estou aqui, milady.

– E quem é você?

– Ele é o Drew, o menino das botas, mamãe – uma voz respondeu sobre seu ombro e gelou seu coração.

Julian puxou as rédeas do cavalo ao sinal de Leo.

– Acho que ouvi um tiro – ele protestou, mas confiava que Leo sabia o que estava fazendo. Na verdade, confiava que os outros três homens fossem muito mais experientes nesses assuntos do que ele, e decidiu que seria melhor seguir os conselhos dos outros não importava o quanto a sua posição social fosse superior.

– Sim, milorde, o senhor ouviu – disse Bened num tom de voz que faria qualquer um imaginar que eles estavam falando sobre pássaros. – Está acontecendo uma luta logo adiante. – Ele desceu do cavalo. – Já volto.

O homem desapareceu entre as sombras do fim de tarde tão rapidamente que Julian ficou espantado.

– Para onde ele está indo?

– Está indo ver o que nos espera – respondeu Nigel. – Ele tem tentado me ensinar a me mover daquele jeito, mas não estou certo se algum dia conseguirei.

– Ele é bom – concordou Leo. – Mas acho que o meu primo Owain é ainda melhor.

– Quantos primos você tem? – perguntou Julian.

– Eu disse...

– Eu sei... *como coelhos*.

Subitamente Julian se lembrou da suspeita que tivera a respeito de Chloe, na noite anterior, e sentiu um aperto no coração. Não era apenas sua esposa que estava lá, mas muito possivelmente sua esposa *grávida*. A mãe, as irmãs, as primas, a tia e o filho – o filho que tinha acabado de encontrar. Poderia perder tudo que importava para ele. O medo se apossou como uma doença em seu peito.

– Respire, Julian – gritou Nigel enquanto se aproximava para então sacudir o irmão mais velho pelo braço. – Vamos encontrar todos em segurança. Eles foram para a adega de vinho. Tenho certeza disso. Você não se lembra de quantas vezes a mamãe nos ensinou a chegar naquele cômodo pelos mais variados caminhos?

Antes que Julian pudesse responder à suposição do irmão, um som fez Nigel sacar a pistola e virar, o tempo todo mantendo o cavalo parado.

– Quem está aí? – Nigel interpelou.

Em torno de uma dúzia de homens surgiu das sombras, todos estavam com as mãos erguidas para que pudessem ser vistas. Julian demorou um momento para ver que Bened vinha atrás deles. Deu uma olhada melhor e suspirou.

– Está tudo bem – disse a Bened. – Eles não são os invasores.

– Sei disso, milorde – Bened respondeu. – Só estava imaginando se eles não seriam úteis ou se não seria melhor mandá-los para casa.

– Viemos ajudar, milorde – disse Jake ao avançar um passo. – Ouvimos os tiros e então Kip, ele é o quarto lacaio, e meu sobrinho apareceram correndo e dizendo que alguém estava atacando a casa. Pensamos que pudéssemos ajudar. Alguns de nós têm pistolas.

Julian não sabia se ria ou se chorava. Sabia muito bem como era a pistola do homem – normalmente era alguma arma jogada fora e reparada tantas vezes que era uma sorte que o atirador não estourasse o próprio rosto ao dar um tiro. Mesmo assim, a atitude o comoveu. Depois do modo como tinha falhado com estes homens, eles ainda estavam prontos para lutar pela sua família enquanto ele nunca tinha lutado pelas deles.

– Acho que saberemos melhor o que precisamos fazer depois que Bened nos contar o que estamos enfrentando. Aí sim poderemos arquitetar um plano que possa ajudar alguns de nós a sair vivo desta.

– O senhor possui vinte homens bem armados lá, a maioria está do nosso lado. Os seus homens estão lutando bem, mas acho que eles foram apanhados de surpresa, pois alguns caíram e não creio que irão se levantar novamente. Pelo menos três homens já conseguiram entrar na casa. Não ouvi nada que indique que eles tenham encontrado alguém. Já era para ter ouvido alguma mulher gritando, mas não aconteceu nada disso. Os homens cercaram a casa. Alguns dos seus homens estão no telhado e estão apontado para os homens que estão no chão, de modo que se eles quiserem avançar terão de rastejar. Se o senhor quiser se aproximar, posso indicar o melhor caminho, onde deve parar até que eu lhe dê o sinal. Então o senhor poderá avançar direto para a casa.

– Preciso entrar lá, Bened. Exceto por Nigel, toda a minha família está dentro daquela casa, incluindo meu filho e a minha esposa, que pode estar esperando um filho meu.

– Eu avisei. *Como coelhos.*

Nigel deu uma risadinha e Julian se perguntou como estes homens conseguiam manter a calma, fazer brincadeiras e até jogar conversa fora enquanto um cerco estava acontecendo. Supôs que fosse por causa do que eles faziam. Nigel era um soldado e já ocupava a função há quase dez anos. Julian não sabia ao certo o que Leo fazia, mas desconfiava que o homem fizesse algo mais do que entregar relatórios e conseguir informações para o governo. Bened também era um soldado, mas ele tinha a sensação de que o homem era a personificação do soldado estoico.

Ele, por outro lado, era um conde. Seu título tinha imenso valor para a corte e a sociedade, mas nesta situação não valia nada. Sua única certeza era de que precisava chegar até a sua família e esperava que sua mãe e suas irmãs o perdoassem, mas naquele exato momento sua família se resumia a Chloe e Anthony.

Foi nesse momento que Julian se deu conta de que amava Chloe. Percebeu também que nunca tinha amado Beatrice de verdade. Tinha ficado encantado, seduzido e enfeitiçado, mas nunca a amou de verdade. Com Chloe era amor e ele não tinha dúvida disso, sabia com tanta certeza que se perguntou como não tinha percebido antes. Agora tudo que precisava fazer era salvar Chloe para que pudesse lhe contar e rezou para que ela sentisse o mesmo.

– Diga o que você acha que eu, ou nós, deveríamos fazer e eu farei.

Bened olhou para Nigel, que apenas acenou com a mão para que Bened assumisse a liderança. Quanto seu irmão tinha amadurecido, Julian pensou. Quando entrou para o exército, Nigel não passava de um rapazote arrogante que costumava dizer que ninguém sabia mais do que ele ou era capaz de fazer qualquer coisa melhor do que ele. Pelo jeito o rapaz tinha ganhado maturidade o suficiente para perceber que estava errado. Deixando de lado a divagação e sufocando as emoções, ele desceu do cavalo e ouviu com os outros os planos de Bened.

Tudo aconteceu muito rápido e logo em seguida Julian se viu andando entre as sombras, com a pistola em punho e o coração na garganta. De um lado vinha Jake e do outro Nigel, com uma faca enorme e intimidante nas mãos, mostrando que sabia o que fazer com ela. Pelo jeito ia ter de reaprender a conhecer o irmão.

– Devemos seguir por ali – sussurrou Nigel quando fez sinal para parar e esperar pelo sinal de Bened antes de seguirem mais adiante. – Entrem pela porta da frente, continuem reto e então dispersem. Você se lembra das instruções para depois que estivermos dentro da casa, Jake?

– Sim, senhor. Não precisa repetir, já estive lá.

Mesmo sob a fraca luz do luar, Julian pôde notar o rubor no rosto do homem e isto foi o suficiente para adivinhar com que propósito Jake tinha sido chamado na casa. Quase soltou um grunhido de raiva, só não o fez porque sabia que o som poderia ir muito mais longe do que os sussurros que eles estavam usando agora.

– Pensei que você tivesse uma família, uma esposa e filhos.

– Tenho, milorde, e amo muito minha Tibby, mas nem tudo que um homem diz morre com ele. Tibby me disse que ela sabia que eu não queria ir, mas ela preferia que aquela vadia brincasse com meu brinquedo uma ou duas vezes do que ter de encontrar a cova onde a megera mandou jogar os meus ossos.

– Para mim soou como algo que só uma esposa seria capaz de dizer – disse Nigel.

– O mais triste é que para mim soou como algo que Beatrice realmente seria capaz de fazer. Sinto muito, Jake, e peça desculpas à sua esposa por mim, por eu não ter detido aquela mulher há muito mais tempo.

– Minha Tibby vai ficar muito satisfeita de saber que o senhor pediu perdão para ela. Claro que logo em seguida vai arrancar uma tira das minhas costas por eu ter contado ao senhor.

– Não se preocupe. Estou começando a desconfiar que Beatrice tenha usado minhas terras como se fosse sua fazenda de criação de garanhões. – Ele sorriu. – Só não consigo entender como nunca percebi isso antes.

– Um rosto belo como aquele pode esconder muito, e as coisas que ela fez, bem, é até difícil de acreditar. Se servir de consolo, fiz de tudo para não me sair bem e nunca mais ela mandou me chamar.

Julian não podia acreditar na imensa vontade que estava sentindo de rir. Talvez fosse um riso nervoso porque estava com medo pela sua família e com receio de que não conseguisse fazer tudo que precisava para mantê-los em segurança quando os encontrasse. Em seguida, Bened deu o sinal tão esperado e os três saíram rastejando rapidamente na direção da casa.

– Pelo jeito ninguém aqui consegue pensar em um plano ou tem coragem para executar – rompeu Lady Evelyn, e depois olhou para Mildred. – Meu neto só tem três anos de idade e a minha nora pode estar esperando o filho do conde. Saia do meu caminho ou venha comigo.

– Você sempre foi uma menina mandona – Mildred disse calmamente ao abrir a porta.

– Eu vou junto, milady – Dilys se ofereceu enquanto abria caminho entre o grupo de rostos envergonhados.

Lady Evelyn tocou no rosto da moça.

– Não, minha querida. Nunca descansarei em paz sabendo que deixei uma jovem ir até lá. Você espera aqui. Vou trazer Anthony de volta para você.

– Você vem ou não? – perguntou Mildred.

– Estou indo – respondeu Evelyn.

– Mamãe – sussurrou Helena.

– O que foi, querida? Eu realmente preciso ir ou Evelyn vai se precipitar e pode acabar morrendo.

– Leve isto.

Evelyn e Mildred fitaram o enorme punhal reluzente que Helena estendia para a mãe. Evelyn sorriu subitamente e tomou o punhal da mão de Mildred.

– Esta moça definitivamente é sua filha, Mildred – ela disse enquanto saía correndo porta afora.

Mildred lançou um último olhar para a filha e disse:

– Você é uma boa menina. – Em seguida saiu correndo atrás de Evelyn, pelo menos o mais que conseguia sem os óculos. – Espere, Evelyn, ainda precisamos de um plano.

– Meu plano é que devemos falar baixinho – Evelyn sussurrou – e acho que é melhor ficarmos juntas. Seria mais rápido se nos separássemos, mas nenhuma iria conseguir se defender sozinha contra um homem adulto. Assim como também acho que vou precisar contratar novos criados.

– Chloe terá de contratar.

– Exato, e é melhor que ela consiga achar alguns que sejam mais corajosos.

– Aquela moça Dylis tem coragem.

– Psiu – Evelyn murmurou próxima ao ouvido de Mildred e as duas entraram na cozinha. Bastou um segundo para perceberem que nem Chloe nem Anthony estavam lá. Quando estava quase de saída, Evelyn avistou a enorme frigideira que a cozinheira usava para fritar linguiça e sorriu. Removeu a frigideira que pendia do teto dependurada por um gancho e entregou à Mildred. Para sua surpresa, a amiga avaliou o peso do utensílio e então balançou a cabeça em sinal de aprovação. Ela estava prestes a sair para procurar em outro cômodo quando ouviu o som de passos se aproximando. Evelyn empurrou Mildred para trás da porta enquanto ela foi se esconder atrás da lateral do imenso fogão.

Um homem entrou, com uma espada presa à cintura e uma pistola na mão. Quando ele se virou para olhar ao redor da cozinha com cara de nojo, como se fosse um famoso *chef* francês, Evelyn notou que havia outra pistola presa ao cinto e viu o cabo de um punhal saindo do cano da bota. A menos que elas fossem muito espertas, Evelyn sabia que ela e Mildred nunca conseguiriam derrotar um homem tão grande e bem armado.

Ela fez sinal para Mildred, que estava só esperando para acertar a cabeça do homem com a frigideira. Mildred olhou para o utensílio e então para o homem como se estivesse medindo a distância. Evelyn balançou a cabeça e então fez um barulho, que não passou de uma leve batidinha de pés. O ruído foi o suficiente para fazer com que o homem olhasse na sua direção e Evelyn fez o possível para mostrar que estava com medo. O sorriso do sujeito facilitou bastante. Ele avançou um passo e então Evelyn ouviu um som e rezou em silêncio para nunca mais ter de ouvir o barulho horrível. Os olhos do homem viraram para cima e ele caiu de joelhos antes de bater com a cara no piso de pedra. Evelyn franziu a testa, decidindo que o barulho da cara do sujeito batendo contra o chão tinha sido quase tão ruim quanto o som da frigideira de ferro acertando a cabeça.

– Muito bem, milady – disse uma voz esganiçada.

Evelyn torceu o nariz para o garotinho malcheiroso e deu uma olhada atrás do fogão. Ela se aproximou, pegou em um braço magrelo e puxou o moleque sujo. Só de olhar, adivinhou que ele não devia ter mais do que sete anos, mas teve a sensação de que ele não se alimentava bem há um bom tempo.

– Quem é você ? – perguntou a ele.

– Meu nome é Jem, milady, e sou o menino dos penicos.

– Por que você não está junto dos outros, no quartinho da adega?

– A cozinheira disse que era para eu me esconder aqui, porque não ia ter espaço para meninos sujos, lá embaixo. – Ele inclinou o corpo um pouco para trás. – Não bata em mim, milady. Ainda tenho as cicatrizes da surra que levei da última patroa. Oh, milady, a senhora está com uma cara de brava.

– Está mesmo, Evelyn, querida. Acalme-se. Você está assustando a criança – Mildred disse no mesmo tom de voz que sempre usava com as filhas quando elas ficavam bravas e não havia meio de conseguir fazer com que elas se acalmassem. – Ainda precisamos encontrar Anthony e Chloe.

– As senhoras estão à procura do condezinho? – Jem perguntou e as duas mulheres assentiram. – Eu o vi indo para a direção do salão, não faz muito tempo. Antes a nova patroa passou por aqui e mandou as duas criadas que ainda estavam cuidando do fogão descerem para o esconderijo.

– Então é para o salão que devemos ir – disse Evelyn ao se erguer, ainda segurando o menino pelo braço. – Você precisa descer para a adega de vinho e... maldição!

– Evelyn!

– Oh, milady, a senhora não deveria dizer tal palavras.

– Mas eu gosto. Não posso mandá-lo descer, pois tenho certeza de que aquelas covardes que ficaram no quartinho não vão abrir a porta para ele.

– Então ele vem conosco – disse Mildred.

– Por que eu deveria? – perguntou Jem.

– Porque estamos armadas.

– Eu também estou. – Puxando Lady Evelyn junto, Jem enfiou o braço livre atrás do fogão e apanhou um porrete curto e grosso. – Viu?

– Muito impressionante. – Evelyn viu quando o garoto contraiu as sobrancelhas confuso e sorriu. – É uma bela arma.

– E quanto às armas do homem?

– Oh. – Evelyn não estava nem um pouco com vontade de tocar no homem, mas decidiu que não seria nada bom deixá-lo para trás armado, caso Mildred não tivesse rachado o crânio dele. – É melhor desarmá-lo, então. – Rapidamente ela removeu todas as armas do sujeito e escondeu-as atrás do imenso armário, encostado à parede, pegando uma das pistola para ela. – Agora vamos procurar pelo condezinho, gostei do apelido, e por Chloe antes que eles sejam feridos. – Ela deu um tapinha na cabeça do garoto e em segredo esperou que não tivesse pegado piolho. – Fique perto de nós e faça apenas o que dissermos.

– Vamos ajudar o condezinho? – perguntou Jem.

– Este é o meu plano. Você o conhece?

– Sim, ele costuma me dar comida quando a cozinheira não está vendo. Ele faz uma cara de bravo, igual à que a senhora fez, quando ouve a cozinheira dizendo que eu não mereço comer mais do que uma ou duas sobras ao dia. Ele é um menino bom.

– Sim, ele é, e depois que conseguirmos salvá-lo e à mãe, e depois que estes bandidos tiverem indo embora, vou mostrar para a minha nora como uma condessa deve disciplinar a criadagem, começando pela sovina da cozinheira gorda.

Enquanto Evelyn marchava adiante, Mildred deu uma olhada para o menininho que a seguia e suspirou. O pobre menino estava loucamente apaixonado pela condessa viúva. Mildred se apressou para alcançá-los, pois precisava garantir que Evelyn não fosse acabar levando um tiro. Tal morte até poderia causar muita tristeza para Julian, Nigel e as meninas, além de muitos outros, mas quem provavelmente ia morrer de coração partido era o menino dos penicos.

Capítulo 19

– Anthony! – Chloe bradou e abraçou-o. – O que você está fazendo fora do esconderijo?

–Vim buscar o Jem. A cozinheira o deixou na cozinha.

– Mas eu vi a cozinheira indo para a adega.

Anthony balançou a cabeça de um lado para o outro vigorosamente.

– Mas ela o deixou na cozinha.

–Você está dizendo que ela o deixou para trás? – Era obrigação do pessoal da cozinha garantir que todos os que trabalhavam naquele local fossem conduzidos para o esconderijo em caso de emergência. Esta era a regra a ser seguida em caso de um incêndio, mas homens tentando invadir o lar de alguém e atirando contra as janelas também era uma grande emergência.

– Ela disse que não ia levar o pirralho sujo para lugar nenhum.

Chloe ficou admirada com o modo como Anthony era capaz de imitar um adulto. Em seguida, ela esperou que Julian soubesse onde arrumar outra cozinheira, pois se o que Anthony tinha acabado de dizer era mesmo verdade, então a atual cozinheira ia ser despedida. Não importava se a mulher preparava as melhores tortas de maçã do país. Se Anthony estivesse certo, a mulher tinha deixado uma criança na cozinha enquanto homens lutavam ao redor da casa e tentavam entrar. Ela não iria permitir que ninguém assim continuasse vivendo em Colinsmoor.

– Se ele ainda estiver aqui em cima, vamos pegar aquele menino – ela prometeu, pensando em como eles poderiam passar pela cozinha no caminho para o quartinho da adega, onde todo o pessoal de Kenwood estava se escondendo. – O que aconteceu com Dylis?

– Fugi dela quando não vi o Jem.

– Vamos discutir a sua desobediência mais tarde, pois precisamos andar logo. Todos nós.

–Vamos ficar bem aqui – Brindle insistiu.

– Não vão, não. Para onde você poderia correr se um homem abrisse a porta? Estes homens estão armados. Dá para ouvir os tiros.

Brindle encolheu os ombros miúdos.

– Então levarei um tiro.

Havia tanta resignação no rostinho da criança que Chloe precisou de todas as suas forças para não envolver a menina em um abraço apertado. Algo muito errado estava acontecendo ali. Anthony estava falando sobre o menino dos penicos que era mal alimentado, e ela tinha encontrado duas crianças miúdas dentro do roupeiro, escondidas entre as toalhas e os lençóis. As duas lavadeiras também tinham sido deixadas para trás para se defenderem sozinhas. Chloe não podia acreditar que Julian seria capaz de tratar alguma criança daquela maneira. Mas ela não tinha tempo para conseguir as respostas para todas as perguntas que agitavam sua mente.

– Basta de discussão. Vamos agora. No caminho, vamos procurar pelo garoto dos penicos, Anthony. – Ela estendeu a mão para Brindle. – Venha conosco.

– Não.

Chloe segurou Brindle pelo braço e puxou-a de dentro do armário e o menino rapidamente a seguiu.

– Nunca diga não para uma condessa, mocinha, especialmente quando ela está fazendo de tudo para salvá-la. Venha – ela disse para Drew.

Não foi fácil, mas Chloe guiou as crianças até a cozinha, por um caminho complicado e cheio de voltas e curvas. Cada vez que ouvia barulho de passos, ela mudava a direção. A cozinha não ficava muito longe da adega, mas se tivessem de continuar mudando de direção, eles ainda iam levar muito tempo para conseguir chegar. Ela instruiu a todos que andassem o mais próximo possível das paredes por causa do tiroteio. Aqui e ali era possível ouvir um vidro sendo estilhaçado por uma bala. O tempo todo Brindle e Drew seguiram trêmulos embaixo da proteção dos seus braços. Os homens que Julian e Leo tinham colocado para guardarem a casa estavam fazendo o melhor que podiam e ela tinha a forte sensação de que alguns acabariam morrendo, mas os invasores estavam se aproximando. Por isso era possível ouvir a troca de tiros.

No momento em que eles entraram na cozinha, Anthony soltou da mão dela e correu até o fogão para espiar atrás. O menino parecia não ter notado o sangue no chão e ela esperava que ele continuasse cego para isso. Brindle baixou os olhos e depois olhou para Chloe assustada. Chloe não gostou de ver a menina tão amedrontada, mas foi bem melhor do que aquele olhar resignado para qualquer que fosse seu destino. Ela ergueu um dedo sobre os lábios e a menininha assentiu com um leve menear de cabeça.

– Jem não está aqui – Anthony anunciou.

– Sinto muito por isso, querido, mas não podemos sair pela casa à procura dele. Precisamos ir para aquele quartinho. Estamos em quatro e precisamos nos proteger. Vamos rezar para que Jem tenha encontrado um lugar seguro para se esconder.

– Talvez fosse melhor a senhora rezar por si mesma.

Chloe empurrou as três crianças para trás do seu corpo ao mesmo tempo em que se virou na direção da voz. Mal deu para reconhecer a voz, assim como o homem que estava parado à sua frente com uma pistola em punho. A voz era quase tão selvagem quanto a aparência do homem. Arthur definitivamente vinha levando uma vida dura desde a última vez que ela o vira. Suas roupas elegantes estavam sujas e amassadas, os cabelos imundos de poeira e suor, e o rosto parecia ter envelhecido uns dez anos. Mas foi nos olhos que ela viu a loucura que tinha se apossado dele.

– Saudações, Sir Arthur – ela disse, segurando as laterais da saia assim como qualquer mulher teria feito, mas ela o fez na verdade para ocultar melhor as crianças que estava protegendo.

– Sir – ele esbravejou e cuspiu no chão. – Eu deveria ser o conde.

– Creio que o senhor já deixou seu desejo bem claro. Não apenas em palavras.

– Foi você que salvou o pirralho. – Sua voz tinha um tom áspero de acusação e ele apontou a pistola para ela. – Aquele plano era muito bom e você estragou tudo.

Para seu alívio, as crianças começaram a se dispersar. Chloe desconfiou que tivesse sido iniciativa de Brindle, que teve o bom-senso de aproveitar que Arthur estava distraído para levar os dois menores para longe. A menina tinha jeito de quem sabia como assumir a responsabilidade por outros. Chloe só precisava garantir que Arthur continuasse distraído até que as crianças estivessem seguras, fora do alcance dele.

– O senhor o colocou na minha casa. Daquele momento em diante ele se tornou meu, e escolhi deixá-lo viver.

– Eu o coloquei lá para morrer, sua vadia estúpida!

– Sinto muito, sir, mas não pude deixar que isso acontecesse.

– Estamos indo.

As palavras foram sussurradas e mal deu para serem ouvidas, mas Chloe escutou e suspirou aliviada. Para seu desespero, a fisionomia de Arthur indiciou que ele também tinha escutado. Chloe rezou para que as crianças já estivessem bem longe. Bastaria Arthur olhar uma única vez para Anthony para saber quem ele era.

– O que foi aquilo? – ele interpelou ao se virar na direção em que Brindle tinha levado os dois meninos.

– Não faço ideia.

– Mentirosa. Mas isto todas as mulheres são. Todas nascem com o talento para mentir. Beatrice, pelo menos, nem tentou fingir ser alguém que não era. Ela nasceu para ser uma vadia e se agarrou a esta verdade até o dia da sua morte.

– O senhor quer dizer, até o dia em que a matou?

– Você descobriu isso, não é?

– Não foi muito difícil. Ninguém mais tinha motivos, pelo menos um que fizesse sentido. O senhor, por outro lado, tinha vários motivos, pois ela estava destruindo seus planos para se apossar de Colinsmoor.

– Tínhamos planejado tudo, mas aquele tolo do Julian simplesmente não morria. E você estava lá, sempre lá. Salvou-o quando ele foi esfaqueado no beco, eu sei disso. Salvou o bebê, salvou o pai. Sempre se intrometendo. Bem, você não poderá salvá-lo desta vez, nem ele, nem a família dele. E quando digo família estou incluindo aquele pirralhinho.

– A sua família também está aqui. Sua esposa e suas filhas.

– Ah, Deus me livre daquela idiota. Não foi capaz nem de me dar um filho. Não! Só soube colocar mulheres no mundo. Já decidi que vou deixar que ela me veja matando as vadiazinhas antes de matá-la. Vou fazer com que ela sofra o mesmo que sofri cada vez que falhou em me dar um filho. Depois aquele tonto do Julian teve um filho com Beatrice. Senhor, de Beatrice, que tinha se deitado com metade do país e nunca engravidara. Bem, ele não merece ter um filho. Fraco como é. Não teve coragem de matar a esposa nem depois que descobriu que ela o traía desde o início. Ah, ele nem tem certeza de que o filho é dele. Beatrice abriu as pernas para muitos homens, até mesmo para os colonos, se gostasse do jeito de algum. O pirralho pode muito bem ser filho de algum cavador de fosso.

– Não, ele é filho de Julian. O menino tem a marca de nascença.

Uma fúria terrível contorceu o semblante de Arthur. Cada parte do corpo de Chloe gritava por sair correndo, mas ela sabia que se o fizesse acabaria levando um tiro pelas costas. Pôde ver a própria morte nos olhos de Arthur. Ele queria matá-la simplesmente porque ela tinha dito que Anthony era mesmo filho de Julian. Chloe conteve o impulso de levar a mão à barriga. Se o homem ensandecido desconfiasse que ela estava carregando um filho de Julian, iria matá-la antes mesmo que ela tivesse tempo de respirar outra vez. Mas o mais apavorante era que ela não conseguia ver um modo de conseguir escapar daquela armadilha.

Julian desferiu o punho cerrado contra a face do homem que bloqueava seu acesso à adega. Ele precisava descer até lá e se certificar de que sua família estava em segurança. Nigel lhe deu cobertura enquanto ele empurrava o desconhecido para o lado, mas antes que pudesse dar um passo adiante ele ouviu Nigel soltando uma blasfêmia. Lentamente, com a pistola em punho, Julian se virou e quase ficou boquiaberto. Seu filho estava parado a alguns passos, com duas crianças mirradas.

– Papai! – Anthony gritou e saiu correndo ao encontro do pai.

Julian enfiou a pistola no cós das calças e ergueu o filho. Em seguida, olhou para as outras duas crianças e se perguntou onde Anthony tinha encontrado aquelas duas criaturas abandonadas. A menina segurava firme na mão do menininho e olhava para ele e Nigel como se a qualquer momento os dois fossem avançar para cima dela. Anthony estendeu o bracinho e apontou para as crianças.

– Eles são meus amigos, papai. Aquela é a Brindle e o outro é o Dew.

– Drew – murmurou o menino.

– Foi o que eu disse. – Anthony segurou o rosto do pai entre as mãozinhas. – O senhor precisa pegar a mamãe. Ela está na cozinha com um homem malvado. Brindle o viu.

Julian olhou para a menina novamente. Era difícil tentar adivinhar quantos anos ela tinha, mas ele desconfiava que fosse alguns anos mais velha do que Anthony, uma vez que falava melhor. Havia esperteza em seus olhinhos, provavelmente advinda de uma vida dura. Ele precisava saber algo mais além da informação de que havia um homem malvado na cozinha com Chloe. Julian entregou Anthony para Nigel.

– Este é o seu tio Nigel, Anthony – ele disse enquanto se aproximava com todo o cuidado das crianças, para não assustá-las. – Ele acabou de voltar para casa, veio de um lugar muito distante. Ele é um soldado. – Quando ouviu Nigel e Anthony conversando baixinho, Julian agachou diante das crianças. – Vocês sabem quem eu sou?

– O conde – respondeu a menina. – Meu nome é Brindle. – Eu esvazio os baldes de cinzas. Ele se chama Drew. É o engraxate.

Julian se perguntou como nunca tinha visto nenhum dos dois antes, e por que eles pareciam não tomar um banho nem ter uma refeição decente há meses.

– Preciso que você me conte se viu minha esposa, se você viu a condessa.

Brindle balançou a cabeça.

– Ela está na cozinha. Estávamos procurando pelo garoto dos penicos, mas ele não estava mais lá. Então o homem apareceu por detrás dela e apontou uma pistola enorme direto para ela.

– Ela nos colocou para trás do seu corpo – completou o menininho.

– Ela fez isso e me cutucou e eu soube que ela queria que eu levasse os meninos para longe. Foi o que eu fiz. Ela segurou a saia aberta um pouco para que o homem não pudesse nos ver e saímos enquanto ela o distraía e ele falava de volta, balançando aquela pistola para todos os lados. O senhor vai entrar lá e matar aquele idiota?

– Farei o possível. Só tem um homem lá?

– Só um, mas ele tem cara de malvado. Muito malvado. Só de olhar para ele dá vontade de sair correndo antes que ele comece a olhar para a gente com aqueles olhos malvados.

Julian se ergueu e fitou o irmão.

– Cuide das crianças. Vou me aproximar da cozinha para ver o que está acontecendo lá.

– Mas eu acabei de contar para o senhor o que está acontecendo lá – disse Brindle.

Julian fez um esforço tremendo para responder com um sorriso gentil enquanto tudo que conseguia pensar, naquele momento, era que precisava tirar Chloe de lá o mais rápido possível.

– Eu sei, mas preciso ver onde ele está parado e que tipo de pistola tem em mãos. É importante que eu consiga um pouco mais de informações antes de entrar na cozinha, ou ele pode acabar matando minha esposa.

– Mas ele vai fazer isso de qualquer maneira – resmungou Brindle. – O olhar dele era de alguém que queria matar. Não era um olhar malvado apenas.

– Ela o chamou de Sir Arthur – Drew mencionou. – Ele se parece muito com o homem que morava aqui e que gostava de tocar nas meninas, mas só que está mais sujo. Vá matá-lo, pois esta condessa é boazinha e não quero que ele a machuque.

As palavras que as duas crianças disseram arderam diretamente no cérebro de Julian, mas agora não havia tempo para pensar sobre a última revelação, que seu tio tinha abusado de meninas muito jovens. Nesse momento, ele precisava salvar a esposa. Movendo-se silenciosamente, ele seguiu rumo à cozinha. A cena com que se deparou quase o levou a cometer uma bobagem. Ele sentiu vontade de cortar o pescoço do tio só por ele estar apontando uma arma para Chloe, por estar ameaçando sua vida. A palidez da pele dela era indício de que algo a estava assustando. Julian nem precisou da presença silenciosa de Nigel às suas costas para saber que aquela era uma péssima ideia. Arthur ainda estava com a pistola apontada para o coração de Chloe. Julian não se podia arriscar a que o homem pudesse puxar o gatilho mesmo enquanto estivesse morrendo.

– Não, ele é filho de Julian – Chloe disse. – O menino tem a marca de nascença.

Julian ficou surpreso com o furor que tinha contorcido as feições antes tão belas de Arthur. O tio deve ter pensado que Julian estava tentando enganar todos, que podia até mesmo ter planejado alguma manobra grandiosa. A novidade de que Anthony possuía a marca de nascimento estraçalhou a última esperança que ele tinha de ganhar o jogo, ou, em último caso, conquistar outro lugar na mesa de jogo.

Um movimento à direita de Arthur chamou a atenção de Julian por um instante. Com um olho fixo na esposa paralisada, ele olhou na direção de onde tinha vindo o ruído e viu um menino sujo, segurando um bastão grosso e curto. Ele encarava Arthur com um olhar selvagem de ódio. De repente, como se tivesse sentido a presença de Julian, o menino olhou na direção dele e Julian balançou a cabeça lentamente. Não poderia correr o risco de permitir que a criança tentasse algo arriscado. Então, silenciosamente, surgiram atrás do garoto sua mãe e sua tia. Ninguém estava no quarto que tinha sido construído com todo o cuidado para proteger a família, ele pensou um pouco contrariado.

– Acho que vou esperar até que Julian apareça para vê-la morrer. Um dia ele jurou que nunca mais iria se casar e mesmo assim ele o fez, se casou com você, uma Wherlocke imunda.

– Na verdade, tomei banho hoje – ela murmurou.

– Você é tão tola a ponto de pensar que não vou matá-la simplesmente porque você é uma mulher?

– Não, sei que este é o seu plano. O senhor quer varrer a linhagem dos Kenwood, pelo menos aqueles que o senhor não conseguiu dominar.

Julian ouviu um arrastar de pés, como se alguém estivesse tentado dar um passo sem erguer os pés do chão. Infelizmente, Arthur também ouviu e olhou para ele. O homem arregalou os olhos e segurou Chloe por um braço, puxando-a para trás da mesa pesada que os separava. O gemido suave de dor que escapou de Chloe fez com que Julian erguesse a pistola instintivamente e apontasse para a cabeça de Arthur. Este empurrou Chloe para baixo, que ficou com metade do corpo deitado sobre a mesa. Em seguida, ele sacou um punhal do cinto e encostou sobre o peito de Chloe enquanto colocava a pistola sobre a mesa fora do alcance dela. Então, num movimento muito rápido para ser detido, ele a esfaqueou no alto do braço. Apenas um gemido baixinho escapou de Chloe, e Julian percebeu que foi o suficiente para irritar Arthur. Antes que Julian tivesse tempo de corrigir sua mira e disparar contra Arthur, o homem já tinha feito Chloe se levantar novamente e a colocara diante do seu corpo, usando-a como escudo.

– Solte-a, Arthur – Julian disse, ansiando por agarrá-la e atenuar sua dor.

– Acho que não. Preciso sair daqui, e, por causa dela, você vai permitir. Agora saia do caminho para que eu possa levá-la de volta para a cabana dela.

– Por que você quer levá-la para a cabana que está vazia há tantos anos?

– Porque é lá que ela deveria ter morrido anos atrás. Não vou cometer o erro de enviar um idiota para fazer o trabalho por mim. Vou fazê-lo pessoalmente e você poderá encontrar o corpo depois, nos pântanos. É justo. Perdi o amor da minha vida quando Beatrice morreu e agora você irá perder o seu. Espero que você já tenha escolhido sua próxima esposa, pois logo irá perder esta.

Chloe estava justamente se perguntando se, na sua loucura, Arthur pensou que ela era a mulher que tinha tido o filho que nascera morto, mas ela nem teve tempo de raciocinar muito sobre aquele mistério. Um barulho na porta da cozinha chamou a atenção de Arthur. Chloe soltou um gemido entre os dentes quando ele virou subitamente, fazendo com que o seu ferimento gritasse de dor. Agora ele podia ficar com um olho na plateia crescente que cercava a cozinha e no homem alto e forte e calado que estava parado à porta. Ele apontou a pistola para Bened.

– Saudações, primo – Chloe disse, satisfeita em perceber que apenas um leve tom de dor lhe escapara pela voz. – Sinto muito por tê-lo envolvido nos nossos problemas.

– Minhas saudações também, querida prima. Uma vez que o irmão do conde com quem você se casou é meu amigo e em breve será meu sócio, e sendo você a minha prima favorita, os problemas também são meus.

Chloe sorriu. Bened estava falando em *welsh*, a língua dos gauleses. Ela sabia que isso significava que ele pretendia lhe dar alguma instrução que poderia pôr um fim ao problema chamado Arthur. Bened era o seu anjo da guarda, ela decidiu, quase sorrindo. Então concluiu que talvez a perda de sangue estivesse causando delírios.

– Avise o que preciso fazer antes que eu sangre até a morte – ela falou para ele em *welsh*.

– Quando eu disser *abaixe* em inglês, minha pequena vidente, abaixe-se o mais rápido que puder. Preciso da frente limpa para acertar um tiro na cabeça do maldito.

– Entendi.

– O que diabos vocês estão falando? Que língua enrolada vocês estão usando? – interpelou Arthur, e Chloe pôde ouvir o pânico no seu tom de voz. Ele estava encurralado e sabia disso. "Agora seria um bom momento para me socorrer, Bened", ela pensou.

– Estamos falando a bela e antiga língua do País de Gales – Bened disse num tom de voz profundo, quase sussurrado, enquanto apontava a pistola para a cabeça de Arthur. – Peço que solte minha prima, agora, por favor. Se não soltar, então você vai morrer.

Julian teria dito algo se Nigel não tivesse beliscado sua nuca. Ele sabia que Bened tinha combinado algo com Chloe, mas Julian não conseguia ver como seria possível o homem atirar sem que a bala acertasse primeiro Chloe antes de atingir Arthur. Mesmo assim ele não conseguia pensar em nenhum outro modo de colocar um fim à situação, sem ferir a esposa ainda mais.

– Confie em mim, Julian – Nigel sussurrou, próximo ao ouvido. – Bened nunca a colocaria em uma situação de risco à toa.

– Não tenho outra opção – Julian sussurrou de volta.

Olhou rapidamente por cima do ombro quando ouviu um barulhinho surdo e viu Brindle segurando Anthony, que chorava, e o menino chamado Drew a ajudava a impedir que seu filho saísse correndo no meio da confusão. Ele desejou que as crianças tivessem ido embora quando ele mandou, mas não se surpreendeu com a presença deles. Anthony era muito apegado a Chloe para se afastar quando viu que ela estava em perigo e era muito pequeno para saber que ele não poderia ajudar, apenas atrapalhar. Mas ficou feliz que Brindle teve o bom-senso de perceber isso.

Julian voltou suas atenções para Bened, Chloe e Arthur, e ergueu a pistola para ficar preparado caso tivesse uma chance de atirar sem colocar ninguém mais em perigo. De canto de olhos viu sua mãe e a tia segurando o menino sujo com o bastão e puxando-o pelas costas para trás até que ficassem fora de vista e protegidos pelo fogão. Com a mão livre, Julian fez sinal para Brindle recuar também e um farfalhar suave indicou que ela estava obedecendo. Ele ia ter de descobrir quem era aquela criança tão amadurecida, refletiu, observando atento qual seria o próximo passo de Bened e Arthur.

– Atire em mim, seu tolo, e irá acertar sua prima. – Arthur gargalhou e o som do seu riso foi arrepiante. – Por que simplesmente não fica aí parado vendo eu cortá-la em pedacinhos?

– Abaixe – Bened disse.

Chloe se jogou para o chão, o modo como seu corpo pesou subitamente fez com que Arthur perdesse o equilíbrio e acabasse soltando-a. Ela saiu rolando para o lado e ouviu os tiros soando ao alto. Um momento depois, estava cercada de pessoas. Uma toalha umedecida passou pelo seu rosto e cabelos, para seu grande alívio, e braços fortes a abraçaram. Quando virou o rosto para olhar para Julian, ela ouviu um pranto.

– Anthony? Oh, Deus, não permita que ele veja o que restou de Arthur – ela implorou.

– Acabou, prima – disse Bened, agachando ao seu lado. – Eu o acertei em cheio.

– Mamãe! – Anthony berrou ao mesmo tempo em que corria na direção de Chloe, que se encolheu para se proteger da dor que ele causaria quando a abraçasse.

Bened segurou Anthony antes que ele pudesse se atirar sobre Chloe.

– A sua mãe vai ficar bem, rapaz. – Bened falou de um jeito suave com Anthony até o menino se acalmar, para só então colocá-lo no chão. Em seguida, ele pousou as duas mãos sobre os ombros de Anthony. – Tem algumas pessoas escondidas, lá embaixo, na adega, não tem?

Anthony assentiu com um aceno de cabeça.

– Minhas primas e minha ama estão lá embaixo. Mas, mamãe? – Ele olhou na direção de Chloe.

– Vou ficar bem, meu amor – ela disse e fez um tremendo esforço para sorrir. – O corte foi pequeno e Lady Evelyn sabe o que fazer.

Anthony olhou de volta para Bened.

– Quem é você?

Bened se apresentou e esperou pacientemente enquanto Anthony apresentava seus amigos.

– Agora, acho que precisamos descer e dizer para aquelas pessoas que está tudo bem outra vez. – Ele olhou para as outras crianças. – Eu gostaria muito que alguém pudesse me ajudar. – Seus olhos baixaram para Anthony outra vez. – Vou precisar de um homem de confiança ao meu lado quando eu soltar aquelas pessoas.

Chloe observou Bened levando as quatro crianças para longe. O medo de Anthony tinha desaparecido, tinha sido substituído pelo pensamento de que o homem grande que o seguia precisava de ajuda. Ela soltou um gemido entre os dentes cerrados quando Lady Evelyn removeu com todo o cuidado a parte do vestido onde Arthur tinha enfiado o punhal.

– Bened tem jeito com crianças – Julian comentou numa tentava inútil de desviar o pensamento de Chloe da dor.

– E como, ele tem doze irmãos.

– Meu Deus.

– Eu lhe disse, *como coelhos* – resmungou uma voz conhecida e Julian apenas balançou a cabeça para a bobagem de Leo. Pelo modo como estava pálido, deu para perceber que Leo sentira tanto medo por Chloe quanto ele.

Chloe sabia que logo iria acabar perdendo a consciência. Buscou então pelo olhar de Lady Evelyn. No momento que seus olhos se encontraram, Chloe pousou a mão sobre o ventre. Lady Evelyn sorriu e meneou a cabeça antes de retomar o trabalho no ombro ferido. Com as confianças renovadas pela certeza de que estava esperando um filho de Julian, Chloe finalmente se deixou levar pela escuridão que tomou conta dos seus sentidos com força total.

Capítulo 20

– Já devo estar bem melhor, agora. Certamente me sinto melhor.

Chloe suspirou quando Lady Evelyn insistiu em tocar na sua testa e faces, pelo que parecia ser a centésima vez, em busca de algum sinal de febre. Nunca tinha sido tão mimada, nem nos tempos de infância. Naquela época é também bem provável que tivesse se rebelado contra tantos cuidados. Agora, entretanto, apesar de amar Lady Evelyn, após duas semanas de tantos mimos, já estava ficando um pouco cansativo.

– E onde diabos se encontra o meu marido?

– Creio que logo ele venha lhe ver. Ele saiu para cavalgar até os limites da propriedade.

– Oh. Desculpe. Nem percebi que deixei escapar o meu pensamento.

Chloe baixou os olhos para a bandeja de comida que a lady tinha colocado sobre o seu colo. "Pelo menos não é mais sopa", ela pensou. Era uma refeição reforçada, composta de carne, queijo e pão de casca grossa. Uma fome inesperada a abateu, e ela se pôs a comer. Quando percebeu demasiadamente tarde que tinha comido tudo, ela suspirou e recostou-se de volta sobre os travesseiros.

– Estou grávida – murmurou.

– Está mesmo. Quase todos já perceberam, mas seria bom dizer em voz alta para o seu marido de uma vez por todas.

– É verdade. Se ele desse uma passadinha por aqui de vez em quando, eu teria uma chance de lhe contar.

– Ele tem muitos reparos a fazer, e não estou me referindo apenas aos estragos que aqueles bandidos que Arthur contratou causaram. Ainda tem todos os males que foram infligidos contra o povo de Colinsmoor que precisam ser, bem, eu não diria reparados, uma vez que isso não pode ser feito, mas atenuados. Ele nomeou Jake administrador da fazenda, pois o homem entende muito de plantações e animais, e ainda falta contratar novos criados.

– Estou me sentindo bem o suficiente para ajudar com isso e tenho estado assim há dias. Não preciso continuar acamada. Posso até precisar descansar um pouco mais por causa da gravidez, mas com certeza estou suficientemente curada para contratar os novos criados.

Lady Evelyn sorriu.

– Sim, você está. Na verdade, está muito bem. Prometi ao médico que você iria fazer repouso por duas semanas, e o prazo terminou. O seu ferimento cicatrizou muito bem e os pontos já foram removidos. Não há nenhum sinal de que o seu ferimento tenha prejudicado o bebê. Claro que não podemos dar uma espiadela e ver por nós mesmos, mas você não tem mostrado nenhum sinal de perigo.

– Isso não me preocupa. Como estão as crianças?

– Jem e Drew estão indo muito bem, finalmente estão começando a aprender um pouco mais, mas é Brindle quem mais surpreende. Ela parece uma mulher de trinta anos presa no corpo de uma menina de oito. – Lady Evelyn balançou a cabeça. – Considerando os pecados que Arthur cometeu enquanto aquelas crianças estavam lá, é de espantar que elas ainda sejam normais. Somente Brindle parece mostrar sinais de sofrimento, apesar de Arthur nunca ter encostado um dedo nela. Ela simplesmente não é uma criança muito feliz, age como se o peso do mundo estivesse sobre as suas costas.

– Acho que realmente esteve por uns tempos – Chloe disse. – Assim como também creio que ainda vai demorar um pouco antes que ela ouse confiar na mudança da sua sorte. Quando ela descobrir que está segura aqui, quem sabe não sorria vez ou outra.

– É possível. Agora posso responder à pergunta que você estava com medo de fazer. Julian não terá de enfrentar as consequências por ter matado Arthur. Mildred levou o corpo de Arthur para casa e, como ela mesma disse, jogou dentro de um buraco.

Chloe soltou uma risadinha, mas logo depois ficou séria.

– Foi horrível ouvi-lo dizer que queria matar as próprias filhas, e na frente da mãe delas, só por ela não ter lhe dado um filho. Seja onde ele estiver, espero que esteja sendo devidamente punido só por ter pensado em uma coisa como esta.

– Mildred teve uma conversa com as filhas e, graças a Deus, Arthur não chegou a influenciar as meninas com sua maldade. Era exatamente por isso que Helena estava carregando um punhal. Ela não gostava do modo como ele olhava para as irmãs mais novas nas poucas vezes em que ele dava uma passadinha para fazer seu papel de pai e marido.

– Tudo está se acertando – Chloe sussurrou.

– Está, sim. E isso parece estar tirando o peso da culpa que Julian carrega sobre os ombros. Amanhã, as meninas e eu voltaremos para Londres e vamos comparecer a algumas festas antes que o calor do verão espante da cidade todos aqueles que têm opção de ir para o campo.

A chegada das crianças para a visita matinal pôs um fim ao agradável intervalo para uma fofoca social. Chloe ficou surpresa com as mudanças que tinham ocorrido em Jem, Drew e Brindle. Agora, todos pareciam muito sadios, a dieta regular de comida de qualidade estava fazendo milagres. Anthony adorou ter outras crianças por perto, ainda que a sempre séria Brindle não agisse muito como uma criança. Quando eles se foram, Chloe estava precisando descansar. Já estava recuperada para retomar sua vida normal, mas foi obrigada a reconhecer que estava se cansando com facilidade.

Ao final da tarde ela estava enjoada da própria companhia e levantou para se vestir. Quando tinha acabado de colocar uma combinação limpa, seu marido, há muito sumido, apareceu no quarto. Por causa do ferimento que ela sofrera ele achou que era melhor não dormirem juntos por enquanto. Chloe, por sua vez, estava cheia de intenções para mudar esta situação. Estava sentindo falta de ter Julian ao seu lado durante a noite e esperava que ele também estivesse sentindo o mesmo.

– Está indo para algum lugar? – ele perguntou e roçou um beijo sobre os lábios sedutores.

– Só estou saindo desta cama e deste quarto um pouco.

Julian deslizou os braços ao redor da cintura dela e puxou-a para mais perto. Por um momento, permaneceu apenas parado, desfrutando da sensação de tê-la em seus braços. Pois durante aqueles minutos de tortura, na cozinha, quando foi obrigado a vê-la sendo apanhada por Arthur e em seguida esfaqueada, ele sentiu medo de perdê-la, mas aquele medo finalmente estava diminuindo. Ele estava ansioso por provar para si mesmo o quão viva ela estava, e não havia dúvida de que agora ela estava totalmente recuperada.

– Está firme e forte outra vez?

– Nunca fui muito forte – ela provocou e deslizou a mão para cima e para baixo nos braços que a retinham. – Mas, sim, estou oficialmente curada.

– Graças a Deus – ele murmurou, ergueu-a e carregou-a para a cama.

– Mas acabei de sair da cama – ela protestou enquanto ele a colocava de volta. – Não estou com nem um pouco de sono.

– Nem eu – ele assegurou enquanto começava a tirar as roupas.

Chloe ficou surpresa com o rosnar suave da voz dele. Em seguida, seu corpo despertou para o desejo que sempre compartilharam e um calor ardente fluiu pelas veias. Ela começou a suspeitar que um pouco da ausência de Julian tinha ocorrido porque, quando estavam juntos, ele sentia necessidade de tocá-la. Pior, ela acabaria cedendo aos desejos dele e atrapalhado a recuperação.

Bastou um beijo para acender o fogo que eles tinham mantido extinto durante duas longas semanas. Chloe não sabia ao certo quem tinha arrancado as roupas de Julian e esparramado pelo quarto, mas desconfiava que tivessem sido os dois. Agora ele a estava tocando, corpo a corpo – não fazia muita diferença. Ambos se empenharam para superar a si mesmos no modo como se tocavam, acariciavam e beijavam, até não dar mais para aguentar. Quando Julian se deitou de costas e convidou-a para subir sobre seu corpo, Chloe estava tão ardente que nem hesitou em tentar a nova posição de fazer amor. A princípio ela tentou ir devagar, mas seu corpo implorava por mais. Até que finalmente Chloe segurou-o pelos ombros, inclinou-se para beijá-lo na boca e assumiu um ritmo mais acelerado, diminuindo vez ou outra para recuperar a prática perdida.

Quando a excitação máxima começou a se espalhar pelo seu corpo, de repente ela se viu de costas. Julian se ajoelhou e ergueu as pernas dela até que ficassem apoiadas sobre seu peito, e então foi sua vez de penetrar no lar doce lar. Chloe teve de levar a mão à boca para não deixar escapar um grito de prazer quando ele os conduziu ao paraíso.

Só um tempo depois Chloe encontrou forças para abrir os olhos. Sua face recostava sobre o peito forte e quente de Julian. "Meu travesseiro preferido", ela refletiu com um sorriso. As mãos levemente calejadas subiam e desciam sobre suas costas numa carícia que era mais delicada e confortante do que sensual. De canto de olhos, ela viu o discreto sorriso convencido que ele tinha nos lábios e decidiu que este era o melhor momento para lhe contar a novidade.

– Julian, estou esperando um filho – ela disse, tocando com reverência na barriga ainda retinha.

– Eu sei.

Ela se apoiou sobre os cotovelos e contraiu as sobrancelhas.

– Sabe? Isso é tudo que tem a dizer? E como você ficou sabendo? Foi sua mãe que lhe contou?

Ele virou a cabeça e beijou-a na pontinha do nariz.

– Não. Ela jamais iria se intrometer deste modo. Na verdade, desconfiei disso na noite anterior ao ataque de Arthur.

– Ah, então não foi uma surpresa.

– Posso fazer cara de surpreso.

Ela riu.

– Não. Eu é que fiquei surpresa, o que foi uma bobagem.

– O filho que você está carregando foi um dos motivos que me deixou tão apavorado quando a vi nas mãos de Arthur.

– E qual foi o segundo motivo?

– Porque eu a amo.

Julian não sabia se ria ou se ficava nervoso quando ela simplesmente ficou olhando para ele, embasbacada e com os olhos arregalados. Chloe parecia completamente surpresa e ele não sabia ao certo por que ela deveria se sentir assim. Para ele o sentimento tinha se tornado evidente no momento em que permitiu que as palavras passassem pela sua mente. Sua única dúvida agora era se ela sentia ou não o mesmo por ele.

– Não tem nada a dizer? – ele finalmente incitou e, para seu horror, ela rompeu em lágrimas. – Chloe! – Ele a abraçou quando ela se aconchegou e chorou contra seu peito. – Calma, você vai acabar passando mal, e não é bom para a criança que você fique tão agitada.

– Não estou agitada – ela disse contra o peitoral forte. – Estou feliz.

– Isto é felicidade? Sinto muito, meu amor, mas não me parece uma manifestação de felicidade.

Lutando para recuperar um pouco de controle, Chloe finalmente conseguiu segurar um fio de calma e se agarrou a ele até que ficasse forte o bastante para conter as lágrimas que desciam. Seu coração estava tão extasiado que até doía. Nunca tinha imaginado que Julian poderia simplesmente se deitar ali e dizer com toda a calma as palavras que há tanto tempo ela queria ouvir. Tudo que ela queria era continuar ali e aproveitar a sensação de saber que ele a amava, mas Julian estava começando a parecer preocupado e ela teve pena dele.

– Eu também o amo – ela sussurrou sobre os lábios de Julian e foi presenteada por um beijo tão ardente que achou que se continuassem eles iam acabar fazendo amor outra vez, e ela precisava falar.

– Fiquei com medo de que você nunca fosse me dizer tais palavras – ele disse e traçou uma linha de beijos ao longo do rosto delicado.

– Você sentiu medo? De que eu nunca fosse dizer que o amo?

– Sim. Fui muito pontual quando falei sobre o que eu achava que nós poderíamos compartilhar em um casamento, e nunca deixei que você soubesse que eu estava descobrindo muito mais coisas que compartilhamos, coisas como o ar que eu preciso para respirar.

– Que tipo de coisas?

– Como isto.

– Isto? Você quer dizer compartilhar uma cama? – Quando ele aquiesceu com um acendo de cabeça, ela franziu a testa. – Mas todos os casados não dormem juntos?

– Não, e sem dúvida você vai acabar descobrindo isso depois que estiver transitando pela sociedade. Sempre pensei que eu não iria gostar disso, mas não consigo me imaginar sozinho em uma cama novamente. Sem você ao meu lado, a cama fica insuportavelmente fria e vazia. É aqui que realmente podemos ficar a sós, compartilhar nossos segredos, preocupações e dores. Não, eu nunca mais quero me deitar em uma cama sem você.

– Então dê graças à minha ignorância, pois se eu soubesse que os casais da sociedade não costumam dormir juntos na mesma cama, sem dúvida alguma teria ido para a minha cama todas as noites, por mais que odiasse ter de fazer isso. E então nunca teríamos descoberto o quanto isto é maravilhoso. Isto e acordar ao seu lado todas as manhãs.

– Também estamos de acordo neste ponto. Abro meus olhos e lá estava você, e então meu dia pode começar. Um sorriso seu e tudo começa ainda melhor.

Ela o abraçou.

– Cuidado, ou você vai me fazer chorar outra vez.

– Por favor, não chore. Eu estava começando a secar. – Ele riu quando ela lhe deu um tapinha de brincadeira. – Ah, sim, e agora vai rir.

– O riso é mais fácil de vir, Julian.

– Não para mim. Não tenho muito do que rir. Quando tenho vontade de rir de algo acabo me sentindo culpado. E, às vezes, acho até que é uma fraqueza de espírito.

– Não consigo imaginar que um homem capaz de acolher três crianças órfãs na sua casa, torná-las parte da sua família, seja mau.

Ele segurou o queixo dela entre as mãos e olhou no fundo dos seus olhos.

– Não que seja maldade de minha parte sorrir, mas também não é um sinal de bondade e amor. Eu me sinto culpado por tudo que aconteceu com as pessoas daqui. Aquelas crianças também foram vítimas, pois permiti que Beatrice e Arthur administrassem as minhas terras como bem entendessem. Não demorou muito, no entanto, para que eu me apegasse a elas como se fossem minhas.

– Aquelas crianças são boas e perceberam de imediato que estão recebendo uma ótima oportunidade para serem mais do que criados de pessoas como nós. A sua culpa, que nunca pensei que devesse sentir, pode ter aberto a porta, mas não foi a culpa que o fez brincar com elas, tentar fazer com que elas se sentissem à vontade e não se incomodar com todo o barulho que as crianças costumam fazer. Isto foi a bondade que existe em você, a bondade que fez com que eu me apaixonasse por você.

O elogio mereceu um beijo, que levou a outro até que os dois estavam ofegantes e tentados a deixar a conversa ou as revelações de lado. Julian passou os dedos entre os cabelos enquanto a lembrava:

– Eu não era muito bom quando você me encontrou naquele beco.

– Não, você não era. Você era um homem fraco. Mas também não estava fazendo nada mais do que muitos homens fazem, e, por mais triste que seja, é o que muitos homens continuam fazendo mesmo depois de casados. Este foi outro motivo que fez com que eu me apaixonasse por você. Você acredita no casamento, é fiel ao juramento que fez. Mesmo durante as semanas que você não pôde se deitar comigo ou falar de amor, você foi fiel à promessa que tinha feito para mim diante do altar e isso mostra um senso de honra que a maioria dos homens deseja ter e a maioria das mulheres cobiça. – Ela sorriu ao ver um leve rubor nas faces de Julian e roçou os dedos sobre elas. – Então existe um momento e um lugar onde você é incapaz de suportar elogios.

– Mulher insolente – ele provocou. – Provavelmente ainda posso suportar muito mais elogios do tipo que dizem: oh, como você é rico, lindo e nobre.

– Ah, mas você é muito mais do que lindo – ela murmurou enquanto o beijava no pescoço. – Você me deixa sem fôlego, mas eu ainda o amaria mesmo que você cuspisse e coçasse o traseiro todas as manhãs.

Julian caiu na risada.

– Cuspisse e coçasse o traseiro? Você conhece alguém que faça isso? – Então ele contraiu os olhos. – E agora estou pensando que acho melhor que você não saiba o que outros homens fazem quando acordam pela manhã.

– Estou falando de um dos meus irmãos. E ele sempre fazia isso para me irritar.

Julian a prendeu em um abraço apertado e passou a mão sobre o ventre ainda lisinho.

– Você está se sentindo bem?

– Muito bem. Ainda tenho de tomar cuidado com o que como no café da manhã, mas nada mais me incomoda. Espero que seja uma menina.

– Tudo que quero é que você e o bebê tenham saúde. Mas por que você prefere menina?

– Porque se tiver uma menina, espero que você permita que ela se chame Laurel, em homenagem à minha irmã.

– Eu adoraria.

– Obrigada. Oh, Julian, eu o amo tanto. Tinha tanto medo de que nunca fosse ouvir o mesmo de você. Eu sabia que sentia mais do que uma forte atração quando nos casamos, mas resolvi esperar e ver o que você iria me oferecer primeiro. – Ela pousou os dedos delicadamente sobre os lábios de Julian quando ele começou a dizer algo. – Não estou reclamando. Você me ofereceu muito mais do que muitas mulheres recebem. Mas foram tantos os casamentos na minha família que não deram certo que fiquei com receio de que qualquer união que não fosse calcada em um grande amor pudesse falhar também.

– Chloe, acho que temos um grande amor.

– Oh, sim, eu também acho, e quer saber por quê? Porque conhecemos as piores facetas um do outro.

– Nunca vi nada em você que se aproximasse de algo ruim.

– Não? Por acaso não fiquei chata e resmungona ao longo das últimas duas semanas enquanto me recuperava daquele ferimento? – ela perguntou, surpresa por ele não ter percebido a péssima paciente que ela tinha sido.

– Chloe, meu amor, todo mundo odeia ficar preso em uma cama e acaba perdendo a paciência.

– Mas você não perdeu.

– Ah, perdi sim, mas nunca quando você estava por perto. Eu tinha uma porção de coisas para me manter ocupado, o que ajudou muito. Acho que é melhor nem tentarmos descobrir quem possui os maiores defeitos, pois acabaríamos nos magoando sem querer. E que importância tem isso? Como você diz – ele sorriu – você me amaria mesmo que eu cuspisse e coçasse o traseiro pela manhã.

Chloe riu. Ficou um pouco surpresa quando percebeu que ele observava a risada com um sorriso nos lábios.

– Por acaso tem algum resto de comida nos meus dentes?

– Não, meu amor. Simplesmente gosto de ouvir a sua risada. – Ele beijou o rubor que tingiu as faces de Chloe. – Eu costumava rir e me divertir com qualquer coisa, mas acho que perdi isso em algum ponto. Não tinha percebido a falta que estava sentindo até você me devolver a felicidade. Acredito que o modo como você me faz sorrir e me diverte, o modo como me provoca, foi o que fez brotar a semente do amor dentro de mim. – Ele se recostou um pouco e fitou-a com atenção. – Você vai chorar outra vez?

– Não, foi só um momento de fraqueza. Isso foi a coisa mais linda que alguém já me disse. Eu estava justamente tentando pensar no que você me deu e o que de fato me levou a me apaixonar por você. Mesmo assim não soou tão lindo quanto tudo que você acabou de dizer.

– Diga mesmo assim – ele interpelou enquanto a rolava na cama e se esparramava sobre seu corpo.

– Você vai rir.

– Não vou rir de algo que você considera sério, de algo que você está me dizendo que vem diretamente do coração.

– Adoro o modo como me sinto devassa perto de você – ela sussurrou contra o peitoral musculoso e sentiu como se suas bochechas estivessem pegando fogo de embaraço.

Julian ergueu o rosto dela até a altura do seu.

– Devassa? Você disse que eu a faço se sentir devassa?

– O tempo todo. Imaginei que você fosse um homem muito devasso por causa do ano que você passou na libertinagem, mas descobri que você não era nada disso.

– Exceto quando faço isto? – Ele beijou o pescoço de Chloe.

– Sim – ela disse e estremeceu quando ele deslizou as mãos pelas suas costas. – Suponho que deva parecer uma bobagem para um homem como você que já fez tantas...

– E que se lembra tão pouco de tudo que fez. Mas, meu amor, nenhum homem jamais iria considerar uma bobagem que sua esposa se sinta uma devassa em seus braços, e quando ele a beija.

– Isso é bom, pois acho que estou me sentindo um pouco devassa neste instante.

–Você escolheu o homem certo para resolver isso.
Chloe se enroscou ao corpo de Julian, sorrindo ao sentir a resposta imediata dele.
– Eu sei – ela falou. – Meu cavaleiro devasso – disse num sussurro.
Julian roçou os lábios sobre os dela e sussurrou:
– Minha alegria, minha felicidade.

EPÍLOGO

Oito meses e meio depois

– POR QUE ESTÁ DEMORANDO TANTO?

Leo sorriu enquanto observava Julian andando de um lado para o outro na sala verde, com Anthony em seu encalço.

– Creio que o nascimento de uma criança costuma dar um pouco de trabalho e demorar. Chloe só entrou em trabalho de parto, de fato, há três horas.

– Ainda bem que ouvi seu conselho. – Julian se virou bruscamente e começou a andar na direção oposta, Anthony imitou o movimento. – Se tivesse dado ouvidos a ela e esperado mais um pouco para nos casarmos, agora teríamos de tentar explicar o nascimento de um bebê de sete meses.

– Coelhinhos – Leo disse alegremente.

Julian parou para encarar o amigo.

–Você está se divertindo por ter provado que estava com a razão.

– Que indelicadeza a minha.

– Concordo. Entretanto, as palavras que você disse ficaram marcadas em minha mente.

– Muito sábio. Acho que você não vai querer ser obrigado a mandar construir mais quartos.

Nigel entrou na sala.

– O bebê já nasceu?

– Não. Mas espero que ele tenha a bondade de nascer logo – respondeu Julian.

– Ah, seria ótimo. Pois Bened e eu estamos planejando ir até os estábulos de Rectonshire para dar uma olhada em uma égua. – Nigel riu quando Julian o encarou. – Pelo menos Chloe não está derrubando o teto de tanto gritar.

Julian ergueu os olhos ao alto e ficou preocupado.

–Você tem razão. Está tudo muito quieto. Deve ter acontecido algo errado. – Julian sentiu o coração se contorcendo de medo.

– Não, Pegeen está com ela – Leo disse.

– E ela por acaso é uma parteira tão experiente que as mulheres nem fazem um ruído sequer?

Leo encolheu os ombros.

– A maioria das mulheres da família insiste que Pegeen atenda aos partos, e são poucas as que gritam ou fazem ameaças cruéis aos maridos.

– Ela não me pareceu tão competente assim – Julian murmurou.

– Pegeen é uma curandeira. Tem o dom de curar com um toque. Sua especialidade é tirar a dor.

– Uma pessoa assim seria muito útil para o exército – Nigel mencionou enquanto se servia de uma bebida.

– Ela já os ajudou em uma ocasião, mas tratar muitos ao mesmo tempo a enfraquece de modo perigoso. Entretanto, ninguém é capaz de ajudar tanto uma mulher em trabalho de parto quanto Pegeen, e ela vive ocupada com a nossa família.

Julian assentiu.

– Uma curandeira. Acho que posso aceitar isso.

– Ainda está incomodado por Chloe ter escolhido Modred para ser o padrinho? Ele é um duque.

– Já estive mais. Ele me contou que os Kenwood possuem muros muito fortes. É com relação a Cassandra que ainda estou em dúvida.

– Não conheci Cassandra, mas Bened disse que ela é uma mulher muito forte – disse Nigel e então sorriu. – Quando Bened diz isso, ele, na verdade, quer dizer que a pessoa é mandona e tem a língua ferina.

Julian ficou surpreso por ainda conseguir, mas ele riu.

– Escolhi Edgar e Lady Marston.

– Então a criança vai ter duas mulheres fortes como madrinhas. Deus o ajude se você tiver uma filha.

– Isso não me incomoda. Só quero que a criança venha com saúde. Recentemente descobri que nossa mãe é uma mulher muito forte. Assim como a tia Mildred. A única vez que a nossa tia fraquejou durante a provação que passou com Arthur foi quando ela descobriu quantas pessoas ele tinha matado e quantos crimes tinha cometido. Aquilo pesou nela como um fardo monstruoso de culpa, pois ela achou que deveria ter visto o mal que havia no homem e feito algo. Mas ela se livrou do peso com a ajuda da mamãe e de Chloe.

– Bom saber, pois ela não merece sofrer por isso. Mas o que tem de errado com Modred, tirando o fato de ter sido amaldiçoado com este nome? Perguntei para Bened, mas ele só disse que o primo é um homem muito especial.

Julian explicou qual era o dom de Modred e riu da expressão de horror que surgiu no rosto de Nigel.

– Não fique tão apavorado. Como eu disse, ele me contou que os Kenwood possuem muros muito fortes. – Antes que houvesse tempo para dizer algo mais, a sua mãe entrou na sala. – Chloe está bem?

Lady Evelyn deu um beijo no rosto do filho.

– Muito bem. Vá e veja sua esposa e sua nova família.

Julian não precisou de um segundo convite. Saiu correndo escada acima, deixando a mãe para atender Anthony e as outras crianças curiosas. Quando estava prestes a bater na porta da suíte principal, uma senhora roliça e de cabelos escuros abriu-a para ele, deu uma piscadela e se foi.

– Deve ser a famosa Pegeen – ele disse enquanto entrava com todo o cuidado no quarto e olhava ao redor.

Julian não sabia se sentava ou se caía. Chloe estava deitada na cama, os cabelos espalhados lindamente sobre o travesseiro e dois bebês inchados e espertos encaixados em cada um dos seus braços. Ele olhou para ela outra vez e depois olhou para as crianças novamente.

– Dois? – finalmente conseguiu falar num sussurro suave.

– Dois. – Chloe estava cansada e sentia como se tivesse levado uma surra de dentro para fora, mas estava imensamente feliz. – Um menino. – Ergueu um pouco o braço esquerdo e Julian notou que havia um laço de fita azul no cantinho da manta. – Uma menina. – Ela ergueu então o braço direito.

Ele se sentou na cama, enquanto a sua cabeça girava.

– Minha nossa, mulher. Dois? – Olhou para os rostinhos sonolentos dos seus filhos.

– Laurel, em homenagem à minha irmã, e George, em homenagem ao meu pai. – Ela olhou incerta para ele. – Se você ainda concordar.

– Claro que sim. – De repente ele sorriu para ela. – Você resolveu o problema e conseguiu agradar a todas as crianças de uma só vez. A menina queria uma menina e os meninos queriam um menino. Um de cada vai agradar a todos. – Ele beijou-a. – Eu a amo e agradeço por ter me dado isto.

– Ah, eu é que agradeço. Sempre tive medo de que nunca fosse conseguir encontrar o homem certo e que nunca iria ter filhos. – Chloe deu uma piscadinha e olhou para os filhos. – Talvez o destino esteja apenas querendo me provar que você é o homem certo. Meu cavaleiro devasso.

Ele sorriu e esfregou o nariz contra o dela.

– Minha alegria.

– Combinamos tão bem que chega a ser até um pouco embaraçoso.

– Não, minha querida, nossa união é simplesmente perfeita e devemos dar graças. – Eles riram juntos e ele estendeu o braço para tocar na filha, pronto para se apresentar a ela. – Mas vamos fazer exatamente como a esposa de Jake sugeriu, para que você não se desgaste tendo uma dúzia de filhos.

Chloe apenas sorriu enquanto o observava olhando para os filhos, com uma adoração que ele nem tentava ocultar. Achou melhor guardar segredo sobre a visão que tinha tido durante o parto. Julian ia acabar ficando preocupado se soubesse que, apesar dos truques que a esposa de Jake tinha lhe ensinado para impedir que a semente de um homem fincasse raízes muitas vezes, mesmo assim eles iam ter uma dúzia de filhos. Ela tinha visto todos juntos, Anthony alto e forte e as três crianças que eles tinham acolhido sob suas asas. E cada um dos filhos que ela e Julian iam ter seriam abençoados com um dom. Ao se lembrar do sorriso largo que Julian tinha no seu belo rosto quando seu rebanho se juntou ao seu redor, ela concluiu que ele não ia se importar.

Vire a página

e dê uma olhadinha

no próximo

lançamento

A Sensitiva

Londres, outono de 1788

"Ter uma faca apontada para o pescoço era capaz de levar uma pessoa a enxergar num lapso de tempo a trajetória de toda uma vida", Penélope concluiu. Ela permaneceu imóvel enquanto o homem corpulento, um tanto fétido, que a segurava de modo desajeitado ajustou a posição. De repente, toda a raiva e o ressentimento de ter sido tratada pelas suas meias-irmãs como se ela não passasse de uma mera criada pareceu insignificante, um problema sem importância.

É claro, isto podia ser alguma forma de castigo cósmico por todas as vezes que desejou mal para suas meias-irmãs, ela pensou quando o homem a ergueu o suficiente para que seus pés saíssem do chão. Um dos dois comparsas do homem amarrou seus tornozelos de um modo semelhante ao que tinha usado para prender seus pulsos. Seu raptor começou a carregá-la para um beco escuro que cheirava tão mal quanto ele.

Poucas horas antes apenas ela havia visto Clarissa saindo para um passeio de carruagem com seu futuro noivo, Lorde Radmoor. Espiando da janela quebrada do seu quartinho no sótão, ela desejara que Clarissa tropeçasse e caísse sobre o monte de estrume próximo às rodas da carruagem. Penélope achou, no entanto, que ser levada por um bandido armado de faca e seus dois comparsas grandalhões fosse uma punição um tanto severa para um desejo infantil nascido da inveja. Ela, afinal, nunca tinha desejado que Clarissa morresse, o que Penélope temia, seria seu destino.

Então suspirou e admitiu com tristeza que era parcialmente culpada pela sua atual situação de apuro. Tinha passado muito tempo com os meninos. Até mesmo Paulinho a apressara para que ela não voltasse para casa no escuro. Era embaraçoso pensar que um menininho de cinco anos tinha mais bom-senso do que ela.

Penélope deixou escapar um suave gemido de dor, emudecido por uma mordaça imunda, quando seu raptor tropeçou e a lâmina fria arranhou sua pele. Por uma fração de segundos, o medo que ela vinha lutando para controlar inflou dentro do corpo com tanta força que achou que fosse passar mal. O calor do seu sangue penetrando pelo decote do vestido só intensificou ainda mais o medo. Levou alguns minutos para que conseguisse agarrar algum fiapo de calma ou coragem. A noção de que seu sangue estava fluindo muito lentamente ajudou a controlar o pânico crescente.

– Tem certeza de que não podemos tirar ao menos uma lasquinha, Jud – perguntou o maior e o mais peludo dos comparsas.

– Ordens são ordens – respondeu Jud enquanto ajeitava a faca sobre o pescoço dela. – Uma lasquinha vai custar mais do que o que ela vale.

– Nenhum de nós vai abrir a boca, e a belezinha não vai poder dizer nada.

– Não vou permitir que você arrisque. Ela pode reagir e isso deixa hematomas. As marcas dirão tudo e aquela vadia da Sra. Cratchitt vai perceber. E depois não vai querer nos pagar por este servicinho noturno.

– Sim, aquela cafetina velha certamente vai querer tirar alguma vantagem disso. Mesmo assim, é uma pena que eu não possa experimentar um pouquinho antes que ela seja vendida para qualquer um por uma ou duas moedas.

– Pegue a sua moeda primeiro e depois compre uma pequena, se quer tanto.

– Mas não será tão limpa e nova, será?

– Quando você tiver dinheiro para tirar a lasquinha, esta aqui também já não será mais limpa se aquela bruxa velha a usar do mesmo jeito que usa as outras.

Penélope se deu conta de que estava sendo levada para um bordel. Mais uma vez teve de recorrer a todas as forças para não ficar cega de medo. Ainda estava viva, repetiu a si mesma várias vezes, e pelo visto ainda ia continuar por uns tempos. Lutou para tirar forças deste pensamento. Não ia adiantar nada ficar pensando muito nos horrores aos quais poderia ser forçada a encarar antes que pudesse fugir ou ser encontrada. Ela precisava se concentrar em uma coisa apenas – em escapar.

Não era fácil, mas Penélope se esforçou para prestar atenção no caminho que eles estavam fazendo. Com a escuridão, com todas as voltas e curvas, era quase impossível guardar um ponto de referência ou um sinal qualquer que pudesse marcar o caminho de volta do local para onde ela estava sendo levada. Ela precisava se prender com força à esperança de que realmente iria conseguir fugir, na necessidade de voltar para os seus meninos, que não tinham mais ninguém para cuidar deles.

Ela foi levada para a cozinha de uma casa. Havia duas mulheres e um homem lá, mas estes deram apenas uma olhada em sua direção antes de retomarem o trabalho que estavam fazendo. Não foi nada encorajador o fato de eles parecerem tão acostumados com uma cena como esta, tão indiferentes e desinteressados.

Enquanto seus raptores a carregavam por uma escadaria escura e estreita, Penélope ouviu o som de vozes e música vindo do andar de baixo, da parte da frente da casa, que parecia ser tão grande quanto as ruelas que levavam a ela. Quando chegaram a um corredor e começaram a seguir em frente, ela ouviu alguns murmúrios vindos de trás das portas fechadas. Outros sons escapavam dos quartos, mas ela fez um esforço tremendo para nem tentar imaginar o que os estava motivando.

– É aqui, quarto vinte e dois – murmurou Jud. – Abra a porta, Tom.

O homem grande e peludo abriu a porta e Jud carregou Penélope para dentro do quarto. Ela só teve tempo de ver o quanto o lugar era pequeno pouco antes de Jud jogá-la sobre a cama, que ficava no meio do cômodo. Uma cama surpreendentemente limpa e confortável. Penélope desconfiou que, apesar da péssima localização, ela tinha sido trazida para um dos melhores bordéis, que talvez atendesse a cavalheiros distintos e ricos. Ela sabia, entretanto, que isso não significava que poderia contar com alguma ajuda.

– Traga aquela cafetina velha aqui, Tom – disse Jud. – Quero acabar logo com isso. – Assim que Tom saiu, Jud baixou os olhos zangados para Penélope. – Acho que você nem desconfia por que aquela senhora todo-poderosa quis tirar você do caminho, não é mesmo?

Penélope negou, balançando a cabeça lentamente enquanto sentia um frio no estômago só de imaginar o motivo.

– Não faz sentido para mim. Não pode ser por ciúme ou algo assim. Ou será que ela achou que você pudesse roubar o homem dela? Você nem é tão sofisticada, nem se veste tão bem quanto ela! Nem tem aquelas belas curvas! Uma ratinha parda magrela como você não merecia ser tratada como se fosse uma meretriz qualquer. Então, por que ela deseja tanto mal a você, hein?

"Ratinha parda magrela?", Penélope pensou, profundamente ofendida mesmo enquanto encolhia os ombros em resposta.

– Por que está assustando a menina assim, Jud? – perguntou o homem alto e extremamente musculoso que estava ao lado.

Jud deu de ombros.

– Só estou curioso, Mac. Só curioso. Isto não faz sentido para mim.

– Nem precisa. O dinheiro é bom. Isso é o que importa.

– Sim, talvez. Como eu disse, só fiquei curioso. Não gosto de mistérios.

– Eu não sabia disso.

– Bem, mas é verdade. Não quero fazer parte de algo que não entendo. Isso pode significar encrenca.

Se não estivesse amordaçada, Penélope pensou que pudesse solucionar o mistério para seu raptor. Ele tinha raptado a filha de um marquês, levado-a amarrada e amordaçada para um bordel, e ia abandoná-la aos cuidados de uma madame, uma mulher em quem ele abertamente não confiava nem gostava. O que exatamente o idiota considerava *encrenca*? Se fosse apanhado, ele seria julgado e enforcado num piscar de olhos. Isso seria pouco se comparado ao que os parentes dela iriam fazer se encontrassem o idiota. Será que ele podia estar mais *encrencado*?

Ela deixou escapar um gemido rouco quando a mordaça foi removida.

– Água – sussurrou, desesperada para lavar o gosto horrível do trapo sujo.

O que o homem lhe deu foi uma caneca de cerveja fraca, mas Penélope achou que talvez fosse melhor tomar aquilo mesmo. Se houvesse água naquele lugar, sem dúvida era perigoso beber. Ela tentou não respirar muito profundamente enquanto era amparada para que pudesse beber. Penélope tomou a cerveja o mais rápido que pôde, pois queria que o homem ficasse o mais distante possível. Qualquer pessoa que cheirava tão mal quanto ele certamente tinha uma vasta tropa de criaturas compartilhando sua podridão, cuja visita ela não ansiava por receber.

Quando a caneca ficou vazia, ele deixou que ela caísse de costas sobre a cama e disse:

– Agora, nem pense em fazer barulho, gritar por socorro ou coisa do tipo. Pois ninguém aqui vai lhe dar ouvidos.

Penélope abriu a boca para dar uma resposta atravessada e então franziu a testa. A cama podia estar limpa e ser confortável, mas não era nova. Um calafrio familiar perpassou seu corpo. Mesmo enquanto ela pensava que aquele era um péssimo momento para o seu *dom* se apresentar, sua mente se encheu de lembranças violentas que não eram suas.

– Alguém morreu nesta cama – ela disse, sua voz uma pouco trêmula por causa do efeito das recordações arrepiantes do passado.

– O que diabos você está falando? – rompeu Jud.

– Alguém morreu nesta cama e não partiu em paz. – Penélope sentiu certa satisfação ao perceber o quanto suas palavras tinham perturbado seus raptores.

– Você está falando bobagens, mulher.

– Não. Tenho um dom, sabe?

– Você consegue ver espíritos? – perguntou Mac, olhando nervoso ao redor.

– Às vezes. Quando eles querem que eu os veja. Desta vez foram apenas as lembranças do que aconteceu aqui – ela mentiu.

Os dois homens se entreolharam com uma mistura de medo, curiosidade e desconfiança. Pensaram que ela estava tentando enganá-los de algum modo e assim acabassem libertando-a. Penélope desconfiou que eles, provavelmente, estavam imaginando que ela fosse capaz de invocar alguns espíritos para ajudá-la. Ainda que conseguisse, ela duvidava que isso pudesse ajudar muito ou até mesmo que esses homens fossem capazes de ver. Certamente não tinham nem notado o espírito horrível que estava parado ao lado da cama. Pois, se tivessem, já teriam saído correndo do quarto. Apesar de tudo que ela tinha visto e experimentado ao longo dos últimos anos, a visão da adorável jovem, com o vestido branco ensopado de sangue causou um friozinho na espinha. Penélope se perguntou por que as aparições mais horríveis eram as mais nítidas.

A porta se abriu e, antes que Penélope se virasse para olhar, ela viu uma expressão no rosto do fantasma que quase a fez querer sair correndo do quarto. Fúria e repugnância pura contorceram o belo rosto do espírito até ele quase parecer demoníaco. Penélope olhou para as pessoas que estavam entrando no quarto. Tom tinha retornado acompanhado de uma mulher de meia-idade e duas mocinhas semivestidas. Penélope olhou para o fantasma à direita e notou que toda aquela raiva e ódio estavam voltados diretamente para a mulher de meia-idade.

Tome cuidado.

Penélope quase deixou escapar um palavrão quando as palavras ecoaram na sua mente. Por que os espíritos sempre sussurravam palavras tão agourentas sem adicionar nenhuma informação pertinente? Além do mais, o momento era extremamente inoportuno para este tipo de distração. Ela era prisioneira em uma casa de má reputação e estava encarando a morte ou qualquer outro eufemismo que pudesse ser usado para um destino pior do que a morte. Não estava com tempo para lidar com espectros lúgubres ensopados de sangue sussurrando avisos misteriosos. Ademais, precisava contar com toda a sua consciência e todas as suas forças para não se deixar levar pela histeria que crescia dentro do seu peito apertado.

– Isto vai causar uma grande encrenca – Penélope falou para a mulher mais velha, e não se surpreendeu quando todos a ignoraram.

– Aí está ela – disse Jud. – Agora, dê o nosso dinheiro.

– A dama está com o dinheiro de vocês – respondeu a mulher.

– Não é nada esperto tentar me enganar, Cratchitt. A dama disse que você estava com o nosso dinheiro. Agora, se ela não quis pagar para você, isso não é problema meu. Fiz o que me mandaram e fiz rápido e certo. Peguei a vadia, trouxe para cá e agora quero o meu dinheiro. Missão cumprida. Agora, o pagamento.

Cratchitt pagou-o descontente. Penélope observou Jud contar cuidadosamente o dinheiro. O homem sabia contar o suficiente para ter certeza de que não estava sendo enganado. Após olhar desconfiado para ela, ele guardou o dinheiro no bolso e então contraiu o rosto para a mulher a quem ele chamava de Cratchitt.

– Agora ela é toda sua – Jud disse –, apesar de eu não saber o que você vai fazer com ela. A moça nem é tudo isso.

Penélope estava ficando muito cansada de ser menosprezada por este bandido piolhento.

– Falou o bonitão do condado – Penélope murmurou e o encarou com um leve sorriso.

– Ela é limpa e nova – disse Cratchitt, ignorando a cena e fixando seus olhos frios em Penélope. – Tenho vários cavalheiros querendo pagar uma boa quantia para tê-las primeiro. Tem um homem esperando especialmente por uma, mas ele só chegará amanhã. Para esta noite, tenho outros planos para ela. Acabaram de chegar uns cavalheiros muito ricos e estão à procura de algo especial. Diferente, como eles disseram. Eles têm um amigo que está prestes a se enforcar e desejam dar a ele uma festa de despedida de solteiro. Ela vai servir direitinho para isso.

– Mas e o outro sujeito não a quer intocada?

– Até onde ele saberá, ela será. Agora, saiam daqui. Eu e as meninas precisamos embrulhar este presentinho.

Assim que Jud e seus homens se foram, Penélope disse:

– A senhora faz alguma ideia de quem eu sou? – Ela ficou muito orgulhosa do tom altivo que conseguiu alcançar, mas a Sra. Cratchitt não pareceu nem um pouco impressionada.

– Você é alguém que deixou uma dama rica muito brava – respondeu Cratchitt.

– Sou Lady Penelope...

Ela nunca terminou, pois a Sra. Cratchitt a segurou pela mandíbula, forçando-a a abrir a boca e começou despejar garganta abaixo um líquido que saía de dentro de um frasco de prata delicado. As duas moças seguraram a sua cabeça parada para que Penélope não conseguisse virar o rosto ou batesse a cabeça. Ela sabia que não queria aquela bebida dentro do seu corpo, mas não pôde fazer nada além de engolir o que lhe era forçado.

Enquanto ainda estava tossindo e engasgando por causa do abuso, as mulheres a desamarraram. Penélope se debateu o quanto pôde, mas as mulheres eram muito fortes e espantosamente habilidosas em despir alguém à força. Como se ela já não estivesse com problemas suficientes para lidar, o fantasma estava afogando-a em sentimentos de medo, desespero e desamparo. Penélope sabia que estava prestes a ficar histérica, mas era incapaz de se agarrar a um fiozinho de controle. Isso só aumentou ainda mais o seu terror.

Então, lentamente, aquele pânico sufocante começou a diminuir. Apesar de as mulheres continuarem fazendo o trabalho delas, despindo-a, dando um banho rápido com água perfumada e vestindo-a com um vestido de renda transparente que a deixaria perplexa dos pés à cabeça, Penélope começou a se sentir mais calma a cada respiração. O líquido que foi forçada a beber devia ser algum tipo de droga. Esta era a única explicação racional para ela estar deitada quase sorrindo enquanto estas três aves de rapina a preparavam para sacrificar sua virgindade.

– Pronto, está um docinho agora, não está, querida? – murmurou Cratchitt enquanto começava a soltar os cabelos de Penélope.

– Você não passa de uma vadia malvada – Penélope disse suavemente e sorriu. Uma das moças riu e Cratchitt a esbofeteou com força.

– Malvada. Quando a minha família descobrir o que você fez para mim, você irá pagar muito mais do que a sua mente mesquinha e sórdida jamais seria capaz de imaginar.

– Ah! Mas foi a sua família que a vendeu para mim, garota estúpida.

– Não aquela família, sua vaca. A família dos meus verdadeiros pais. Na verdade, eu não me surpreenderia se eles já não estiverem desconfiados, vendo em suas mentes os meus sofrimentos.

– Você só está falando bobagem.

"Por que todos dizem isso?", Penélope se perguntou. Mas ainda tinha restado juízo e senso de autoproteção bastante na sua mente nebulosa para fazê-la perceber que não seria uma boa ideia começar a falar sobre todo o sangue que havia nas mãos da mulher. Mesmo que a mulher não acreditasse, Penélope não tinha como ter certeza dos fatos, e desconfiava que a Sra. Cratchitt seria capaz de silenciá-la para sempre só por uma questão de segurança. Com a droga mantendo-a cativa como nenhuma outra corrente poderia, Penélope sabia que não estava em condições de nem mesmo tentar salvar a si mesma.

Quando a Sra. Cratchitt e as suas subordinadas terminaram, a velha se sentou e avaliou Penélope cuidadosamente.

– Hum, hum. Acho que estou começando a entender.

– Entender o que, noiva do Belzebu? – perguntou Penélope, que percebeu pelo modo como a mulher abria e fechava as mãos que a Sra. Cratchitt estava louquinha para lhe dar uma surra.

– Por que a dama refinada queria que você fosse embora. Você vai pagar caro por ter me insultado, minha menina. Muito em breve. – A Sra. Cratchitt tirou quatro lenços de seda da enorme bolsa de lona que ela tinha trazido consigo e entregou-os para as mocinhas. – Amarre-a na cama – ela ordenou.

– Você *é* pura, não é? – A Sra. Cratchitt balançou a cabeça e riu. – Meus clientes vão adorar isso. Venham, meninas. Vocês têm trabalho a fazer e é melhor trazermos logo aquele homem para se divertir com seu presente antes que a poção comece a perder o efeito.

Penélope fitou a porta durante alguns segundos depois que todos se foram. Todos menos o fantasma, ela refletiu, e finalmente voltou a sua atenção para o espectro que agora tremulava aos pés da cama. A jovem parecia tão triste, tão derrotada, que Penélope decidiu que o pobre fantasma provavelmente tinha acabado de se dar conta de todas as limitações de ser um espírito. Apesar de as lembranças presas à cama terem contado a Penélope como a mulher tinha morrido, elas não contaram quando. Entretanto, ela estava começando a desconfiar que não fazia muito tempo.

– Eu gostaria de ajudá-la – ela disse –, mas neste momento não posso. Você deve ter percebido. Se eu conseguir me livrar, juro que vou trabalhar duro para lhe dar um pouco de paz. Quem é você? – perguntou, embora soubesse que muitas vezes era impossível obter respostas sensíveis e coerentes de um espírito. – Sei como você morreu. A cama ainda guarda as lembranças sombrias e eu as vi.

Meu nome é Faith e a minha vida foi roubada aqui.

A voz era clara e suave, mas pesada de sofrimento e Penélope não teve certeza se tinha ouvido dentro da sua cabeça ou se o fantasma tinha de fato falado com ela.

– Qual é o seu nome completo, Faith?

Meu nome é Faith e fui apanhada, assim como você. Minha vida foi roubada. Meu amor, perdido. Fui arrancada do céu e atirada no inferno. Agora me encontro abaixo.

– Abaixo? Abaixo do quê? Onde?

Abaixo. Estou coberta de pecados. Mas não estou sozinha.

Penélope praguejou quando Faith desapareceu. Ela não poderia ajudar o espírito naquele momento, mas lidar com o fantasma de Faith tinha se mostrado uma distração necessária. Tinha-a ajudado a se concentrar e lutar contra o poder da droga. Agora estava sozinha com seus pensamentos e eles estavam se tornando muito estranhos. Pior, toda a sua proteção estava lentamente se desfazendo. Se não encontrasse algo para se concentrar logo estaria aberta para cada um dos pensamentos, cada um dos sentimentos e cada espírito que estivesse vagando pela casa. Considerando o que se passava nesta casa, isso poderia facilmente se tornar uma tortura insuportável.

Ela não sabia se ria ou se chorava. Estava amarrada a uma cama, esperando por um estranho que iria usar seu corpo indefeso para satisfazer suas necessidades. A poção que a Sra. Cratchitt forçara garganta abaixo estava exaurindo suas forças e toda a habilidade de se fechar para o vozerio do mundo, dos vivos e dos mortos, com uma velocidade incrível. Neste momento ela podia sentir o peso crescente das emoções indesejadas, os sussurros que tão poucos eram capazes de ouvir. Os espíritos da casa estavam agitados, sentindo a presença daquela que podia ajudá-los a interferir no mundo dos vivos. Mas não valia a pena se preocupar com isso, ela concluiu. Penélope não sabia se alguma coisa poderia ser pior do que aquilo e do que ainda estava por vir.

De repente, a porta se abriu e uma das acompanhantes que tinham vindo com a Sra. Cratchitt conduziu um homem para dentro do quarto. Ele estava com os olhos vendados e fantasiado de romano. Penélope fitou-o assustada enquanto ele era trazido até a lateral da cama, e então ela soltou um gemido abafado. Foi fácil reconhecer o homem apesar da venda e da fantasia. Penélope não ficou nada satisfeita em descobrir que as coisas definitivamente poderiam piorar – e muito.

Este livro foi composto em Bembo MT
para Texto Editores Ltda.
em novembro/2010